Beth
THE KISSI
ONE LA

BETH REEKLES

THE KISSING BOOTH 3

ONE LAST TIME

Aus dem Englischen
von Sylvia Bieker

cbt

Bei diesem Buch wurden die durch das verwendete Material und die Produktion entstandenen CO_2-Emissionen ausgeglichen, indem der cbj Verlag ein Projekt zur Aufforstung in Brasilien unterstützt.
Weitere Informationen zu dem Projekt unter:
www.ClimatePartner.com/14044-1912-1001

MIX
Papier aus verantwortungsvollen Quellen
FSC® C014496
FSC
www.fsc.org

Wir produzieren
Klimaneutral
ClimatePartner.com/14044-1912-1001
Druckprodukt

Penguin Random House Verlagsgruppe
FSC® N001967

1. Auflage 2021
Deutsche Erstausgabe August 2021

Die Originalausgabe erschien unter dem Titel
»The Kissing Booth 3. One Last Time« bei Penguin
Random House Children's Publishers UK, London,
in der Verlagsgruppe Penguin Random House GmbH.
Aus dem Englischen von Sylvia Bieker
Lektorat: Antje Steinhäuser
Umschlaggestaltung: Karsten Molesch, Liebenburg,
unter Verwendung von Bildmaterial von © Netflix.

kk · Herstellung: UK
Satz: Buch-Werkstatt GmbH, Bad Aibling
Druck: GGP Media GmbH, Pößneck
ISBN 978-3-570-31465-4
Printed in Germany

www.cbj-verlag.de

Hi, alle zusammen!

Tja, da wären wir. Fünf Bücher, drei Filme, insgesamt zehn Jahre *The Kissing Booth*, und jetzt geht die Geschichte von Elle, Lee und Noah zu Ende! Könnt ihr das glauben?

Mit fünfzehn schrieb ich *The Kissing Booth* und lud die Story bei Wattpad hoch. Ich war erstaunt, dass *jeder* sie lesen wollte, denn ich wagte kaum zu träumen, eines Tages überhaupt irgendwas zu veröffentlichen. (Bei den Kommentaren, dass das Ganze unbedingt verfilmt werden sollte, habe ich immer gelacht – das schien mir eine zu großartige und zu abwegige Vorstellung, um auch nur davon zu träumen …) Damals habe ich immer gesagt, dass ich nie vorhatte, eine Serie zu schreiben oder die Geschichte weiterzuspinnen, aber es fiel mir schwer, die Charaktere loszulassen. Sie haben mir so viel bedeutet und machten einen so großen Teil meines Lebens aus, dass ich froh bin, die Gelegenheit gehabt zu haben, an der Story von Elle, Lee und Noah weiterzuschreiben und jetzt alles in diesem Buch zu Ende zu erzählen.

Ich habe immer gewusst, worauf die Dinge bei Elle und Noah hinauslaufen würden – und bei Lee. Vielleicht wusste ich nicht immer, wie die Reise dorthin aussehen würde, aber ich kannte das Ziel. Und genau darin könnt ihr nun eintauchen, in dieser Folge von *The Kissing Booth*.

Dieses Buch war wirklich eine spannende Herausforderung. Ein Buch zu schreiben, das auf einer Verfilmung basiert, die auf Filmen basiert, die auf meinen Büchern basieren. Äh, total einfach, oder? Na ja, vielleicht doch nicht ganz »einfach« – aber eine Menge Spaß. Und auch wenn dieses Buch die Romanfassung des dritten Netflix-Films ist, werdet ihr bemerken, dass nicht alles mit dem Drehbuch des Films übereinstimmt. Obwohl die Geschichte hier der gleichen Handlung folgt, schließt sie gleichzeitig an den Band *The Kissing Booth 2: Going the Distance* an – also, statt Marco und Chloe im Film, werdet ihr Levi und Amanda wiedertreffen!

Außerdem werdet ihr hier ein paar Szenen und Dialoge finden, die im Film nicht vorkommen, und manche Charaktere anders kennenlernen. Ihr müsst nicht den Film schauen, um der Handlung dieses Buchs folgen zu können, und vielleicht habt ihr euch für das Buch entschieden und vorher nur die Filme gesehen – oder vielleicht seid ihr schon seit Wattpad-Zeiten Fans, also von Anfang an. Wie auch immer, danke, dass es euch gibt, und ich hoffe, das letzte Kapitel von Elles Geschichte gefällt euch.

Beth x

1

Dad räusperte sich und warf die Post auf den Küchentresen. Ein dicker Umschlag rutschte schwungvoll in meine Richtung.

»Was ist das?«, fragte ich, den Mund voller Cheerios.

Statt mir zu antworten, sagte Dad: »He, Brad, wie wär's, du räumst dein Zimmer auf, bevor du rüber zu Benny gehst?«

»Aber …«

Doch da gab's kein *Aber*, denn Dad beförderte Brad, meinen kleinen Bruder, einfach von seinem Hocker am Frühstückstresen und stellte ihn grummelnd auf die Füße. »Mach schon, Kumpel, dann musst du heute Morgen auch nicht mit Elle das Geschirr abwaschen.«

Das kam mir sofort verdächtig vor. Dad hatte in diesem Sommer entschieden, Brad mehr Verantwortung im Haus zu geben. Ich hatte meinem Bruder schon gezeigt, wie man die Wäsche zusammenlegt und Pasta kocht. Dad hatte ihm gezeigt, wie man am Wochenende den Rasen ordentlich mähte, und wir hatten uns gerade daran gewöhnt, dass er entweder Dad oder mir beim Spülen half. Dad meinte, Brad war nun in der Mittelstufe und alt genug, um im Haushalt mitzuhelfen, aber wir alle kannten den wahren Grund: Im Herbst würde ich aufs College gehen und dann nicht mehr hier sein, um all diese Dinge zu übernehmen.

Bei dem Gedanken drehte sich mir der Magen um. In ein paar Monaten war ich in Berkeley und alles würde sich so sehr verändern. Ohne mich brach das Haus zwar nicht total zusammen – wenn ich, wie in jedem Sommer, ein paar Wochen im Strandhaus der Flynns verbrachte, lief es hier ja auch immer gut. Und trotzdem. Ich machte mir *schon* irgendwie Sorgen bei dem Gedanken, dass die beiden sich allein durchschlagen mussten.

Erst vor wenigen Tagen war ich überglücklich über die Bühne gelaufen, um mein Highschool-Zeugnis entgegenzunehmen und mit allen anderen meinen Hut in die Luft zu werfen … Ich war gemeinsam mit meinem weltbesten Freund Lee Flynn an der University of California, Berkeley angenommen worden, so wie wir es immer geplant hatten, seitdem wir alt genug waren, um zu begreifen, was College überhaupt war. Wir hatten unser ganzes Leben miteinander verbracht, und auch das nächste Kapitel unseres Lebens als Studenten würden wir gemeinsam beginnen. So was von perfekt. Genau so sollte es sein.

Wir hatten gesagt, das Abschlussjahr würde *unser* Jahr sein – und klar, es war … ein bisschen holprig manchmal, aber trotzdem toll. Und am College würde es auch so sein. Obwohl mir Sorgen bereitete, wie sehr sich alles verändern würde, war der Gedanke daran dennoch aufregend.

»Was ist los?«, fragte ich und blickte zuerst mit schmalen Augen auf den Umschlag und dann zu Dad. Ich schaufelte mir den letzten Rest der Cheerios rein, wischte mir mit dem Handrücken über den Mund und schob die Schüssel beiseite.

Dad setzte sich auf Brads Hocker und schob mit der Fingerspitze den Umschlag näher zu mir. »Vielleicht möchtest eher du mir sagen, was los ist. Das hier ist für dich gekommen.«

»Für mich?«

Ich nahm den Umschlag und drehte ihn um.

Ms R. Evans …

Darüber das gestempelte Logo der Harvard University.

Oh.

Oh, Shit.

Die Cheerios drohten sich wieder blicken zu lassen, und mein Herz schlug irgendwo in meinem Hals, während ich an dem Umschlag herumfummelte, um ihn zu öffnen. Das war jetzt nicht wahr. Das war jetzt einfach nicht wahr. Vor ein paar Monaten hatte ich einen Brief bekommen, in dem stand, dass ich mich auf der Warteliste befand, und eigentlich dachte ich, das war's. Bloß … offensichtlich war's das nicht.

Jetzt faltete ich den Brief auf und legte ihn flach auf den Tresen, um ihn zu lesen.

… erfreut, Sie zu informieren …

Ruckartig hob ich den Kopf, die Kinnlade hing mir herunter. »Ich … ich …«

Ich brachte kein weiteres Wort raus.

Dads Augen hinter den Brillengläsern wirkten etwas verwirrt und ungeduldig schnappte er sich den Brief, damit er ihn selbst lesen konnte. Ich beobachtete, wie seine Augen ein paarmal über die Zeilen flogen, bevor er in lautes Gelächter ausbrach und den Kopf schüttelte.

Ich zuckte zusammen, denn ich wusste, was als Nächstes kommen würde, und kam ihm aufstöhnend zuvor, ließ den Kopf nach vorne fallen und vergrub das Gesicht in den Armen. »Bitte, sag's nicht. Bitte sag's nicht.«

»Du bist in Harvard angenommen. Mein kleines Mädchen ist in Harvard angenommen. Du …« Dann räusperte er sich erneut. »Liebling, du hast mir nicht mal erzählt, dass du dich da beworben hast. Wegen … wegen Noah?«

Wieder stöhnte ich auf.

Das war eigentlich nicht vorgesehen.

Das erste College, für das ich mich beworben hatte, war Berkeley – weil, na logisch, so war's eben. Und dann hatte ich mich zur Sicherheit noch an anderen Unis beworben. Natürlich. Das macht man schließlich so, oder etwa nicht? Hatte mir mein Vertrauenslehrer jedenfalls geraten. Also hatten Lee und ich versucht, die gleichen Uni-Alternativen auszusuchen.

Lee hatte davon geredet, sich an der Brown zu bewerben, weil sich seine feste Freundin Rachel dort beworben hatte, und …

Kann sein, sozusagen in einem Moment des Wahnsinns, hatte ich … eine Bewerbung an Harvard geschickt. Wo mein fester Freund, Lees älterer Bruder Noah, seit vergangenem Jahr studierte.

Wahnsinn, weil ich nicht davon ausging, angenommen zu werden. Damit habe ich nie gerechnet und nie für möglich gehalten, dass es dazu kommt. Ich meine, sicher, ich habe für die Schule viel gelernt, meine Noten waren gut, und ich habe eine Reihe Wahlkurse belegt und bei den SATs, den Standardtests, mit denen die Studierfähigkeit bewertet wurde, gut abgeschnitten … aber … Das hier war Harvard, oder? Eigentlich nicht die Art von Uni, bei der man aus einer Laune heraus angenommen wird, sondern eine, auf die man seine ganze Highschool-Zeit über hinarbeitet.

Wahnsinn, diese Zusage kam komplett unerwartet.

»Irgendwie schon«, antwortete ich jetzt. Ich hob ein wenig den Kopf und verzog das Gesicht, als ich Dads Blick auffing. Argh. Er wirkte so verdammt *stolz* auf mich. Ich wünschte, er hätte damit aufgehört. »Ich … ich weiß nicht. Ich dachte, es wäre vielleicht nett. So, wie sich Lee auch für die Brown beworben hat, weil Rachel dort anfängt. Ich habe das nie irgendwem gegenüber erwähnt …«

»Moment mal – Lee weiß nichts davon?«

Etwas von dem Stolz in seinem Gesichtsausdruck

verschwand. *Gut,* dachte ich. Ein wenig elterliche Enttäuschung war das Mindeste, das ich dafür verdiente, vor meinem besten Freund ein Geheimnis zu haben. Zuletzt war das der Fall, als ich anfing, Noah zu daten, und ich mir Sorgen gemacht hatte, dass Lee es rausfinden und schlecht aufnehmen würde. Und es war nicht gerade allzu gut gelaufen, als er es herausfand, auch wenn er es mir letztlich verzieh …

»Es ist nicht so, dass ich versucht habe, es vor ihm geheim zu halten«, bemühte ich mich, die Sache zu erklären. »Das war nicht wie … na, du weißt schon, als das mit Noah begann. Ich dachte nur nie, angenommen zu werden, also fand ich, war es nicht nötig, ihm Angst einzujagen. Ich ging nicht davon aus …« Ich seufzte. »Ich war zuerst auf der Warteliste. Das fand ich irgendwie cool, verstehst du? Aber die Leute auf der Warteliste werden eigentlich nicht in Harvard aufgenommen.«

»Anscheinend doch.«

»Yep«, murmelte ich.

Ein Grinsen huschte über Dads Gesicht, und er kam um den Tresen herum, um mich in den Arm zu nehmen. »Also, egal, was du entscheidest, ich bin so stolz auf dich, Elle. Harvard! Ich weiß, ich hatte meine Bedenken, dass du Noah datest, aber, hey, wenn das die Art von Einfluss ist, die er mittlerweile auf dich hat …«

»Ich habe mich nicht *nur* wegen Noah dort beworben. Ich meine – es ist schließlich Harvard. Wer will schon nicht nach Harvard?«

»Er ist bloß der Grund, warum du nicht eine andere Uni ausgewählt hast, sagen wir, Yale.«

»Ja«, gab ich zu. »Und ich habe mir vorgestellt … Ich meine, ich habe irgendwie sehen wollen, ob ich da angenommen werden könnte, weißt du?«

»Na ja, das hast du jedenfalls für dich behalten! Hast es nicht mal deinem alten Herrn erzählt!« Lachend setzte er sich wieder auf den Hocker mir gegenüber, doch dann bemerkte ich, wie er die Stirn runzelte und das Lächeln aus seinem Gesicht wich. Wieder tippte er auf den Umschlag. »Also, hm … du hast Lee nichts davon erzählt. Und vermutlich Noah auch nicht, oder?«

»Nein. Niemand weiß davon. Ich wollte Noah keine Hoffnungen machen, und ich wollte nicht, dass Lee denkt … Ich wollte ihn nicht verletzen. Nicht dass er denkt, ich wollte nicht nach Berkeley.«

»Hast du deinen Studienplatz dort schon bestätigt?«

Ich schüttelte den Kopf. Ich hatte es vor. War aber einfach noch nicht dazu gekommen.

Vielleicht, weil ich mir dann doch ein kleines, *winziges* Stückchen Hoffnung bewahrt hatte, dass ich noch von der Warteliste in Harvard nachrücken würde, aber …

Das war eigentlich nicht vorgesehen.

Noah hatte mal an irgendeinem Nachmittag am Telefon erwähnt, eher flapsig, dass ich mich vielleicht bewerben sollte – er hatte gemeint, es wäre schön, mich in der Nähe zu haben und mehr Zeit miteinander verbringen zu können, und dass er mich so sehr vermisste. Er war nicht davon ausgegangen, dass ich das *ernst* nehme, und das wusste ich, aber …

Es war in meinem Kopf hängen geblieben. Und ab da wollte ich ehrlich herausfinden, ob ich es schaffen könnte.

Harvard. Ich habe einen Platz in Harvard bekommen. *Ich – Elle Evans!*

Mein Mund war trocken, und mein Magen hatte sich verknotet.

»Irgendwelche Ideen, was du tun wirst?«

Ich starrte auf den Brief vom Zulassungsbüro und dachte an den in etwa gleichen oben in meiner Kommode mit dem Briefkopf von Berkeley.

Lee und ich hatten unsere Herzen an Berkeley gehängt, seit wir wussten, dass es nach der Highschool auf dem College weitergeht – seit einer gefühlten Ewigkeit. Berkeley befand sich in keinem anderen Staat, dort hatten sich unsere Moms kennengelernt und waren so gute Freundinnen geworden. Es fühlte sich besonders an.

Und selbst wenn man Noah und unsere Beziehung außer Acht ließ … tja, Harvard war eben Harvard. Die Art von Uni, von der man nur träumen konnte und auf die man die ganze Zeit hinarbeitet. (Aber okay, die Tatsache, dass Noah dort studierte, war schon ein ziemlich starker Anreiz, musste ich zugeben.)

Ich schaute von dem Brief zu meinem Dad, der so verdammt stolz auf mich wirkte, als würde er jeden Moment platzen.

»Bitte erzähl niemand davon«, sagte ich. »Vor

allem nicht den Flynns. Ich muss … Ich muss darüber nachdenken.«

Ich könnte es nicht ertragen, wenn Dad in einem verrückten Stolzer-Vater-Augenblick gegenüber Lees und Noahs Eltern etwas durchsickern lassen würde und Lee oder Noah es auf diesem Weg herausfinden würden. Ich hatte noch nicht mal eine Ahnung, wie Noah darauf reagieren würde, dass ich in Harvard angenommen war, geschweige denn, was er sagen würde, wenn ich mich entscheiden sollte, den Platz dort anzunehmen – vielleicht würde er antworten, es wäre nur so dahergesagt gewesen, dass es nett wäre, mich dort zu haben, aber nichts, was er tatsächlich so gemeint hatte. Vielleicht würde er mich tatsächlich nicht *wirklich* dahaben wollen.

Und Lee …

Lee wäre dermaßen verletzt, wenn ich meine Meinung ändern und ihm sagen würde, dass ich trotz all unserer Versprechen (und auch wenn ich sehr verärgert war, als ich davon gehört hatte, dass er sich an der Brown beworben hatte) erneut das Gleiche hinter seinem Rücken gemacht hatte wie damals, als ich mit Noah zusammengekommen war.

»Du musst dich bald entscheiden«, entgegnete Dad. Er streckte den Arm aus und drückte meine Schulter. »Harvard wird nicht lange auf eine Antwort warten wollen.«

Bevor ich Noah und Lee davon erzählte, musste ich zuerst selbst herausfinden, was ich wollte. Und zwar schnell.

2

Den Rest des Vormittags verbrachte ich damit, mich für den Lunch mit den Flynns fertig zu machen. Lees Mom hatte für uns alle ein schickes Essen organisiert, um unseren Schulabschluss zu feiern. Normalerweise war ich nicht so fürs Hübschmachen, also hatte ich nacheinander ein paar Outfits ausprobiert und dann einen leicht verzweifelten Video-Call mit Rachel geführt, die bei dem Mittagessen auch dabei sein würde. Genug Ablenkung von den nun also zwei Zulassungsschreiben, die sich jetzt in meiner Kommode befanden. Und dann holte mich natürlich Noah ab, um zum Restaurant zu fahren, also hatte ich wirklich keine Zeit gehabt, darüber nachzudenken …

»Also«, sagte Noah und legte den Arm um meine Schulter, als wir aus dem Auto stiegen. Intuitiv bewegte sich meine Hand, und meine Finger verschränkten sich mit seinen. »Ich habe nachgedacht.«

»Vorsicht. Du willst dir doch nicht selbst wehtun.«

Er verdrehte die Augen.

»Worüber?«, reagierte ich rasch, Scherz beiseite.

»Ich habe nachgedacht«, begann er noch mal, »vielleicht kannst du diesen Sommer mit mir nach Boston kommen. Du könntest dir ansehen, wo ich wohne. Ich kann dir dein Schubfach in der Kommode zeigen.«

»Du hast ein Fach in deiner Kommode für mich freigelassen? Aahhh«, gurrte ich ihn an und drehte ihm das Gesicht zu, um mit den Wimpern zu klimpern. Scherzhaft kniff ich ihn in die Wange. »Schaut euch nur meinen Boyfriend an, diesen einfühlsamen Kerl.«

Noah war *solch* ein einfühlsamer Kerl. Zumindest im Vergleich zu unserer Anfangszeit. Noah war damals der Bad Boy an unserer Schule und hatte den Ruf, tonnenweise Mädels abzuschleppen (später erzählte er mir, das meiste davon war gar nicht wahr). Er besaß sogar ein Motorrad und früher rauchte er, nur um seiner Rolle besser entsprechen zu können. Und jetzt saß er hier und sprach über das Fach in der Kommode, das er für mich reserviert hatte.

Ich liebte ihn so sehr.

»Es wäre toll, wenn du mit mir in Boston wärst. Auch wenn es nicht direkt Harvard ist. Wir könnten so viel mehr voneinander haben. Könnten sogar über den Sommer ein gemeinsames Apartment suchen oder so etwas.«

Abrupt blieb ich stehen, zog meine Hand aus seiner, bevor er bemerkte, wie feucht sie geworden war.

Auch Noah hielt an und drehte sich lachend zu mir um. Trotzdem war sein Gesichtsausdruck hölzern, und er konnte mir kaum in die Augen schauen, sondern blickte stattdessen auf den Parkplatz hinter mir. »Was? Zu einfühlsam? Ich dachte, du wolltest, dass ich mich mehr öffne, aufrichtiger bin, nicht total macho-macho und nie über Emotionales spreche.«

Ich machte den Mund auf, aber es kam kein Ton raus.

Noahs Wangen liefen pink an. »Ich meine, hm … du weißt schon. Elle.« Er räusperte sich und rieb sich den Nacken. »Ich hab's nicht ernst gemeint.« *Schluck.* »Zusammenziehen ist schließlich ein großer Schritt, meine ich. Wir sind noch nicht so weit. Ich hab nur Spaß gemacht.«

An der Stelle hätte ich ihm sagen sollen, dass ich angenommen wurde. Zur Hölle, an der Stelle hätte ich ihm erzählen sollen, dass ich mich in erster Linie beworben hatte, um die unmögliche Chance zu erhalten, vielleicht am Ende wirklich mit ihm in Boston zu leben. Er hatte von alldem keine Ahnung, aber sprach davon, wie schön es wäre, mich bei sich zu haben, und dass wir *zusammenleben* könnten.

Die Vorstellung, dass Noah eine solch riesige Bindung eingehen und mit mir zusammenwohnen wollte, hätte mein Herz Saltos machen lassen sollen. Ich hätte vor Freude kreischen und meine Arme in die Luft werfen und rufen sollen: *Überraschung! Das machen wir! Ich kann nach Boston ziehen!*

Das war definitiv der Moment, an dem ich es ihm hätte sagen sollen.

Vor allem, weil er so gekränkt wirkte, da er fast

lässig dahingesagt vorgeschlagen hatte, dass wir zusammenwohnen könnten, und nun dachte, ich würde die Vorstellung entsetzlich finden.

»Elle?«

Mist. Los, Elle, sag was. Sag's ihm!

Ich blickte zu Noah, konzentrierte mich auf sein Gesicht, statt durch ihn durchzuschauen. Und dann sagte ich: »Ich glaube, ich habe meinen Lockenstab angelassen.«

Ich nahm nicht an, dass er mir das abkaufte, aber er sagte: »Schick deinem Dad eine Nachricht. Er kann für dich nachsehen.«

Schnell holte ich mein Handy raus und tat so, als würde ich Dad schreiben, ich tippte und löschte die Nachricht sofort, ohne sie abzuschicken.

»Komm, wir sind sowieso schon spät dran«, sagte Noah.

»Ja«, sagte ich und warf ihm einen finsteren Blick zu, aber dann machte sich doch ein Lächeln auf meinem Gesicht breit. »Und wessen Schuld ist das?«

»Was denn, ist es jetzt *meine* Schuld, dass du so verdammt gut ausgesehen hast?«

Wir liefen wieder nebeneinander, und er beugte sich herunter, um meinen Hals zu küssen. Ich lachte und schob ihn weg. »Wage es nicht! Das hat eben schon dazu geführt, dass wir jetzt zu spät sind.«

»Genau genommen wären wir gar nicht zu spät, wenn wir uns gar nicht blicken lassen …«

»Noah Flynn, denk nicht mal daran. Da drinnen wartet ein großer Eisbecher mit meinem Namen drauf auf mich, und selbst du und auch nicht dein süßer Hintern können sich dem in den Weg stellen.«

»Mein süßer Hintern, soso?«

Ich weiß nicht, wie er das machte, aber obwohl wir bereits über ein Jahr zusammen waren, konnte er immer noch dafür sorgen, dass ich rot wurde, wenn er so etwas sagte. Noah kicherte, legte den Arm um mich und führte mich ins Restaurant.

Mit den Flynns zusammen zu essen, war nicht ungewöhnlich, aber normalerweise waren auch Dad und mein Bruder dabei, wenn wir auswärts essen gingen. Mir kam es ein wenig seltsam vor, dass Lees und Noahs Mom June heute nur mich zum Lunch eingeladen hatte, aber vielleicht lag es daran, dass sie auch Rachel eingeladen hatte. Vielleicht ging es da weniger um »Elle« als um »Noahs Freundin«.

Selbst nach mehr als einem Jahr bedeutete die Tatsache, Noahs Freundin zu sein, immer noch eine neue Dynamik, an die wir uns alle nach wie vor gewöhnen mussten.

Das ausgesuchte Restaurant mit Dachterrasse war umwerfend. Ich kam mir in meinen Jeans underdressed vor und mein Blick wanderte zu einer Gruppe junger Frauen Anfang zwanzig, die miteinander lachten und Mimosas tranken. Ich war froh, dass mich Rachel überredet hatte, nicht meinen Hoodie anzuziehen, sondern mir stattdessen mit meiner Frisur ein bisschen Mühe zu geben.

Wir fanden die anderen schnell, und als June aufstand, um mich zur Begrüßung zu umarmen, sagte ich: »Es tut mir leid, dass wir zu spät kommen. Der Verkehr war übel und wir mussten auch noch tanken.«

»Schon gut«, sagte sie und lächelte warmherzig, während wir uns setzten.

Ich hörte Lee murmeln: »Verkehr? Echt? Damit will sie sich rausreden?«

Darauf folgte sofort ein »Autsch«, weil ihm Noah unter dem Tisch auf den Fuß trat.

Nachdem wir bestellt hatten, genoss ich den Ausblick auf die Skyline. »Was für ein toller Ort.«

»Wir wollten euch schließlich in ein besonderes Restaurant ausführen, um euren Schulabschluss ordentlich zu feiern«, sagte Matthew, Lees und Noahs Dad.

»Ich gebe Elle recht«, schwärmte Rachel. »Es ist so toll hier. Danke, dass ihr mich eingeladen habt.«

»Unglaublich, dass wir tatsächlich mit der Schule fertig sind«, sagte Lee kopfschüttelnd. »Die Vorstellung, im Herbst nicht mehr in die Schule zurückzukehren, ist echt merkwürdig. Das war's. Und jetzt haben wir noch den ganzen Sommer vor uns …«

»Der wird schnell vorbei sein«, erklärte Noah. »Glaubt mir.«

»Ja, ihr Kids macht am besten richtig was daraus«, sagte Matthew. »Irgendwelche großen Pläne für den Sommer?«

»Du meinst über das Strandhaus hinaus?« Lee

lachte. »Tatsächlich haben wir darüber gesprochen, gleich am Wochenende hinzufahren, wenn das für euch cool ist.«

Erwartungsvoll lächelnd schaute ich zu June und Matthew und rechnete damit, dass sie nickten und »Natürlich!« antworteten. Denn warum sollten sie nicht? Lee und ich hatten schon seit ein paar Wochen ein verlängertes Wochenende im Strandhaus der Familie geplant. Ich verbrachte dort jeden Sommer mit allen Flynns, aber Lee und ich hatten überlegt, jetzt, da uns der Schulabschluss nicht mehr im Wege stand, wäre es cool, wenn nur wir beide hinfahren, genüsslich ein paar Bier trinken und nach dem verrückten und heftigen letzten Schuljahr etwas Dampf ablassen würden.

Doch statt zurückzulächeln und zu sagen, dass wir hinfahren dürften, gar kein Problem, blickten sich Matthew und June nur an. June spitzte die Lippen und wirkte besorgt. Ich sah, wie ihr Mann ihr zunickte, und ich bekam ein mulmiges Gefühl im Bauch.

Ich war nicht die Einzige, der etwas aufgefallen war.

»Was hat dieser Blick zu bedeuten?«, fragte Noah. »Ist alles okay?«

»Alles gut«, antwortete June gezwungen lebhaft und mit einem starren, viel zu breiten Lächeln, während sie in die Runde schaute. *Oh-oh*, dachte ich. Das war kein Mom-Lächeln. Eher die Art von Lächeln, das sie aufsetzte, wenn sie einen Anruf aus dem Büro annahm. Sie holte tief Luft. »Tatsächlich haben wir Neuigkeiten …«

Ein schreckliches Gefühl kroch kribbelnd über meine Haut.

»Wir haben entschieden, das Strandhaus zu verkaufen.«

Unmöglich.

Das war jetzt nicht wahr.

Der heutige Tag war sowieso schon eine totale Achterbahnfahrt der Gefühle, aber das hier war bislang der übelste Teil davon – und es war noch nicht mal ein Uhr.

»Was? Warum?«, platzte Noah heraus, während Lee schreiend aufsprang. »Moment mal! Was? Wieso das?«

»Lee, bitte, setz dich hin«, sagte sein Dad nachdrücklich.

Lee setzte sich wieder, gaffte aber seine Eltern an. »Wartet mal kurz – sollte dieses ganze Essen bloß den Schlag ins Gesicht abmildern und uns Honig ums Maul schmieren, bevor ihr die Bombe platzen lasst?«

»Nein!« June setzte sich aufrechter und spielte nervös mit ihrer Serviette herum. »Nicht … wirklich … Na ja, so ähnlich. Hat es funktioniert?«

»Köstliches Essen und gute Getränke zu benutzen, um schlechte Nachrichten zu verbreiten, ist falsch, Mom, einfach falsch. Ich dachte, wir hätten euch besser erzogen.«

Noah stieß ihn mit dem Ellenbogen an, damit er aufhörte, Witze zu reißen. »Meint ihr das ernst?

Ihr wollt tatsächlich das Strandhaus verkaufen? Es gehört uns seit Ewigkeiten!«

»Wir haben schon eine ganze Weile darüber gesprochen«, antwortete June. »Es ist einfach nicht sinnvoll, es noch zu behalten, wenn ihr Kids aufs College geht. Du hast es ja selbst vergangenes Jahr gesagt, Noah. Ihr werdet bald Jobs haben, Sommer-Praktika, und fürs College im Land herumziehen, oder um Freunde zu treffen … Eine Menge Dinge ändern sich, also scheint es das Vernünftigste zu sein.«

»Und da können wir euch den Rest ebenso gut gleich erzählen, weil ihr es sowieso bald herausfinden werdet«, sagte Matthew schniefend. »Das gesamte Gebiet wird neu gestaltet. Wenn wir jetzt verkaufen, bekommen wir vier- oder fünfmal mehr, als das Ganze wert ist.«

»Ihr klingt wie Makler«, motzte Lee und rutschte tiefer auf seinem Stuhl.

»Liebling«, sagte June. »Ich *bin* Maklerin. Wir haben uns die Entscheidung nicht leicht gemacht. Es gibt eine Menge interessierte Käufer, und das Grundstück ist zu wertvoll, um es zu behalten.«

»Das Grundstück?«, wiederholte Noah. Stirnrunzelnd lehnte er sich über den Tisch. »Das Haus wird aber nicht abgerissen, oder?«

Matthew zuckte mit den Achseln. »Ziemlich wahrscheinlich schon. Wir hätten dich nicht für so sentimental gehalten, Noah.«

Schmollend ließ Noah die Schultern sinken. Das

ließ ihn jünger wirken und war ein komplett Noah-untypischer Anblick. Vielmehr sah er in diesem Moment eindeutig wie Lee aus. »Wir haben viel Zeit in dem Haus verbracht. Es ist – es ist einfach seltsam, sich vorzustellen, nie wieder dort zu sein«, entgegnete er unbeholfen.

»Wo sollen wir denn jetzt das Feuerwerk zum Vierten Juli anschauen? Gemeinsam im Strandhaus zu sein, ist Tradition. Wir haben uns geschworen, jeden Sommer dort zu sein! Genauso gut könntest du Weihnachten streichen, Mom.«

»Lee …«

»Mit dem Geld aus dem Verkauf können wir ein anderes Haus kaufen«, schlug Matthew vor, als wäre das auch nur *annähernd* der Punkt. »Eines, bei dem nicht die Farbe von der Wand blättert und jedes Jahr der Filter im Pool ausgetauscht werden muss.«

»Nein!«, rief Lee. »Ich stelle mich da quer. Ihr dürft es nicht verkaufen.«

»Yeah«, stimmte Noah ein, rutschte auf seinem Platz herum und verschränkte wie Lee die Arme vor der Brust. Die beiden waren immer so unterschiedlich gewesen, aber jetzt war ganz offensichtlich, dass sie Brüder waren. Sie bildeten eine geschlossene Front. »Diesmal muss ich Lee völlig recht geben. Das Haus gehört zur Familie seit – was, achtzig Jahren? Es war das Haus deiner Grandma, Dad! Du kannst es nicht einfach *austauschen*. Du darfst es nicht verkaufen!«

»Falls wir hier abstimmen, bin ich auch eindeutig dagegen«, sagte ich und hob die Hand. Es kam mir vor, als würde das Strandhaus genauso mir gehören wie den Flynns. Und Lee hatte recht. Es ging um Tradition.

Ich warf Rachel schnell einen Blick zu, auch wenn sie im letzten Jahr nur ein paar Tage im Strandhaus verbracht hatte, und daraufhin winkte sie verlegen mit der Hand. »Ich auch.«

June seufzte. »Tut mir leid, Leute. Die Sache ist bereits entschieden.«

In exakt diesem Moment tauchte die Kellnerin mit unseren Tellern auf.

»Zur Hölle mit entschieden«, nuschelte Lee zu sich selbst, aber ich hörte es. Er fing meinen Blick auf und ich glaubte, ihn noch *nie* dermaßen entschlossen gesehen zu haben.

Wenn seine Eltern meinten, wir würden das Strandhaus ohne Widerstand hergeben, hatten sie sich geirrt.

3

Ich hatte eigentlich gedacht, die Berkeley-oder-Harvard-Sache war schon schlimm genug, aber jetzt das?

Lee schmollte während des gesamten Hauptgangs vor sich hin – und zu meiner Verblüffung Noah auch. Die beiden verzogen das Gesicht und blickten finster vor sich hin und grollten leise flüsternd, stocherten in ihrem Essen und schauten von Zeit zu Zeit ihre Eltern böse an.

Lee und Noah sahen sich in dem Moment so ähnlich, dass es fast lustig war.

Fast.

Was Rachel anging, versuchte sie, die Stimmung zu heben. Sie sprach mehrmals Lee an, und als das nicht funktionierte, sprach sie derart begeistert mit seinen Eltern, dass es schon an Manie grenzte, während sie alles gab, um das bleischwere Schweigen zu brechen.

Ich versuchte immer noch, mir einen Überblick über alles zu verschaffen.

Das Strandhaus verkaufen? Ich hätte nie gedacht,

dass das überhaupt eine Möglichkeit war. Denn es war *das Strandhaus*. Dort hatten wir so ziemlich jeden Sommer unseres Lebens verbracht. Einige meiner besten Erinnerungen hingen daran. Dort waren Lee und ich zum ersten Mal ohne Schwimmflügel geschwommen! Dort war ich mit neun Jahren von einer Qualle erwischt worden und hatte Noah dazu gebracht, mich den ganzen Weg zurück zum Haus Huckepack zu tragen. Dort hatte Lee seinen ersten Kuss bekommen von einer Latina-Rettungsschwimmerin, die aus dem Norden stammte und an deren Namen sich mittlerweile *niemand* von uns mehr erinnern konnte.

Ich warf Noah, der mit angespanntem Kiefer dasaß, einen Blick zu. Als wir größer wurden und Noah plötzlich zu cool geworden war, um noch mit uns abzuhängen, war das Strandhaus der einzige Ort gewesen, an dem sich alles so anfühlte wie früher, als wir noch Kinder waren und er gern mit uns zusammen gewesen war.

Dort hatten wir zum ersten Mal Bier getrunken, das wir uns am Vierten Juli, als wir dreizehn waren, heimlich aus einer Kühlbox geholt hatten – als Noah in der Schule anfing, ein cooler Typ zu werden, der alle Regeln brach, aber nicht so cool, uns nicht in seinen kleinen Raubzug einzubeziehen. (Obwohl für ihn damals schon die Grenze da verlief, wo er uns auf irgendwelche Partys, auf die er in dem Sommer ging, hätte mitschleppen sollen.)

Sie durften das Haus einfach nicht verkaufen. So

lief das nicht. Nicht bei einem Ort wie dem Strandhaus.

Es war so viel mehr als nur ein Stück Land, ein kleines Haus, von dem die Farbe abblätterte, und mit einem unzuverlässigen Poolfilter.

Mein Handy läutete. Blitzartig durchzuckte mich ein schlechtes Gewissen, weil ich es nicht auf lautlos gestellt hatte, aber statt mich zu entschuldigen und das Telefon wieder in meine Handtasche zu stecken, nahm ich das Läuten zum Anlass, den Tisch zu verlassen. »Ich muss da kurz ran. Bin gleich wieder da.«

Ich versuchte, nicht vor der bitteren Stimmung wegzulaufen, die über unserem Tisch hing.

Eine unbekannte Nummer, aber ich nahm den Anruf trotzdem an. »Hallo?«

»Hi. Spreche ich mit Miss Evans?«, fragte eine Frauenstimme höflich.

»Äh, ja. Ja, am Apparat.«

»Miss Evans, hier ist Donna Washington vom Büro für Studienanfänger in Berkeley.«

Oh, Mist. Shit, Shit, Shit!

»Äh …«

Ich biss die Zähne zusammen und hob auch die zweite Hand, um mein Handy festzuhalten. Ich warf einen kurzen Blick über die Schulter. Immer noch saßen alle saßen am Tisch, deutlich außer Hörweite …

»In den vergangenen Wochen habe ich mehrmals versucht, Sie zu erreichen.«

Mein Magen krümmte sich. Ich fragte mich, ob ich kurz davor war, das überteuerte, schicke Essen an die

Wand vor mir zu kotzen. Ich schluckte und antwortete: »Tut mir leid, ich habe .... Ich war bloß wahnsinnig beschäftigt ... Mit der Abschlussfeier und ... und so ...«

Wow, Elle, tolle Antwort. *Ganz leicht zu erkennen, wie du mit solchen Ausreden an Unis wie Berkeley und Harvard gelangt bist.*

»Sicher ist Ihnen bereits bekannt, wenn Sie meine Sprachnachrichten und unsere E-Mails erhalten haben, dass dieser Anruf Ihre Entscheidung bezüglich Ihres Studienanfangs in Berkeley im Herbst betrifft.«

»Na ja, ich ... Ich habe mich gefragt, ob es vielleicht – vielleicht ist es möglich, einen kleinen Aufschub zu bekommen ...«

Donna Washington klang, als hätte sie auf meinen unbedeutenden, unentschlossenen Bullshit heute keine Lust. Ihr ohnehin schon gereizter Ton wurde noch schnippischer. »Wir haben Ihnen bereits eine Verlängerung über die übliche Bedenkzeit hinaus gewährt, Miss Evans.«

Meine Hände begannen zu schwitzen. »Ich ... ich weiß, und ich bin Ihnen dafür dankbar, aber – bitte – ich bin bloß ... Ich bin gerade heute woanders von der Warteliste nachgerutscht, und ich brauche noch ein *klitzekleines* bisschen mehr Zeit. Bitte?«

»Miss Evans«, unterbrach mich Donna Washington und jagte mir für eine Sekunde einen Riesenschrecken ein, »ich muss Ihnen mitteilen, dass Sie bis Montag Zeit haben, den angebotenen Platz anzunehmen. Wenn wir bis dahin nichts von Ihnen hören, haben wir keine andere Wahl, als Ihren Platz jemandem anzubieten, der bei uns auf der Warteliste steht.«

Sie wartete auf meine Reaktion. Ich war ein wenig überrascht, denn ich hatte fast damit gerechnet, dass sie nach dem letzten Satz einfach auflegt.

»Verstehe«, antwortete ich leise. »Danke.«

Nach dem Gespräch blieb ich noch eine Minute an der Wand stehen. Meine Atmung war unregelmäßig und meine Handflächen schwitzten immer noch. Ich wischte sie mir an der Jeans ab.

Bis Montag also. Nur drei Tage, einschließlich heute.

Bloß ein paar Tage, um eine möglicherweise lebensverändernde Entscheidung zu treffen. Und das Ganze Lee und Noah zu beichten. Völlig in Ordnung. Damit konnte ich klarkommen.

Vielleicht sollte ich eine Münze werfen?

Zurück am Tisch sah ich, dass unsere Desserts gekommen waren. Lee fuchtelte mit einem Löffel voller Eiscreme herum, redete aufgeregt auf seine Eltern ein – zweifellos stritten sie wieder über das Strandhaus. Noah neben ihm nickte und sagte gelegentlich etwas, um seinem kleinen Bruder den Rücken zu stärken.

Ich schob das Handy zurück in meine Hosentasche und kehrte zu den anderen zurück.

»Hilf mir mal, Elle«, sagte Lee und brach mitten im Satz ab, um mich in das Gespräch miteinzubeziehen. »Berkeley ist nicht mal so weit vom Strandhaus entfernt. Nicht mal in einem anderen Staat! Selbst wenn wir Sommer-Praktika machen, oder was auch immer, wären sie wahrscheinlich irgendwo hier in der Nähe. Wir könnten es also durchaus wie immer zum Strandhaus schaffen. Stimmt's, Elle?«

»St-stimmt.«

Tief in meinem Bauch zerrten Gewissensbisse an mir.

Der Schmerz ließ etwas nach, als ich bemerkte, dass vor Lee zwei Eisbecher standen, an denen er sich gleichermaßen bediente. Er schob den mit den Erdbeeren weiter zu mir.

»Wer war das am Telefon?«, fragte mich June, statt Lee zu antworten.

»Oh, äh, nur Dad. Du weißt schon, das Übliche. Braucht mich als Babysitter für Brad.«

»Mom, du darfst nicht ...«

»Lee, bitte.« Matthew seufzte und massierte sich mit einem Fingerknöchel die Stelle zwischen den Augen. »Das steht nicht zur Diskussion. Ihr habt gesagt, darüber nachgedacht zu haben, am Wochenende zum Strandhaus zu fahren, richtig? Wie wäre es, wenn wir alle hinfahren und anfangen, ein paar Dinge auszusortieren? Wir müssen alles aufräumen, das ganze Haus entrümpeln ... Und wir sollten lieber früher als spät damit anfangen, hm? Rachel, Elle, wir könnten natürlich auch eure Hilfe gebrauchen.«

Ich sträubte mich etwas, mit Rachel in einen Topf geworfen zu werden. Als ob ich nur Noahs Freundin wäre. Und nicht ein Teil dieser Familie und als hätte ich nicht einen Haufen Sommer im Strandhaus verbracht. Als hätten sie nicht tausendmal zu mir gesagt: »Das ist genauso dein Zuhause wie unseres, Elle!« Und als hätte ich es nicht auch mein ganzes Leben lang *genauso* empfunden.

»Ich helfe gern«, quiekte Rachel und klang dabei, als hätte sie keine große Wahl.

»Oh, ich werde da sein«, hörte ich mich selbst blaffen. June legte ganz kurz eine Hand auf meine.

»Na schön«, bellte Noah.

»Aber ihr solltet wissen«, erklärte Lee, »wir sind nicht glücklich darüber.«

Ich senkte den Kopf und schaute auf das, was er von meinem Dessert übrig gelassen hatte. *Ja, das ist nicht alles, worüber wir nicht glücklich sind.*

Mein Handy brannte mir ein Loch in die Tasche. Vergesst doch mal das das Strandhaus, hätte ich am liebsten gesagt. *Was zur Hölle soll ich jetzt mit dem College machen?*

Mein Blick wanderte zwischen den Flynn-Brüdern hin und her: Lee, der mit düsterer Miene Rachel etwas zuknurrte, aber eher verletzt wirkte als alles andere, und Noah, der mir in die Augen schaute und mir ein schiefes Lächeln schenkte.

Lee und Berkeley oder Harvard und Noah?

Ich hatte nur drei Tage, um mich zu entscheiden.

4

Nach unserem schicken Essen setzte mich Noah zu Hause ab. Während der gesamten Rückfahrt hatte ich geschwiegen und mir über die neue Entwicklung mit dem Strandhaus und mein College-Dilemma den Kopf zerbrochen. Glücklicherweise war Noah damit beschäftigt zu schmollen, sodass er nicht gefragt hatte, was mit mir los war.

Ich wollte es ihm unbedingt sagen.

Aber wie? Wie konnte ich Lee nur so das Herz brechen? Und andererseits hatte ich das Gefühl, die Entscheidung ohne einen von beiden treffen zu müssen – aber *vor allem* ohne Noah. Sollte ich nach Harvard gehen, wollte ich das definitiv nicht, weil ich mit meinem Freund zusammen sein wollte oder weil ich mich genau aus diesem Grund von ihm dazu überreden ließ.

Es ging ums College. Welches auch immer, es würde mich auf einen neuen Weg befördern und von da an den Rest meines Lebens beeinflussen. Ob Berkeley oder Harvard, ich konnte die Entscheidung nicht ausschließlich auf einem *Jungen* aufbauen.

Oder in diesem Fall: zwei Jungen.

Selbst wenn ich seine Unterstützung bei der Entscheidung nicht wollte, wünschte ich mir, Noah davon zu erzählen. Dann könnte er mich in den Arm nehmen, mir irgendeinen Rat geben, mir versichern, dass alles okay ist und alles gut werden wird. Lee würde es verstehen, falls ich letztendlich meinen Studienplatz in Berkeley *ablehnen* würde.

Noah hielt vor unserem Haus und ich spielte mit meinem Türschlüssel.

»Also, dann hole ich dich morgen ab, um zum Strandhaus zu fahren?«

Beinahe hätte ich mit den Augen gerollt und gesagt: »Nein, Dummkopf, ich fahre doch mit Lee hin ...« Aber dann fiel mir ein, dass es so nicht mehr lief. Nicht wegen Noah, sondern weil jetzt statt mir Lees Freundin bei ihm auf dem Beifahrersitz saß.

Als könnte er meine Gedanken lesen, fügte Noah hinzu: »Meine Eltern nehmen Lee und Rachel mit. Ich fahre mit dem Motorrad.«

Ich verzog das Gesicht, aber nur im Scherz. »Oh, komm schon, du weißt doch, ich hasse diese Todesfalle auf zwei Rädern ...«

»Und du hasst es *wirklich*, eine Ausrede dafür zu haben, dich eng an mich zu kuscheln ...«, murmelte Noah und das Grinsen, das ich so gut kannte, zog an seinem Mundwinkel, während er sich über die Mittelkonsole des Autos zu mir beugte.

»Ekelhaft«, bestätigte ich. »Absolut und überhaupt.«

Er drehte den Kopf, seine Lippen strichen über mein Kinn und es verschlug mir den Atem. Bei dem Gefühl flatterten sofort meine Lider, meine Haut prickelte, während er sich sanft zu meinem Ohr weiterbewegte. »Ich hole dich also um neun ab?«

Ich nickte und drehte mich im Sitz, sodass mein Mund seinen fand. Das würde mich nie langweilen, beschloss ich. *Niemals*. (Und falls ich nach Harvard gehen würde, dachte ich, wäre ich nie allzu weit entfernt von diesem Gefühl …)

Widerwillig löste ich mich schließlich von Noah. »Kommst du noch mit rein?«

»Nope. Lee ist nach Hause gefahren, nachdem er Rachel bei sich abgesetzt hat, und ich käme mir wie ein schrecklicher Sohn vor, wenn ich meine Eltern jetzt mit ihm alleine lassen würde. Obwohl ich auf Lees Seite bin.«

Ich konnte nicht anders, als nun auch zu grinsen, und stieß Noah leicht gegen die Schulter. »Schau dich an, Noah Flynn, ganz erwachsen triffst du solch vernünftige Entscheidungen.«

Würde ich mich nach nur einem Jahr am College auch dermaßen verändern?

Oder Lee?

Noahs Wangen nahmen ein schwaches Pink an. »Ja, ja, Shelly, finde dich damit ab. Grüß deinen Dad und Brad von mir.«

»Mach ich.«

Wir küssten uns noch einmal – diesmal nicht ganz so lang wie vorhin –, und dann stieg ich aus.

Ich öffnete die Haustür, Noah wartete noch einen Moment im Auto, bis ich mich umdrehte und ihm zuwinkte, dann rief ich ins Haus, dass ich wieder da war.

»Wir sind hier«, hörte ich Dad aus der Küche, wo ich ihn und Brad beim Uno-Spielen fand.

»Darf ich mitspielen?«

»Klar«, antwortete Brad und zog das Wort unendlich in die Länge, was mir sofort verdächtig vorkam. »Los, nimm dir Karten, Elle.«

Beide warteten geduldig, bis ich meine Tasche abgestellt, mich auf der anderen Seite des Tisches zu ihnen gesellt und mir Karten von dem Stapel in der Mitte genommen hatte.

»Ich bin dran«, meldete Brad. »Und dann du.«

»Okay.«

Er knallte eine Karte auf den Tisch. »Nimm vier! Wechsel zu … grün!«

Stöhnend legte ich meine Karten mit dem Gesicht nach unten auf den Tisch. »Och Mann, kommt schon! Ihr wollt mich wohl verarschen!«

»So sind die Regeln«, sagte Dad. »Sorry, Süße.«

Man hörte, es tat ihm nicht im *Geringsten* leid, dass ich genau im richtigen Moment dazugekommen war, um ihm vier weitere Karten zu ersparen, da er nur noch drei auf der Hand hielt.

Unterm Tisch klatschte er Brad ab, und die beiden kicherten, als ich erneut vier Karten aufnehmen musste und nach einer grünen Karte suchte. Die ich nicht hatte. Ich musste drei weitere vom

Stapel nehmen, bevor ich auch nur eine ausspielen konnte.

»Heute ist nicht mein Tag«, murmelte ich und beklagte mich über die schiere Anzahl der Karten in der Hand.

»War was mit den Flynns, Kleines?«

»Wusstest du, dass sie das Strandhaus verkaufen?«

»Moment mal, was?«, rief Brad. »Aber – das dürfen sie nicht. Du hast mir versprochen, dass ich diesen Sommer mitkommen darf!«

»Aha«, sagte Dad und legte eine grüne Karte ab. »June hat erwähnt, dass man das ganze Gebiet neu gestaltet. Ich glaube, ich kann nicht behaupten, überrascht zu sein. Das ist sinnvoll, wenn ihr Kids alle aufs College geht.«

»Hä, entschuldige?«, protestierte Brad. »*Ich* gehe nicht aufs College.«

»Du wirst auch dein Zeug packen und in ein Wohnheim ziehen, so schnell kann ich gar nicht gucken«, entgegnete Dad, obwohl es so klang, als würde er eher mit sich selbst reden als mit Brad.

»Aber Elle geht doch nur nach Berkeley«, betonte Brad. »Und Lee auch. Also zählt das doch nicht, oder?«

Ich zuckte innerlich zusammen.

»Du hast dich immer noch nicht entschieden, was?«, fragte mich Dad leise, statt mich direkt zu fragen, ob ich mit Lee oder Noah schon darüber gesprochen hatte, während Brad überlegte, welche Karte er als Nächstes ausspielen wollte.

Eine dringende Entscheidung, dachte ich unglücklich und mir fiel das Gespräch mit Donna Washington wieder ein.

Das war nicht fair. So sollte es nicht kommen. Wenn ich nur einen einzigen weiteren Tag auf der Harvard-Warteliste geblieben wäre, müsste ich mich jetzt nicht mit der Entscheidung herumschlagen. Die zickige Donna Washington hätte angerufen, um nach meiner Entscheidung zu fragen, und ich hätte Ja gesagt, ich hätte zugestimmt, dass wir uns im Herbst sehen, und alles wäre so gekommen, wie es hätte sein sollen, wenn nur dieser verdammte Brief aus Harvard heute Morgen nicht aufgetaucht wäre …

Vielleicht eine Art Zeichen? Dass er genau dann aufgetaucht war, nur ein paar Stunden, bevor Berkeley meine Entscheidung wissen wollte? Vielleicht sprach das Schicksal zu mir, wohin ich gehen sollte …

Dad schien auf eine Antwort zu warten, aber momentan hatte ich keine Lust, übers College zu reden.

»Morgen fahren wir zum Strandhaus, um mit dem Ausmisten anzufangen«, nuschelte ich stattdessen. Brad spielte Gelb. Zum Glück hatte ich jede Menge davon, einschließlich einer +2-Karte, die ich sofort ausspielte, sodass Dad nicht »Uno« rufen konnte. »Aber mach dir keine Gedanken, ich bin rechtzeitig zurück zum Babysitting.«

»Ich brauche keinen Babysitter«, gab Brad stolz bekannt und reckte das Kinn in die Luft. »Ich bin schon *elf*.«

Entschuldigend hob ich die Hände und meine Augenbrauen schossen nach oben. »Mein Fehler.«

Dad sah mir in die Augen und versuchte, nicht loszulachen.

»Also, wie kommt es eigentlich, dass du morgen ausgehst?«, fragte ich. Bevor heute Morgen der Brief aus Harvard eintraf, war ich vorgewarnt worden, morgen meine Babysitter-Pflichten erfüllen zu sollen, aber ich hatte noch keine Gelegenheit gehabt zu fragen, warum. Dad ging am Wochenende nicht wirklich aus, also fragte ich jetzt: »Hat es was mit der Arbeit zu tun?«

»Eigentlich«, sagte Dad, räusperte sich und machte beinahe Brad nach, wenn der den Rücken durchdrückte, um aufrechter zu sitzen. »Nein. Ich habe … ein Date.«

Ich starrte ihn eine Weile an – lang genug, dass Brad mich unterm Tisch trat und meinte: »Elle! Los, du bist dran!«

Ich spielte die erste blaue Karte, die mir in meinem Blatt ins Auge stieß, und starrte dann wieder Dad an.

Ein Date?

Seit wann ging Dad zu *Dates*?

Komm schon, Elle, stell dich deshalb nicht so an. Das war das erste Date, zu dem Dad ging, seit … immer. Seit Mom. Er fühlte sich wahrscheinlich sowieso schon seltsam deswegen, da brauchte ich nicht noch etwas dazutun.

Also sagte ich: »Okay … wie hast du sie kennengelernt? Wie heißt sie? Erzähl uns von ihr. Wohin führst du sie an diesem ersten Date aus? Bitte sag, dass du nicht irgendetwas Idiotisches vorhast, wie ihr Blumen mitzubringen. Andererseits, vielleicht solltest du …«

»Sie heißt Linda«, antwortete Dad. »Ich habe sie bei der Arbeit kennengelernt. Und wenn du es unbedingt wissen *musst*, Elle, wir hatten schon ein paar Dates, und in der Tat habe ich ihr Blumen geschenkt und sie fand das sehr süß.«

»Wow, warte mal«, platzte ich heraus. »Das morgen ist *nicht* euer erstes Date? Du warst bereits mit ihr aus und hast uns davon *nichts* erzählt?«

Dad zuckte mit den Schultern, aber ich konnte erkennen, dass er ein bisschen schuldbewusst wirkte. Ich wollte ihm kein schlechtes Gewissen machen. Oder vielleicht doch. Aber ich wollte nicht, dass er sich deshalb *mies* fühlte. Es war einfach nur … merkwürdig.

Und dann sagte er, die Augen auf seine Karten gerichtet: »Ich erzähle euch nicht von jedem Date, das ich habe. Aber die Dinge mit Linda laufen wirklich gut. Ich mag sie. Und wir werden sehen, wie's weitergeht.«

Brad schien nicht mal verdutzt. Wusste er davon? Hatte Dad *ihm* erzählt, dass er Dates hatte, aber mir nicht? Hatte er dazu gar nichts zu sagen?

»Hast du dazu gar nichts zu sagen?«, rief ich und schaute Brad ungläubig an.

Er glotzte mich eine Weile an und seufzte dann. »Ist das die Linda, die wir bei dem Firmen-Picknick in den Frühjahrsferien getroffen haben?«

»Ja, das ist sie, Kumpel.«

»Oh.« Achselzuckend betrachtete er eingehend seine beiden Karten in der Hand. »Sie war nett. Sie hat einen guten Kartoffelsalat gemacht.«

Dad spielte eine Karte aus. Brad war als Nächster dran und brüllte: »Uno!« Daraufhin machte Dad ein paar Scherze, dass Brad geschummelt haben musste. Ich beobachtete das Ganze, überlegte gleichzeitig, welche Karte ich spielen sollte, bevor mich Brad erneut unter dem Tisch trat.

Ernsthaft?

Das war *nicht das erste Date*?

Und ich hatte gerade erst davon erfahren?

Wie lange ging das denn schon, dass Brad sie bereits kennengelernt hatte? In den Frühjahrsferien war ich mit Lee auf einer Reise quer durchs Land gewesen, und wir sind nach Boston gefahren, um Noah für ein paar Tage zu besuchen. Wer hätte gedacht, dass ich so viel verpasst hatte, weil ich nicht mitgegangen war zu dem langweiligen Firmen-Picknick? Waren die beiden die ganze Zeit miteinander ausgegangen oder war das eine Sache, die sich erst kürzlich entwickelt hatte? Verstand Brad nicht, was hier vor sich ging, oder interessierte es ihn einfach nicht?

Interessierte es mich zu sehr?

Sekunden später gewann Brad das Spiel. Während er aufsprang und ein Siegestänzchen aufführte, gratulierte ihm Dad und sammelte alle Karten ein, bevor er sie mischte. »Noch eine Runde?«

»Logo!« Brad musste nicht lange überredet werden.

»Ich nicht. Ich muss, äh … Ich muss noch was erledigen.«

Dads Gesicht war sorgenvoll in Falten gelegt, und er sah mich über den Rand seiner Brille hinweg an. Ich unterdrückte einen Seufzer. Ich wollte wegen des Dates nicht komisch sein, aber offensichtlich *war* es so, sonst hätte er mich nicht so angesehen.

Entweder das oder ich wirkte genauso erschöpft, wie ich mich fühlte. Heute war viel passiert. Eigentlich viel, viel zu viel. Ich wollte mich ins Bett verkriechen und so tun, als wäre von alldem nichts geschehen. Es war viel zu viel, um damit auf einmal zurechtzukommen.

»Alles okay, Süße?«

»Klar! Nur … diese College-Sache, weißt du? Ich muss am Montag in Berkeley Bescheid sagen.« Ich warf einen kurzen Blick zu Brad und wollte nicht zu viel verraten, für den Fall, dass er bei Lee versehentlich etwas durchsickern ließ, bevor ich es ihm selbst sagen konnte. Ich bemühte mich zu lächeln und meine Stimme fröhlich klingen zu lassen, als ich hinzufügte: »Und ich *verspreche,* morgen rechtzeitig zurück zu sein, damit du zu deinem Date mit der reizenden Linda gehen kannst. Und natürlich muss ich dir noch eine Sperrstunde nennen, Mister.«

Dad entspannte sichtlich und lächelte mich an. »Danke, Elle.«

»Jederzeit gern.«

Kaum hatte ich das gesagt, bedauerte ich mein Angebot irgendwie.

Ich war nicht der Meinung, dass Dad sich nicht verabreden durfte. Es war schon lange her, seit Mom gestorben war, und er hatte es verdient, glücklich zu sein oder so, aber … Na ja, Dad war bereits so lange alleinerziehender Vater. Dating war etwas, das er nicht tat … außer, offensichtlich *doch*, er hatte uns nur nichts davon erzählt.

Ich biss mir auf die Zunge, weil ich dachte, heimliche Dates lagen wohl bei uns in der Familie.

»Schau«, sagte ich später zu Levi am Telefon, nachdem ich bei ihm die ganze Sache abgeladen hatte. »Ich versteh schon, warum er nie etwas gesagt hat. Vielleicht hatte er Angst vor unserer Reaktion oder dachte, dass wir verärgert wären, oder er wollte nichts erzählen, damit wir nicht denken, es handelt sich um was Ernsthaftes, und uns nicht an irgendeine Lady gewöhnen, obwohl sie sich irgendwann eh wieder trennen, aber na ja, was, wenn diese Linda etwas Besonderes ist und die Sache *wirklich* ernsthaft?«

»Elle«, erklärte mir Levi, »um es mit den unsterblichen Worten von Taylor Swift zu sagen, *you need …*«

»Bitte *nicht*. Ich bin *ganz* ruhig. Okay? Ich bin ruhig. Ich wundere mich nur, das ist alles. Findest du das denn nicht merkwürdig?«

Levi zuckte mit den Schultern. Er war bei seiner Schicht im 7-Eleven, wo er arbeitete, aber momentan hatte er Pause in den hinteren Personalräumen, und wir sprachen per FaceTime miteinander. Ich hatte schon viel zu viele seiner Pausen ausgenutzt, um mit ihm zu reden, aber … tja, wir waren halt Freunde, oder?

Nach Lee war Levi mein bester Freund. Er war vergangenes Jahr hierhergezogen, und da er direkt neben unserem Freund Cam wohnte, war er Teil der Gang geworden. Als Lee sich zu Beginn des Abschlussjahrs ins Footballteam stürzte und in seine Beziehung zu Rachel, und weil Noah am anderen Ende des Landes sein Studium anfing, war ich damals ein wenig einsam gewesen. Levi und ich waren uns ziemlich nahe gekommen. Er hatte mir sogar von seiner Ex-Freundin erzählt, die ihm das Herz gebrochen hatte, und von seinem Dad, der nach einer Krebsbehandlung in der Reha war – Dinge, die er erst Monate später einem der Jungs erzählt hatte.

(Wir waren uns vielleicht, irgendwie, ein bisschen *zu* nahegekommen).

Es soll nicht seltsam rüberkommen, dass ich ihn oft bei der Arbeit anrief. Obwohl er, das sei zu meiner Verteidigung gesagt, damit angefangen hatte – er meinte, es war einfacher für ihn, während der Arbeit zu telefonieren, als sich mit irgendwelchen Nachrichten auf dem Handy auf dem Laufenden zu halten.

Es soll nicht seltsam rüberkommen, aber wahrscheinlich war es das – ein wenig. Objektiv betrachtet. Ihr wisst schon, weil ich ihn letztes Jahr an Thanksgiving geküsst habe und er offen zugab, in mich verliebt gewesen zu sein.

Aber das hatten wir hinter uns gelassen. Wir waren Freunde. Levi wusste das.

Noah wusste das auch – was genauso wichtig war.

Definitiv nicht seltsam war allerdings, dass ich ihn anrief, um über die neue Entwicklung zu schimpfen, dass mein Dad neuerdings *Dates* hatte.

»Ich kann verstehen, warum dir das merkwürdig erscheint«, sagte Levi, ach-so-diplomatisch. Ich rollte mit den Augen. »Aber komm schon, Elle, so sehr kann dich das doch nicht überraschen, oder?«

»Ich bin bloß …«

Überrascht, dass er es mir nicht früher gesagt hatte. Überrascht, dass das morgen nicht sein erstes Date mit Linda war. Überrascht, dass er *überhaupt* Dates hatte.

»Ist doch nicht schlimm, dass mir das komisch vorkommt, oder?«

»Schätze nicht. Aber hey, Elle, versuch das als eine gute Sache zu betrachten, okay? Sie macht deinen Vater offensichtlich glücklich, sonst hätte er sie nicht erwähnt. Und da du demnächst aufs College gehst, ist es vielleicht gar nicht so übel, wenn er noch jemanden um sich hat.«

Das versetzte mir einen Schock, mein Gehirn setzte für einen Sekundenbruchteil aus.

Hallo, jemand da?

Plötzlich sah ich vor meinem inneren Auge Bilder von dieser mysteriösen Frau, die in unserem Haus

Abendessen kocht, Brads dreckverkrustete Klamotten nach dem Fußballtraining an einem verregneten Nachmittag aussortiert, auf unserem Sofa sitzt und Filme schaut, an unserem Küchentisch isst …

Ich konnte sie mir mit Dad und meinem Bruder vorstellen, aber es war schwer, mich selbst in diesem Bild zu sehen. Auf dem College – wo auch immer das dann sein mochte – und in den Ferien zu Hause bei einer neuen Familie, die ich kaum wiedererkannte.

Ich wollte mich deshalb nicht seltsam fühlen, aber so war es nun mal.

Levi merkte sofort, dass er etwas Falsches gesagt hatte, und er fuhr sich mit der Hand unbeholfen mehrmals von vorne nach hinten durch die kurzen braunen Locken. Dann änderte er die Taktik: »Aber, weißt du, vielleicht klappt es ja sowieso nicht. Und dein Dad geht die Dinge offenbar wirklich langsam an, wenn er die Frau gerade erst erwähnt hat. Es könnte noch Monate dauern, bis er überhaupt erwägt, sie zu einem Treffen mit dir und Brad einzuladen.

»Ja. Klar.«

Levi versuchte, das Thema zu wechseln und setzte ein strahlendes Lächeln auf. »Wie lief's heute mit dem Flynn-Clan? Hattet ihr eine schöne Zeit?«

»Nicht wirklich«, murmelte ich. »Sie verkaufen das Strandhaus. Wir fahren morgen alle dorthin, um mit dem Aufräumen zu beginnen.«

Levi stöhnte, sein Kopf kippte nach hinten und er senkte das Handy etwas. »Elle, ich lege auf, bevor ich noch mehr Mist erzähle und noch etwas anspreche, das dich aufregt, okay? Ich leg auf und schicke dir stattdessen ein paar Memes.«

Das brachte mich tatsächlich zum Lachen. »Danke, Levi.«

Nachdem wir das Gespräch beendet hatten und er mir, wie versprochen, ein paar Screenshots von Memes schickte, die er auf seinem Handy gespeichert hatte, fragte ich mich, ob ich ihm von meinem College-Dilemma hätte erzählen sollen.

Nein, entschied ich schnell. Ich wollte nicht, dass Levi auch noch in diesen Schlamassel verwickelt wurde. Er war sowieso in mehr als genug meiner Dramen verstrickt, wenn es um die Flynn-Brüder ging, dachte ich bei mir.

Die College-Sache war etwas, mit dem ich allein fertig werden musste. Und die Zeit verging wie im Flug.

5

Im Verlauf des Jahres, das wir mittlerweile zusammen waren, hatte meine Angst, auf Noahs Motorrad mitzufahren, abgenommen. Ich zitterte nicht mal, als ich vor dem Strandhaus abstieg, aber ich hatte ernstliche Probleme mit meiner Helmfrisur.

Ich war davon überzeugt, dass die Filme und Werbespots, in denen Frauen den Helm abnahmen und ihr makelloses, elastisches, glänzendes Haar ausschüttelten, ein totales Märchen waren.

Noah grinste, während ich mir den Kopf verrenkte, um mich mit der Handy-Kamera auf dem Display anzuschauen, mein verwuscheltes Haar runterdrückte und schließlich aufgab und es zu einem Pferdeschwanz zusammenband.

Noah nahm den Helm ab. Seine Haare, wie vorherzusehen war, glänzten und saßen einwandfrei.

»Keine Sorge«, meinte er zu mir, »du siehst trotzdem hübsch aus.«

»Ich wünschte, ich könnte dasselbe von dir behaupten.«

Er holte meine Tasche aus dem Sitzgepäckfach des Bikes.

Es fiel mir immer schwer, für das Strandhaus zu packen.

Immer.

Aber heute war es mir leichtgefallen, zum allerersten Mal. Ich warf zusammen mit meinem Portemonnaie und dem Ladegerät für mein Handy ein paar leere Stoffbeutel in die Tasche, und das war's. Wir waren ja nur hier, um mit dem Ausräumen zu beginnen, und ich war mir sicher, wir würden Dinge finden, die wir behalten und mit nach Hause nehmen wollten (daher all die Stoffbeutel).

Ich legte die Hand um den Henkel meiner Tasche und stellte entsetzt fest, dass meine Augen piekten. Wir hatten noch nicht mal angefangen, ich war noch nicht mal im Haus und wurde schon sentimental.

Heute würde nicht einfach werden, so viel war klar. Vergangene Nacht hatte ich kaum geschlafen, weil ich mir den Kopf zerbrochen hatte, was ich mit alldem tun soll – Dads plötzliches Dating-Leben, die College-Frage … Immerhin musste ich mich heute nur mit einem Thema auseinandersetzen: mich vom Strandhaus zu verabschieden.

So viel zum spaßigen letzten Sommer in Freiheit vor dem College.

Meine Hand fand Noahs, während wir die Stufen zur Veranda hinaufgingen. Die weiße Farbe der Fassade blätterte ab und die Bank an der Tür wirkte trauriger als vergangenes Jahr. Es fühlte sich schon immer so an, als würde sie jeden Moment zusammenbrechen, wenn man sich daraufsetzte – dennoch hat sie uns nie im Stich gelassen. Unter Noahs und meinen Füßen knirschte der Sand auf den abgewetzten Holzdielen.

Ehrlich gesagt war das Strandhaus ein bisschen gedrungen und ziemlich alt. Im Gegensatz zum Haus der Flynns – mit seiner stilvollen Einrichtung, den trendigen Wandfarben und Küchenschränken, den geräumigen, weitläufigen Zimmern – war das Strandhaus voll mit Möbeln, die nicht zueinanderpassten, und alles war von der Sonne verschossen. Die Türangeln knarrten, Haarrisse durchzogen die lackierten Oberflächen …

Doch genauso wie das Flynn-Haus fühlte es sich wie Zuhause an.

Ich konnte mir, etwas verbittert, jetzt bereits vorstellen, wie es von den Maklern in den Exposés beschrieben werden würde: *charmant, mit viel Charakter, kompakt.*

Groll stieg in mir auf, als ich vor meinem inneren Auge sah, wie Makler und Sachverständige alles durchkämmten und die Mängel an unserem geliebten Strandhaus entdeckten, das wir alle seit Jahren in Ehren gehalten hatten.

»Wir sind da!«, rief Noah, als wir ins Haus traten.

Seine Mom steckte den Kopf aus der Küche. Ihr Haar war mit einer Spange hochaufgetürmt, unordentlich, aber praktisch, und sie trug eine alte Jeans und ein rosa T-Shirt. »Oh, großartig! Super!

Noah, Dad räumt draußen schon auf. Geh ihm bitte zur Hand, ja? Elle, Lee hat in eurem Zimmer bereits angefangen. Besser, du hilfst ihm.«

Ein paar weitere Anweisungen wurden verteilt, und dann verschwand sie wieder in die Küche. Pfannen klapperten und Schranktüren knallten.

Noah gab mir einen schnellen Kuss auf die Wange und seufzte, als er sich von mir löste. »Wir machen uns wohl lieber an die Arbeit.«

»Glaub auch.«

Ich ging den Flur hinunter, mein Blick schweifte über die Fotos, die dicht an dicht an den Wänden hingen. Ich war so an sie gewöhnt, dass ich sie in den vergangenen Jahren kaum bemerkt hatte, aber nun versank ich in jedem einzelnen von ihnen. June hat die Fotos, die sie hier aufgehängt hatte, immer in Schwarz-Weiß ausgedruckt – sodass sie möglicherweise das stylishste Element im ganzen Strandhaus waren.

Es tat weh zu bemerken, dass June diesmal keine neuen Fotos vom vergangenen Sommer im Strandhaus aufgehängt hatte. Auf den meisten Bildern waren Lee, Noah und ich zu sehen, aber es gab auch einige von uns allen fünf. Ich schlich weiter den Flur entlang und erinnerte mich an jede Gelegenheit, bei der diese Fotos entstanden waren. Jedes Abendessen draußen, jeden Tag am Strand … In jenem Jahr waren wir vierzehn, und Lee hatte einen Sonnenbrand auf den Armen; das war das Jahr, als Noah versucht hatte, seinem Vater beim Grillen zu helfen, und alles angebrannt war, aber wir hatten es trotzdem gegessen, damit er kein schlechtes Gewissen bekam. Das war auch das Jahr gewesen, in dem ich *Boobs* bekam und sie den gesamten Sommer unter einem T-Shirt zu verstecken versuchte, aber dann hatte Lee ein Bikinioberteil mit Taschentüchern ausgestopft und war einen ganzen Tag lang mit dem Ding am Strand herumgelaufen, damit ich mich besser fühlte. Der Sommer, bevor Noah in die Mittelstufe kam und er so dürr und schlaksig aussah, dass er fast nicht wiederzuerkennen war.

An den Wänden sah ich, wie wir kleiner und jünger wurden, aber nicht weniger verrückt oder lustig.

Da war ein Foto von mir mit Mom und Dad am Strand, ganz oben an der Wand am anderen Ende des Flurs. Mom war darauf schwanger.

Sie sah mir irgendwie ähnlich, dachte ich. Dunklere Haut, dunkleres Haar, rundere Hüften, aber die gleichen braunen Augen. Brad hatte auch ihre Augen geerbt. Und ihre Locken.

Wir sahen so glücklich aus.

Auf einmal war ich dankbar, dass ich nicht eines Tages ein Bild von Dad und der geheimnisvollen Linda sehen musste, die an dieser Wand auf glückliche Familie machten.

Ich riss mich von der Galerie los und ging an Noahs Schlafzimmertür vorbei, am Bad zwischen unseren Zimmern, zu der offenen Tür von meinem und Lees Zimmer.

Ich durfte hier nicht mit Noah das Zimmer teilen,

sondern Lee und ich wohnten im Strandhaus immer in einem Zimmer. Es wäre seltsam, wenn wir das nicht auch letzten Sommer so gehalten hätten.

Und diesen Sommer würde das sowieso kein Thema sein, weil das Haus ja verkauft werden sollte.

»Hey.«

»Oh, hey«, antwortete Lee von einem Stapel Handtücher und Klamotten vor seiner Kommode und klang niedergeschlagen. Seine Stimme war leise und flach, und er schaute mich aus großen Augen an. Dieser Welpenblick, der bei mir (fast) nie funktionierte. »Ich habe euch gar nicht kommen hören.«

»Wo ist Rachel?«

»Sie hilft Mom in der Küche.«

Ich kauerte mich neben Lee auf den Boden, mitten in den Berg von Klamotten. Die Schubladen der Kommode standen offen, und noch mehr Sachen quollen heraus. »Also, was ist der Plan für heute?«

Lee blickte auf das Stück Stoff in seinen Händen und sagte monoton: »Alles einmal durchgehen. Entscheiden, was gespendet und was in den Müll soll. Entscheiden, was wir behalten wollen. Aufräumen.«

Ich starrte Lees Seite des Zimmers an und auf das Chaos, das rund um seine Kommode ausgebrochen war, und sagte: »Das klingt nach mehr als nur einem Tag Arbeit.«

Sein Mund zuckte. »Es besteht noch Hoffnung. He, sieh dir das an.« Er hielt das Ding in seinen Händen hoch – eine klitzekleine Badehose. »Da war ich sechs oder sieben Jahre alt.«

»Auweia. Wann hast du eigentlich zuletzt ausgemistet?«

»Ich?«, höhnte er. »Ich wette fünf Dollar, dass du noch einen Sport-BH in deiner Kommode hast.«

»Die Wette gilt, denn ich habe hier auf keinen Fall Sachen, die so alt sind.«

Er schnappte sich ein Handtuch von dem Stapel und hielt es hoch, als ich aufstand. »Und schau mal! Erinnerst du dich an das hier?« Auf das Handtuch war ein riesiges Bild von Hook aus *Cars* gedruckt. Wir hatten es damals für Brad gekauft, aber dann habe ich mich darauf übergeben, nachdem ich mit Noah gewettet hatte, mehr Eis essen zu können als er.

Lachend kam mir alles wieder in den Sinn. »Hat er nicht ungefähr acht Eis gegessen?«

»Neun«, verbesserte mich Lee. »Glaub mir, das werde ich nie vergessen.«

Erneut lachte ich auf und schälte mich aus Lees Klamottenberg, um mich um meine Kommode zu kümmern. Ich öffnete die obere Schublade. Ein paar T-Shirts, ein Bikini, den ich letztes Jahr dagelassen hatte … eine Flasche Sonnencreme, ein paar zusammengeknüllte Kopfhörer und eine ganze Menge Sand.

Ich fing damit an, die T-Shirts durchzugehen. Die meisten waren alte, bedruckte Dinger – eines war ein getragenes von Noah, dass ich definitiv irgendwann Lee geklaut haben musste. Ich hielt es vor mich und es war immer noch deutlich zu groß. Ich legte es wieder zusammen und vorsichtig auf mein Bett – das erste Stück für den Behalten-Stapel.

In der zweiten Schublade waren mehr T-Shirts, Shorts, ein Sommerkleid, an das ich mich nicht einmal erinnerte, das aber mittlerweile *definitiv* zu klein war. Ich fand einen Schnorchel, zog ihn an und schnitt Grimassen in Richtung Lee – der nun die winzige Badehose auf dem Kopf trug und das Hook-Handtuch wie ein Cape um den Hals gebunden, sodass ich einen Lachflash bekam.

Alle meine Schubladen waren halb leer. Ich fand ein Buch, irgendwelche Ohrringe, alte geflochtene Armbänder und Fußkettchen. Ein paar eigentümliche Spielkarten und einen Tischtennisball, der mich *wirklich* erstaunte, weil ich mich nicht erinnern konnte, dass wir hier je eine Tischtennisplatte hatten. Dann ein paar Handtücher, die ich in den vergangenen Jahren benutzt hatte, die jedoch, realistisch betrachtet, kratzig und ziemlich fadenscheinig waren. Sie rochen nach Sommer: Meersalz und Sand und Limonade.

Ich drückte sie eine Weile an mich, bevor ich sie in den Müllbeutel in der Mitte des Zimmers legte.

Als ich mit der untersten Schublade fertig war, bückte ich mich und tastete in dem Fach herum, damit ich auch wirklich alles erwischt hatte. Ich spürte Sand und Staubwölkchen an den Fingerspitzen und dann – ganz hinten festgeklemmt – ein Stück Stoff.

Oh mein Gott, dachte ich plötzlich, das war also der Grund, warum sich diese Schublade immer verkeilt hatte, wenn ich versuchte, sie zu öffnen oder zu schließen – was wiederum der Grund dafür war, dass ich gerade so viel unsinniges Zeugs gefunden und nie zuvor ausgemistet hatte.

Ich griff nach dem Stoff und kniete mich hin, um bequemer daran ziehen zu können, und als er nachgab, fiel ich ächzend auf den Rücken und meinen Spenden-Stapel. (Der aus einem Kleid und Shorts, die mir nie so recht gepasst hatten, bestand, aber ich fand sie immer niedlich.)

»Ha!«, trumpfte Lee auf, während ich mich wieder aufrichtete und auf das Kleidungsstück, das mich zu verhöhnen schien, schaute. »Ich wusste es ja, Miss Hochnäsig! Miss Ich-habe-nichts-Altes-in-meiner-Kommode!«

Ich warf mit dem nun kaputten Sport-BH nach ihm, sodass ihm die Bademütze vom Kopf fiel. »Das gilt nicht.«

»Äh, doch, tut es. Fünf Dollar, Shelly.«

Ich streckte ihm die Zunge raus – und nahm mir einen Moment, um Lees Fortschritt beim Ausmisten zu betrachten. Ich fand, ich hatte mich gut geschlagen. Der Behalten-Stapel war ziemlich klein – das meiste war nur noch gut für den Müll –, und ich hatte nicht lange dafür gebraucht.

Lee allerdings schien kaum vorangekommen zu sein.

»Ist das dein Müll-Stapel?«, fragte ich, obwohl mich das Gefühl beschlich, die Antwort schon zu kennen.

»Gar nichts davon ist Müll, Shelly. Das nimmst du sofort zurück.«

»Diese Sweatpants haben Löcher, Lee.«

Er hielt sie hoch und untersuchte sie näher. »Die sind kunstvoll *distressed. It's fashion.* Etwas, von dem du nichts verstehst.«

Ich verdrehte die Augen. »Ach komm, Lee. Ich weiß, das macht keinen Spaß, und das ganze Ausmisten nervt, vor allem der *Grund,* warum wir das tun müssen, es geht doch nur um ein paar alte Klamotten.«

»Da hängen Erinnerungen dran, Elle.«

»Ach ja? Welche Erinnerungen verbindest du denn mit diesem rosa Polo-Shirt, sodass du dich so schwer davon trennen kannst?«

»Damals hat mir Mom zugetraut, die Wäsche zu übernehmen, und ich hab's tierisch vergeigt.«

Ich schüttelte den Kopf. »Jetzt mach mal schneller, okay? Ich habe keine Lust, noch mehr von deinem Zeug durchzuschauen. Und wenn deine Mom kommt und sieht, warum das hier so lange dauert, wird sie *all* das in den Müll werfen.«

Grummelnd zerrte sich Lee das Handtuch-Cape vom Hals und knüllte es wütend zu einem Ball, bevor er es in den sowieso schon ziemlich vollen Müllbeutel stopfte. Ich entschied, einen zweiten zu besorgen. Angesichts der Menge von Sachen, die Lee in seiner Kommode hortete, würden wir den brauchen.

June und Rachel saßen in der Küche, tranken Tee und lachten über irgendetwas.

»Ich habe den Tee hinten im Küchenschrank gefunden«, erklärte mir June und tippte an ihren Becher. »Lavendel und Orange. Möchtest du auch was?«

Das erklärt den abgefahrenen Geruch, der hier in der Luft hängt, dachte ich und bemühte mich, nicht die Nase zu rümpfen.

»Äh, nein danke. Ich wollte nur noch einen von denen holen«, sagte ich und deutete auf den schwarzen Müllsack, den ich gerade von der Rolle abgerissen hatte. Dann fiel mein Blick auf eine Kunststoffbox und eine Rolle Luftpolsterfolie. »Packt ihr schon heute *alles* ein?«

»Oh nein. Ich bezweifle, dass wir heute überhaupt einen Schritt vorankommen, Sweety. Wir fanden nur, es wäre eine gute Idee, so bald wie möglich damit anzufangen. Außerdem können wir die Küche noch gar nicht einpacken – nicht solange wir hier immer noch den ganzen Sommer zu tun haben mit Aufräumen, um das Haus für den Verkauf herzurichten.«

»Stimmt.«

Nicht unbedingt ein großer Trost, aber immerhin, fand ich.

Aber bevor ich in ein Gespräch darüber verwickelt wurde, wie viel Arbeit im und am Strandhaus nötig war, schlich ich mich schnell zurück in Lees und mein Zimmer. Denn das Haus *benötigte* gar keine Arbeit.

Ich meine, klar, alle zwei Jahre strichen Lee und ich im Sommer die Veranda, nur damit kurze Zeit später wieder alles abblätterte. Und, ja, okay, vielleicht war dieses Haus immer voller Sand, und die Büsche und das Gestrüpp auf dem Weg zum Strand wucherten immer wild, und vielleicht war das Küchenfenster nicht ganz dicht, wenn es manchmal regnete …

Aber das Haus *benötigte* gar nichts. Es war perfekt, so wie es war. Es gehörte zu *uns*.

Zurück bei Lee raubten mir die Stapel von Sachen, die ich beiseitegeräumt hatte, den Atem. Lee hatte es mittlerweile sogar geschafft, ein paar Häufchen auszusortieren, auch wenn sein Behalten-Stapel immer noch ziemlich hoch war. Schweigend legte ich den neuen Müllsack bereit und begab mich dann zu unserem gemeinsamen Wandschrank.

Ein aufgeblasener Strandball fiel mir entgegen, erwischte mich im Gesicht, sackte dann pfeifend zu Boden, und es blieb nicht mehr davon übrig als ein deformiertes Stück Plastik.

Ich trat es zur Seite, und sofort meldete sich Lee mit anklagendem Gesichtsausdruck zu Wort. »He, pass auf, dass der nicht im Müll landet. Das ist ein guter Ball.«

»Möchtest du, dass ich ihn spende?«

»*Nein*. Behalten.«

Tja … sicher, das *war* mal ein guter Ball gewesen … Er war über etliche Sommer hinweg unser treuer Volleyball gewesen (und falls nötig auch Fußball) – wir mussten einen richtigen, festen Ball gegen diesen aufblasbaren austauschen, nachdem allen klar wurde, dass ich, wann immer ich versuchte, an einem

Spiel teilzunehmen, meistens bloß vom Ball getroffen wurde.

Aber nein, wir mussten jetzt skrupellos vorgehen. Ich stieß ihn auf den Müllhaufen und hoffte, dass Lee es nicht bemerkt hatte und versuchte, ihn doch zu behalten.

Mir gehörten mehr Sachen im Schrank als Lee. Beide besaßen wir Windjacken – und jeweils eine *weitere* ganz hinten im Schrank, dem Klischee entsprechende rosa und hellblaue Exemplare, die wir, den Etiketten nach zu urteilen, schon mit zehn bekommen hatten. Nachdem ich eine Menge der Klamotten durchgeschaut hatte – alles landete auf den Spenden-Stapel, bis auf die Jeans, die Lee im letzten Sommer hiergelassen und zwischenzeitlich verloren geglaubt hatte, und eine Jacke von mir, die ich vergessen hatte und die auf wundersame Weise immer noch passte –, stellte ich mich auf die Zehenspitzen, um das oberste Fach des Schranks auszukundschaften.

»Hey, Mr Sentimental, los, heb mich mal hoch. Nutz deine Footballmuskeln mal für was Gutes.«

Lee seufzte laut auf und murmelte, dass ich seinen Flow unterbrach (er starrte gerade auf einen Haufen Quittungen, die er gefunden hatte, und da war null *Flow*), aber er zögerte nicht, sich zu ducken, während ich mich aufs Bett stellte. Ich kletterte auf seine Schultern, damit er mich die paar Schritte zurück zum Schrank tragen konnte. Lee hatte den letzten Sommer damit verbracht, ein wenig zu trainieren und seinen Körper aufzumöbeln, und hatte, nachdem er das gesamte Abschlussjahr über im Footballteam mitgespielt hatte, ziemlich ernst zu nehmende Muskeln aufgebaut, die sich jetzt definitiv als nützlich erwiesen.

»Wehe, du lässt mich fallen!«

Er schwankte, ich schlug ihm auf den Kopf und daraufhin lachte Lee.

»Irgendwas Gutes?«

»Ähm …« Mein Kinn fuhr über die sandige Staubschicht auf dem Regalbrett und – wie kam der Sand überhaupt hier oben hin? Ich zog eine alte Strandtasche hervor, ein weiteres Handtuch, einen neongrünen Schwimmreifen und ein Paar Schwimmflügel ohne Luft. All das warf ich auf den Boden nahe des Müllsacks.

»Oh mein Gott!«, heulte ich auf, beugte mich vor und griff mit beiden Händen nach dem Plüschbären, er war grau und trug eine Schottenkaro-Fliege um den Hals und … immer noch flauschig! Sanft klopfte ich ihm etwas Staub aus dem Fell, bevor ich ihn an mein Gesicht drückte und ihn dann Lee vor die Augen hielt. »Schau! Bubba! Ich dachte, ich hätte ihn vor *Jahren* verloren.«

Mom und Dad hatten mir Bubba geschenkt, als sie nach Brads Geburt mit meinem kleinen Bruder aus dem Krankenhaus nach Hause kamen.

»Bubba wird sich in deinem Schickimicki-Wohnheimzimmer in Berkeley gut machen«, sagte Lee zu mir.

»Ha-ha. Genau. Ja.«

Warum fiel es mir auf einmal so schwer, mir das Zimmer in Berkeley vorzustellen, von dem ich schon jahrelang geträumt hatte?

»Also ...« Lee nahm mir Bubba ab, mit der anderen Hand hielt er mein Knie fest, damit ich nicht stürzte. »Weg damit, oder? Müllsack, das ist Bubba. Bubba, darf ich vorstellen: Müllsack.«

»Nein, Lee!«

Ich griff nach Bubba, und Lee lachte, weil er ihn weit von mir weghielt. Als ich mich nach vorne lehnte und mit den Armen nach dem Plüschbären ruderte, fing Lee an, durchs Zimmer zu gehen, und ich kreischte und krallte mich in seine Haare: »Lass mich runter, *lass mich ruuuunter*!«

Lee beugte sich vor und warf mich aufs Bett, mein Magen rotierte, als ich fiel. Zwischen Lachanfällen rang Lee nach Luft. Ich schnappte mir das nächstgelegene Ding – den Schwimmreifen, den ich gerade aus dem Schrank gezogen hatte –, um es nach Lee zu werfen, aber der lag lachend auf dem Boden, lachte immer heftiger und hielt sich den Bauch.

»Sieht aus, als würdet ihr beide schwer arbeiten«, erklang eine Stimme von der Tür. Ich hörte auf, Lee gespielt böse anzuglotzen, und sah, wie Noah mit verschränkten Armen im Türrahmen stand und mich angrinste.

»Besser, ihr beide werft euch nicht so sexy Blicke zu«, sagte Lee immer noch atemlos vor lauter Lachen. Er hatte einen Arm vor die Augen geschlagen, die andere Hand lag immer noch auf seinem Bauch. »Nicht unter *meinem* Dach, Sir.«

»Sexy? Ich?«, witzelte Noah, legte die Hand aufs Herz und zwinkerte mir dann zu. »Aber immer.«

Lee gab Würgegeräusche von sich.

»Mom möchte, dass ihr im Spielzimmer helft, wenn ihr hier fertig seid. Das heißt, sie meint, ihr solltet jetzt hier fertig sein.«

Wir alle drei schauten auf den Haufen Zeug im Raum – hauptsächlich von Lee, obwohl wir gerade meinen Spenden-Stapel umgetrampelt hatten und ich auf meinem Behalten-Stapel lag.

»Gib uns noch fünf Minuten«, antwortete Lee. Er stand auf, schob ein Bündel Sachen zurück in seine Kommode, den Rest in den Müllsack, und schaute mich dann an. »Mensch, Shelly, hier sieht es aus, als wäre eine Bombe explodiert. Kannst du in deiner Hälfte des Zimmers nicht mal Ordnung halten, oder was?«

6

Als wir unser Zimmer endlich ausgemistet, die Müllsäcke vors Haus getragen und die Sachen, die wir spenden wollten, in einen der Kartons im Wohnzimmer gepackt hatten, die Matthew dort für uns bereitgestellt hatte, machten wir draußen erst mal eine Pause. Eine Dose Cola, frisch aus dem Kühlschrank, schwitzte in meiner Hand.

Lees Eltern versuchten gute zehn Minuten, uns zu überreden, zurück ins Haus zu kommen.

Schließlich schnappte sich Matthew eine alte Wasserpistole, die er irgendwo gefunden hatte, füllte sie im Pool und spritzte uns in die Gesichter, bis wir kreischend, lachend und laut protestierend nachgaben und ins Haus flüchteten.

»Siehste.« Lee seufzte, während wir uns auf dem Weg zum Spielzimmer die Gesichter an unseren Shirts und Armen abwischten. »Deshalb ist es hier so großartig. Zu Hause würde Dad so etwas nie tun. Wir alle brauchen das hier.«

Da hatte er recht. Dieses Haus holte aus uns allen

das Beste raus. Ich bezweifelte, dass June oder Matthew wirklich darüber nachgedacht hatten, wie *sie* ohne das Strandhaus zurechtkommen sollten.

In dem schmalen Raum im hinteren Teil des Hauses, in dem wir uns über die Jahre ungezählte Stunden zum Spielen aufgehalten hatten, kamen wir nicht allzu gut voran.

In einem Schrank befanden sich ein Haufen von Matthews alten Schallplatten und ein Plattenspieler. Bevor wir irgendetwas anderes taten, warf Lee kurzerhand das Ding an und legte die Beach Boys auf. An einer anderen Wand stand ein durchgesessenes Sofa, daneben ein uralter Sessel und zwei Sitzsäcke, die ungefähr schon seit zehn Jahren nicht mehr bequem waren. Mir war *total* klar, dass der Eckwandschrank vollgestopft war mit Spielsachen und Gesellschaftsspielen. Ein alter Fernseher stand auf einem niedrigen Tisch neben den Fenstern.

Wie viele verregnete Tage hatten wir damit zugebracht, Monopoly oder Wer ist es? oder eine familien- und kinderfreundliche Version von Trivial Pursuit zu spielen? Wie viele Spiele hatten wir hier gespielt? Und dann waren da die Abende gewesen, an denen Mr und Mrs Flynn einfach ihre Ruhe hatten haben wollen und uns drei mit einer Schüssel Popcorn einen Film anschauen ließen.

Rachel schlenderte zu einem Schrank und öffnete eine der Türen. Der Griff brach ab, und sie schaute uns erschrocken an, bis Lee auflachte und ihr das Ding abnahm. Es handelte sich um einen kitschigen Glasknauf, vom jahrelangen Benutzen ganz schmutzig, der bestimmt irgendwann einmal supermodern gewesen war, etwas, das damals jeder hatte haben wollen. Lee putzte den Knauf mit seinem Shirt, bis er fast wieder glänzte, und hielt ihn dann hoch.

»Mach dir keine Gedanken, Rach. Der ist schon seit Jahren kaputt. Elle, erinnerst du dich, als wir so getan haben, als sei er ein Diamant?«

Ich grinste. »Und wir sind eingebrochen und haben ihn gestohlen.«

»Der große Juwelenraub ...«, seufzte Lee und wirkte ein bisschen so sentimental, wie ich mich fühlte. Fairerweise muss ich zugeben, dass wir ihn wohl damals abgebrochen haben, um ihn als unsere Fantasie-Beute zu verwenden.

Hach, gute Zeiten.

Lee wandte sich Rachel zu und legte den Glasknauf wie einen Ring zwischen ihre Finger. Sie kicherte, wurde rot und beugte sich vor, um Lee auf die Wange zu küssen.

Ich blickte zu Noah, der so tat, als müsste er würgen, genauso wie Lee es vorhin bei uns gemacht hatte, nur leiser. Ich stupste ihn mit dem Ellenbogen an. »Ich finde, das ist süß«, flüsterte ich.

»Ekelhaft süß.«

Hmm, ja, vielleicht ein bisschen.

Rachel drückte den Knauf zurück an seinen Platz und öffnete den Schrank. Darin befand sich ein Stapel Bücher, sie zog ein paar davon heraus und legte sie vor uns. Ich nahm eines von oben und merkte schnell, dass es sich um ein Fotoalbum handelte.

Also, okay, es war wahrscheinlich meine Schuld, dass wir beim Aufräumen des Spielzimmers nicht so recht vorankamen, weil ich diejenige war, die damit anfing, sich die Bilder anzuschauen. Die Jungs mussten nicht lange überredet werden, mir dabei Gesellschaft zu leisten, wir zeigten uns gegenseitig die besten Fotos und unterhielten einander mit den Geschichten, an die uns die Bilder erinnerten. Rachel schien genauso viel Spaß zu haben, uns zuzuhören und sich ebenfalls die Bilder anzuschauen.

Ich hielt inne, als ich ein Foto fand, auf dem wir alle noch wirklich klein waren. Vielleicht acht, neun Jahre alt oder so, und wir drei standen im Dunkeln am Strand. Lee fehlte ein Schneidezahn. Mein Haar war kurz geschnitten, flaumartig und stand wild in alle Richtungen ab. Noah war nicht viel größer als Lee und ich, und auch sein Haar war kurz, kürzer, als ich es je gesehen hatte. Er hielt einen Hotdog in den Händen und Lee winkte mit einem kleinen Papierfähnchen. Ich stand in der Mitte, hatte um beide den Arm gelegt und ganz schmale, zusammengekniffene Augen, weil ich so strahlend in die Kamera lachte. Die Qualität des Fotos war nicht die beste, aber im Hintergrund konnte ich das farbenprächtige Feuerwerk erkennen.

»Schau dir das an!«, sagte ich und rückte näher zu Noah, sodass sich unsere Oberschenkel berührten, und schob das Album zur Hälfte auf seinen Schoß.

Lee beugte sich vor, um sich das Foto anzusehen. Ich zeigte auf die handschriftliche Notiz darunter, die ich gerade bemerkt hatte. »Vierter Juli. *Vor zehn Jahren.* Wie klein wir da noch waren.«

»Merkwürdig, dass es sich gar nicht anfühlt, als wäre das schon so lange her, oder?«, meinte Lee und sah uns mit einem traurigen Lächeln an, einen Mundwinkel nach oben gezogen. Er deutete auf die leuchtend pinkfarbene Latzhose, die ich auf dem Foto trug. »An die erinnere ich mich. Die hast du den ganzen Sommer getragen.«

»Ich glaube, das war viele Jahre das mädchenhafteste Kleidungsstück«, stimmte Noah zu.

Vermutlich lagen die beiden da richtig, dachte ich, und lachte kurz auf. Ich strich mit dem Zeigefinger über das Bild. Ich und meine Jungs. Genau da, wo ich hingehörte.

Mein Handy meldete sich. Mein Blick wanderte zu der Stelle auf dem Boden, wo ich es vorhin liegen gelassen hatte, dann schnappte ich es mir und schloss die Erinnerung, die ich vor ein paar Tagen eingerichtet hatte: BERKELEY ANRUFEN.

»Wird dein Typ irgendwo verlangt?«, scherzte Rachel.

»Muss die Pille nehmen«, log ich, sprang auf und ging zur Haustür, neben der ich meine Handtasche abgestellt hatte. Ich war froh, dass mich dort niemand sehen konnte, mich niemand etwas gefragt hatte oder mir gefolgt war. Eine Weile starrte ich noch auf mein Handy, dann schob ich es in meine Handtasche.

Aus den Augen, aus dem Sinn.

War doch so?

Den Eckschrank zu öffnen, war ein Fehler gewesen. Das erste Spiel, das wir rausholten, war Hippo Flipp, sodass wir natürlich sofort ein Jeder-gegen-jeden-Turnier im K. O.-System starten mussten. Ich verlor gegen Rachel, und Lee verlor gegen Noah, dann spielten Noah und Rachel ein erbittertes Finale, in dem Rachel schließlich gewann. Lee und ich jubelten uns die Lunge aus dem Leib, sprangen auf und führten ein Siegestänzchen auf – obwohl wir das Spiel jahrelang nicht gespielt hatten, konnte sich keiner von uns erinnern, wann Noah dabei zuletzt verloren hatte.

Und wenn ich nicht komplett falsch lag, *schmollte* Noah.

Ich verstrubbelte sein Haar, schlang die Arme um seine Schultern und küsste seine Schläfe, während er wegen der Niederlage aufstöhnte. »Ach komm, sei kein schlechter Verlierer. Sie ist eine harte Nuss. Eine würdige Gegnerin.«

»Ich finde, wir sollten eine Revanche spielen. Ich bin bloß etwas eingerostet, das ist alles.«

»Soso«, spottete Rachel und grinste.

»Die Gewinnerin erhält diesen wunderschönen Preis«, kündigte Lee an. Er griff in den Schrank und holte eine ulkige, riesige rosarote Brille in Herzform und eine Federboa hervor. Rachel lachte und ließ sich von ihm die Brille aufsetzen. Sie trug sie mindestens eine Stunde lang und hatte sie immer noch auf, als June und Matthew riefen, dass sie fürs Mittagessen Pizza geholt hatten.

Wir fanden die Piraten-Klamotten, die Lee und ich einen Sommer so sehr geliebt hatten. Einen Pogo-Hüpfstab, mit dem ich schockierenderweise immer noch ganz gut zurechtkam, Lee aber fiel fast sofort damit hin. Eine alte Spielekonsole von Noah, die er gleich aufbaute, ein Spiel lud und genau dort weitermachte, wo er aufgehört hatte, und für gut zwanzig Minuten völlig entrückt davorsaß, bis wir ihn davon wegzogen.

Wir fanden Tennisschläger und Bälle für verschiedene Spiele, ein paar Footballs und einen nagelneuen Baseballhandschuh, der sogar für meine Hand zu klein war. Ich legte ihn auf den Behalten-Stapel, denn ich dachte, er könnte Brad gefallen. Eine mit Pfadfinderabzeichen bedeckte Schärpe, die wir hervorholten, gehörte Noah, was uns dazu brachte, ihn wegen jedes einzelnen Abzeichens aufzuziehen. Lee fand einen Zauberkasten, und wir verbrachten eine Weile damit, lauter Tricks auszuprobieren und uns gegenseitig mit unseren Showtalenten zu übertrumpfen, bis Rachel eine schrottige alte Karaoke-Maschine entdeckte, die mal meiner Mom gehört hatte.

Ich war der Ansicht gewesen, dass sich Lee beim Ausmisten seiner Kommode schon angestellt hatte, aber das hier war noch *viel* schlimmer, da es um unser altes Spielzeug ging; niemand von uns dreien schaffte es, ihn zu überreden, sich von etwas zu trennen, obwohl er bestimmt fünf Jahre oder länger nicht daran gedacht hatte. Noah und er stritten über ein paar Dinge, bis Noah sich auf ihn setzte, damit ich den Pogo-Hüpfstab in einen der Spenden-Kartons im Wohnzimmer legen konnte. Rachel bequatschte ihn behutsam, damit er sich von einem kaputten Spielzeuggewehr verabschiedete. Ich forderte ihn zu einem Duell mit den alten Piratenschwertern um den Zauberkasten heraus, rang ihn schließlich zu Boden und riss ihm das Schwert weg, als ich merkte, dass er sonst nicht aufgeben würde.

Das Ganze war nicht einfach, und Lee muss ständig wieder heimlich Dinge auf den Behalten-Stapel gepackt haben. Denn auf mysteriöse Weise wuchs der immer weiter. Jetzt sah ich den Zauberkasten genau dort wieder, obwohl ich ihn schon mindestens dreimal auf den Spenden-Stapel gelegt hatte.

Rachel war mit einem Berg Spielsachen zum Spenden ins Wohnzimmer verschwunden und noch nicht wieder zurück. Vermutlich hatte June sie dazu gebracht, ihr bei etwas anderem oder einer weiteren Tasse merkwürdigem Blumentee zu helfen.

»He, mein Sohn, komm und halt mal die Leiter fest. Ich will die Dachrinnen prüfen«, rief Matthew aus dem Flur.

Lee schaute von seiner Pokémon-Karten-Sammlung auf und wandte sich an Noah. »Er meint dich.«

»Aber *ich* will Pokémon spielen.«

»Duflor benutzt Blütenwirbel!«, rief Lee aus und knallte Noah eine Karte vor die Füße.

»Mann, wenn ich nur Enton hätte …« Noah schüttelte den Kopf, bewegte sich bereits zur Zimmertür, drehte sich aber noch einmal um und ruderte Kung-fu-mäßig mit den Armen und formte die Augen zu Schlitzen. »Dann könntest du mit einem fiesen Kreuzhieb rechnen, Kumpel.«

»Ja, *hättest* du wohl gern.«

Als Noah weg war, schüttelte Lee seufzend den Kopf und sammelte die Spielkarten wieder ein. »Siehst du, was ich meine? Hier ist alles anders. Stell dir vor, die anderen in der Schule hätten den berüchtigten, knallharten Noah Flynn mit seinem Motorrad und seinen Zigaretten sehen können, wie er Pokémon spielte, den Kerl, der in all diese Streits verwickelt war. Das Haus darf nicht verkauft werden, Elle, das *können* sie einfach nicht tun.«

Auch ich seufzte, reichte ihm die Hand, um ihm beim Aufstehen zu helfen, und legte ihm dann den Arm um die Taille.

»Ja, ich weiß. Aber ich glaube, sie haben sich entschieden, Lee. Und wir können das Haus schließlich nicht selbst kaufen oder so. Bloß …« Bevor ich weitersprechen konnte, musste ich den Kloß in meiner Kehle herunterschlucken. »… ist halt ein weiterer Schritt auf dem Weg zum Erwachsenwerden, schätze ich.«

Ein Schritt, mit dem ich mich definitiv auch nicht beschäftigen wollte, aber noch eher als mit der Auswahl meines Colleges.

Lee legte die Karten weg, er hob den Arm, um mich

zu umarmen, während sich seine linke Hand zu dem Fotoalbum bewegte, das wir vorhin angesehen hatten. Er blätterte zu dem Bild vom Vierten Juli und seufzte schwer, erschöpft neigte er den Kopf zur Seite, bis der auf meinem ruhte. »Ich wünschte, wir könnten zu diesem Foto zurückkehren. Als wir noch klein waren und meine Eltern nicht versuchten, das Haus zu verkaufen, und nicht davon sprachen, dass wir wegziehen und Jobs annehmen …«

»Dreimal die Fersen zusammenschlagen«, scherzte ich, das taten daraufhin wir beide.

»Ich möchte nicht, dass das unser letzter Sommer hier ist, den wir nicht einmal genießen können. Ich habe das Gefühl, es gibt so viel, das wir hier noch gar nicht erlebt haben. Und jetzt werden wir auch keine Gelegenheit mehr dazu haben.«

Waren es Lees Worte oder das Foto oder all diese Erinnerungen, die wieder hochkamen? Plötzlich schoss mir ein Gedanke in den Kopf und ich rang nach Luft. Ich löste mich von Lee, schob einen Beistelltisch und ein paar Schachteln mit Spielen aus dem Weg und zog die Schranktür weiter auf.

»Was machst du da?«

»Eine … Sekunde …«

Meine Finger fuhren über die Bretter und mein Muskelgedächtnis arbeitete schwer, während ich nach der einen Kerbe im Holz suchte, die … Da! Ich knabberte an der Unterlippe, während meine kurzen Nägel die Kanten des Dielenbretts abtasteten, bis es aufsprang.

»Oh mein Gott«, flüsterte Lee, und mir war klar, dass auch er sich daran erinnerte.

Unser geheimes Versteck. Wir kauerten beide über dem Loch, und ich griff hinein, holte eine alte Brotdose aus Blech heraus, die ich in den Händen hielt, als wäre sie der verdammte Heilige Gral.

Was sie für uns auch wirklich war.

Ich öffnete die Dose und stellte sie zwischen uns auf den Boden. Da war die Halskette, die mir Lee von seinem Taschengeld gekauft hatte, als wir sieben waren. Dann einer meiner verlorenen Zähne (der mich jetzt total anekelte, umso mehr, weil wir damals dachten, er sei so großartig, dass man ihn aufheben musste). Außerdem war da eine Euro-Münze, die Lee gefunden hatte und die wir einst einfach nur für cool und geheimnisvoll gehalten hatten. Und dann noch einige Kleinigkeiten, die wir in den Sommern hier gesammelt hatten, als wir Kinder waren, und …

Ganz unten in der Brotdose befand sich ein zerknittertes Stück Papier. Ich holte es heraus und glättete es auf dem Oberschenkel. Genau der vergrabene Schatz, nach dem ich gesucht hatte.

»Moment mal«, atmete Lee hörbar und griff mein Handgelenk. »Ist es das … was ich denke?«

»Yep«, antwortete ich und ploppte das »P«. »Unsere Strandhaus-Bucket-List.«

»Wow.«

Daraufhin saßen wir ehrfürchtig schweigend da und überflogen die Liste. Das Papier in meinen Händen war weich, die Schrift verblasst, und unsere

Handschriften wirkten kindlich. Lees noch unordentlicher und noch krakeliger als heute.

Das war so lange her, dass ich mich nicht erinnern konnte, *wie lange*. Lee und ich hatten einen Sommer damit verbracht, eine Liste mit all den verrückten Dinge zusammenzustellen, die wir tun wollten, wenn wir größer waren – und bevor wir aufs College gehen würden. Wenn wir Teenager und erwachsen waren und über alles in der Welt Bescheid wussten.

Das Spielzeug, die Spiele, die Klamotten und die Strandbälle ohne Luft waren vergessen. Dieses zerknitterte Stück Papier war, was all unsere Kindheitsträume und kindlichen Fantasien zusammenhielt.

Lees und Elles epische Sommer-Bucket-List

1. Den Großen Juwelenraub durchziehen
2. Noah im Pool untertauchen!
3. Brad Schwimmen ohne Schwimmflügel beibringen
4. Strandbuggy-Rennen fahren (Mom und Dad nichts davon verraten)
5. Laser Tag ... STAR WARS-STIL! Elle als Han Solo! (DANN IST LEE PRINZESSIN LEIA!)

»Barbie-Rettungsmission«, las ich vor und grinste Lee an. »Ich erinnere mich genau, dass das deine Idee war.«

»Na logo. Genauso wie ›Von der Klippe springen‹.«

»Ein Mario-Kart-Race-Day ...« Ich deutete auf einen weiteren Punkt auf der Liste und kicherte bereits, als ich nur daran dachte, wie viel Spaß wir mit der eben wiedergefundenen kaputten Karaoke-Maschine gehabt hatten. »Dude! Helium-Karaoke!«

»Vergiss es«, meinte Lee lachend, als er auf einen anderen Punkt deutete. »Hierfür würden wir auf jeden Fall verhaftet werden.«

Wir grinsten beide breit.

»Verdammt, Shelly«, sagte Lee dann leise und blickte wieder verwundert auf die Liste. »Wir haben damals eine echte Bucket List geschrieben. Wir dachten wirklich, wir würden später scharf drauf sein, genau diese Dinge zu tun und die Welt zu regieren.«

Lachend legte ich das Papier oben in die Brotdose. »He, nachdem du mit der Highschool fertig bist, befindest *du* dich vielleicht im Ruhestand, aber *mir* bleibt noch genug Zeit, scharf drauf zu sein, all diese Dinge zu tun und die Welt zu regieren.«

Ich sprach das mit viel mehr Selbstvertrauen aus, als ich tatsächlich empfand. Bei dem Gedanken an mein Handy und die vorhin ignorierte Erinnerung, in Berkeley anzurufen, rotierte erneut mein Magen, aber Lee schien das nicht zu bemerken. Er lächelte mich einfach weiter an.

7

»Und, seid ihr gut vorangekommen?«, fragte June und schaute skeptisch auf die Pappkartons, die für Wohltätigkeitsläden bestimmt waren, und die wenigen mageren Müllsäcke.

Rachel wich Junes scharfem Blick aus, zog den Kopf ein und biss sich auf die Lippe. Noah wollte schon etwas Spöttisches von sich geben, aber Lee unterbrach ihn schnell. »Jede Menge«, rief er.

June sah mich an, die Arme verschränkt, eine Augenbraue hochgezogen.

»Yep. Auf jeden Fall jede Menge.«

»So.« Sichtlich unbeeindruckt schaute sie nun zu Noah. »Und ich dachte, *du* passt auf.«

»Ich war damit beschäftigt, auf Dad auf der Leiter aufzupassen, während er die Dachrinnen prüfte und so tat, als wüsste er, was er da tut.«

»Hey, vorsichtig«, warnte Matthew und drohte seinem Sohn scherzhaft mit dem Finger.

Noah verdrehte die Augen und lächelte uns rasch zu. »Du hast sie in einen Raum voller Spielzeug gesteckt, Mom. Was hast du erwartet? Hast du *jemals* erlebt, dass die beiden einen Pogo-Hüpfstab links liegen lassen?«

Matthew lachte. »Der Junge hat recht, Schatz.«

»Kinder, hört mal«, sagte June. »Ich weiß, dass es nicht leicht ist und ihr all diese schönen Kindheitserinnerungen und Spielsachen finden werdet, aber ihr müsst euch echt zusammenreißen und mir dabei helfen, okay? Wir müssen das Haus in Ordnung bringen.«

Lee und ich blickten uns an. Die Welle elterlicher Enttäuschung machte uns beiden ein *kleines* schlechtes Gewissen. Vor allem, da June so *müde* wirkte. Ich fragte mich sofort, ob es an der Last lag, das Strandhaus zu verkaufen, oder weil sie den ganzen Tag so beschäftigt gewesen war.

»Wie lange dauert es normalerweise, hier in der Gegend ein Haus zu verkaufen?«, fragte Rachel, offenbar darum bemüht, dass die Anspannung im Raum etwas nachließ.

Was nicht wirklich funktionierte.

»Wir müssen es noch auf den Markt bringen«, sagte Matthew, »aber wir haben bereits einige Anfragen. Wenn wir mit allem fertig sind und es anbieten …«

June fügte hinzu: »Gutachten, Papierkram …«

»Wahrscheinlich zwei oder drei Monate.« Matthew nickte und lächelte seiner Frau zu. »Trotzdem wird es sehr anstrengend, immer wieder hierherzukommen.«

»Moment mal, wieso?«, fragte Lee stirnrunzelnd.

»Na ja, wir müssen uns mit den Gutachtern, Vermessungsingenieuren … dem Bauunternehmer … und natürlich mit den potenziellen Käufern treffen«, erklärte sein Vater. »Außerdem wollten wir hier noch ein paar Dinge reparieren lassen, nur für alle Fälle.«

Lee ärgerte schon die bloße Vorstellung, aber mein Hirn arbeitete bereits auf Hochtouren.

Ein paar Monate dauerte es, das Haus zu verkaufen … und wenn man bedachte, wie der heutige Tag verlaufen war, würden definitiv nicht nur ein oder zwei Nachmittage reichen, um alles auszumisten …

Und weder Lee noch Noah noch ich waren auch nur annähernd bereit, Abschied von alldem hier zu nehmen.

Ich stupste Lee mit dem Ellenbogen an, damit er mich ansah. Eine Sekunde später kapierte er. Ich sah, wie sich seine Augen aufhellten, und wir teilten einen Moment, in dem wir absolut das Gleiche dachten – wie damals im vergangenen Jahr, als wir beschlossen hatten, die Kissing Booth beim Frühlingsfest in der Schule aufzubauen, wo ich dann Noah zum ersten Mal geküsst hatte.

Denn gibt es etwas Besseres, wie wir unseren letzten Sommer vor dem College verbringen könnten?

Welche bessere Möglichkeit gibt es, als diesen Sommer im Strandhaus zu verbringen?

»Wow«, sagte ich laut und wandte mich June und Matthew zu. »Das klingt echt anstrengend.«

»Vor allem bei all den Straßenbaustellen, die ja

noch den ganzen Sommer da sein werden«, ergänzte Lee.

»Und das Aufräumen wird *hart*.«

»Wir müssen uns auch noch um das ganze Unkraut kümmern ...«

Ich bemerkte, dass Noah uns ansah, als wären wir verrückt geworden (um fair zu sein, ein Blick, den er uns relativ häufig zuwarf), bevor es auch ihm dämmerte.

»Die Einfahrt muss noch ausgebessert werden«, stimmte Noah dann mit ein und schaute seine Eltern wahrscheinlich etwas zu ernst nickend an, als die sich zu ihm umdrehten.

»Ständig hier rausfahren zu müssen, um die ganze Arbeit zu kontrollieren ...« Lee seufzte und legte die Stirn in Falten. »Stimmt's, Rach?«

»Ja«, antwortete sie schnell. »Stimmt. Absolut. Das wird in den nächsten zwei oder drei Monaten eine Menge Zeit kosten. Das hier ist eine Menge Arbeit.«

»*Sehr* viel Arbeit«, fügte ich hinzu.

June und Matthew sahen sich eine ganze Weile schweigend an, halb verwirrt, halb belustigt. Sie spitzte die Lippen, offensichtlich versuchte sie, ein Lächeln zurückzuhalten; er zuckte ratlos mit den Schultern.

»Na gut«, sagte June, klatschte in die Hände und wandte sich wieder uns zu, wobei sie jeden Einzelnen von uns der Reihe nach mit einem langen, stechenden Mutterblick bedachte. »Spuckt's schon aus. Worauf wollt ihr hinaus?«

Lee wagte sich vor und erklärte mit bedeutungsvoller Stimme: »Ich bin so froh, dass du fragst, liebste Mutter! Da dies unser letzter Sommer im Strandhaus sein wird, da eure Herzen um zehn Größen geschrumpft sind und in eurer Gier und/oder wegen eures Alters zusammenschrumpeln, und da ihr beschlossen habt, meine köstlichsten Kindheitserinnerungen *zu zerstören*, scheint es mir, dass ihr hier jemanden – oder *mehrere* – brauchen könnt, um euch zu helfen, die Dinge zu koordinieren …«

»Und wir würden gern den Sommer über hierbleiben und uns um alles kümmern«, übernahm Noah daraufhin. »Wir können auch einen Großteil der Arbeit erledigen. Abgesehen von den Dachrinnen natürlich, denn diese Aufgabe hat Dad ja schon so *hervorragend* übernommen.«

Am liebsten hätte ich beiden den Mund zugehalten. Lee nannte seine Eltern gierig und alt, Noah machte sich über die Heimwerkertalente seines Vaters lustig … *Ja,* dachte ich. *Genau so verkauft man das, Jungs.*

»Wow, Noah!«, mischte ich mich ein, während Lee noch Luft holte, und setzte meine beste Werbestimme ein. »Das klingt nach einer Win-win-Situation für *alle*! Diesen Sommer, meine Damen und Herren, nur für einen Sommer, ein einmaliges Exklusivangebot! Lassen Sie Ihr geliebtes Familienstrandhaus für den Verkauf aufräumen *und* lassen Sie Betreuer in Ihrem Haus wohnen, um Ihnen beim Verkauf zu helfen! Rufen Sie einfach 0800-US-GUYS an, um sicherzustellen, dass Ihnen dieses Angebot nicht entgeht!«

Matthew lächelte ein wenig, aber Junes Gesichtsausdruck wurde nur noch härter. »Und ich nehme an, dass wir hier euch *alle vier* zur Überwachung der Aufgaben brauchen.«

»Ich fürchte, es handelt sich um einen Paketpreis«, sagte Lee. »Keine Rückerstattung, kein Umtausch.«

»Wir werden uns sehr gut um alles kümmern«, unterstrich ich, nun in ernstem Tonfall. »Das wisst ihr. Ich meine, wer sonst könnte sich besser um dieses Haus kümmern als wir? Wem könntet ihr mehr trauen?«

Lee ergänzte: »Und wir können hier alle zusammen am Vierten Juli feiern! Mom, du sagst immer, wie wichtig es ist, Traditionen zu bewahren.«

»Das *wäre* eine großartige Gelegenheit, sich von diesem Haus zu verabschieden«, meinte Rachel zaghaft.

»Und Lee wird sogar jeden Sonntag den Müll rausbringen«, versprach Noah, zwinkerte seinem kleinen Bruder zu und haute ihm auf die Schulter. Lee schnitt eine Grimasse in Noahs Richtung, aber nur kurz, dann blickte er seine Eltern erneut strahlend an. »Also … Mom? Dad? Was sagt ihr dazu?«

Sie sahen sich noch einmal an, und ich hörte in meinen Ohren dramatische Musik, als wären wir bei *The Voice* und warteten darauf, wer die Schlussabstimmung gewonnen hatte. Die Sekunden zogen sich bis in alle Ewigkeiten, und ich hätte schwören können, dass nicht einer von uns wagte, Luft zu holen. Sogar Noah wirkte gespannt und aufgeregt.

Matthew atmete lange und tief ein und brauchte *ewig,* um wieder auszuatmen.

June blickte noch einmal zu uns.

»In Ordnung. Ihr Kinder könnt den Sommer über hierbleiben.«

Ich kreischte, sprang auf und ab, meine Arme flogen hoch und die Hände flatterten. Lee ging in die Hocke, bevor er in die Luft boxte und ebenfalls aufsprang. Rachel gab ein aufgeregtes Quieken von sich.

Noah schlang seine Arme um meine Taille, hob mich hoch und wirbelte mich herum. Dann setzte er mich rasch wieder ab, um Lee in den Schwitzkasten zu nehmen, wobei er seine Haare durcheinanderbrachte, und gab gleichzeitig Rachel ein High Five.

»Ihr seid die Allerbesten!«, rief Lee nach vorne gebeugt im Schwitzkasten. »Abgesehen davon, dass ihr unser Familien-Sommerhaus verkauft, was wir euch nie verzeihen werden, seid ihr die Besten!«

Einen *ganzen Sommer* lang hier mit Lee, Noah und Rachel …

Vor einem Jahr hatten wir befürchtet, dass sich alles ändern würde. Wir hatten uns Sorgen gemacht, dass Noah den Sommer über nicht mehr da sein würde, und als Rachel für ein paar Tage gekommen war, hatte das für eine neue, seltsame Dynamik gesorgt.

Doch nach diesem Jahr würden sich die Dinge tatsächlich ändern. Matthew und June würden das Strandhaus verkaufen, und danach würde es hier wirklich keine Sommer mehr geben, und *natürlich* würden sich die Dinge zwischen uns allen ändern.

Wir brauchten das hier. Dieses eine letzte Hurra, eine Möglichkeit, uns vom Strandhaus – und unserer Kindheit – richtig zu verabschieden.

8

Es war ein langer, anstrengender Tag gewesen, aber meine Stimmung hatte sich deutlich gebessert, nachdem Lees und Noahs Eltern zugestimmt hatten, uns den gesamten Sommer im Strandhaus verbringen zu lassen. Ich *genoss* sogar irgendwie die Rückfahrt auf Noahs Bike.

Noah schaltete den Motor aus, und ich klammerte mich noch eine Minute lang an ihn, bevor ich ihm einen Kuss auf die Schulter drückte und mich von ihm löste. Ich gab ihm den Helm zurück und wartete darauf, dass er mir meine Handtasche aus dem Gepäckfach holte.

Er verstand den Hinweis, ein Grinsen spielte in seinen Mundwinkeln. »Bittest du mich nicht rein?«

Ich schüttelte den Kopf. »Ich möchte heute Abend etwas Zeit allein mit Brad verbringen.«

Noahs Augenbrauen schossen nach oben. Es war nicht so, dass ich meinen Bruder nicht *mochte* oder normalerweise keine Zeit mit ihm verbrachte, aber wir hatten nicht gerade ein total *intensiv*es Verhältnis. Aber es war … es war auf keinen Fall eine *totale* Lüge …

»Alles in Ordnung?«

»Ja. Ja, alles gut.«

Aber Noah kannte mich besser, er legte die Hand auf meine Wange, seine Handfläche fühlte sich auf meiner Haut warm und rau an. Die blauen Augen bohrten sich in meine. »Sicher? Du weißt, dass du mit mir reden kannst – über alles.«

Nicht darüber.

Ich konnte einfach ein wenig Zeit allein gebrauchen, um nachzudenken, was ich mit dem College machen wollte – oder zumindest so allein, wie es als Babysitterin möglich war. Ich hatte momentan auch keine Lust, mich mit Noah über die ganze Linda-Sache zu unterhalten. Der heutige Tag war mit dem Strandhaus ausgefüllt gewesen. Und jetzt musste ich babysitten, weil Dad ein Date hatte, und konnte nicht einfach die Bombe platzen lassen.

Also holte ich tief Luft, lächelte, gab Noah einen Kuss und sagte: »Ich weiß. Vielleicht morgen, okay?«

»Okay.«

»*Love you.*«

»*Love you, too,* Elle.«

Als ich mich umdrehen wollte, schnappte er mein Handgelenk und zog mich zu sich zurück. Ich stützte mich gegen seine Brust, spürte das wohlvertraute Leder seiner Jacke an den Fingern, und Noahs Lippen strichen über meine – langsam, leidenschaftlich, sodass ich schwache Knie bekam.

»Ich hasse das«, murmelte ich gegen seinen Mund.

Ich spürte sein Grinsen.

»Was denn?«, fragte er ganz unschuldig.

»Mich so zu küssen, dass ich den Rest meines Lebens damit verbringen will, dich zu küssen und alles andere zu vergessen.«

Er lachte, der Ton vibrierte in seiner Brust gegen meine Handflächen, und dann küsste er mich noch einmal, zärtlich und sanft und lang ... bis wir uns schließlich voneinander lösten.

Als ich ins Haus kam, rief mein Vater: »Elle? Wie war's?«

Ich räumte meine Sachen weg, vorher grub ich aber den Baseballhandschuh aus, den ich für Brad mitgebracht hatte.

Dad war in seinem Arbeitszimmer, und ich steckte den Kopf durch die Tür. »Ja, es war, ähm ... Echt merkwürdig. Aber, hey, ich habe diesen Baseballhandschuh für Brad gefunden!«

»Ich habe meinen Namen gehört! Ich habe meinen Namen gehört!«

Brad kam aus dem Wohnzimmer gerannt, rempelte mich direkt an und griff nach dem Handschuh. Ich hielt ihn blitzschnell über meinem Kopf.

»Elle, komm schon! Welche anderen coolen Sachen hast du mir noch mitgebracht? Lee hat mir ein Bild von einem Spielzeuggewehr und einem Pogo-Hüpfstab geschickt, hast du die auch dabei?«

Ich schaute zu Dad, und wir rollten beide mit den Augen. Typisch Lee – er gab Brad seine alten

Spielsachen, damit er nicht das Gefühl hatte, sie nie wiederzusehen.

»Nein, aber du bekommst den Baseballhandschuh«, antwortete ich und gab ihm das Ding endlich. »Und den Pogo-Hüpfstab kriegst du auf *keinen Fall*. Ich kümmere mich nicht um dich, wenn du dir den Arm brichst, weil du damit hinfällst.«

»Du musst dich aber um mich kümmern.«

»Hör auf deine Schwester«, sagte Dad. »Und Elle, sag Lee: kein Pogo-Hüpfstab.«

»Schon erledigt.«

Irgendwie hatte ich damit gerechnet, dass sich Dad total rausputzt, zu viel Aftershave benutzt, dämlich aussieht und wirkt, als müsste er sich sehr anstrengen, mit zu schicken Schuhen und Krawatte und allem Drum und Dran. Doch als er sich fertiggemacht hatte, trug er einfach irgendwelche Jeans und einen Pulli und die Schuhe, die er so ziemlich das ganze Jahr über trug.

Er sah einfach aus wie Dad.

»Alles klar für dein großes Date?«, fragte ich und setzte ein breites Lächeln auf.

»Wir essen nur zusammen zu Abend, Elle.« Er rollte mit den Augen, wirkte aber … aufgeregt. Glücklich. Er sah aus, als ginge es um mehr als »nur Abendessen«.

Ich gab alles, um Dads Verhalten nachzumachen, wenn ich mit Noah ausging: Ich stemmte die Hände die Hüften, schloss die Augen, reckte das Kinn vor und tat so, als hätte ich eine Brille auf der Nase, über deren Rand ich schaute – ein Blick, den ich *viel* zu oft gesehen hatte und in- und auswendig kannte. »Ich hoffe, sie denkt daran, wann du zu Hause zu sein hast, Kumpel. Holt sie dich ab?«

Dad lachte. »Ich habe ein Uber bestellt. Wir fahren zusammen.«

»Seit *wann* benutzt du Uber?«

»Da ich endlich den Mut aufgebracht habe, meinen Kids zu erzählen, dass ich zu einem Date gehe, kann ich das Auto stehen lassen und mit einer wunderschönen Lady eine Flasche Wein trinken.«

Aufstöhnend verzog ich das Gesicht und lehnte mich zurück. »Gott, du bist so kitschig. Weiß sie, wie kitschig du bist?«

Dad lachte nur, drückte meine Schulter und hielt dann inne. »Danke, dass du das so gut machst, Elle. Ich weiß, dass es für dich ein bisschen merkwürdig sein muss. Für mich ist es auch merkwürdig.«

Ich war wirklich nicht der Ansicht, dass ich das hier so gut hinbekam, wie er zu glauben schien, aber ich wollte ihn nicht korrigieren.

»Hast du dich mit dem College schon entschieden?«

Ich schüttelte den Kopf, bei der bloßen Erwähnung machte sich ein flaues Gefühl in meinem Magen breit. »Nicht wirklich. Ich versuche, mich heute Abend zu entscheiden und morgen mit den Jungs darüber zu reden. Aber, ähm, wo wir gerade von Lee und Noah sprechen … bevor du gehst …«

Schnell erklärte ich Dad den Plan, dass wir den

Sommer im Strandhaus verbringen und dabei helfen würden, es in einen tadellosen, verkaufsbereiten Zustand zu versetzen und für Handwerker und Käufer und wer auch immer sonst noch vorbeikommen musste da zu sein.

Ich hatte nicht *geplant,* es Dad zu sagen, wenn er nur noch ein paar Minuten hatte, bevor sein Uber eintraf, aber es wäre gelogen gewesen zu behaupten, dass es nicht extrem angenehm war, so wenig Zeit zu haben, darüber zu diskutieren.

»Den ganzen Sommer?«

»Na ja, nur bis das Haus verkauft ist. Und natürlich kann ich jederzeit herkommen, um mit Brad zu helfen und auf ihn aufzupassen, Milch zu kaufen und Brad zum Fußballtraining zu bringen … Bitte, Dad? Ich brauche diesen Sommer mit Lee wirklich, vor allem, falls ich nach Harvard gehen sollte.«

Ein schmutziger Trick, und Dad merkte das, trotzdem nicht weniger effektiv.

Dad seufzte. »Wenn ich auch nur die leiseste *Andeutung* von Ärger höre oder von verrückten Partys oder …«

»Hand aufs Herz! Wir werden uns benehmen.«

»Brad hat Fußballtraining …«

»Donnerstags und montags, ich weiß. Und du diese Konferenz demnächst und wahrscheinlich noch mehr Dates mit Linda. Ich *weiß,* Dad.«

Schließlich machte ich das hier auch nicht erst seit gestern.

Dads Handy pingte laut, und draußen fuhr ein

Auto vor. Er lächelte mich nachsichtig an, bevor er wieder seufzte und mich umarmte. »Du darfst so lange im Strandhaus bleiben, wie ich mich auf dich verlassen kann. Abgemacht?«

»Abgemacht. Abgemacht, ich schwöre. Danke, Dad. Du bist der Beste.«

Von der Haustürschwelle winkte ich ihm für sein nicht-erstes Date hinterher. Als ich wieder ins Haus trat und die Tür hinter mir schloss, stand plötzlich Brad lauernd im Flur.

»Was ist das mit Harvard?«

Nachdem ich Brad zu absoluter Geheimhaltung verpflichtet hatte und wir zu Abend gegessen und uns dann einen Film angeschaut hatten, konnte ich mich davonschleichen und ein paar Stunden damit verbringen, darüber nachzudenken, was ich wegen des Colleges machen sollte. Ich *hasste* diesen Druck, mich entscheiden zu müssen – je früher ich den Anruf in Berkeley machen würde, desto früher war alles vorbei.

Einerseits war da eben Berkeley. Die Alma Mater meiner Mom, das College, das mir schon immer am Herzen lag, in der Nähe meines Zuhauses … die Uni, auf die ich schon immer gemeinsam mit Lee hatte gehen wollen. Wann immer ich mir die Collegezeit vorgestellt hatte, war auch Lee dabei. Wir hatten unser ganzes Leben miteinander verbracht. Ich hätte nie damit gerechnet, dass sich das im nächsten Kapitel ändern würde.

Und andererseits …

Oh Mann, ich konnte Dads Gesichtsausdruck nicht vergessen, als er erfuhr, dass ich tatsächlich in Harvard angenommen worden war.

Mir fiel wieder ein, wie ich vergangenes Jahr mit Noah auf einem Hügel gesessen hatte, als er versuchte, die gleiche Entscheidung zu treffen, und überlegte, das Angebot aus Harvard anzunehmen. Wir waren damals zu seinem Lieblingsplatz gegangen, um über alles und auch unsere Beziehung zu reden, und ich hatte ihm geantwortet, er wäre verrückt, sich eine solche Gelegenheit entgehen zu lassen.

Warum war es so viel schwieriger, mich selbst davon zu überzeugen?

Boston hatte mir echt gut gefallen, als ich in den Frühjahrsferien dort war.

Zugegeben, es war schlimm, aber ich hatte mich noch gar nicht wirklich mit dem Studienprogramm von Berkeley befasst. Irgendwie hatte ich nie das Gefühl, dass ich das *müsste*. Wenn ich jetzt gegen Harvard abwägte, über das ich mich *eigentlich* schon seit einiger Zeit informiert hatte, lief das Ganze auf einen einzigen Punkt hinaus …

Tja, Lee.

Und so sehr ich meinen besten Freund auch liebte, er durfte nicht ausschlaggebend für meine College-Wahl sein.

Der Gedanke traf mich wie der Blitz. Und in dem Augenblick wurde mir klar, dass ich meine Entscheidung getroffen hatte.

9

Als ich mich dem Haus der Flynns näherte, war mir unglaublich mulmig. Auf dem Weg dorthin hatte ich gefühlt fast dreißig Mal wieder umgedreht.

Ich liebte dieses Haus. Über die Jahre hatte ich hier viel Zeit verbracht. Lee und ich waren so eng befreundet, dass es praktisch mein zweites Zuhause war. Ich hatte im Badezimmer sogar eine eigene Zahnbürste. Dieses Haus war viel schicker als unseres. Es gab sogar einen Pool. Obwohl mir das von Zeit zu Zeit etwas unangenehm gewesen war, war mir dieser Ort hier dennoch vertraut, und ich kannte mich darin so gut aus wie in meinem Zuhause. Doch momentan kam mir das Flynn-Haus zu groß vor. Selbst die Blumenbeete, die June kürzlich auf beiden Seiten des Weges im Vorgarten angelegt hatte, schienen auf mich zuzukommen.

Ich schaffte das.

Lee würde es verstehen. Er *musste* einfach.

Und was Noah anging … Na ja, er hatte schließlich von einer gemeinsamen Wohnung angefangen, oder?

Ich seufzte. Wem wollte ich eigentlich etwas vormachen? Es war nicht Noah, dem ich unbedingt etwas sagen musste.

Als ich endlich vor der Tür angekommen war, griff ich die Klinke und drückte den Rücken durch. Ich schaffte das. Ich hatte schließlich nicht ewig ein *Geheimnis* bewahrt. Nicht wie damals, als ich hinter Lees Rücken Noah gedatet hatte. Es hatte sich einfach … etwas Neues entwickelt. Eine Überraschung. Und Lee würde schon verstehen, dass ich diese Entscheidung allein treffen musste.

Ich hoffte nur, er würde auch verstehen, dass es nicht darum ging, mich für Noah entschieden zu haben.

Ich drückte die Tür auf, denn wie erwartet war sie unverschlossen.

»Ich bin's nur«, rief ich ins Haus. Meine Stimme hallte von den Wänden wider. Im Gegensatz zu dem kompakten und erfreulich unordentlichen Strandhaus war *dieses* hier riesig. Ein wucherndes Labyrinth von Räumen, einer nach dem anderen, mit sauberen Geraden und scharfen Ecken und nicht ein Staubkorn (oder Sandkorn) in Sicht. Vom Eingang aus konnte ich den ganzen Flur hinunterblicken, durch die offene Küche zu den Glastüren, die nach draußen in den Garten und zum Pool führten.

»Elle! Hey!« Noah tauchte in der Küchentür auf, ein mit Senf verschmiertes Messer in der Hand. »Ich wusste nicht, dass du vorbeikommst. Oder suchst du Lee?«

»Eigentlich euch beide«, murmelte ich und ging zu ihm. Noah widmete sich in der Küche wieder seinem Sandwich. Beim bloßen Anblick schüttelte ich kurz den Kopf. Noah und Lee machten immer die *größten* Sandwichs, und dies war eines der beeindruckendsten, das ich je gesehen hatte. Es musste mindestens zehn Zentimeter hoch sein.

Noah erwischte mich, wie ich das Ganze anstarrte, und lächelte. »Was denn? Wir hatten noch Reste vom Rinderbraten.«

»Ja, und von allem anderen auch.« Ich schielte auf das Sandwich. Spinat, Tomaten … Truthahn auch, so wie es aussah. »Davon würde ein ganzes Dorf satt.«

Noah rümpfte die Nase. »Welches? Das von My Little Pony? Magst du mal beißen?«

Ich schüttelte den Kopf. Momentan vertrug mein Magen *nichts*, aber … es hätte mich auch nicht überrascht, wenn ich einen Bissen genommen hätte und auf Sardellen oder Ananas oder sonst etwas vollkommen Falsches darin gestoßen wäre.

»Na, was ist denn los?«, fragte Noah, packte das Sandwich mit beiden Händen und schlang einen riesigen Happen herunter. Im Gegensatz zu Lee kaute und schluckte er, bevor er wieder sprach. »Oder hast du mich einfach nur vermisst?«

Ich konnte die Hände nicht stillhalten.

»Ich muss mit euch über etwas sprechen.«

Das Sandwich auf halbem Weg zu seinem Mund hielt Noah inne. Er legte es langsam auf dem Küchentresen ab, zog die Augenbrauen zusammen und runzelte die Stirn. Diese wunderschönen, elektrisierend blauen Augen durchbohrten mich, während sie meinen Blick suchten und versuchten, zu verstehen, was los war.

Ich konnte es ihm nicht verübeln, dass er so besorgt wirkte: So eine Wir-müssen-reden-Stimmung war nie gut. Auch wenn diesmal vielleicht … irgendwie doch.

Ich atmete ein paarmal tief durch, bevor ich die Schultern streckte und sagte: »Ich bin in Harvard angenommen worden. Und ich habe mich entschieden, den Studienplatz anzunehmen.«

Eigentlich hatte ich eine ganze Rede vorbereitet. Darüber, dass ich mit meiner Bewerbung einfach nur sehen wollte, ob ich überhaupt eine Chance hatte, wie stolz mein Vater war, wie ich auf der Warteliste gelandet war, und dass das alles nichts mit Noah oder Lee zu tun hatte, und … Keine Ahnung, was aus der Rede geworden war, aber jetzt war die Neuigkeit draußen, und ich konnte sie nicht zurücknehmen.

Noah starrte mich nur an.

Ich wand mich innerlich, aber er blieb stumm.

Seufzend gab ich nach. »Nun sag doch was!«

Einen Sekundenbruchteil später packte mich Noah an der Taille und hob mich in die Luft. Ich schrie auf, als meine Füße den Boden verließen, und er wirbelte mich jubelnd herum und setzte mich bloß wieder ab, um mich heftig zu küssen.

Noahs Küsse waren berauschend. Der Geschmack seiner Lippen machte süchtig. Das Gefühl seiner

Zunge in meinem Mund und seiner Hände auf meiner Haut konnte mich vergessen lassen, dass überhaupt noch irgendetwas anderes auf der Welt existierte. Die Wärme seines Körpers, der meinem so nahe war, und sein vertrauter Geruch konnten mich zum Schmelzen bringen.

Aber im Moment konnte nichts die nagende Angst lindern, dass ich auch noch Lee die Sache mit Harvard beichten musste.

Und dann hörte ich: »Bitte sagt, dass ihr euch nicht verlobt habt oder schwanger seid. Aber wenn, solltet ihr besser mich als Trauzeugen oder Paten einplanen.«

Noah beendete unseren Kuss, als ihm dämmerte, dass meine Entscheidung, nach Harvard zu gehen, für ihn zwar ein Grund zum Feiern war, aber eben auch bedeutete, Lee zu enttäuschen. Noah machte ein bekümmertes Gesicht. Er löste sich von mir, die Hände rutschten von meinen Hüften und er schaute zwischen uns hin und her, bevor er sich räusperte und den Nacken massierte.

»Ich, äh, lasse euch dann … mal allein.«

Er schnappte sich sein Sandwich und verschwand aus der Küche.

Lee wirkte jetzt ein wenig blass, und ich konnte ihm kaum in die Augen sehen. Er kam auf mich zu und zögerte, mir die Hand auf den Arm zu legen. »Elle? Was … was geht hier vor? He, los sag schon«, meinte er mit liebevoll sanftem Tonfall, ein kleines Lächeln auf seinem Gesicht, während er mich zu einem der Hocker an der Frühstückstheke führte. »Nicht weinen.«

»Ich weine ja gar nicht«, beharrte ich, aber meine Stimme war etwas brüchig – und meine Sicht ein wenig getrübt. Ich blinzelte ein paarmal und nahm Lees Hände in meine. »Es geht ums College.«

»Was ist damit?«

Oh Gott, ich hasste, wie erwartungsvoll er klang. Wie *optimistisch.* Wie *gespannt.*

Und ich war kurz davor, ihm das Herz zu brechen.

Ich versuchte, mich an meine Rede zu erinnern, daran, was ich mir zurechtgelegt hatte und was ich ihm gestern Abend sagen wollte, an jedes Wort und an jede Wendung, mit der ich mich gequält hatte. Aber jetzt konnte ich mich nur noch an Bruchstücke davon erinnern.

»Wir hatten immer vor, nach Berkeley zu gehen. Seit Ewigkeiten. Wie unsere Mütter, und, du weißt, wegen Brad, und … Oh Gott, Lee, ich *wollte nicht,* dass das passiert. Okay? Du musst verstehen. Aber es ist … Du hast den Gesichtsausdruck von meinem Dad nicht gesehen. Er war so verdammt stolz. Und – und ich bin's auch, natürlich. Das ist eine große Sache. Nicht … nicht, dass Berkeley das nicht auch war, oder so, aber … Denk nur an all die Türen, die sich dadurch öffnen könnten, da in Boston! Und ich *schwöre,* ich habe nicht versucht, vor dir ein Geheimnis zu haben. Noah wusste auch nichts davon, und mein Vater auch nicht … Ich hab's nicht einmal Levi erzählt. Ich habe den Brief gerade erst bekommen und …«

»Und«, sagte Lee und seine Brust hob sich, als er tief seufzte, »du gehst doch nicht nach Berkeley, oder?«

Warum fühlte sich das dermaßen schrecklich an? Ich hatte meine Entscheidung doch schon *getroffen*.

»Seit wann hast du überlegt, nach Harvard zu gehen?«, fragte Lee, und dann seufzte er wieder und machte einen halben Schritt rückwärts, fuhr sich mit der Hand übers Gesicht und dann durchs Haar. »Nein, antworte nicht. Logisch, seit Noah da ist.«

»Du hast dich doch auch an der Brown beworben«, sagte ich kleinlaut. »Und …«

»Ja, mein Vater ist auf die Brown gegangen. Da ging es nicht nur um Rachel.«

Nein, aber vielleicht zu neunzig Prozent wegen Rachel.

»Ich bin auf der Warteliste gelandet«, sagte ich zurückrudernd. »Ich hab nicht damit gerechnet, genommen zu werden. Ich hab nicht mal damit gerechnet, auf die Warteliste zu kommen! Ich glaube, ich habe mich beworben, weil mir klar war, niemals angenommen zu werden, aber … jetzt ist es doch passiert, und … und ich musste eine Entscheidung treffen.«

»Und da hast du dich für ihn entschieden«, murmelte Lee. »Mal wieder.«

Ich hielt immer noch seine Hand und drückte sie nun fester, mein Tonfall wurde verzweifelt. Ich beugte mich zu Lee vor. »Darum ging's nicht, Lee.«

Nur, dass es doch darum ging.

Vielleicht zu fünfzig Prozent.

Aber wie konnte ich ihm erklären, dass ich mir zwar das Vorlesungsverzeichnis von Harvard, den Campus und alles angesehen hatte, das aber bei Berkeley nie wirklich getan hatte? Sicher, das lag hauptsächlich daran, dass Noah da studierte, aber … Na ja, ich fand auf alle Fälle alles so gut, dass ich mich bewerben wollte, nicht wahr? Berkeley hatte ich nur ausgesucht, weil … weil Lee und ich uns *gemeinsam* dafür entschieden hatten. Und wie sollte ich ihm jetzt sagen, dass ich bei der Entscheidung für Berkeley das Gefühl gehabt hätte, *nur* wegen Lee dort zu studieren? Das hätte ihn bloß noch mehr verletzt, und er hätte sich noch heftiger zurückgewiesen gefühlt.

Völlig schockiert merkte ich, dass Lee auch meine Hand drückte und mir eines dieser kleinen Lächeln schenkte, das ich *wirklich* nicht verdient hatte. »Ist okay. Ich versteh's. Das ist schließlich Harvard. Du musst da hin. Genauso wie Noah. So was lehnt man nicht ab.«

Am liebsten hätte ich losgeheult und meinen Kopf an Lees Schulter vergraben. Ich wollte sein Gesicht packen und ihn vor lauter Erleichterung anschreien. Ich wollte ihn zurückstoßen und ihm sagen, er solle aufhören, nett zu mir zu sein, aufhören, so lieb und verständnisvoll zu sein, denn an seiner Stelle würde ich mich hassen.

Aber alles, was mir einfiel, war, mit geschlossenem Mund dazusitzen und auf unsere Hände zu starren.

»Und ich wette, dein Dad ist wahnsinnig stolz«, sagte Lee – ein bisschen zu aufgekratzt. Ich blickte auf, sah sein Lächeln mit zusammengebissenem Kiefer, was ein bisschen manisch wirkte. »Und du hattest Panik, auch nur an *irgendein* beliebiges College zu kommen, und hast dich endlos mit deinem Aufsatz für die Bewerbung gestresst, mich gezwungen, mich in der Schülervertretung zu engagieren und all die Pausen damit zu verbringen, Schulbälle und Wohltätigkeitsveranstaltungen zu planen und … Du hast es geschafft! Das alles hat sich ausgezahlt! Denn jetzt … jetzt …« Er räusperte sich und rutschte auf seinem Hocker hin und her. »Jetzt darfst du nach Harvard gehen, Shelly.«

Dass er mich bei meinem alten Spitznamen aus der Kindheit nannte, den nur er (und seit Kurzem auch Noah) benutzen durfte, machte es irgendwie unendlich schlimmer.

Bitte hör auf, nett zu mir zu sein.

Aber hatte ich nicht genau das gewollt? Hatte ich nicht gebetet, dass er so reagieren sollte?

»Ja«, brachte ich gerade so heraus, »Dad ist wahnsinnig stolz. Und es ist ja nicht so, dass wir uns nicht mehr sehen. Wir haben die Wochenenden und Feiertage und Frühjahrsferien – hey, wir könnten doch wieder mit dem Auto verreisen! Und wir können per Video chatten und – und es muss sich gar nichts ändern, oder? Wir können immer die Feiertage zusammen abhängen.«

Lees Gesicht zuckte. Rundheraus sagte er: »Da

werde ich bei Rachel sein. Ich habe einen Zeitplan für uns gemacht und alles vorbereitet.«

»Na ja – na ja, das ist okay, denn die Brown ist ja nicht so weit von Boston weg.«

»Ich darf also an die Ostküste kommen und dich *und* Noah *und* Rachel sehen. Na toll.«

Okay. Damit war zu rechnen gewesen.

Seltsamerweise erleichterte es mich fast, dass er nun die Fassung verlor – wenn auch nur ein wenig. Die Vorstellung, dass Lee mir das alles übel nahm, es mir aber nicht *sagte,* gefiel mir nämlich gar nicht. Der Gedanke, dass er mit Rachel darüber sprechen würde, aber nicht mit mir, löste das gleiche mulmige Gefühl in mir aus wie vorhin. Ich wollte nicht zulassen, dass er mich bereits jetzt von sich stieß.

»Klar«, fuhr er fort, ging durch die Küche und holte eine Tüte Saft aus dem Kühlschrank. »Logo, wir vier können jeden Feiertag oder jedes lange Wochenende miteinander verbringen, allerdings habe ich nicht die Möglichkeit, mit dir *oder* Rachel allein was zu machen. Oder mit Noah!«

Er riss einen Küchenschrank auf, schnappte sich ein Glas, donnerte es auf den Tresen und knallte die Tür wieder zu.

»Doch, wirst du, Lee.«

»Ich hab doch mitbekommen, was die Fernbeziehung aus dir und Noah gemacht hat. Vor Thanksgiving ging alles den Bach runter. Und *ja,* ich weiß, ihr habt's wieder hingekriegt, und alles ist wieder gut, aber ich werde nicht zusehen, wie mir und Rachel das Gleiche passiert.«

»Tut mir leid«, flüsterte ich. »Lee, ich will dir nicht das Gefühl geben, dass du dich zwischen mir und Rachel entscheiden musst. Wir kriegen das hin, oder? Haben wir doch immer. Wir können auch einen Plan machen, wann wir uns sehen, so wie der mit Rachel.«

Lee warf mir einen langen, strengen Blick zu, aber ich merkte, dass er es nicht ganz so ernst meinte. Ich wünschte mir immer noch, dass er mich anschreien würde, dass er *echt* einfach *durchdrehen* würde, so wie damals, als er entdeckte, dass ich hinter seinem Rücken mit Noah zusammen war. Ich konnte erkennen, wie es unter seiner Oberfläche brodelte.

Aber Lee war kein aufbrausender Typ. War er nie gewesen. Deshalb verzog er jetzt die Augen zu Schlitzen, neigte den Kopf und sagte in coolem, lässigen Tonfall zu mir: »Rachel bekommt den Labour Day. Aber ich *glaube* … Ich glaube, ich kann dir den National Cupcake-Day überlassen.«

»Ich verspreche dir, die besten, unglaublichsten und unvergesslichsten Cupcakes für dich zu machen, von denen du je geträumt hast.«

Er hob die Augenbrauen, und plötzlich lächelten wir beide. Im Backen hatte ich mich schon immer am *dümmsten* angestellt. Besonders bei einem katastrophalen Hauswirtschaftskurs in der Schule vor ein paar Jahren.

»Ich verspreche, ich werde Levi dazu bringen, dir die besten, unglaublichsten und unvergesslichsten

Cupcakes zu backen, von denen du je geträumt hast«, korrigierte ich mich. Levi liebte Backen so sehr, dass er neben seinen Schichten im 7-Eleven tatsächlich noch einen Job in einer Bäckerei hatte. Sollte der National Cupcake Day Lees und mein neues Ding sein, würde ich mich absolut darauf verlassen, dass Levi den Tag zu einem echten Killer machte. (Vor allem, weil gut möglich war, dass ich den Feiertag *buchstäblich* zum Killer machen würde, indem ich mit meinen Künsten versehentlich für eine Lebensmittelvergiftung sorgen würde.)

Lees Lächeln verblasste allzu schnell, aber er brüllte immer noch nicht und setzte nicht einmal seinen Welpenblick auf. Zappelig ging er ein wenig auf und ab, und mir war klar, dass er sich über das Ganze aufregte und wie *sehr* es alles veränderte.

»Sag was, Lee«, murmelte ich. Sein Schweigen brachte mich beinahe um.

»Das sollte *unser Jahr* sein, Elle, erinnerst du dich? Wir wollten das Abschlussjahr im Sturm nehmen, den größten Spaß aller Zeiten haben, bevor wir aufs College gehen und sich alles ändert. Doch es ändert sich schon jetzt, nicht wahr? Und wir auch. Und das sollte unser bester Sommer aller Zeiten werden, unser *letzter* Sommer. Er hat gerade erst angefangen und die Pläne sind bereits zerstört. Nicht nur unsere College-Pläne. Mom und Dad verkaufen das Strandhaus und ... Nichts wird so, wie es sein sollte, verstehst du?«

Er ließ sich auf einen der Hocker neben mir fallen.

Ich schlang die Arme um ihn und war dankbar, dass er mich nicht wegstieß. Lee drückte sein Gesicht an meine Schulter.

»Ich schwöre, ich freue mich mit dir über Harvard«, sagte er in meinen Pulli.

»Ich weiß.« Wusste ich wirklich. »Ich habe noch nicht … Ich meine, ich habe meinen Platz noch nicht angenommen. Oder Berkeley abgesagt …«

Plötzlich löste sich Lee von mir und schüttelte den Kopf. »Nein. Elle, lass das. Mach aus mir nicht diese Art von Kerl. Du hast recht, Harvard ist eine tolle Gelegenheit. Warum solltest du ablehnen? Und wenn es das ist, was du willst, freue ich mich für dich. Echt! Auch wenn ich im Moment nicht so aussehe.«

Ich biss mir auf die Lippe und bekam ein schlechtes Gewissen.

Ich war hierhergekommen, um mit ihm zu reden, bevor ich Berkeley offiziell absagte. Es war *meine* Entscheidung, die *ich* treffen musste, aber Lee bedeutete mir absolut alles. Hat er immer. Wenn es ihm tatsächlich das Herz gebrochen hätte, wenn er mich *gebeten* hätte, hätte ich es mir noch mal anders überlegt.

Ich hatte Gewissensbisse, weil mir klar war, dass er das nicht von mir verlangen würde. Und Lee wusste das auch. Ich zeigte ihm einen Ausweg, von dem wir beide wussten, dass er ihn nie einschlagen würde, nicht in einer Million Jahre.

Keine Ahnung, wie ich mich dafür bei ihm entschuldigen sollte. Ich sagte: »Ich schwöre, dass ich nicht wieder versucht habe, ein Geheimnis vor dir zu haben. So war das nicht. Ich habe den Zulassungsbrief erst vor ein paar Tagen bekommen, und … Ich musste mich entscheiden. Dann war da das mit dem Strandhaus, und ich wollte dich nicht unnötig noch *mehr* verärgern, wenn ich mich am Ende doch für Berkeley entschieden hätte, aber …«

»Aber hast du nicht.«

»Tut mir leid.«

»Was ist mit Brad?«

Stimmt, das war etwas, das ich nicht wegdiskutieren oder gegen das ich etwas unternehmen konnte. Aber jetzt, da die Sache mit dem College geklärt war, antwortete ich: »Tja, mein Dad hat … so was wie eine Freundin.«

Lee gab Würgelaute von sich und lehnte sich zurück, um mich anzugaffen, er verzog das Gesicht und schielte mit einem Auge. »Er hat *was?*«

Ich erzählte von Linda, mit der Dad erst gestern Abend zu einem nicht-ersten Date aus war, konnte mich aber gerade so davon abhalten, die ganze Geschichte bei Lee abzuladen und wie bizarr ich das alles fand und wie sehr mich das beschäftigte.

Lee pfiff leise. »Mr Evans, Sie Schlitzohr. Wer hätte das gedacht?«

»Iiih. Nenn meinen Dad nicht Schlitzohr. Das ist fies.«

»Weißt du, wie diese Linda aussieht?«

»*Nein.*«

»Nachname?«

»Hätte ich ihren Nachnamen, hätte ich sie schon online gecheckt.«

»Immerhin hat einer von uns in diesem Sommer Spaß«, nuschelte Lee, und seine miese Laune kehrte im Handumdrehen zurück. Ich konnte praktisch sehen, wie sich die Gewitterwolken erneut um seinen Kopf ballten.

Offensichtlich wollte er sich über die College-Sache nicht mit mir streiten. Und offensichtlich gab er sich alle Mühe, sich für mich zu freuen, stolz auf mich zu sein, und dafür liebte ich ihn.

Irgendwie musste ich das wiedergutmachen.

Und kaum schoss mir dieser Gedanke in den Kopf, wusste ich *genau*, was ich zu tun hatte. Er war am Boden zerstört über das Strandhaus und darüber, dass ich nicht nach Berkeley mitkam – auch wenn er das nicht so sehr zeigen wollte. Lee wollte, dass dies unser letztes Hurra war, ein fantastischer, unvergesslicher letzter Sommer, bevor sich alles änderte und wir anfangen mussten, erwachsen zu werden. Und ich schien verdammt entschlossen, ihm exakt diesen Sommer zu bereiten.

Vor Jahren, als wir noch Kinder waren, hatten Lee und ich von all den wunderbaren und verrückten Dingen geträumt, die wir im Sommer machen würden.

Wenn er wollte, dass alles so blieb, wie es immer war, und sei es auch nur für ein paar Wochen, dann konnte ich dafür sorgen.

»Lee, ich schwöre *bei unserer Freundschaft*, dass wir

den besten Sommer aller Zeiten haben werden. Das ist immer noch unser Jahr. Und wenn es unser letzter Sommer im Strandhaus ist, bevor es deine Eltern verkaufen, *müssen* wir das Beste daraus machen.«

Er schenkte mir ein halbherziges Lächeln, den Kopf zur Seite geneigt, und sah mich an. »Dafür hast du dann aber besser einen idiotensicheren Plan, Shelly.«

»Überleg mal«, platzte ich heraus und versuchte, mit meinem Verstand Schritt zu halten, der bereits losraste und außer Kontrolle geriet, bevor es möglich war, noch einmal nachzudenken. »Wir haben den ganzen *Sommer* über das Strandhaus. Ja, wir müssen helfen und ein wenig arbeiten, aber was soll's? Wir werden da ganz allein wohnen – mit Noah und Rachel, meine ich –, aber ohne Aufsicht von Erwachsenen! Beste Voraussetzungen für einen tollen Sommer! Wer würde dafür nicht töten? Wir besitzen die wichtigsten Zutaten, die nur eine kurze Autofahrt entfernt auf uns warten.«

»Ich höre.«

»Und«, fuhr ich fort, »unsere jüngeren Ichs haben das Rezept bereits für uns aufgeschrieben.«

Ich beobachtete, wie Lee langsam begriff.

»Du meinst nicht, was ich glaube, dass du meinst.«

»Ich meine absolut, was du glaubst, dass ich meine. Lee, im Strandhaus haben wir eine Liste von Dingen, die uns genau sagen, wie wir diesen Sommer zum ultimativen Sommer machen können. Alles, was wir schon immer vor dem College machen wollten, jeden Spaß und jede verrückte Sache, von der wir als Kinder geträumt haben. Und jetzt haben wir die Gelegenheit, das alles zu verwirklichen!«

Als könnte er es kaum fassen, sagte Lee langsam und betont: »Du meinst die ganze Liste diesen Sommer?«

»Ich meine die ganze Liste diesen Sommer.«

Er kniff die blauen Augen argwöhnisch zusammen. Sie funkelten schelmisch, was ich sehr gut kannte. Lee kämpfte hart mit sich, jetzt bloß nicht zu lächeln. Ich wusste sofort, dass ich ihn hatte und das gerade genug war, um den Streit ums College zu begraben. Wie konnte er mir das noch übel nehmen, wenn ich für diesen Traum-Sommer sorgte? Wie konnte er mir da noch böse sein oder sagen, ich hätte meine Beziehung zu Noah unserer Freundschaft vorgezogen, obwohl ich all das für ihn tun würde?

»Sogar den Mario-Kart-Race-Day?«

Ich lachte, und dann breitete sich ein Lächeln auf meinem Gesicht aus. »*Vor allem* den Race Day! Also, was sagst du dazu, Buddy? Bist du dabei?«

Er musste einfach Ja sagen. Er musste. Und ich wusste, dass er es tun würde, denn ich kannte Lee fast besser als mich selbst, und er konnte dem niemals widerstehen. Trotzdem hielt ich den Atem an, und ängstlich prickelte meine Haut wie von einer Million winziger Nadeln getroffen.

Berkeley abzulehnen, war meine Entscheidung. *Lee* im Stich zu lassen, nachdem wir jahrelang unsere Collegezeit geplant hatten, war ebenfalls meine Entscheidung. Aber in diesem Sommer würde ich das wiedergutmachen. Ich würde alles mir Mögliche tun, um ihm diesen letzten perfekten Sommer zu bereiten, bevor sich alles ändern würde und wir das nächste Kapitel unseres Lebens aufschlagen und noch etwas erwachsener werden mussten. Lee hatte sich diesen Sommer verdient.

Er stand vom Hocker auf und schaute mich an. »Der beste Sommer, den wir je hatten. Versprichst du's?«

Ich wiederholte ein letztes Mal: »Der beste Sommer, den wir je hatten. *Ich versprech's.*«

10

Eigentlich dachte ich, sobald ich die ganze College-Sache mit Lee besprochen hätte, würde ich mich besser fühlen. Ich dachte, dass ich mich besser fühlen würde, wenn ich erst einmal auf die Buttons der Websites geklickt und damit Berkeley offiziell abgelehnt und meinen Platz in Harvard angenommen hätte. Ich dachte, sobald ich für den Sommer im Strandhaus gepackt hätte, würde ich mich besser fühlen.

Ich lag so dermaßen falsch.

Denn als ich Berkeley absagte, fühlte ich mich irgendwie krank – obwohl es ziemlich aufregend war, am Schreibtisch zu sitzen, mit meinem strahlenden Dad hinter mir, und den Studienplatz in Harvard anzunehmen. Da wurde mir bewusst, wie sehr sich all die harte Arbeit in der Schule ausgezahlt hatte.

Lee hat sich echt gut geschlagen und mich nicht dafür fertiggemacht, dass ich die College-Pläne zerstört hatte, die wir seit unserer Kindheit verfolgten. Er erzählte seinen Eltern davon, als ich zum Abendessen blieb, doch er freute sich immer noch ein bisschen *zu* sehr für mich.

Aber wenn er so tun konnte, als wäre das für ihn okay, konnte ich das auch.

Ich brauchte, wie gesagt, immer ewig, um fürs Strandhaus zu packen, diesmal allerdings schien es noch schwieriger als sonst. Mein Hirn machte sich ununterbrochen Gedanken, wie aufgeregt Lee war und wie dringend ich mit diesem Sommer alles wiedergutmachen musste, sodass es unmöglich war, meine mentale Packliste abzuarbeiten.

Und ich musste das *echt* wiedergutmachen. Ich musste alle Register ziehen. Die Bucket List würde Spaß machen – es wäre *fantastisch,* wenn wir das alles hinbekämen –, bedeutete jedoch auch eine Menge Planung und Vorbereitungen.

Und Geld.

Toll, dachte ich, *noch etwas, das ich irgendwie hinkriegen muss.*

Als ich Lee das Ganze vorgeschlagen hatte, hatte ich keinen einzigen Gedanken daran verschwendet, wie ich mir leisten konnte, all die Punkte auf der Bucket List zu realisieren. Ich meine, allein den Race Day … Ich hatte im letzten Sommer und im letzten Schuljahr so viel Zeit damit verbracht, mich um Jobs zu bewerben, und keinen bekommen – hauptsächlich, weil mir »Erfahrung« fehlte. Irgendetwas sagte mir, dass es diesen Sommer nicht anders sein würde. Vielleicht konnten wir eine Art Crowdfunding einrichten? War das überhaupt legal?

Ich warf ein paar Schminkutensilien aus der Kommode in den offenen Koffer, dann fuhr ich mir mit den Händen übers Gesicht. Es würde schon gut gehen. Musste es. Das College war geregelt, und jetzt musste ich nur noch die Bucket List abstreichen, einen Weg finden, alles zu bezahlen, nach Anweisungen von June und Matthew dabei helfen, das Strandhaus in Ordnung zu bringen, zurückfahren, um Brad babyzusitten, während mein Vater mit der ach so perfekten, ach so wunderbaren Linda ausging …

»Reiß dich zusammen«, murmelte ich vor mich hin.

Eins nach dem anderen. Übers Babysitten konnte ich mich immer noch stressen, und die Bucket List hatte noch eine Weile Zeit. Im Moment musste ich nur packen – und war sowieso schon spät dran.

Aber irgendwann war das endlich geschafft. Ich schleppte den Koffer die Treppe hinunter, verabschiedete mich von Dad und Brad, der sich wieder einmal bei mir beschwerte, nicht mit ins Strandhaus zu dürfen. Seit ich ihm davon erzählt hatte, hatte er sich in den vergangenen Tagen pausenlos mit mir darüber gestritten, und ich war mir sicher, bekam er die Chance, würde er sich auf den Rücksitz von einem unserer Autos schmuggeln.

Aber dazu kam es nicht. Ich lud mein Gepäck in den Kofferraum und machte mich auf den Weg zu Lee und Noah – wo ich schnell herausfand, dass beide noch nicht annähernd bereit waren abzufahren.

»Ich dachte, ihr habt schon gepackt?«

Noah knabberte kurz an seiner Unterlippe, ein leicht schuldiger Gesichtsausdruck, als ich in seiner Zimmertür auftauchte. Er lenkte rasch ein und meinte: »Wir dachten, wenn wir dir sagen, dass wir nicht vor dem Mittagessen abreisen wollen, würdest du jetzt immer noch packen.«

Empört keuchte ich auf und boxte ihn scherzhaft auf den Arm, während er lachte. Dann kletterte ich auf das Stück freien Platz auf seinem Bett, um seine Tasche und die Kleiderstapel herum, die er gerade packte, und schlug die Beine übereinander. »Ihr seid dreckige Lügner. Rechnet mir das mal hoch an. Ich bin schließlich bereit, oder etwa nicht?

»Ach ja?«

Da lag er richtig. Es dauerte noch etwa zwei Stunden, bis wir abreisen sollten, wie ich gerade erfahren hatte, und es bestand die Möglichkeit, dass mir noch etwas einfiel, was ich vergessen hatte einzupacken. Das war bescheuert, denn ich war ja alle paar Tage zu Hause, um auf Brad aufzupassen, und konnte bei solchen Gelegenheiten noch etwas von meinen Sachen holen, aber …

»Ach, Mist. Ich schlug mir mit der Handfläche gegen die Stirn. »Ich hab BHs vergessen.«

Noah grinste mich an und zog eine Augenbraue hoch. »Klingt für mich nicht nach einem Problem.«

Ich rollte mit den Augen. »Lass stecken. Du musst noch packen.«

Wir saßen eine Minute lang schweigend da, während Noah ein Shirt zusammenlegte, das er aus dem

Schrank gezogen hatte, und ich eine mentale Checkliste durchging, was ich sonst noch vergessen hatte.

»Du«, sagte er in diesem misstrauisch machenden, zu gleichgültigen Ton, der zeigte, dass er über etwas Ernstes sprechen wollte, »ich weiß, es ist nicht der perfekte Zeitpunkt, weil wir das Strandhaus verkaufen, aber ich denke, das könnte gut für uns sein. Für dich und mich, meine ich. So eine Art … testweises ›Zusammenleben‹.«

Ich starrte ihn an, während er das Shirt zum dritten Mal faltete.

»Zusammenleben … also, wie ein Paar.«

»Warum nicht, hm? Vergangenes Jahr haben wir ja auch die Fernbeziehung überstanden, oder? Das sollte also ein Kinderspiel sein.«

»Ein Kinderspiel«, wiederholte ich. Die Fernbeziehung war nicht gerade das gewesen, was ich *ein Kinderspiel* nennen würde. Wir hatten uns sogar getrennt. Und es war nicht so, dass danach alles einfach nur fluffig gewesen wäre. Es wurde besser und gut, aber es ist nicht leicht gewesen.

Zusammenzuleben konnte da auch nicht schwieriger sein.

Und ich konnte nicht leugnen, dass mein Herz allein bei der Vorstellung ein wenig flatterte vor Freude.

»Würdest du wirklich mit mir zusammenwohnen wollen? In Harvard?«

»Na ja, ich hab darüber nachgedacht.« Noah seufzte und sah mich schließlich an. Er schien sich irgendwie unwohl zu fühlen und knabberte an der Innenseite seiner Wange. Als wir zusammenkamen, kam er mit keiner Art von emotionaler Unterhaltung zurecht, aber er hatte sich im Laufe der Zeit – und was noch auffälliger war, seit er aufs College ging – besser daran gewöhnt. Offenbar gehörte aber dieses Gespräch nicht zu denen, bei denen er sich wohlfühlte. »Natürlich wirst du im ersten Semester im Studentenwohnheim leben, aber vielleicht ... Wenn wir im Sommer für Praktika dableiben oder vielleicht in deinem zweiten Studienjahr ... Bloß na ja. Du bist in Harvard. Ich bin in Harvard. Wir sind schon über ein Jahr zusammen. Es ist nicht so, dass es ... Ich meine, es gab Mitschüler in meiner Klasse auf der Highschool, die *geheiratet* haben, nachdem sie einen Monat lang zusammen waren.«

»Hast du etwa darüber nachgedacht, mich zu heiraten, Noah Flynn?«, ärgerte ich ihn und konnte nicht anders, als mich über die Röte zu freuen, die sich auf seinen Wangen ausbreitete, und fühlte mich nur ein ganz klein *wenig* schlecht, weil Noah nervös das Gewicht von einem auf den anderen Fuß verlagerte.

»Das muss ja alles nicht so schnell gehen. Außer, du möchtest es. Ich ... ich dachte nur, wir könnten ... bei der Miete sparen.«

»Dein Entschluss, vielleicht im nächsten Jahr zusammenzuziehen, basiert also auf ... finanziellen Erwägungen.«

Er blickte kurz auf und sah, wie ich ihn angrinste

und mir auf die Zunge biss. Dann nickte er ernst. »Hundertprozentig.«

Er warf den Haufen Unterwäsche um, den er vorhin aus der Kommode geholt hatte, kniete sich aufs Bett und streckte sich in meine Richtung. Noahs strahlend blaue Augen hatten in den Ecken kleine Falten, und ich konnte das Grübchen auf seiner linken Wange sehen, das ich so unheimlich anbetungswürdig fand.

»Elle Evans, ich bin in dich verliebt. Und ich würde gern nächstes Jahr mit dir in Boston zusammenziehen.«

Ein leises Summen entfuhr meinen Lippen, und auch ich streckte mich zu ihm. »Sag das noch mal.«

»Ich bin in dich verliebt.«

»Ja, stimmt.« Ich nahm sein Gesicht in die Hände, sodass sich unsere Lippen trafen. Ich konnte den Kaffee schmecken, den er getrunken hatte, als ich ankam, und ich küsste ihn tiefer, meine Finger strichen über seinen Kopf und fuhren durch sein Haar.

Ich lehnte mich zurück, und Noah bewegte sich mit mir, schwebte, das Gewicht auf einen Ellenbogen gestützt, über mir und kichernd drehte er den Kopf so, dass er meinen Hals küssen konnte.

»Sagtest du nicht, ich sollte packen?«, murmelte er gegen meine Haut.

Ich lachte und mein Mund fand seinen. »Ach, sei still!«

»Vergiss nicht, das hier einzupacken«, sagte ich, schnappte mir die Superman-Unterwäsche von dem Stapel auf dem Bett und warf damit nach ihm. Er fing sie geschickt mit einer Hand, kurz bevor sie ihn im Gesicht traf.

Eines Tages würde ich es vielleicht nicht mehr lustig finden, dass der knallharte Noah Flynn Superman-Unterhosen trug, aber so bald würde das nicht geschehen.

»Okay, ich laufe also schnell nach Hause, um ein paar BHs zu holen, und komme dann hierher zurück, damit wir *pünktlich* abfahren können. Ich schwöre. Hand aufs Herz.«

»Ja, ja. Hey, vergiss den hier nicht.«

Er hob meinen BH vom Boden auf und warf damit nach mir.

»Oh Mist. Danke. Und *wehe,* ihr fahrt ohne mich los.«

»Elle, du fährst. Und Lee hat keinen Platz in seinem Auto, weil er Rachel abholt, also kann ich gar nicht ohne dich los, selbst wenn ich wollte.«

Da hatte er recht, und wir lagen immer noch gut im Zeitplan, den wir vor allem Rachel zu verdanken hatten. Ich gab Noah einen kurzen Kuss, bevor ich nach Hause eilte, wo ich ein paar BHs in meine Handtasche stopfte und erleichtert feststellte, dass mein Vater mit Brad offenbar im Kino war, damit ich mich nicht noch einmal von den beiden verabschieden musste.

Zurück bei Lee und Noah packten sie gerade die

Autos voll. Noah lud sein Gepäck zu meinem in den Kofferraum meines alten, verbeulten Ford. Ich gesellte mich zu ihm, schob den BH-Vorrat aus der Handtasche in meinen Koffer und ignorierte demonstrativ, wie Lee und Noah vielsagend die Augenbrauen hoben.

»Ich hab dir ja gesagt, dass sie zu spät kommen würde«, sagte Lee.

»Ich bin nicht zu spät«, widersprach ich. »Ihr seid nur zu früh.«

Lees Handy meldete eine eingegangene Nachricht, er winkte mit seinem Telefon in unsere Richtung. »Rachel fragt, ob ich auf dem Weg zu ihr bin. Bist du sicher, dass du jetzt alles dabeihast, Shelly?«

»Ähm, ziemlich sicher«, antwortete ich, während ich meine mentale Checkliste noch einmal durchging. Stopp – hatte ich Conditioner eingepackt?

Lee ahnte wohl, was mir durch den Kopf ging, denn er stieg schnell in sein Auto und beugte sich aus dem Seitenfenster, um zu rufen: »Wir sehen euch beim Haus, ja?«

»Bis später«, riefen Noah und ich.

»*Sicher,* dass nicht ich fahren soll?«, fragte Noah, als wir in mein Auto kletterten.

»Ach, komm. So schlimm fahre ich doch gar nicht! Und du musst einfach das Stottern des Motors ignorieren, wenn ich ihn anmache.« Ich klopfte liebevoll aufs Armaturenbrett und startete den Wagen, wobei ich Noahs besorgte Grimasse mitbekam, als der Motor das für ihn typische Geräusch von sich gab.

Auch die Klimaanlage ließ ein wenig zu wünschen übrig, also kurbelte ich die Fenster herunter, setzte die Sonnenbrille auf und grinste Noah an. »Auf den Beginn des besten Sommers aller Zeiten.«

Anfang des Jahres waren Lee und ich in den Frühjahrsferien quer durch die USA nach Harvard gefahren. Das alles war viel zu schnell vorbeigegangen und zudem ein wenig überstürzt gewesen, aber es hatte viel Spaß gemacht. Und gerade jetzt, mit dem Wind in den Haaren, der Sonne im Gesicht und dem laut aufgedrehten Radio, fühlte es sich wieder genauso an und es ging mir verflucht gut.

Apropos … Ich hatte bei Lee diesen Sommer wirklich, *wirklich* etwas gutzumachen.

Das schlechte Gewissen nagte an mir, weil Noah bei mir war und es langsam so aussah, als würde ich ihn immer Lee vorziehen. Ein Leben ohne Lee konnte ich mir aber nicht vorstellen – und ehrlich gesagt, hatte ich mich irgendwie daran gewöhnt, dass Noah nicht jeden Tag bei mir war.

Ich überlegte, wie Noah Lees Platz in meinem Leben einnehmen könnte, sobald der Sommer vorbei war. Filmnächte, Ausflüge ins Einkaufszentrum … Ganze Wochenenden, an denen wir versuchten, die eigenen Highscores bei einem Videospiel einzustellen …

Wäre das nicht zu viel für Noah?

Was, wenn zusammenzuwohnen für uns beide zu viel war?

Was, wenn wir nicht einmal diesen *Sommer* überstanden? Unsere örtliche Trennung hatte vor Thanksgiving einen Keil zwischen Noah und mich getrieben, so sehr, dass ich mit ihm Schluss gemacht hatte. Was, wenn es auf dasselbe hinauslief, weil wir die ganze Zeit aufeinanderhockten?

Komm schon, Elle, du übertreibst. Reg dich mal ab.

Ich versuchte, nicht mehr darüber nachzudenken, sondern schaute zu Noah, bewunderte die Sonnenstrahlen, die seine Wangenknochen betonten, die Bartstoppeln an seinem Kinn und die hervorstechend strahlend blauen Augen. Er ertappte mich, wie ich ihn anstarrte, und seine Lippen verzogen sich zu einem Grinsen, sodass das Grübchen auf seiner linken Wange aufblitzte.

»Der beste Sommer aller Zeiten«, wiederholte er, nahm meine Hand und küsste sie.

11

Es dauerte nicht lange, bis wir es uns im Strandhaus gemütlich gemacht hatten, und dabei hinterließen wir das reinste Chaos, wo nur ein paar Tage zuvor alles so wunderbar ordentlich und sauber gewesen war.

So viel zum Thema Aufräumen, dachte ich.

Nachdem wir unsere Taschen ausgepackt (und prompt alles verwüstet) hatten, machten wir uns zu viert auf den Weg zum nächsten Supermarkt.

»Findet ihr nicht, dass das ein bisschen viel ist?«, fragte Rachel und inspizierte den übervollen Einkaufswagen, den wir zur Kasse schoben.

»Hast du die beiden je essen sehen? Lee verputzt allein die Schachtel Donuts in fünf Minuten.«

»Also bitte«, höhnte Noah. »Ich schaff das in vier.«

»Ach ja?« Lee deutete in meine Richtung. »Shelly in drei. Dieses Mädchen kann echt *essen*. Rach, glaub mir, in zwei Tagen sind wir wieder hier und müssen neu einkaufen.«

Das war *leicht* übertrieben. Vielleicht in vier Tagen.

Rachel übernahm es, die Lebensmittel wegzuräumen. Lee blies draußen eine Schwimminsel für den Pool auf – so konnte Rachel sicher sein, dass er sich nicht durch die Snacks wühlte, bevor sie die überhaupt aus den Tüten geholt hatte. Noah hatte Lautsprecher aufgestellt, und die Musik einer Playlist dröhnte durchs gesamte Haus.

Währenddessen hatte ich mich und meinen Koffer den Flur hinunter und an der Wand mit den Fotos vorbei zu … Noahs Zimmer geschleppt. Na ja, ich vermutete, dass es nun *unser* Zimmer war. Lee und Rachel nahmen das Elternschlafzimmer, da in Lees und meinem zwei Einzelbetten standen. So bekamen die beiden auch ihr eigenes Badezimmer, hatten wir uns gedacht. Alles sinnvoll.

Trotzdem seltsam, meine Sachen in Noahs Zimmer auszupacken, nicht in Lees und meinem.

Nachdem Noah seine Aufgabe erledigt hatte, kam er zu mir und schaute mich seltsam an. Er zog die Augenbrauen zusammen, und seine Unterlippe ragte ein wenig hervor, als ob er überlegte, etwas zu sagen oder nicht.

»Was ist?«

»Ach nur … das ist meine Seite des Betts.«

Ich blickte zurück zu dem Nachttisch, dessen Schublade ich gerade gefüllt hatte, und runzelte die Stirn. »Nein, das stimmt nicht.«

»Äh, doch.«

Ich trat einen Schritt zurück, betrachtete genauer das Bett und verglich es mit dem bei ihm zu Hause.

Hm. Ich schätzte, er hatte recht. Das war seine Seite, aber …

»Aber ich schlafe nicht gern am Fenster.«

Sein Mund arbeitete stumm, als ob er mit sich darüber diskutierte, zuckte jedoch dann die Schultern. »Alles klar.«

»Also, ich kann auch umziehen, wenn …«

»Nein, nein, alles cool. Du nimmst diese Seite.«

»Sicher?«

Er sollte besser sicher sein.

»Ja.« Er lächelte mich an. »Absolut.«

Es *klang* jedoch nicht sehr absolut, aber ich hatte, was ich wollte, und fand das gut. Allerdings musste ich danach einlenken, weil Noah fast alle Kleiderbügel im Schrank und fast den ganzen Platz einnahm, sodass sich das Ganze insgesamt fair anfühlte.

Obwohl er schnaubte und mich böse ansah, als ich mir die oberste Schublade der Kommode schnappte. Und selbst wenn er deshalb den gesamten Platz im Bad für sich beanspruchen würde.

Denn darum ging es doch in Beziehungen, nicht wahr? Um Kompromisse. Und nicht darum, egoistisch zu sein. Und wir mussten uns diesen Sommer überlegen, ob wir in Boston zusammenziehen wollten, was Noah vorgeschlagen hatte – und ich vielleicht auch wollte.

Da wir alle nichts zu Mittag gegessen hatten, bereiteten wir ein frühes Abendessen vor. Lee und ich übernahmen das Kommando und machten Tacos – obwohl sich zugegebenermaßen hauptsächlich Lee ums Kochen kümmerte, während ich Gemüse und Salat schnippelte und draußen den Tisch deckte.

Wir hatten uns gerade zum Essen an den Tisch gesetzt, als Noah ins Haus verschwand und mit vier Sektkelchen und einer Flasche Champagner wieder auftauchte, was wir mit lautem Jubeln quittierten.

»Den hab ich Mom und Dad geklaut«, erklärte er und löste den Metallverschluss um den Korken. »Sie haben noch ungefähr ein Dutzend davon. Die eine werden sie nicht vermissen.«

Er neigte die Flasche leicht, um den Korken zu entfernen.

Plopp!

Begeisterung tanzte in mir, wie die Bläschen in dem Champagner, den Noah in die Gläser goss. Dann stellte er die Flasche ab und hob sein Glas mit einem Toast.

»Auf den Sommer!«

»Unseren letzten und besten Sommer im Strandhaus!«, stimmte Lee ein, und wir vier jubelten und jauchzten und stießen mit den Gläsern an.

Daraufhin aßen wir und schlürften den Champagner, bei dem ich mir nicht *ganz* sicher war, ob ich wirklich darauf stand, und irgendwann sagte Lee, dass er lieber Bier trinken würde, wenn er ganz ehrlich sei, was mich erleichterte.

Rachel lachte. »Tja, wenn ihr ihn nicht mögt, ich schon.«

»Vielleicht sollten wir noch etwas für später aufheben«, sagte Noah.

»Was? Warum?«

»Na ja, nur so als Vorwarnung … Lee und ich haben eventuell ein *paar* Leute eingeladen, heute Abend vorbeizukommen. Eine Art Housewarming-Party.«

Intensiv blickte ich zwischen den Flynn-Brüdern hin und her, die mit großen Augen ein riesiges, unschuldiges Lächeln aufgesetzt hatten. Rachel schaute besorgt zu mir herüber.

»Über wie *viele* reden wir?«, fragte ich.

Lee nippte erneut an seinem Champagner, verzog das Gesicht, als er ihn runterschluckte, und machte eine wegwerfende Handbewegung. »Bloß eine kleine intime Veranstaltung …«

Die »kleine intime Veranstaltung« von Lee und Noah erwies sich schnell als eine vollwertige Party der Flynn-Brüder.

In den vergangenen Jahren hatten sie einige wahrhaft epische Partys in ihrem Haus veranstaltet. Meistens war Noah der Drahtzieher hinter allem, und obwohl er zu cool war, um mit uns in der Schule abzuhängen, hatte er uns immer dabei sein und einen Haufen unserer eigenen Freunde einladen lassen. Ihr Haus war so groß, dass es der perfekte Ort für Partys war.

Das Strandhaus jedoch war gemütlich, klein und intim.

Was auch genau jetzt der Fall war. Dass sieben Leute auf der einzigen Couch zusammengepfercht waren, wirkte ziemlich gemütlich. Und es war durchaus intim, dass man kaum aneinander vorbeigehen konnte, ohne sich mit den Hintern zu berühren.

Musik pumpte durchs Haus wie ein Herzschlag. Die Gäste hatten Kisten mit Bier, Wodkaflaschen und Soda zum Mixen und prickelnden Apfelwein für die mitgebracht, die noch fahren mussten. Die Leute drängten sich im Wohnzimmer, in der Küche, im Spielzimmer. Außerdem war draußen alles voller Menschen. Eine Gruppe von Mädchen saß mit baumelnden Beinen am Pool. Ein paar Jungs hatten sich bis auf die Boxershorts ausgezogen, um hineinzuspringen. Ich beobachtete, wie sie die Mädchen bespritzten, die daraufhin kreischten und kicherten.

Rachel stresste das Ganze zuerst, also gab ich ihr mein zweites Glas Champagner. Inzwischen hatte sie auch den Rest der Flasche runtergekippt und war zu einer Dose Bier übergegangen. Ihre Wangen waren gerötet, die Haare etwas zerzaust, und sie schien Spaß zu haben.

Lee war im Spielzimmer – ich hörte, wie er laut zu einer lärmenden Partie Hippo Flipp aufschrie. Noah befand sich im Wohnzimmer und unterhielt sich mit alten Footballkumpels. Er fing meinen Blick auf, zwinkerte mir zu und schenkte mir ein Lächeln. Mein Herz stolperte vor Freude, und ich lächelte zurück.

Obwohl wir im Strandhaus waren, fühlte es sich an wie zu alten Zeiten. Noah hatte einen Haufen Leute aus der Schule zusammengetrommelt, die den Sommer zu Hause verbrachten, und er und Lee hatten die Einladung offenbar ebenfalls einer Reihe unserer alten Freunde zukommen lassen. Ich sah Ethan Jenkins und Kaitlin von der Schülervertretung und Tyrone, der dort Vorsitzender gewesen war und ein Jahr vor uns den Abschluss gemacht hatte. Rachels Freunde von der Theater-AG waren auch irgendwo hier.

Es läutete an der Tür, und ich huschte vom Aufwischen eines verschütteten Bieres auf der Couch zur Haustür und fragte mich, welcher Idiot die Haustür abgesperrt hatte.

Olivia und Faith, Mädchen aus meiner Klasse, standen auf der Matte. Kreischend sprangen sie auf und ab und warfen die Arme um mich – was mich komplett überraschte, wenn man bedenkt, dass wir zwar immer freundlich miteinander, aber nie so etwas wie beste Freundinnen waren.

»Girl! Wir haben dich vermisst!«

»Wir haben uns doch erst vor ein paar *Tagen* bei der Abschlussfeier gesehen.«

Olivia kicherte, bekam Schluckauf, und ich merkte, dass beide schon ein wenig beschwipst waren – das erklärte wahrscheinlich auch die ganzen Umarmungen.

Faith schaute sich mit weit aufgerissenen Augen um und sagte: »Oh mein Gott, Elle, das Haus ist … Es ist echt goldig?«

»Gemütlich«, ergänzte Olivia.

Faith nickte. »Total charmant. Und ihr habt es ganz für euch allein! Das ist der Hammer.«

»Yo, Liv, willst du deine Schuhe zurück oder was?«

Wir drei sahen, wie Jon Fletcher, ein Typ aus dem Footballteam, die Stufen zur Veranda hochkam. Er hatte jemanden bei sich, den ich nicht kannte. In seinen Fingern baumelte ein Paar hellrosa Sandalen mit Korkkeilabsatz, unter dem anderen Arm trug er eine Kiste Bier.

»Oh! Oh ja!« Olivia nahm ihm die Schuhe ab und ließ sich auf die knarrende Verandabank fallen, um sie wieder anzuziehen. »Die sind verdammt süß, aber mein *Gott,* unmöglich, darin zu gehen«, sagte sie zu mir, taumelte beim Aufstehen und fiel kichernd fast in Faith.

»Hey, Elle.« Jon hatte nun eine Hand frei und begrüßte mich grinsend mit einem High Five. Dann blickte er an mir vorbei. »Lee! Hey, Mann!«

»Fletcher«, brüllte Lee zurück. Er legte den Arm um meine Schulter und ein bisschen Bier schwappte aus der offenen Dose. »Schön, dich zu sehen.«

»Oh, hey, und das …« Jon trat ein wenig beiseite und nickte in Richtung des Typen neben ihm, »das ist unser neuer Buddy Ashton. Hoffe, es macht euch nichts aus, dass wir ihn mitgebracht haben …«

»Hier sind sowieso viele Leute«, sagte ich und lächelte den Neuen an. »Einer mehr oder weniger macht da nichts.«

Irgendwas an Ashton war allerdings *merkwürdig,* und ich kam erst darauf, was es war, als die vier neuen Gäste ins Haus traten und Ashton neben Lee stand.

Die beiden sahen sich auf total *verrückte* Weise ähnlich. Auch wenn Lee dunkle Haare hatte und Ashton blond war. Außerdem war er dünner.

Er trug Jeans, einen grünen Hoodie und eine Berkeley-Cap.

Was auch Lee schon aufgefallen war. Er deutete darauf und sagte: »Schön, dich kennenzulernen, Kumpel. Ich bin Lee. Also ... du bist ein Berkeley-Typ?«

»Hab grad mein erstes Studienjahr beendet«, antwortete Ashton breit grinsend und mit strahlenden Augen.

Wenn die beiden lächelten, bestand eine unheimliche Ähnlichkeit zwischen ihnen. In ihrem Blick lag die gleiche Begeisterung.

»Dude! Das gibt's doch nicht!«, rief Lee aus und packte ihn an der Schulter. »Ich fange im Herbst da an. Ich habe ungefähr eine Million Fragen.«

Sofort spürte ich einen Stich im Herzen. So etwas Schreckliches wie Eifersucht. Mein eigenes einladendes Lächeln erstarrte zu einer Grimasse.

Ashton lachte, ohne meine Reaktion bemerkt zu haben. »Schieß los.«

»Komm, wir besorgen dir ein Bier.« Lee zog ihn in die Küche, und ich stand da, mit flauem Magen, und fühlte mich verlassen. Nur ein kleines bisschen.

Nein. Nein, das war schon gut. Wenn ich Lee schon mit unserem gemeinsamen Traum von Berkeley im Stich ließ, um nach Harvard zu gehen, war es gut, dass Lee jemanden gefunden hatte, den er in Berkeley bereits kannte. Das war gut. Genial. Ich freute mich sehr, dass er einen neuen Freund gefunden hatte.

(Hatte sich Lee auch so gefühlt, als ich ihm von Harvard erzählte?)

Die Haustür wurde wieder geöffnet, draußen gab es irgendeinen Tumult, eine willkommene Ablenkung.

Oliver, Cam, Dixon und Warren drückten sich ins Haus und lachten über irgendeinen Witz. Sie entdeckten mich gleich und riefen meinen Namen. Cam umarmte mich fest, und Warren hielt mir eine Flasche Wein hin.

»Glückwunsch von meiner großen Schwester«, sagte er.

»Oh! Klasse! Danke.«

Ich wollte ihm die Flasche abnehmen, aber er zog sie zurück. »Nein, nein. Die ist nicht für dich.« Er dachte eine Sekunde lang nach und versuchte, sie bereits zu öffnen. »Okay, Evans. Du kannst was abhaben. Aber nur, weil ich dich mag. Und weil ich dich brauche, um die Flasche für mich zu öffnen.«

»Zu großzügig«, antwortete ich, nahm den Wein und drehte den Verschluss auf.

Dixon gab Warren eine leichte Kopfnuss. »Hör auf, dich wie ein Arsch zu benehmen. Und, äh, Elle, Nachricht von Levi – er konnte niemanden dazu bringen, seine Schicht bei der Arbeit zu übernehmen, also wird er es nicht hierherschaffen.«

Ich runzelte die Stirn und stöhnte auf. Ich hatte mich darauf gefreut, Levi zu treffen, da wir uns schon seit ein paar Tagen nicht mehr gesehen hatten –

eigentlich seit der Abschlussfeier nicht mehr. Mir war nicht mal in den Sinn gekommen, dass diese Last-Minute-Party mit seinem Schichtplan kollidieren könnte. Ich musste unbedingt daran denken, ihm später zu schreiben, spätestens morgen. Vielleicht konnte er uns irgendwann diese Woche im Strandhaus besuchen, um mit mir abzuhängen … solange er und Noah damit einverstanden waren, im selben Raum zu sein.

Schnell setzte ich wieder mein bestes Gastgeberinnen-Lächeln auf. »Na ja, immerhin habt ihr es geschafft!«

»Das ist schließlich eine Flynn-Party«, lachte Olly. »Die durften wir uns nicht entgehen lassen. Außerdem keine Eltern, die reinplatzen und alles beenden! Ich kann immer noch nicht glauben, dass ihr das Haus den ganzen Sommer für euch alleine habt.«

»Und dass du und Noah zusammenwohnen«, fügte Cam ungläubig hinzu. »Wie echte, richtige Erwachsene. Apropos ernst. Wie verrückt ist das denn?«

»Auf jeden Fall nur *halb* so verrückt wie diese Party«, erklärte Warren, »los, komm!« Er schlang einen Arm um mich, den anderen um Olly und drängte uns dorthin, wo die eigentliche Party stattfand.

Lee stand neben Ashton an der Tür zum Pool, erhob seine Dose Bier und rief der Menge drinnen und draußen zu: »Auf unseren letzten Sommer im Strandhaus!«

Cam trank gluckernd aus der Weinflasche, und ich nahm sie ihm ab, um auf den Toast anzustoßen.

»He, Elle?« Ich drehte mich um und sah Jon Fletcher, der mit dem Daumen über die Schulter zeigte und sich etwas duckte. »Du, äh ... du solltest vielleicht ... Ähm, Noah hat sich mit irgendeinem Typen angelegt?«

Ich fragte mich, was genau das bedeuten sollte, aber jemand rief Jons Namen, und er drehte sich grinsend zu einer dieser Umarmungen unter Jungs mit Klopfen auf den Rücken und so um und ließ mich stehen, während ich nach draußen an den Pool eilte, wobei mir die restlichen Jungs interessiert folgten.

Wir fanden Noah und einen Typen, den ich von einem rivalisierenden Highschool-Footballteam vage kannte, die sich angriffslustig gegenüberstanden. Noah hatte die Hände fest zu Fäusten geballt, und eine kleine Gruppe drum herum brüllte, johlte und hetzte die beiden auf. Bei all dem Lärm konnte ich gerade so mitbekommen, dass sich Noah und der Typ anschnauzten – und wenn ich es nicht falsch verstand, ging es um *mich*.

»... sagte jedem auf dieser Party im letzten Schuljahr, sie sei tabu, nur damit du keine Konkurrenz kriegst?«, höhnte der Typ. »Bro, weißt du, wie *erbärmlich* das klingt? Wenn der einzige Weg, ein Mädchen zu behalten, darin besteht, zu drohen, jeden Kerl zu verprügeln, der sich an sie ranmacht.«

»Oder vielleicht«, knurrte Noah zurück, »wollte ich nur einfach nicht, dass sie sich mit Arschlöchern wie *dir* herumschlagen muss. Wie viele Mädchen hast du als dein Date zu diesem Homecoming-Spiel mitgebracht? Vier?«

»Oh, Mann, ich *steh drauf,* wenn Flynn die Nerven verliert«, sagte Warren neben mir und schnappte sich den Wein, um einen Schluck davon zu nehmen. Dann reichte er mir die Flasche zurück, legte die Hände um den Mund und schrie: »Jetzt schlagt euch endlich!«

Der Typ versuchte, Noah zu schubsen, und Noah schlug seinen Arm weg und holte aus – was vorhersehbar war und von einem jubelnden Chor begleitet wurde. Beide flogen vorwärts. Eine Faust traf Noahs Kiefer, sein Ellbogen erwischte die Schulter des Typen.

Es hätte mich nicht so überraschen sollen, trotzdem trat ich vor, packte Noahs Shirt am Rücken und blaffte: »He, ihr Blödmänner, hört sofort auf!«

Sie reagierten nahezu sofort, nahmen Abstand und glotzten sich stattdessen gegenseitig an.

»Entschuldige, wer hat dich eingeladen?«, fragte ich den Typen.

Er murmelte irgendwas, kapierte aber die Botschaft, beschimpfte Noah und marschierte dann weg.

Noah war das Ganze offenbar unangenehm und er sagte leise: »Elle …«

»Spar dir das, du Riesentrottel. Versuch einfach … versuch, niemanden mehr zu verprügeln, ja? Ich bin deine Freundin, nicht dein Babysitter.«

Noah wurde rot, und ich machte mich auf den Weg zurück ins Haus. Ich hatte gerade *so* gar keine Lust, mich mit seiner inneren Einstellung zu befassen – oder mit einer Entschuldigung, die zu klein war und zu spät kam. Ich hatte tatsächlich angenommen, dass er durch das College aus so etwas herausgewachsen war.

Dann hörte ich aus dem Spielzimmer ein Krachen und fuhr erschrocken zusammen. Das konnte eine lange Nacht werden.

Oder …

Ich nahm noch einen Schluck Wein.

Ich konnte mir nun dauernd Sorgen über den Zustand des Strandhauses machen, oder … Ich könnte das Problem auf morgen vertagen, mich an dem Spaß beteiligen und bei dieser Housewarming-Party richtig mitmachen. Hatte ich diese Woche nicht schon genug um die Ohren gehabt? Hatte ich nicht auch einen Abend verdient, an dem ich mich locker machte, bevor alles wieder ernst und stressig wurde?

Keine sonderlich schwere Entscheidung.

Obwohl ich ehrlich gesagt, als ich mich am nächsten Morgen aus dem Bett schleppte und mich durch Plastikbecher und leere Dosen und Flaschen im Wohnzimmer und der Küche wühlte und sah, was für ein Chaos im ganzen Haus herrschte, irgendwie bedauerte, dass ich nicht ein wenig mehr getan habe, um die Dinge unter Kontrolle zu halten.

(Vielleicht hatten unsere Eltern recht, vielleicht wurden wir *wirklich* langsam erwachsen.)

Meine Laune hob sich, als ich Lee bewusstlos auf der Couch fand, mit einem Cheeto an der Stirn und aufgemalten Katzenschnurrhaaren im Gesicht. Ich hörte Rachel im Badezimmer, und Noah benutzte unsere Dusche, also hockte ich mich neben Lees Kopf und spielte auf meinem Handy auf YouTube das Geräusch einer Druckluftfanfare ab, drehte die Lautstärke voll auf und blies Lee den Ton ins Ohr.

Mit den Armen rudernd schoss er so schnell hoch, dass er seitwärts stürzte. Ich wich rasch aus, als er zu Boden fiel. Der Cheeto klebte immer noch an seiner Stirn, als er sich mit völlig übernächtigten Augen aufrichtete, das Gesicht rieb und sich wieder auf die Couch wuchtete.

»Was zum Teufel, Shelly? War das wirklich nötig?«

»Nötig? Nein. Spaßig? Auf jeden Fall.«

Stöhnend legte sich Lee wieder hin und warf den Arm über sein Gesicht. »Wie spät ist es?«

»Früh«, antwortete ich.

»Du hättest mich ruhig ausschlafen lassen können. An unserem ersten offiziellen Tag im Sommer.«

Ich verdrehte die Augen und stupste ihn an, bis er sich aufrichtete, sodass ich mich auf die Couch neben ihm quetschen konnte. »Ja, hätte ich, aber, mein lieber Freund, mein Gefährte, wir müssen einen straffen Zeitplan einhalten.«

»Wovon redest du?«

»Tja, während Noah und du den gestrigen Nachmittag mit der Planung der Party verbracht habt, habe ich einen meisterlichen Plan für unsere Bucket List erstellt. Es geht heute Nachmittag mit Klippenspringen los. Na ja. Sachlich betrachtet geht es mit dem Saubermachen des Hauses los, aber das steht ja nicht auf der Liste, darum … Auf, auf, auf! Wir haben keine Zeit zu verlieren!«

Und ganz ehrlich – zwischen hin und wieder Brad betreuen, dem Abhaken der Bucket List und den Stunden, die ich allein mit Noah verbrachte, haben wir wirklich keine Zeit verloren.

12

13. Klippenspringen!
14. Statisten einer Fernsehsendung sein!
15. ~~Verhaftet werden (LEE, WIR WERDEN NICHT VERHAFTET) Komm schon, Shelly (ICH MEIN'S ERNST) na gut, eben nicht verhaftet werden~~
15. Einen Weltrekord aufstellen. Also ECHT. Mit Medaille und allem.

Nachdem wir von der Klippe ins Meer gesprungen waren, saßen Lee und ich mit unserer verblichenen, wertvollen Bucket List am Strand und versuchten, die nächsten Aktivitäten zu planen. Es standen so viele zur Auswahl, und die Vorbereitung war eine Aufgabe für sich. Ich meine, wir durften nicht zu viele der besten Sachen auf das *Ende* des Sommers legen, denn das wäre im Handumdrehen da. Wir wollten in den nächsten Wochen aber auch nicht zu viele zu schnell erledigen und dann nichts mehr haben, worauf wir uns freuen konnten.

Außerdem würden einige Aktivitäten (vor allem

der Race Day) eine *Menge* Arbeit erfordern. Allein die Klamotten dafür zu organisieren, würde wahrscheinlich Stunden dauern …

Je mehr wir überlegten, welche Punkte auf der Liste wir wann umsetzen wollten und was wir eventuell vorbereiten mussten, desto mehr wurde mir klar, was für ein gewaltiges Unterfangen das Ganze war.

Als ich Lee den Vorschlag mit der Bucket List gemacht hatte, hatte ich das *schwer* unterschätzt.

»Wir müssen aufpassen, dass das Ganze nicht mit all den Aufgaben kollidiert, von denen deine Mom und dein Dad erwarten, dass wir sie erledigen«, warnte ich Lee, während ich den wahnsinnigen und entzückten Ausdruck in seinem Gesicht sah, weil er auf dem Handy eine Anzeige gefunden hatte, in der nicht allzu weit entfernt Komparsen für eine Fernsehproduktion gesucht wurden. »Deine Mom meinte, sie würde uns eine To-do-Liste per E-Mail schicken, und die könnte schlimmer werden als unsere hier.«

»Sie tut so, als wäre das *alles* Arbeit«, lachte er und deutete auf die Bucket List, »und nicht absolut der größte Spaß, den du je hattest oder haben wirst.«

»Ich mein's ernst! Hast du die Bilder gesehen, die sie uns geschickt hat, wie sie sich den Garten vorstellt? All das Unkraut und die Sträucher, die wir loswerden müssen, den Hof und die Einfahrt mit einem Hochdruckreiniger sauber machen. Dafür brauchen wir bestimmt ein ganzes Wochenende. Und ich habe versprochen, auch auf Brad aufzupassen …«

»Shelly, ich verspreche dir, wir schaffen das alles. Na ja, vielleicht nicht unbedingt das mit dem Hochdruckreinigen, aber auf jeden Fall das Babysitting. Außerdem könnten Noah und Rachel *durchaus* auch was tun.«

Ich war mir da nicht sicher und murrte leise, ließ ihn aber weiter von dem Job als Komparsen reden. Ich musste mir klarmachen, *warum* ich das hier tat. Für Lee. Für unsere Freundschaft. Noch dazu hatte er recht. Es *sollte* Spaß machen.

Der Spaß jedoch hatte einen sehr hohen Preis.

Je mehr wir über die Punkte auf der Liste sprachen, desto mehr erkannte ich, wie viel Geld das kosten würde. Schon das Mieten der Strandbuggys würde ein beträchtliches Loch auf meinem Konto hinterlassen.

Ich könnte Dad um Unterstützung bitten. Er würde zwar das Gesicht verziehen und mir vermutlich einen kleinen Vortrag halten, was verantwortungsbewusster Umgang mit Geld war, aber er würde mir helfen. Nur … fühlte es sich nicht *richtig* an. Weil ich bald auf dem Weg nach Harvard war, *auf die andere Seite des Landes*, statt nicht so weit weg in der Bay Area, also in Berkeley, unterzukommen. Ich hatte ohnehin schon keine Ahnung, wie ich meine Studiengebühren bezahlen sollte – jetzt plötzlich rechnete ich die Flugkosten zusammen, um überhaupt nach Harvard zu gelangen, und dann die Kosten für das Gepäck und außerdem die Flüge nach Hause an Thanksgiving, Weihnachten …

Oh, Mann.

Vielleicht hatte ich das alles nicht richtig durchdacht. Vielleicht hatte ich mich zu sehr gefreut, zu sehr mitreißen lassen. Und Dad vielleicht auch …

War es zu spät, meine Meinung zu ändern?

(Ich konnte mir vorstellen, wie Donna Washington vom Zulassungsbüro in Berkeley reagierte, wenn ich sie anrufen würde, um ihr zu sagen, dass ich die Absage an meinen Studienplatz zurückziehen wollte.)

Klar, ich konnte Studiendarlehen aufnehmen, um das College zu finanzieren, genau wie fast alle anderen auch, finanzielle Unterstützung beantragen … vorausgesetzt, Linda aus Dads Firma zog nicht auf einmal bei uns ein … Aber ich ging nicht davon aus, irgendeine Art von Darlehen zu bekommen, um gemeinsam mit meinem besten Freund die Bucket List aus Kindertagen abhaken zu können.

»Lee …«, sagte ich besorgt, knabberte an der Unterlippe und suchte auf Facebook nach dem Strandbuggy-Verleiher. »Hm, wir haben möglicherweise ein Problem.«

»Sag ja nicht, dass der Laden geschlossen und verkauft wurde, wie Mom und Dad es vorhaben«, knurrte er und griff nach meinem Telefon.

»Nein. Nein, sondern … Lee, ich weiß, dass ich dir versprochen habe, *alles* auf dieser Liste zu tun, und, versteh mich nicht falsch, ich würde gern, aber ich denke, dass wir vielleicht … wir müssen vielleicht … vielleicht ein paar Dinge auslassen. Nur ein paar. Ich kann es mir nicht leisten, all das zu bezahlen. Bevor wir bei Nummer zehn ankommen, bin ich pleite«, erklärte ich nur halb im Scherz.

Lee war aufrichtig verwirrt, und ausnahmsweise war ich einmal ehrlich *neidisch* auf ihn, dass er sich um solche Dinge nie den Kopf zerbrechen musste. Als wir aufwuchsen, war immer offensichtlich, dass die Flynns mehr Geld hatten als wir. Ich meine, sie besaßen einen *Pool*. Sie fuhren schicke Autos. Junes Kleider wirkten immer, als hätte sie dafür mehr ausgegeben als wir für die Lebensmittel eines ganzen Monats.

Aber wir alle standen uns so nahe, dass das nie eine Rolle gespielt hatte. Und *definitiv* war Geld nie ein Streitpunkt.

Bis jetzt, schätze ich.

»Ich kann meine Eltern bitten, das Geld vorzustrecken«, sagte Lee, als ob das so einfach wäre. »Kein großes Ding.«

Ein riesengroßes Ding, hätte ich am liebsten geantwortet, aber er schaute sich auf meinem Handy bereits die Seite mit den Strandbuggys an und meinte enthusiastisch, dass wir ein besseres Angebot bekommen würden, wenn wir für eine ganze Gruppe mieten und auch ein paar der Jungs sich beteiligen würden. Warren und Dixon wären voll dabei, meinte er.

Eine riesengroße Sache, weil es sich für mich schon nicht richtig anfühlte, Dad um Geld dafür zu bitten, wie hätte ich da June und Matthew fragen sollen?

Klar, für Lee, für seine ganze Familie war Geld kein solches Thema wie für uns …

Mit Knoten im Magen sah ich das riesige Lächeln auf Lees Gesicht, wie seine blauen Augen im Sonnenschein funkelten, sein Haar noch nass von unserem Sprung ins Meer. Er sah so verdammt *glücklich* aus.

Ich durfte ihn nicht im Stich lassen.

Vielleicht nur dieses eine Mal, dachte ich, würde es nicht schaden.

Auf dem Weg zurück zum Strandhaus sollten Lee und ich etwas zum Abendessen zu besorgen – natürlich vom Restaurant Dunes.

Das Dunes war ein fester Bestandteil unserer Sommer im Strandhaus. Schon immer, soweit ich mich erinnern konnte, und wir waren da häufig. Ein hübsches weißes Gebäude direkt am Strand und mit einem verblassten blauen Dach, ein ziemlich typisches Familienrestaurant.

Und dort gab es *die besten* Pommes frites.

Lee und ich mussten nur darüber sprechen, und schon lief uns das Wasser im Mund zusammen. Wir parkten vor dem Lokal und gingen zum Eingang – und ich blieb wie angewurzelt stehen. Lee bemerkte das nicht und ließ die Tür los. Sie schwang zurück und schlug mir gegen den Arm.

»Autsch!«

»Oh sorry, was ist denn?« Lee drehte sich zu mir um und folgte meinem Blick. »Was starrst du denn so?«

Sprachlos, mein Mund war plötzlich trocken, deutete ich auf das Schild im Fenster, auf dem in großen roten Buchstaben AUSHILFE GESUCHT stand.

Das musste ein Zeichen sein.

All die Sorgen, wie ich die Dinge von der Bucket List bezahlen oder etwas Geld fürs College beiseitelegen sollte? Das war *Schicksal*. Nicht wahr?

Wir würden den ganzen Sommer im Strandhaus verbringen. Und natürlich helfen, es für den Verkauf herzurichten, aber wie lange würde das tatsächlich dauern? Ich könnte in Schichten arbeiten, um wie versprochen auf Brad aufzupassen …

Trotzdem hätte ich genug Zeit für Noah und die Bucket List mit Lee.

Absolut.

»Ich bin gleich bei euch«, sagte eine Kellnerin mit einer grünen Schürze, als sie am Eingang an uns vorbeikam. Dann stellte sie leere Gläser auf dem Bartresen ab und drehte sich wieder um, um uns zu begrüßen. Ein Lächeln erhellte ihr Gesicht. »Elle! Lee! Hallo! Ich hatte nicht erwartet, euch so bald hier zu sehen.«

»Hi, May.«

May war eventuell etwas jünger als Dad. Wie jeden Sommer, den wir hier verbracht hatten, war auch dieses Jahr ihr Haar orangerot gefärbt. Sie schien kaum älter zu werden.

»Wo ist der Rest der Sippe?«

Lee antwortete: »Meine Eltern planen, das Strandhaus zu verkaufen, also sind wir Kids hier, um es schön zu machen und so.«

»Wirklich?«, rief sie bestürzt aus und verzog das Gesicht. Sie schnalzte mit der Zunge und verschränkte die Arme vor der Brust. »Das ist ja eine Schande. Anscheinend wollen alle verkaufen, jetzt, wo das Gebiet neu erschlossen werden soll. Danach wird es hier einfach nicht mehr sein wie zuvor. Aber hey – euch Kids werden wir diesen Sommer wohl häufiger hier sehen, hm? Ich werde dafür sorgen müssen, dass wir einen unendlichen Vorrat an Pommes haben.«

Lee und ich wechselten grinsend einen Blick. May hatte uns immer zusätzliche Gratis-Portionen Pommes gebracht.

Definitiv ein Grund, warum sie so gut schmeckten.

»Also, was kann ich für euch tun? Wollt ihr einen Tisch zum Abendessen?«

»Wir haben gehofft, etwas zum Mitnehmen zu bekommen, wenn das okay ist, May?«, meinte Lee, der sich bereits eine Speisekarte schnappte und den Block und Stift irgendeiner Kellnerin. »Ich bringe die Bestellung einfach gleich selbst zu Gary.«

»Oh, Schatz, Gary ist Ende letzten Jahres in den Ruhestand gegangen. Kenny ist heute in der Küche.«

May schien kurz darüber nachzudenken, Lee zu ermahnen, dass er nicht einfach so herumlaufen könne, als gehöre ihm das Lokal, aber schließlich rollte sie nur mit den Augen und ließ ihn gewähren.

Bevor sie wieder an ihre Arbeit gehen konnte, platzte ich heraus: »May?«

»Ja, Süße?«

»Kann ich, äh …« Stirnrunzelnd atmete ich stockend aus. Meine Handflächen schwitzten. *Los, Elle, du schaffst das.* »Ich wollte dich nach dem Job fragen. Das ›Aushilfe gesucht‹-Schild.«

May gab einen verdutzten Ton von sich, sie blinzelte und ihr Mund bildete einen kleinen Kreis. »Du möchtest dich bewerben?«

Sofort begann ich mit der Verkaufspräsentation, die den Titel trug: Warum Elle Evans einstellen? Obwohl ich absolut null Erfahrung in irgendeiner Art von Job und am wenigsten in der Gastronomie hatte, und obwohl ich keinen Lebenslauf dabeihatte und keine Ahnung, um was es bei der ausgeschriebenen Stelle eigentlich ging.

»… und ich bin wirklich verantwortungsbewusst, und ich werde so hart arbeiten, May, das verspreche ich, und ich könnte sofort anfangen, falls nötig, und …«

»Okay, okay.« Lachend hob sie die Hände. »Langsam, Kleines. Hör zu, ehrlich, dabei ging es um jemanden für die Küche, und wir haben diese Stelle seit gestern besetzt.«

Das war's. So viel zu einem Zeichen (des Schicksals).

Ich kam mir wie eine totale Idiotin vor.

May holte Luft. »Aber …«

Aber! Es gab ein Aber!

»Ich glaube schon, ich könnte hier auch ein zusätzliches Paar Hände gebrauchen. Zu dieser Jahreszeit werden wir immer völlig überrannt. Und ich kenne dich«, fügte sie augenzwinkernd hinzu. »Ich kann dir vertrauen. Also gut, kleine Elle Evans. Du hast dir soeben einen Job organisiert.«

Sie streckte ihre Hand aus, während ich quietschend hochsprang und begeistert in die Luft boxte, bevor ich mich schnell wieder einkriegte, um May feierlich die Hand zu schütteln. Ungefähr eine Sekunde blieb sie noch ernst, dann schenkte sie mir ein liebevolles Lächeln.

May zog einen Notizblock aus ihrer Schürze und den Stift hinter ihrem Ohr hervor und gab mir beides. »Hier. Schreib deinen Namen und deine E-Mail-Adresse auf. Ich schicke dir einen Vertrag und dann vereinbaren wir, wann du anfängst. Wahrscheinlich schon in ein paar Tagen.«

»Das wäre fantastisch«, schwärmte ich. »Vielen Dank, May, danke. Du wirst es nicht bereuen.«

»Hmm, ja, besser wär's.«

»Ja! Ja, absolut. Nochmals vielen Dank, May!«

Nachdem ich May meine Kontaktdaten gegeben hatte, ging ich zu Lee, um zu überprüfen, ob wir auch alles bestellt hatten, was wir wollten, und dann legten wir das Geld für die Rechnung und Trinkgeld zusammen. Ich fühlte mich einfach himmlisch.

Ich schwebte praktisch zurück zum Auto, knallte die Fahrertür hinter mir zu und legte strahlend die Hände ums Lenkrad.

Der ganze Stress, der ganze Ärger letztes Jahr, als ich versucht hatte, einen Job zu bekommen, die ganze

Sorge um das Geld vorhin und … auf einmal alles wie weggeblasen. So einfach war das.

Vielleicht hatte ich mich geirrt. Die Wahl zwischen den Colleges war nicht überstürzt oder wenig durchdacht, und ich hatte auch nicht vorschnell die Bucket List vorgeschlagen. Vielleicht war alles *genau* so, wie es sein sollte. Vielleicht fügte sich alles perfekt zusammen.

Ich fühlte mich schwerelos. Beschwingt. Exakt so, wie ich mich gefühlt habe, als ich mich vor ein paar Stunden von der Klippe in die Tiefe gestürzt habe. Alles *erwies* sich als perfekt. Und ich würde dafür sorgen, dass das auch so blieb.

13

Noah erwischte mich am Abend bei Wonder-Woman-Posen im Badezimmer.

»Was machst du da?«, fragte er, ein Grinsen schlich sich in sein Gesicht, weil er mich im Pyjama dastehen sah, die Beine schulterbreit auseinander, die Hände fest die Hüften gestemmt, Schultern zurück, das Kinn gereckt und als Krönung ein selbstbewusster Du-hast-es-drauf-Blick in den Spiegel.

Ich hielt die Pose, lächelte jetzt aber und schaute Noah im Spiegel in die Augen. »Power Posing.«

»Okaaaaaaay …«

»Amanda hat mir davon erzählt«, erklärte ich und drehte mich zu ihm um. »Sie hat jede Menge Instagram-Videos darüber geschickt. Sie meinte, sie mache gerade so etwas wie eine Phase durch oder so, also dachte ich, ich versuch's mal. Schau, das macht man so …« Ich zeigte es Noah, indem ich die Pose bewusster Handlungen nachstellte. »Das vermittelt einem das Gefühl, im besten Sinne bei sich zu sein, als ob man alles schaffen kann.«

Noah hob eine Augenbraue. Seine Lippen bildeten eine schmale Linie und an seinem Kiefer zuckte ein Muskel, aber nicht, weil er verärgert war, sondern weil er versuchte, nicht zu *lachen*.

»Ich meine es ernst!«, erklärte ich. Dann nahm ich seine Hände, legte sie auf seine Hüften und stieß mit meinen Füßen seine Beine ein Stück auseinander. Ich drückte auf seine Schultern und drückte sein Kinn nach oben. »Noah Flynn, *behauptest* du etwa, dass du dich jetzt nicht selbstbewusster fühlst?«

Als ich einen Schritt zurücktrat, um die Wirkung zu bewundern und zu beweisen, dass ich recht hatte, brach ich in schallendes Gelächter aus. Der Anblick meines großen, breitschultrigen Freunds oben ohne mit seinen definierten Bauchmuskeln (obwohl er zugegebenermaßen seit seinem ersten College-Jahr etwas weniger gut trainiert war) und seinen muskulösen Armen …

Ja, das sah ziemlich urkomisch aus.

»Stimmt«, sagte er todernst. »Ich bin jetzt eine selbstbewusste, unabhängige junge Frau, die in Harvard angenommen wurde. Im Grunde bin ich *Natürlich blond.*«

Ich lachte und boxte ihn, bis er die Pose aufgab. »Ihr Name war Elle Woods, und ich weiß zufällig, dass du sie kennst, weil deine Mom diesen Film *liebt*, also tu nicht so, als wüsstest du das nicht.«

»Schuldig!« Er hob die Hände, lehnte sich dann in den Türrahmen und verschränkte die Arme vor der Brust. »Fürs Protokoll, du sahst total selbstbewusst aus. Besonders in diesem Mickymaus-Shirt, das du, da bin ich mir ziemlich sicher, schon getragen hast, als du dreizehn warst.«

Da hatte er vermutlich nicht ganz unrecht. Früher war es einmal ein Nachthemd, vor langer Zeit.

»Also, warum machst du vor dem Badezimmerspiegel Power Posing?«

»Weil ich dann mit allem fertigwerden *kann*. Ich meine, ich habe heute einen *Job* gefunden. Einen richtigen Job. Weißt du, um wie viele Stellen ich mich letztes Jahr beworben habe? Und dann gehe ich einfach ins Dunes und bam, May gibt mir einen, einfach so. Das ist *mein Sommer*. Ich meine – *unser* Sommer. Und dann die ganze Sache mit dem Nach-Harvard-Gehen und Meinen-Dad-stolz-Machen. Es fühlt sich einfach so an, als würde alles zusammenpassen, verstehst du?«

Noah war nicht leicht zu durchschauen, aber mir gefiel, ihn besser zu kennen als die meisten Menschen, und ich hatte den klaren Eindruck, dass er sich bemühte, mir nicht zu antworten, dass May mir die Stelle nur deshalb gegeben hatte, weil sie mich mochte oder Mitleid mit mir hatte oder so was.

»Du hast recht«, sagte er stattdessen nach einer Weile leise. »Alles fügt sich.«

Daraufhin richtete sich Noah auf, um mich in die Arme zu schließen. Ich liebte die Art und Weise, wie sich seine Arme um mich legten, wie er roch – nach diesem Zitronen-Duschgel, das er immer benutzte. Mein Herz bebte, und ich reckte mich auf die Zehenspitzen, um ihn zu küssen, meine Lippen fanden seine so leicht.

Bei unserem ersten Kuss hatte Noah mich noch komplett durcheinandergebracht. Beim zweiten Mal, als wir uns bei ihm zu Hause in der Küche geküsst hatten, war das Ganze tollpatschig und unbeholfen gelaufen, und unsere Zähne waren aufeinandergeschlagen. Unser erster Sex war tapsig und ungeduldig und süß gewesen.

Jetzt herrschte zwischen Noah und mir Vertrautheit. Ich kannte das Gefühl seiner Arme um mich, seiner Zunge, die über meine Unterlippe strich, seiner Haut an meiner. Er kannte die Stelle an meinem Hals, die mich zum Schmelzen brachte, und die Stelle, an der ich kitzlig war und kaum berührt werden konnte, ohne mich zu winden und zu kichern. Ich wusste, dass er es mochte, wenn ich hinter ihm stand und meine Arme um ihn legte, denn insgeheim gefiel es ihm irgendwie, manchmal der kleinere Löffel zu sein. Er fand das lustig und niedlich.

Ja, Vertrautheit, aber mein Puls raste trotzdem immer, und der Rest der Welt verschwand immer noch um uns herum, genau wie bei unserem ersten Kuss.

Wir stolperten aus dem Badezimmer, zurück Richtung Bett, verhedderten uns ineinander und ließen gerade mal lange genug voneinander ab, um Luft zu holen.

Davon würde ich *nie* genug haben, dachte ich.

Ich würde auch nie genug davon haben, eingekuschelt an seiner Seite zu liegen. Mein Kopf schmiegte sich in seine Halskuhle, meine Hand zeichnete Kreise auf seiner Brust. Noahs Finger strichen langsam durch mein Haar.

»Das ist schön«, sagte ich. Es war erst der zweite Tag unseres Sommers im Strandhaus, aber … »Ich könnte so den ganzen Sommer verbringen. Oder länger. Nicht morgens nach Hause gehen, um sich umzuziehen oder schnell Haushaltspflichten zu erledigen, nicht bloß am Wochenende, wenn du vom College zu Hause zu Besuch bist …«

Seufzend hielt ich kurz inne.

»Ich glaube aber, es geht länger als nur diesen Sommer«, fuhr ich fort. »Denn, na ja, du hast ja davon gesprochen, möglicherweise zusammenzuwohnen.«

Noah schwieg.

Vielleicht ein bisschen zu sehr.

Meine Hand blieb auf seiner Brust liegen. Hatte er nicht vor ein paar Tagen noch davon gesprochen, dass wir zusammenziehen könnten? Hatte ich das irgendwie komplett falsch verstanden? Lag es daran, dass ich seine Seite des Bettes beansprucht hatte?

»Elle?«

»Ja?«

»Du hast … Also, du hast Harvard nicht nur wegen mir ausgewählt, oder?«

»Da ist aber *jemand* ganz schön von sich selbst eingenommen«, versuchte ich zu scherzen und verzweifelt das Unbehagen zu ignorieren, das irgendwo an mir nagte. »Versteh mich nicht falsch, dass du auch da studierst, ist natürlich ein zusätzlicher Bonus, aber … Nein, Noah. Ich habe mich vielleicht *beworben*, weil du da bist, aber ich habe mich nicht wegen dir dafür entschieden.«

Er stieß einen langen, tiefen Seufzer aus. »Okay. Ja. Ich meine, klar. Sicher.«

»Lass mich raten«, sagte ich und beugte den Kopf nach hinten, um ihn fragend anzuschauen. »Amanda?«

»Rachel, um genau zu sein. Wir sprachen darüber, dass du und Lee diese Bucket-List-Sache macht und du nicht nach Berkeley gehst, und … Ich weiß nicht, ich glaube, sie hat mich auf den Gedanken gebracht, dass …«

»Dass sich mein Leben um dich dreht?«

»Dass du mich und Lee und deinen Bruder und deinen Dad vielleicht manchmal dir selbst vorziehst«, antwortete er leise und ungewöhnlich ernst und er klang so ganz anders als die entspannte Stimmung, in der ich noch vor ein paar Minuten gewesen war.

Jetzt schwieg ich ein wenig zu lange.

»Das tue ich nicht.«

»Na ja, klar … das weiß ich und ich will damit auch nicht sagen …«

»Was willst du denn sonst damit sagen?«, blaffte ich, richtete mich auf, hockte mich auf die Unterschenkel und fixierte Noah unnachgiebig.

Noah seufzte erneut, aber diesmal verärgerter. Er blickte stur auf die gegenüberliegende Wand, und ich sah, wie er den Kiefer zusammenbiss, bevor er tief und leise einatmete und mich wieder anschaute. Er streckte die Hand aus, um meine zu drücken, und obwohl er lächelte, wirkte das ein wenig gezwungen. »Nichts, Elle. Ist nicht wichtig.«

Ganz offensichtlich war es *doch* wichtig, aber …

Ehrlich gesagt, wollte ich mich jetzt nicht mit ihm streiten.

Also ließ ich seine Hand los, kuschelte mich wieder an seine Seite, und er gab mir einen Kuss auf den Kopf.

»Ich dachte, wir könnten morgen an den Strand gehen«, meinte er leise, fast vorsichtig. »Ein paar Stunden abhängen, bevor wir einiges von Moms und Dads Aufgaben erledigen müssen. Hast du die Liste gesehen, die Mom gemailt hat? Und ich dachte, dieser Sommer würde entspannend laufen.«

»Ja, wem sagst du das. Und natürlich – Strand klingt gut.«

Mir war klar, dass es ein kleines Friedensangebot war, doch ich nahm es bereitwillig an. Schließlich lebten wir erst zwei Tage zusammen im Strandhaus. Ich wollte auf *keinen* Fall so schnell einen Streit anfangen, vor allem da ich den Eindruck hatte, er wollte nur auf mich aufpassen – auf seine typische seltsame Art.

»Ich freue mich echt auf dich in Harvard, Elle«, sagte er dann.

»Das solltest du auch, Idiot.«

Mit diesen Worten drehte ich mich zu ihm hin und hob den Kopf, um ihn zu küssen.

14

Einige Tage danach begann meine erste Schicht im Dunes. Ich bekam Arbeitskleidung, und May arbeitete mich langsam ein. Es war nicht allzu kompliziert, sich als Kellnerin zurechtzufinden – und hilfreich war, dass ich die Speisekarte längst in- und auswendig kannte. Ich verschüttete ein paar Getränke auf dem Tablett, aber May schien das nicht zu stören.

»Das passiert am Anfang jedem«, sagte sie. »Und, hey, immerhin hast du keinen Drink auf einen Gast geschüttet! Wie ich, als ich anfing zu kellnern.«

»Der Tag ist noch jung, May, der Tag ist jung. Bitte beschwör's nicht.«

Am Freitag musste ich wieder nach Hause, um auf Brad aufzupassen – und Levi war mit seiner Familie ein verlängertes Wochenende verreist, sodass wir nicht zusammen abhängen konnten, was echt nervte. Es kam mir ein bisschen merkwürdig vor, nach Hause zu fahren, aber nicht zu bleiben.

Ich fragte mich, ob es sich ganz ähnlich anfühlen würde, wenn ich vom College zu Besuch nach Hause kommen würde. Das Zuhause-Gefühl war auf einmal so vorübergehend.

Am Ende der ersten Woche im Strandhaus hatten Lee und ich es geschafft, einige Dinge von der Strandhaus-Bucket-List zu streichen. Wir hatten bereits das Klippenspringen abgehakt, und Levi hatte uns ein Foto von einem Flyer für Heißluftballon-Fahrten geschickt, den er bei 7-Eleven entdeckt hatte. Außerdem konnte Brad schon ohne Schwimmflügel schwimmen, sodass wir insgesamt gar nicht mal so schlecht dastanden.

Dank einer Groupon-Aktion, die June aufgetan hatte, waren wir außerdem bereits Dirt Bikes gefahren, und am Samstagnachmittag hatten Lee und ich zwischen meiner Schicht im Dunes und einer Date Night mit Noah an einem Kuchenwettessen teilgenommen – das wir natürlich gewonnen hatten.

So großartig es war, mit Lee viel Zeit zu verbringen und die Bucket List abzuarbeiten, so fantastisch war es auch, sich jeden Abend neben Noah im Bett zusammenzurollen und am nächsten Morgen neben ihm aufzuwachen. Es war ein heißer Sommer, aber ich kuschelte mich trotzdem morgens gern ein paar Minuten an Noahs warmen Körper, bevor ich aufstehen und mich dem Tag stellen musste.

Und wir hatten nur ein *paarmal* gestritten.

Nichts Neues. Noah und ich hatten schon immer miteinander gezankt, und diese Auseinandersetzungen waren weit weniger ernst als das College-Gespräch von neulich abends im Bett. Jetzt ging es bloß darum, ob das Fenster offen oder geschlossen sein sollte, während wir schliefen, oder ob Noah alle Cheerios aufgegessen oder auf einen meiner Ohrringe getreten und ihn kaputt gemacht hatte. (Noah war wütend, weil er barfuß auf den Ohrring getreten war. Ich war wütend, weil das nicht so schwer zu sehen gewesen war und er ihn kaputt gemacht hatte). Wir stritten darüber, was wir im Fernsehen schauen wollten, wer das letzte Stück Pizza bekam.

Gerade jetzt stöhnte Noah auf, weil zum dritten Mal mein Wecker losging, ich haute mit dem Daumen auf das Display, um ihn zum Schweigen zu bringen, und ließ das Handy wieder auf den Nachttisch fallen.

»Wie spät?«, murmelte er und zog sein Gesicht aus dem Kissen.

»Kurz nach halb sieben.«

Noahs raue, heisere Morgenstimme und die Art und Weise, wie er die Lippen aufeinanderlegte und den Mund verzog, machte mich viel wacher als jeder Wecker. Noah streckte den Arm aus, schlang ihn um meine Taille und zog mich eng zu sich heran. Sein Haar stand auf einer Seite ab, und kichernd drückte ich es herunter. Noahs Lippen fanden meine in einem weichen, langen Kuss, und ich schmolz an seinen Körper geschmiegt nur so dahin. Unsere Beine wickelten sich umeinander und Noahs Nase liebkoste meine.

»Sicher, dass du aufstehen musst?«

»Hm … hmm. Ich muss vor meiner Schicht im Dunes noch einen Haufen Cupcakes für einen Kuchenverkauf in Brads Baseball-Camp backen …«

»Du *backst*?

»Ich habe ein paar Dinge dazugelernt, als ich so viel mit Levi abgehangen habe.«

Noah gab einen verächtlichen Ton von sich.

»*Na gut.* Levi hat gestern Abend einen Berg Cupcakes bei uns zu Hause abgeliefert, und die muss ich noch dekorieren. Und dann haben Lee und ich noch was vor wegen der Bucket List …«

Noah seufzte. »Ja, natürlich.«

»Aber ich bin heute Abend zurück. Wir könnten vielleicht ein bisschen am Strand abhängen? Ein Picknick oder so. Und du kannst Lee und mich immer begleiten, das weißt du.«

Kopfschüttelnd gab mir Noah einen Kuss auf den Mundwinkel. »Nein, ich will mich da nicht einmischen. Die Bucket List ist euer Ding. Aber Picknick klingt toll. Vielleicht kannst du ja ein paar von diesen Cupcakes für uns abzweigen?«

Ich grinste. Mein Wecker ertönte erneut, und bevor ich ihn abstellte, gab ich Noah einen kurzen letzten Kuss und kletterte aus dem Bett. »Na klar.«

Ich brauchte nicht allzu lange, um mich anzuziehen, und die Klamotten für die Arbeit im Restaurant hatte ich bereits in meinen Rucksack gepackt. Noah befand sich noch im Halbschlaf, war aber so weit wach, dass er den Arm ausstreckte, meine Hand fasste und mich für einen Abschiedskuss zu sich zog. »Schönen Tag. *I love you.*«

»Ich dich auch, Faulpelz.«

Im Haus war es so still, als ich in die Küche ging,

dass ich das Meeresrauschen hören konnte. Draußen bewegte eine Brise die Bäume. Die Wasserrohre im Haus knarrten.

Ich hatte das Strandhaus kaum je so ruhig erlebt.

Ich versuchte, möglichst wenig Lärm zu verursachen, während ich mir ein Müsli machte, und war so auf die Planung meines Tages konzentriert, dass ich nicht einmal bemerkte, wie jemand die Küche betrat, bis Lee mir die Hand vors Gesicht hielt und sagte: »Äh, hallo? Erde an Elle?«

Vollkommen erschrocken sprang ich auf, mein Herz raste. »Himmel, Lee! Schleich dich doch nicht so an!«

Er schenkte mir ein verschlafenes Grinsen, nahm die Packung Müsli von der Arbeitsplatte, schob die Hand hinein und aß es direkt aus der Schachtel. Da fiel mir auf, dass er schon angezogen war. Allerdings hatte er nicht die Haare gekämmt. Die waren in einem noch schlimmeren Zustand als Noahs.

»Warum bist du schon auf?«

Lee warf mir einen nichtssagenden Blick zu und schaufelte sich mehr Müsli in den Mund. »Shelly, dein Wecker hat dreißig Millionen Mal geläutet und wahrscheinlich den ganzen gottverdammten Strand aufgeweckt. Aber wir werden auch Zeit brauchen. Schließlich wissen wir beide, dass du die schlechteste Bäckerin der Welt bist und Hilfe benötigen wirst. Selbst wenn es bloß um die Deko geht. Und wenn wir uns mit den Cupcakes beeilen, könnten wir das mit dem Brain-Freeze auf dem Weg zu deinem Job erledigen. Wäre doch gelacht, wenn wir uns nicht einen ordentlichen Hirnfrost antrinken könnten!«

»Gefällt mir. Aber ich dachte, du bleibst hier, um dich um den Typen zu kümmern, der die Einfahrt neu machen soll?«

»Das kann Noah erledigen.«

Lee war noch verschlafen, also nahmen wir mein Auto. Dad wollte gerade zur Arbeit fahren, als wir bei mir zu Hause ankamen, also redeten wir nur kurz miteinander. Er hatte mir jeden Tag gesimst, um zu erfahren, wie es lief, trotzdem fragte er jetzt noch einmal.

»Großartig!«, erklärte Lee begeistert. »Das Haus für uns allein zu haben, ist der Hammer. Obwohl Shelly und Noah anscheinend jeden Tag etwas Neues finden, über das sie streiten können«, fügte er lachend hinzu.

Dad sah mich stirnrunzelnd an. »Du hast nicht erzählt, dass ihr Streit habt.«

»Haben wir ja auch nicht!«, antwortete ich, boxte meinen sogenannten besten Freund auf den Arm und bedachte ihn mit einem finsteren Blick. »Na ja, ich meine … irgendwie schon, aber … aber wann haben wir denn mal nicht gestritten? Alles ist *großartig*. Versprochen.«

»Hmm«, war alles, was mein Dad dazu noch sagte. »Tja, ich muss jetzt zur Arbeit. Danke nochmals fürs Helfen bei Brads Kuchenverkauf, Süße. Und sag auch Levi noch danke. Er ist ein guter Junge – er wollte noch nicht einmal Geld von mir nehmen.«

»Ich werd's ausrichten.«

»Schönen Tag, auch bei deinem Job. Und vergiss nicht, dass du Brad morgen abholen musst von …«

»Ja, Dad, ich weiß. Ich war diejenige, die die Post-its an den Kühlschrank geklebt hat, schon vergessen?«

Nachdem Dad losgefahren war, knuffte ich Lee ein weiteres Mal gegen den Kopf und machte mich dann an die Arbeit. In der Küche waren vier Tupperdosen gestapelt. In dreien waren Cupcakes, in der weiteren alles, was wir zum Dekorieren brauchten. Während ich unseren Arbeitsplatz vorbereitete, machte Lee uns Kaffee.

Trotzdem war ich immer noch sauer auf ihn, wenn auch nur ein bisschen.

»Vielen Dank auch«, schnaubte ich. »Wir *streiten* nicht.«

»Ich habe noch nie erlebt, dass jemand wegen einer Zahnbürste so rumschreit«, meinte Lee und holte eine Rührschüssel und andere Utensilien aus den Küchenschränken. »Eine *Zahnbürste*, Shelly.«

»Es ging um die *Zahnpasta*«, korrigierte ich ihn und reckte das Kinn in die Luft. »Und erzähl mir nicht, dass du und Rachel nicht über solch blöde Sachen streitet.«

»Nein.«

»Was meinst du mit *nein*? Ich habe doch gehört, dass ihr …«, brach ich ab und überlegte noch einmal. Offen gestanden handelte es sich dabei nicht so sehr um einen Streit, sondern … »Okay, ihr habt Meinungsverschiedenheiten.«

»Nein, was wir haben, ist, dass Rachel mich darauf hinweist, wenn ich etwas Dummes gemacht habe. Zum Beispiel den Toilettensitz nicht runterzuklappen oder ihr Tagebuch als Untersetzer zu benutzen.«

»Das ist bei uns doch auch so.«

Lee legte das Gesicht in Falten, als wollte er sagen: *Ja, nein, irgendwie nicht.*

»Ach, halt die Klappe«, sagte ich. »Okay, ich glasiere diese Cupcakes in Blau und du die da in Weiß.«

»Erinnere mich doch bitte daran, dich noch zu fragen, warum du Levi nicht einfach gebeten haben, auch den Teil zu übernehmen? Er *liebt* das, und du weißt, seine kleine Schwester hätte ihm gern geholfen.«

»*Weil*«, blaffte ich. Ich war immer noch ein wenig eingeschnappt, weil er Dad erzählt hatte, dass Noah und ich stritten – und meine Darstellung infrage gestellt hatte.

Denn ich wollte mir beweisen, dass ich in diesem Sommer alles im Griff hatte. Wir hatten die Highschool hinter uns und würden bald aufs College gehen. Wir waren erwachsen geworden, und ich *kriegte das schon hin*. Ich hatte einen Job. Ich kümmerte mich um die epische Bucket List aus Kindertagen, um für den perfekten Sommer zu sorgen. Ich war in *Harvard* angenommen worden, zum Teufel noch mal.

Hier ging es nur um einen Kuchenverkauf, das war alles. Ein paar Dutzend Cupcakes. Keine große Sache.

Brad wachte auf, als wir gerade Streusel auf den Zuckerguss rieseln ließen. Er konnte es nicht fassen, als er uns in der Küche fand, dann strahlte er und rief: »Lee! Hab dich schon so lange nicht gesehen!«

»Oh, wie charmant«, bemerkte ich, während ich die Cupcakes beiseiteräumte, um Brads Frühstück zu machen.

»Ich kann mir meinen Saft selbst eingießen, *Elle.*« Und dann: »Nein! Das ist zu viel Milch! Du versaust die Haferflocken!«

»Du hast dich doch noch nie darüber beschwert, wie ich dir die Haferflocken mache«, nuschelte ich. Brad stapfte herüber, um den von mir zubereiteten Haferbrei mürrisch zu betrachten, und schmollte dann.

Als ich in seinem Alter war, war ich *definitiv* nicht so schwierig.

Ich stellte die Milch zurück in den Kühlschrank, und dort fiel mir eine fast leere Flasche Rosé auf, sodass ich die Nase rümpfte. »Seit wann trinkt Dad Rosé? Und *mitten in der Woche?*« Unter etwas trinken verstand Dad höchsten zwei Biere am Samstagabend oder, wenn's etwas schicker sein sollte, ein Glas Rotwein.

Und dann begriff ich.

»War Linda hier?«, fragte ich Brad.

»Ja«, antwortete er, anscheinend nicht im Geringsten beunruhigt. »He, kannst du ein bisschen Honig in die Haferflocken tun? Das hat sie neulich morgens gemacht und das schmeckte *toll.*«

»Moment mal, sie war *morgens* hier? Hat sie etwa *die Nacht hier verbracht*?«

Brad schaute mich an, als würde er nicht verstehen, warum das so eine große Sache war, und als wäre ich verrückt. »Äh, *ja*. Sie ist auf der Couch eingeschlafen, während sie sich einen Film anguckten.«

Hastig machte Lee aus einem Glucksen ein Husten und wackelte mit den Augenbrauen in meine Richtung. Ich blitzte ihn warnend an. Ihr Wein stand im Kühlschrank, sie hatte etwas dagegen, wie wir die Haferflocken für Brad zubereiteten, sie blieb über Nacht … Ging das nicht alles viel zu schnell, für jemanden, mit dem Dad erst vor etwa einer Woche ein Date gehabt hatte?

(Nur, dass das schon länger ging als erst eine Woche, nicht wahr? Wie es sich anhörte, lief da ja schon was seit den Frühjahrsferien …)

»Klar«, murmelte ich und schlug die Kühlschranktür zu. »Ich mach etwas Honig in deine Haferflocken.«

Brad ignorierte mich danach völlig und unterhielt sich mit Lee (na ja, er redete eher nonstop auf ihn ein). Er legte kaum ein Pause ein, um sich zu bedanken, als ich sein Frühstück vor ihm absetzte.

Ich überließ die beiden sich selbst und stellte die Cupcakes fertig, packte sie vorsichtig wieder in die Tupperdosen und legte natürlich ein paar beiseite, um sie mit zum Strandhaus zu nehmen.

»Okay! Denk dran, die Dosen wieder mitzubringen, ja? Die gehören Levi. Wenn du sie vergisst, werden sie dir vom Taschengeld abgezogen, hat Dad gesagt.«

Brad zog eine Dose zu sich, um die Cupcakes zu begutachten. »Der Zuckerguss ist nicht so gut wie bei Levi«, murmelte er.

»Was ist dein Problem?«, schnauzte ich. »Bist du immer noch eifersüchtig, weil Dad dich nicht mit ins Strandhaus lässt? Ich hab doch gesagt, vielleicht kannst du mal eine Nacht bleiben. Wenn du brav bist.«

Lee gab Brad einen aufmunternden Klaps auf die Schulter. »Psst. He, keine Sorge, Kleiner. Ich mach das schon. Wir kriegen sie schon rum.«

»Danke, Lee.«

Kurz darauf brachten wir Brad ins Baseball-Camp, in dem er ein paar Wochen verbrachte, und es war noch so früh, dass Lee und ich beschlossen, für Slurpees ins 7-Eleven zu fahren.

»Howdy, Leute, was kann ich heute Morgen für euch tun?«

Grinsend wirbelte ich herum. »Levi!«

Er stapelte gerade Tamponschachteln in einem Regal und grinste zurück. Levi war groß und schlank, mit schlaksigen Gliedmaßen und lockigem braunen Haar, einem spitzen Kinn und warmherzigen Augen. Er besaß ein breites, freundliches Lächeln – die Art von Lächeln, bei dem man das Gefühl hatte, der Tag konnte gar nicht schlecht laufen.

Doch manchmal hatte ich den Eindruck, dass er nicht *jeden so* anlächelte.

(Es war mir immer noch unangenehm, an Thanksgiving zu denken, als ich ihn geküsst hatte. Aber inzwischen hatten wir das beide so ziemlich vergessen – oder zumindest hinter uns gelassen.)

»Levi, mein Freund«, kündigte Lee an, verschränkte die Hände hinterm Rücken und wippte auf den Fersen. »Leg die Tampons weg! Wir brauchen zehn deiner kältesten Slurpees.«

»Z-zehn? Kommt der Rest der Gang auch noch, oder was?«

»Das gehört zu unserer Bucket List«, erklärte ich, während Levi die letzten Schachteln wegräumte und uns zur Kasse und zum Slurpee-Automaten führte. »Und ich will den blauen.«

»Das heißt wohl, ich nehm rot«, seufzte Lee.

Levi wusste alles über die Bucket List. Ich hatte ihm natürlich davon erzählt, außerdem hatten wir eine Menge unserer bisherigen Eskapaden online gestellt, damit unsere Freunde über den ganzen Wahnsinn Bescheid wussten.

»Aah«, sagte er und begann, den ersten Slurpee einzugießen. »Gehört das zum großen Brain-freeze-Wettbewerb?«

»Genau«, antwortete ich grinsend.

»Meint ihr nicht, dass drei pro Person reichen?«

Lee seufzte theatralisch, und wir drehten uns die Gesichter zu, beide die Ellbogen auf dem Tresen. »Ich dachte, du hättest gesagt, der Typ sei cool.«

»All die viele Zeit«, stimmte ich zu und schüttelte bestürzt den Kopf, »und er unterschätzt uns immer noch.«

»Schon gut, schon gut. Zehn eiskalte Slurpees also. Ihr wisst, dass es noch nicht einmal zehn Uhr ist, oder?«

»Ich habe das Gefühl, er versucht, uns auf etwas hinzuweisen. Was denkst du, Shelly?«

»Ja, aber ich verstehe nicht, auf was.«

Levi lachte. Während er die Getränke in einer Reihe vor uns aufbaute, erzählten wir ihm von der gelungenen Cupcake-Dekoration – auch wenn Brad nicht allzu beeindruckt gewesen war.

»Aber schauen Sie sich die Verzierungen an. Sehen Sie nur!« Ich wedelte mit meinem Handy vor Levis Gesicht.

»Mary Berry und Paul Hollywood wären so stolz«, meinte Levi trocken. Lee zog ein Gesicht, denn er verstand den Witz nicht, aber ich lachte. Vor Kurzem war Levi Fan der *Great British Baking Show* (oder, wie er meinte: *The Bake-Off*) geworden. »Ich kassier nur kurz ab und dann …« Er blickte sich im Laden um, der bis auf einen Kollegen, der den Gang wischte, leer war. »Auf ex und hopp, denke ich.«

Lee zahlte, Levi stimmte zu, Fotos zu machen, und Lee und ich standen uns gegenüber, den ersten Slurpee in der Hand.

»Okay. Du kennst die Regeln?«

»Kein Absetzen, sonst ist man raus.«

»Keine Time-outs.«

»Drei … zwei …«

Einen kurzen Moment später traf mich die Kälte und versetzte mir einen Schock bis zwischen die Augen. Aber ich hielt durch. Lee und ich starrten uns gegenseitig an, während wir die Slurpees schlürften. Ich blickte ihn so finster an, wie ich nur konnte. Er wackelte ständig mit den Augenbrauen und schielte, um mich abzulenken.

Funktionierte aber nicht. Nach ein oder zwei Sekunden nahmen wir den zweiten Slurpee, und ich schaffte es bis zum vierten, während sich Lee noch mit seinem zweiten abkämpfte.

Als er die Hälfte seines dritten Slurpees runter hatte und ich mit dem fünften begann, gab er auf, ließ den fast leeren Becher vor sich fallen und sank stöhnend auf dem Tresen zusammen. »Du hast gewonnen, du hast gewonnen. Ich gebe mich geschlagen. Arghhhhhh.«

Um das zu unterstreichen, trank ich auch den letzten Schluck meines fünften Slurpees aus, bevor ich meine Hände in Siegerpose in die Luft reckte.

»Hör auf mit der Schadenfreude«, keuchte Lee und sackte mit einknickenden Knien melodramatisch vor dem Tresen in sich zusammen. »Das – das kann ich jetzt nicht ertragen. Argh.«

Levi pfiff mir bewundernd zu. »Herrje, Elle. Das war beeindruckend.«

Ich schloss die Augen, weil der Hirnfrost gerade ziemlich stark war. »Wenn ich mich gleich bei der Arbeit übergeben muss, ist das alles deine Schuld, Lee.«

»Könnt ihr überhaupt fahren?«, fragte Levi und versuchte, nicht zu lachen.

»Klar. Nach einer kleinen Weile«, gab ich zu. Ich brauchte definitiv noch ein paar Minuten, um mich zu erholen. Lee und ich blieben an der Kasse stehen, stöhnten vor uns hin und hielten uns den Kopf, Levi lachte und versprach, uns alle Fotos zu schicken.

Etwa zwanzig Minuten später waren wir wieder im Auto. Lee holte das zerknitterte, verblasste Blatt Papier heraus und faltete es auf seinem Schoß auf. Er durchwühlte das Handschuhfach nach einem Stift und zog dann grinsend eine saubere Linie über eine Zeile.

~~0. Epischer Hirnfrost-Wettbewerb!!!~~

Ich fuhr auf den Parkplatz vom Dunes, kletterte aus dem Wagen und gab Lee die Autoschlüssel. »Wenn ich mit meiner Schicht fertig bin, schicke ich dir eine Nachricht. Kommst du mich dann abholen, damit wir zum Laser Tag fahren können?«

»Du arbeitest doch nur ein paar Stunden«, antwortete er achselzuckend. »Ich bleib hier bei dir. May hat bestimmt nichts dagegen.«

Nach Rachel brauchte ich nicht zu fragen, denn sie hatte heute vor, ihre Großeltern zu besuchen. Aber ich sagte: »Was ist mit der Makler-Kollegin? Ich dachte, sie soll am Nachmittag kommen. Eure Mom wollte, dass du und Noah dann da sind.«

Lee blickte finster drein. Ein Anflug von Mitgefühl überkam mich. Jede Erwähnung, dass das Strandhaus verkauft werden sollte, schien seine Stimmung zu drücken.

»Noah kann das allein regeln. Er ist schon ein großer Junge.«

»Na ja, okay. Aber die Kostüme …«

»Die habe ich schon vorhin in deinen Kofferraum

gepackt. Also alles bereit. Hey, meinst du, May hat schon Pommes für mich?«

Wie sich herausstellte, war May nicht allzu überrascht, dass Lee mitkam. Obwohl es im Dunes eigentlich erst in einer halben Stunde Mittagessen gab, besorgte sie ihm ein Getränk und einen Teller Pommes. Sie fragte nicht, warum Lee hier war, aber sie fragte, warum er um seinen Mund herum rote Spuren hatte und warum meine Zunge und Zähne hellblau gefärbt waren.

Wir erklärten ihr das mit der Bucket List, und Lee sagte: »Und nachher machen wir Laser Tag.«

»Oh! Das ist …« Sie warf uns einen neugierigen Blick zu, lächelte aber etwas steif. »Nichts für ungut, aber das ist zwar irgendwie … normal.« Dann seufzte sie theatralisch. »Warum habe ich nur das Gefühl, dass da bei euch beiden ein Haken ist?«

»Weil es Star Wars Laser Tag ist«, erklärte ich schmunzelnd. »Wir haben Kostüme für Han Solo und Leia. Vor ein paar Jahren haben wir die an Halloween getragen. Zum Glück passen sie noch«.

»Noah hatte keine Lust, sich ein Chewbacca-Outfit auszuleihen und mitzumachen«, fügte Lee hinzu.

May lachte auf. »Ihr Kids. Ich hoffe, ihr zeigt mir später davon Fotos! Oh, he, sieht aus, als hätten wir Gäste. Elle, Zeit, an die Arbeit zu gehen.«

Ich hatte befürchtet, dass Lee mich von meinem Job ablenkte, aber als der Mittagsrummel begann, hatte ich so viel zu tun, dass ich kaum auf ihn achtete. Ich bemerkte *jedoch*, wie er telefonierte und dabei ungewöhnlich ernst wirkte. Bevor ich eine Bestellung in der Küche aufgab, näherte ich mich Lee und bekam mit, wie er mit tiefer, schroffer Stimme sprach.

»Ja. Ja, natürlich. Nächste Woche ist gut. *Vielen* Dank für Ihr Verständnis, dass das so kurzfristig ist. Hm … hmm. Ich werde es ihr ausrichten. Ich wünsche Ihnen einen schönen Tag.«

»Worum ging's?«

Lee sprang erschrocken auf, und er machte ein ertapptes Gesicht. Einen Moment starrte er mich mit weit aufgerissenen Augen an, dann hustete er und wedelte mit seinem Handy. »Oh, nichts. Nur, äh, nur das Maklerbüro. Hat abgesagt. Der Termin war doppelt eingetragen im Kalender.«

»Und da hat man dich angerufen?«

»Mom hat denen meine Nummer gegeben. Das macht es einfacher, alles rund um die Bucket List zu organisieren, verstehst du?«

Hm. Tja, vermutlich war das sinnvoll.

»Haben Sie eigentlich keine Tische zu bedienen, Missy? Die Pommes essen sich schließlich nicht von allein.«

15

»Lee?«

Er schaute auf, und ich ebenfalls. Es war jetzt ruhig im Restaurant – eine Pause nach den letzten, späten Gästen zum Lunch und vor den ersten Gästen zum Dinner –, daran hatte ich mich seit Beginn des Sommers und nach mehreren Schichten im Dunes schon gewöhnt. Ich räumte gerade Gläser in die Fächer unter die Bar.

»Ja, May?«

»Was machst du da?«

Lee und ich schauten uns verwirrt an. Er blickte auf den Schrubber in seiner Hand und den Eimer vor sich. Ich spürte, er dachte das Gleiche wie ich: War das eine Fangfrage? »Äh … den Boden wischen?«

May seufzte ausgiebig und verschränkte die Arme vor der Brust. »Du arbeitest nicht hier. Hör auf damit.«

»Aber der Boden war klebrig.«

May warf ihm einen scharfen Blick zu, einen mütterlichen, der so viel hieß wie: *Keine Widerworte, junger Mann.* Daraufhin schenkte er ihr ein strahlendes, gewinnendes Lächeln und setzte sogar den Welpenblick auf. May warf ihre Hände in die Luft und wedelte mit den Fingern vor sich herum, als wollte sie einen bösen Geist vertreiben.

»Dieser Junge«, sagte sie seufzend. Sie fügte nichts weiter hinzu, aber ich vermutete, weil es auch nicht *mehr* zu sagen gab. Denn ich wusste genau, was sie meinte, und lächelte meinem besten Freund zu.

»Du musst nichts weiter sagen, May.«

»Wie auch immer«, entgegnete sie und holte tief Luft. »Elle, du hast heute eine Doppelschicht, vergiss das nicht, und ich habe dich nächste Woche für Extra-Schichten eingetragen, die du ja wolltest.«

»Oh. O-okay. Danke.«

Sie warf mir einen fragenden Blick zu. »Gibt's ein Problem?«

»Nein!«, rief ich schnell. »Das ist großartig. Danke, May, ich bin dir sehr dankbar dafür.«

Bevor sie in die Küche verschwand, reckte sie den Daumen in meine Richtung. Lee wischte weiter, summte vor sich hin und wippte mit dem Kopf, während er putzte.

Ich schluckte den Kloß im Hals herunter. Ich hatte um die Sonderschichten gebeten, deshalb war ich natürlich froh, und natürlich gab es damit kein Problem, sonst hätte ich ja gar nicht erst darum gebeten.

Ich versuchte eben, so viele Stunden wie möglich zu arbeiten – mehr Stunden bedeuteten mehr Geld, und davon könnte ich im Moment so viel wie möglich brauchen. In den vergangenen Wochen hatten Lee und ich einen beträchtlichen Teil der Bucket List erledigt – vom Tauchen in einem dieser Haifischkäfige über Fallschirmspringen bis hin zu einem Jonglierkurs. Das Einzige, das mich kein Geld gekostet hatte, war die Deckenburg, die wir gebaut hatten (worüber sich Rachel und Noah echt aufregten, weil wir sie ohne das richtige Passwort nicht reinließen und die besten Snacks gestohlen und in unsere Behausung mitgenommen hatten). Lee hatte die meisten davon bezahlt, was mir ehrlich gesagt nur noch ein schlechteres Gewissen wegen der ganzen Geldsituation machte.

Meine Familie hatte zwar keine Schwierigkeiten, über die Runden zu kommen, aber wir hatten nicht das gleiche verfügbare Vermögen wie die Flynns. Je mehr Geld ich also diesen Sommer verdienen konnte, desto besser. Ich wusste, dass ich es brauchen würde, wenn ich aufs College ging, und mochte meinen Dad nicht ständig um Geld bitten.

Die Extra-Schichten wollte ich auf jeden Fall.

Aber als May mich eben daran erinnerte, war ich einfach … irgendwie erschöpft. Es waren erst ein paar Wochen vergangen, aber zwischen all den Dingen rund um die Bucket List, dem Hin- und Herfahren, um mit Brad zu helfen … Das war alles ganz schön viel.

Und die viele Arbeit rund um das Strandhaus noch gar nicht erwähnt. Bisher hatten wir den Garten in Schuss gebracht und die Veranda gestrichen, Rachel hatte die Küche gründlich gereinigt, und Noah kümmerte sich mithilfe von YouTube-Tutorials um die Reparatur des Poolfilters. Als Nächstes auf der Liste stand das Dampfreinigen der Sofas und das Streichen der Zimmerdecken, wofür wir alle Hände brauchen würden.

Allein bei der Vorstellung hatte ich das Bedürfnis, etwa eine Woche lang zu schlafen.

»Weißt du was?«, fragte Lee und riss mich aus meinen Gedanken. Er hatte den Schrubber weggestellt und lehnte sich mit der Bucket List in der Hand über den Tresen. Mittlerweile sah sie echt übel aus. Überall Flecken von rotem Slurpee, Meerwasser und Schokoladensoße von dem Rieseneisbecher, den wir auf den ahnungslosen Noah geschüttet hatten, und mit Spuren von unterschiedlichen Stiften, mit denen wir Punkte abgehakt oder durchgestrichen hatten.

Nun tippte Lee auf die Liste. »Weißt du was? Es gibt hier eine Sache, die wir nicht werden tun können. Nummer zweiundzwanzig: ›Zusammen in Berkeley wohnen‹.«

Gewissensbisse kribbelten auf meiner Haut, wie jedes Mal, wenn er Berkeley erwähnte.

Ich wusste, dass Lee nicht vorhatte, mir ein schlechtes Gewissen zu machen. Nachdem ich ihm erklärt hatte, nach Harvard zu gehen, hatte Lee, abgesehen von unserer ersten Diskussion, sein Bestes gegeben, damit ich mich nicht noch schlechter fühlte als sowieso schon. Trotzdem, wann immer das Thema zur Sprache kam, befürchtete ich, dass unter der Oberfläche Groll brodelte.

Lee schenkte mir ein trauriges Lächeln und sagte: »Meinst du, wir sollten den Punkt von der Liste streichen? Es fühlt sich komisch an, etwas auszulassen.«

»Tja … na ja, was wäre, wenn wir das gar nicht tun müssten? Vielleicht könnte ich mit dir nach Berkeley fahren und dir helfen … Vielleicht beim Umzug, beim Einrichten oder so. Oder die Stadt checken? So hatten wir uns das zwar nicht vorgestellt, ich weiß, aber … Wir könnten ja ein Wochenende draus machen? Nur wir beide?«

Lee streckte den Arm aus und legte seine Hand auf meine. »Deal. Hey, ich lass mir von Ashton ein paar Tipps geben. Mal sehen, ob es nicht irgendwas gibt, was wir uns anschauen sollten.«

»Ashton?«

»*Ja,* Elle. Ashton? Der von unserer Party? Groß, blond, toller Geschmack, was Comics angeht?« Lee lachte und erzählte dann von Dingen, die Ashton ihm bereits über Berkeley verraten hatte, darunter ein Comicladen, auf den Lee sehr gespannt war. Ich hörte ihm aber kaum zu.

Ashton wohnte früher in der gleichen Straße wie Jon Fletcher, ging aber auf eine andere Schule. Jon und ein paar der Football-Typen hatten für den Sommer ein Haus am Strand gemietet, nachdem sie gesehen hatten, dass wir uns im Strandhaus der Flynns so gut amüsierten. Olivia hatte ihre Eltern überredet, auch ein Haus für sie und ein paar der Mädchen zu mieten.

(Und ich steckte Zehn-Dollar-Scheine in ein Sparschwein, auf das ich »College-Geld« geschrieben hatte.)

Ashton hatte sich also schon ein paar Tage mit den Jungs herumgetrieben, und er und Lee hatten sich unterhalten. Davon wusste ich. Ich wusste auch, dass Ashton Lee in witzigen Beiträgen auf Instagram getaggt hatte, von denen er glaube, sie würden Lee gefallen.

Trotzdem hatte ich es immer wieder geschafft, das Ganze zu verdrängen. Sowohl Ashton als auch Berkeley.

Ich brauchte schließlich nicht permanent daran erinnert zu werden, meinen besten Freund im Stich gelassen zu haben.

Meine zweite Schicht hatte gerade begonnen, als Lees Handy läutete. »Rach. Sie wartet draußen. Das ist wohl das Zeichen, jetzt zu gehen.«

»Hebt ihr mir was vom Abendessen auf?«

»Nicht sehr wahrscheinlich.«

Mir war klar, Lee würde dafür sorgen.

»Bis morgen, May!«, rief er und warf mir seine Schürze zu.

»Nein«, antwortete sie – obwohl ich mir sicher war, sie wusste, dass nichts, was sie sagte, Lee davon abhalten würde, hierherzukommen und freiwillig zu arbeiten. Er hatte es nicht so direkt gesagt, aber ich hatte das Gefühl, er versuchte, die Zeit auszugleichen, die uns entging, weil wir ja nicht zusammen aufs College gehen würden.

Im Dunes arbeiteten noch ein paar andere Leute. Ein Streber aus der Klasse unter mir, von dem ich jetzt wusste, dass er Melvin hieß. Eine Frau, die schon ungefähr so lange hier angestellt war wie May. Ein älterer Mann, der seine Rente aufbesserte und sich meist hinter der Bar um die Getränke kümmerte oder in der Küche aushalf. Und dann noch paar Leute im College-Alter, die ich nicht wirklich kannte, mit denen ich mich aber ganz gut verstand. Sie waren etwas verwundert, warum Lee so oft hier war, sagten aber nie wirklich was dazu.

Gerade eben trafen Melvin und eines der College-Girls ein. Sie begegneten Lee am Eingang, grüßten ihn und dann mich.

Und nicht viel später begann der Ansturm aufs Abendessen. Zu dieser Tageszeit waren es vor allem Familien mit kleinen Kindern, die vom Strand kamen und ihre hungrigen Bäuche füllen mussten, bevor sie nach Hause gingen.

Ich sah, wie May eine mir nur zu gut bekannte Familie in Melvins Bereich platzierte, und sprach ihn an. »He, darf ich den Tisch da bedienen?«

»Äh, klar.« Melvin schaute in die Richtung, in die ich deutete, und ein wissendes Lächeln breitete sich auf seinem Gesicht aus. »Ist das nicht der Typ, wegen dem du mit Flynn Schluss gemacht hast?«

Ich stöhnte auf. »Ich sagte doch schon, das war nur ein blödes Gerücht.«

»Ach ja?«

»*Ja*, Melvin.«

Sein Grinsen wurde noch breiter. Er schob sich die runde Brille höher auf die Nase. »Warum starrt er dich dann so an?«

»Was?« Ich drehte den Kopf, um über die Schulter zu blicken, aber Levi studierte gerade genauestens die Speisekarte. Seine Wangen waren ein wenig errötet. Augenrollend schaute ich Melvin an, der weiter grinste, bis ich mir einen frischen Wasserkrug schnappte und zu dem Tisch marschierte.

Ich stellte mich mit einem glockenhellen und unnötigen »Hallo! Mein Name ist Elle und ich bin heute Ihre Kellnerin« vor und begann dann, allen Wasser einzuschenken.

Becca, Levis kleine Schwester, kicherte. »Wir wissen doch, wer du *bist*, Elle.«

»Mit euch habe ich hier nicht gerechnet.«

»So einen schönen Nachmittag darf man sich nicht entgehen lassen«, entgegnete Levis Mom gut gelaunt. »Mein Mann konnte heute nicht freibekommen, deshalb sind nur wir drei hier. Levi spricht ständig davon, dass du hier arbeitest, also dachten wir, wir versuchen's mal.«

»Mom!«, zischte er.

Ich biss mir auf die Oberlippe und bemühte mich, nicht loszulachen, während ich in den Augenwinkeln sah, wie unangenehm Levi das Ganze war.

»Außerdem«, meinte sie unbeeindruckt, »haben wir dich ja schon lange nicht mehr gesehen.«

Sie sagte das mit einer gewissen Ernsthaftigkeit, als wollte sie damit etwas Bestimmtes zum Ausdruck bringen. Das war deutlich zu erkennen. Während des gesamten Abschlussjahres hatte ich viel Zeit mit Levi verbracht. Er kam vorbei, wenn ich auf Brad aufpasste. Ich war bei ihm zu Hause, wenn er auf Becca aufpasste. Die meiste Zeit hingen wir einfach nur zusammen ab, aus keinem anderen Grund als Freundschaft.

Und … ja, vielleicht haben wir in letzter Zeit nicht so viel zusammen abgehangen.

»Mom«, zischte Levi erneut.

»Na ja.« Ich lächelte zögerlich und verlagerte das Gewicht von einem auf den anderen Fuß. »Der Job hier und … Noah ist momentan zu Hause, also …«

»Ah, ja. Der Freund.«

Sie warf Levi einen Blick zu, der etwas zu sagen schien, was ich jedoch überhaupt nicht verstand, und er stieß einen scharfen, verzweifelten Seufzer aus. »Mom!«

Okay, tja …

Merkwürdig.

»Soll ich euch noch ein paar Minuten Zeit lassen, um etwas auszusuchen? Oder, ähm … äh, wollt ihr schon mal Getränke bestellen?«

Sie bestellten Getränke. Levi saß inzwischen ganz krumm auf seinem Platz, obwohl ich mir nicht erklären konnte, warum er so verlegen wirkte. Als ich die Drinks an den Tisch brachte, war er wohl gerade auf der Toilette.

»Kommst du bald mal wieder bei uns vorbei, Elle?«, fragte Becca schmollend und mit einem Hundeblick, der sehr *viel* effektiver war als der von Lee.

»Ich, äh, vielleicht. Ich werd's versuchen! Im Moment ist bloß alles ein bisschen verrückt. Aber ich besuche euch bald, okay?«

»Entschuldige«, sagte Levis und Beccas Mom. »Es hat ihr einfach sehr gefallen, dass noch ein Mädchen im Haus war. Du hattest einen ziemlichen Einfluss auf sie, weißt du. Und auf Levi.«

»Ja …«

Ehrlich gesagt war ich mir nicht sicher, was ich wirklich davon halten sollte. Und ich war mir absolut nicht sicher, ob das gut war, auch wenn es aus ihrem Mund so klingen sollte.

»Und Harvard! Levi hat davon erzählt. Herzlichen Glückwunsch, Schätzchen, das ist eine unglaublich tolle Leistung. Dein Dad muss ungeheuer stolz auf dich sein. Ich wünschte, Levi hätte sich auch für ein College beworben. Er hat so gute Noten auf dem Abschlusszeugnis …«

Ich hustete. Mit den Eltern meiner Freundinnen und Freunde zu sprechen, gehörte noch nie zu meinen Stärken (bis auf June und Matthew natürlich), und mir war es unangenehm, mit Levis Mom über seine Entscheidung zu reden, sich nicht für ein College beworben zu haben. Offen gestanden wollte ich das Gespräch so schnell wie möglich beenden.

»Er überlegt einfach noch«, sagte ich lahm und klappte den Bestellblock zu. »Ein Veggie-Burger, ein Hotdog, ein Cheeseburger mit Zwiebelringen und ein Langusten-Sandwich, kommt sofort.«

An der Bar nahm ich mir eine halbe Minute, um durchzuschnaufen, als ich auf einmal merkte, dass jemand neben mir stand. Und sich räusperte.

»Tut mir leid, Sir, ich bin gleich für Sie da. Oh, Levi.«

»Hey.« Er lächelte mich etwas verkrampft an, mit nur einer Seite des Munds, und hob als ebenso unbeholfene Geste die Hand. »Ich wollte nur, ähm, ich …«

»Du …«

Er räusperte sich noch einmal und fuhr sich durchs Haar. »Das eben tut mir leid. Falls dir das mit meiner Mom unangenehm war. Es ist nur – weißt du, ich meine, Becca hat ein paarmal nach dir gefragt, und ich habe ihr erzählt, dass du hier arbeitest und Zeit mit Noah und Lee verbringst. Also … ja. Das ist alles.«

»Okay.«

Gott, seit wann war es so peinlich mit Levi? Wann war das passiert? Meine Handflächen waren klamm, und ich hatte ein seltsam sich sträubendes Gefühl im Bauch – so, dass ich mir fast wünschte, jemand würde einen Drink verschütten oder das Essen vom Tisch fallen lassen und rufen, ich sollte bitte sauber machen kommen.

Lag das daran, dass wir uns ein paar Wochen nicht richtig gesehen hatten? (Der Slurpee-Wettbewerb zählte nicht, nicht wirklich.)

Würde es künftig immer so sein, wenn ich aufs College ging?

Oder lag es daran, dass Noah zu Hause war und sich dadurch die gesamte Dynamik zwischen uns verändert hatte?

»Okay«, sagte auch Levi und nickte.

»Sorry, dass ich nicht so oft vorbeigekommen bin«, sagte ich. »Nicht … nicht nur wegen Becca, sondern … Ich weiß, wir schreiben uns fast jeden Tag Nachrichten und telefonieren, aber wir haben nicht viel gemeinsam unternommen, und das ist meine Schuld.«

Levi zuckte mit den Schultern. Sein Lächeln war sanft, auch wenn seine Augen ein wenig traurig wirkten, und er legte behutsam eine Hand auf meinen Arm. »Schon in Ordnung. Ich weiß ja, dass du sehr beschäftigt bist.«

Wie aufs Stichwort surrte mein Handy in meiner Tasche. Ich zog es heraus und schaute auf das Display.

Eine Nachricht von Dad. *Vergiss nicht, Brad später vom Fußballtraining abzuholen!*

Ich stöhnte auf. »Shit. Shit.«

»Was ist?«

Ich massierte mir mit dem Knöchel des Zeigefingers die Stelle zwischen den Augen und blickte finster auf mein Handy. »Ich habe May dazu überredet, mir heute eine Doppelschicht zu geben, aber ich soll Brad vom Fußball abholen. Mist. Wie …« Ich seufzte. »Ich muss May bitten, mich …«

»Wir können ihn doch abholen«, bot Levi an. »Wann ist er fertig?«

»Um halb sieben.«

»Perfekt, um die Zeit sind wir sowieso in der Gegend. Wir können ihn abholen und zu euch nach Hause bringen.«

»Nein, Levi, das kann ich nicht von euch verlangen.«

»Tust du ja auch nicht«, antwortete er schmunzelnd. »Im Ernst, Elle, gar kein Problem. Ich hab die Nummer von deinem Dad, ich kann ihm Bescheid sagen. Der Ersatzschlüssel ist unter dem Blumentopf an der Tür, oder?«

»Ja …« Ich seufzte und umarmte ihn schnell und sehr dankbar. »Danke. Du rettest mir echt das Leben. Brad muss nur nach Hause gebracht werden. Dad hat eine späte Besprechung und seine Firma befindet sich am anderen Ende der Stadt, also … danke, Levi.«

Eine späte Besprechung, bei der ich den heimlichen Verdacht hegte, dass Linda dabei war, aber hey …

»Wie ich schon sagte – ich weiß, dass du sehr beschäftigt bist.«

Heilfroh ließ ich die Schultern sinken. Zumindest war die Anspannung zwischen uns verflogen – vorerst. Als sich Levi umdrehte, um zu seiner Mom und seiner Schwester zurückzukehren, packte ich ihn am Arm. »He, hör mal – wir planen, in ein paar Tagen in den Fun Park zu fahren. Jon Fletchers Bruder arbeitet dort, und es ist ihm gelungen, für uns ein paar Strippen zu ziehen. Wir haben etwas ziemlich Verrücktes vor. Und wir könnten ein paar zusätzliche Leute gebrauchen.«

Levis Mundwinkel streckten sich zu einem Grinsen. »Hat das was mit der Bucket List zu tun?«

»Gut erkannt.«

»Schick mir eine Nachricht mit den Einzelheiten. Ich bin dabei.«

Ich lächelte und atmete erleichtert auf. Wir wären dann zwar in einer größeren Gruppe unterwegs, aber es war gut, wieder mal etwas mit Levi zu unternehmen. Als ich ihn heute sah, wurde mir klar, wie sehr ich ihn vermisst hatte.

Levi ging zu seinem Tisch zurück, und ich schaute gerade rechtzeitig noch einmal zu seinem Tisch, um mitzubekommen, wie er mürrisch den Kopf abwandte und verlegen wirkte, weil seine Mom irgendetwas gesagt hatte.

Worum auch immer es dabei ging, ich war froh, nichts damit zu tun zu haben.

16

Als ich nach der Arbeit ins Strandhaus kam, war niemand da. Mir fiel ein, dass Lee und Rachel heute Abend ein Date hatten, aber von Noah keine Spur. In der Küche und im Wohnzimmer brannte Licht, aber die Türen zum Garten waren nur angelehnt, also ging ich nach draußen, um nach ihm zu suchen.

Erst als ich den Weg vom Haus zum Strand hinunterlief, hörte ich seine Stimme. Als ich näher kam, beendete er gerade ein Telefongespräch und schaute bei dem Geräusch meiner Schritte auf.

»Hey, meine Schöne«, sagte er lächelnd.

Meine Wangen wurden warm. »Schön« war nun echt das Letzte, was ich momentan war. Vom Schwitzen fühlten sich meine Haare fettig an, ich hatte unterschiedliche Flecken auf dem Shirt, und mein Arm klebte immer noch, weil ich versehentlich Cola über ihn gegossen hatte. Dennoch: Von Noahs Komplimenten wie diesem bekam ich nie genug.

Ich ließ mich neben ihn in den Sand fallen und legte mich flach auf den Rücken. Dass Sand in meine Haare und Klamotten kam, interessierte mich nicht.

»Langer Tag?«

»Langer Tag. Aber ich habe Levi gesehen.«

»Ach ja?«

»Er war mit seiner Mom und Becca am Strand. Auf dem Heimweg haben sie im Dunes gegessen. Ich musste ihn bitten, Brad vom Fußball abzuholen, weil ich das vergessen hatte, als ich May um die Doppelschicht bat, deshalb erwarte ich jeden Augenblick einen Anruf von Dad, der mir erklären wird, wie enttäuscht er von mir ist.«

Noah legte sich neben mich. Ich drehte mich zu ihm, der Sand kratzte an meiner Wange. Er trug kein Shirt, und meine Augen wanderten über seine breiten Schultern, die straffen Bauchmuskeln. »Also hat ihn Levi abgeholt?«

»Na ja, er und seine Mom und seine Schwester. Ich schulde ihm echt was.«

»Du hättest mich anrufen können. Ich hätte Brad abholen können.«

»Ähm …«

Stimmt.

»Darüber habe ich gar nicht nachgedacht«, antwortete ich. »Und Levi war da. Er hat's angeboten.«

Noah gab ein leises Ächzen von sich. Keine Ahnung, ob er verärgert war oder nicht, aber ich beschloss, nicht nachzufragen. Levi war zu einer dauerhaften Quelle des Streits zwischen uns geworden, als wir uns um Thanksgiving herum getrennt hatten, vor allem nachdem ich mit Levi zum Sadie Hawkins Dance gegangen war und Noah gesehen hatte, wie wir uns küssten.

Levi war damals zwar nicht unser *einziges* Problem gewesen, und ich war eigentlich der Ansicht, alles war geklärt … trotzdem wollte ich nichts heraufbeschwören.

»Mit wem hast du telefoniert?«

Ich sah, wie Noah sich kurz in die Innenseite seiner Wange biss, bevor er sich zu mir drehte. »Amanda.«

Ah, Amanda. Eine weitere dauerhafte Quelle des Streits im letzten Herbst. Auch sie war nicht die *einzige* Quelle, aber … Na ja, es war nicht gerade hilfreich, herausgefunden zu haben, dass Noah ein Geheimnis vor mir hatte, über das *sie* alles wusste. Ich dachte damals, er wollte mit ihr zusammen sein (eine Theorie, die sich zunächst auf ein Online-Foto stützte, auf dem sie ihn auf die Wange küsst, und dann darauf, dass Noah sie zu Thanksgiving mit nach Hause gebracht hatte), aber es stellte sich heraus, dass er Mühe mit den Uni-Kursen hatte, und sie half ihm … Das Ganze war Noah nur zu peinlich gewesen, um es mir zu erzählen.

Trotz aller schlechten Vorsätze mochte ich Amanda. Sie war Britin und freundlich, mit einer ständig übersprudelnden Art, soweit ich das beurteilen konnte, was es unmöglich machte, sie nicht zu mögen. Die Tatsache, dass sie wie das perfekte Katalogmodell »klassisch adrettes College-Girl« aussah, hatte mich anfangs ziemlich eifersüchtig gemacht. Machte es mich immer noch, manchmal. Ich hatte sie getroffen, als ich Noah in den Frühjahrsferien besuchte, und sie war ausnehmend einladend und freundlich zu mir gewesen.

Die beiden führten eine lässige platonische Beziehung wie Lee und ich. Dennoch empfand ich es als seltsam, dass Noah jemanden wie sie in seinem Leben hatte.

»Ach ja?«, fragte ich, genau wie er eben bei Levi.

»Sie ist eine Weile in der Stadt und kommt übermorgen her. Ihre Eltern haben hier irgendwas zu tun. Irgendein Geschäft, an dem ihre Mom arbeitet. Ich habe ihr gesagt, dass sie für ein paar Tage bei uns pennen kann. Ist das okay?«

»Natürlich, Noah. Lees und mein altes Zimmer ist ja frei.«

»Sicher?«

Ich zuckte im Sand liegend mit den Schultern und schenkte ihm ein beruhigendes Lächeln. So eifersüchtig ich auch auf Amanda war, betrachtete ich sie ganz sicher nicht als Bedrohung für Noahs und meine Beziehung. »Warum nicht? Wusstest du, dass sie kommen würde, oder entspricht das ihrer Vorstellung von einer Überraschung?«

Er lächelte. »Letzteres.«

»Hey, wenn sie schon hier ist, solltest du sie auch in den Fun Park einladen! Levi kommt auch. Lee und ich haben uns gedacht, dass wir daraus ein Gruppenabenteuer machen. Das macht es noch viel cooler.

Lee wollte Rachel fragen, und Jon ist auch dabei, da sein Bruder uns bei der Organisation geholfen hat, also …«

»Oh, ja. Cool. Äh, sicher. Ich werde … Amanda vorwarnen.«

Da wurde mir klar, dass Lee und ich Noah noch gar nicht *offiziell* dazu eingeladen hatten, und lachend stupste ich seinen Arm an. »*Natürlich* wollen wir, dass du auch dabei bist, du großer Doofi. Lee hat dein Kostüm schon am Start und alles.«

Noah kniff die Augenbrauen zusammen und verzog einen Mundwinkel. »Nein, danke, Elle. Ich bin sicher, ihr werdet unendlichen Spaß haben, aber … nein. Nicht mein Ding.«

»Ach, komm schon! Bitte! Der einzige Grund, warum wir das überhaupt machen dürfen, ist, dass wir das Ganze filmen und Geld für wohltätige Zwecke sammeln, und als PR für den Fun Park. Bitte! Ist doch für einen guten Zweck.«

Noah lachte. »Warum kommt mir das genauso vor wie damals, als du mich gebeten hast, als Küsser in eurer Kissing Booth zur Verfügung zu stehen?«

»Und?«

»Ich glaube nicht, Shelly.«

Ich schmollte, drehte mich auf die Seite und rutschte näher, sodass mein Gesicht direkt vor seinem war. »Was meintest du damals noch?« Ich zerbrach mir den Kopf und versuchte, mich an die Party zu erinnern, als ich ihn gebeten hatte auf Wunsch aller Mädchen, die Kissing Booth zu übernehmen.

»Ich *glaube,* du sagtest so was wie: Würdest du mich auch auf Knien darum bitten?«

Noah stöhnte auf, fuhr sich übers Gesicht und lachte. »Schau mich nicht so an, Elle. Du weißt, dass ich das überhaupt nicht so gemeint habe.«

»*Bitte*!«, bettelte ich und zeichnete mit den Fingerspitzen das Muster seiner Brustmuskeln nach.

»Ich glaube einfach nicht, dass das mein Ding ist.« Er seufzte. »Ich komme mit, um dich zu unterstützen oder was auch immer, aber auf keinen Fall ziehe ich irgendein blödes Kostüm an.«

Ich erkannte, dass er heute Abend nicht mehr zu überzeugen war, also gab ich auf. Vielleicht könnte Lee es noch mal versuchen – vielleicht schaffte es sogar Amanda. Manchmal vergaß ich, dass Noah viel bodenständiger war als Lee und ich, wenn es um Verrücktheiten ging. Seufzend begnügte ich mich damit, einfach meinen Kopf an seine Schulter zu schmiegen und mich an ihn zu kuscheln, während er den Arm um mich legte und mir einen Kuss auf die Stirn gab.

»Was hast du morgen vor?«

»Hmm …« Ich rief in Gedanken meinen Kalender auf. »Frühstücksschicht, dann bringe ich Brad zum Zahnarzt, mache ein paar Besorgungen für Dad und … dann bin ich den ganzen Abend hier.«

»Kein Bucket-List-Zeug?«

»Nein.« Dann fügte ich hinzu: »Lee geht mit Ashton ins Kino.«

»Hm. Und das …« Er brach mitten im Satz ab, aber

ich hörte die fehlenden Wörter trotzdem: *ist okay für dich?*

Ich zuckte die Achseln und grub mein Gesicht tiefer in seine Schulter. »Ja, ich komme damit klar. Warum auch nicht? Ich – ich muss ja«, murmelte ich. »Lee darf schließlich auch andere Freunde haben. Genauso wie ich. Er war ja auch nicht sauer, als ich anfing, mit Levi rumzuhängen.«

»Du *klingst* aber anders.«

»Ach, sei still! Mir geht's *gut*.«

»Hmm.«

»Und falls dich Lee je fragen sollte: Ich bin damit einverstanden.«

»Ich finde es niedlich, wenn du eifersüchtig bist.«

Bevor ich mich bremsen konnte, antwortete ich: »Fandest du's auch niedlich, als ich auf Amanda eifersüchtig war?«

Noah erstarrte. Dann schlang er den Arm um mich, seine Hand streichelte meinen Rücken auf und ab und ein wohliger Schauer durchfuhr mich. Er gab mir einen Kuss auf den Kopf. »Nein. Aber ich gebe zu, dass ich dich irgendwie sexy finde, wenn du mich anschreist.«

»Nur irgendwie?«

»Sehr«, korrigierte er sich leise flüsternd.

»Bist du deshalb so oft anderer Meinung als ich?«

»Genau.«

Ich entspannte mich wieder, lächelte und gab ihm einen Kuss auf die Schulter, bevor ich weiter hochrutschte, um ihn richtig küssen zu können.

Die Art, wie Noah mich küsste, wie er mich umarmte – mit absoluter Verehrung, er hielt mich so zärtlich, eine Umarmung, als wollte er mich nie wieder gehen lassen. Ich spürte, wie sehr er mich liebte, und dass ich, was auch immer vergangenes Jahr geschehen war, keinen Grund mehr zur Eifersucht hatte.

Ich hoffte nur, auch er wusste, wie sehr ich ihn liebte.

17

»Hallo, hallo, meine Lieben! Jemand zu Hause?«, flötete es durchs ganze Haus. »Lasst ihr echt eure Haustür offen?«

Die melodiöse Stimme mit dem britischen Akzent war unverwechselbar. Ich hörte, dass sich in der Küche jemand rührte. Lees und Rachels Zimmertür ging auf. Mit der Zahnbürste im Mund stürzte ich aus Noahs und meinem Badezimmer.

Amanda stand in der Haustür. Ihr blondes Haar war kürzer geschnitten und kinnlange Locken umrahmten ihr Gesicht. Sie schien kein Make-up zu tragen, aber ihre glatte Haut schimmerte taufrisch. Amanda trug ein weißes bauchfreies T-Shirt, das eine Schulter freigab, und pinkfarbene Jeans-Shorts. Durch ihr Shirt und wegen der Bänder um ihren Hals war zu erkennen, sie trug ein rosa Bikinioberteil.

Lachend sprang Noah nach vorne, um Amanda fest zu umarmen, und hob sie hoch. Sie kicherte und zerzauste sein Haar, als er sie wieder absetzte.

»Na gut, Muskeln, aber kein Grund zum Angeben. Rachel! Elle! Hey!«

Ich sabberte Zahnpasta auf den Boden und mein Pyjamatop, sodass Noah prustete. Daraufhin schob ich die Zahnbürste zurück in den Mund, gestikulierte *eine Sekunde,* murmelte unverständlich und eilte zurück ins Bad, um mich in Ordnung zu bringen. Bevor ich wieder hinausging, tupfte ich mir den Zahnpastafleck vom Shirt.

Amanda schenkte mir ein breites Lächeln und fiel mir zur Begrüßung um den Hals. Sie roch nach Vanille. Nach frisch gebackenen Plätzchen.

Um Himmels willen, gab es denn an diesem Mädchen *nichts*, das nicht perfekt war?

»Wie schön, dich zu sehen«, sagte sie. »Wo ist Lee?«

»Er schläft noch«, antwortete Rachel mit einem liebevollen Augenrollen. »Ashton und er waren gestern nach dem Kino noch mit dem Footballteam unterwegs. Vermutlich hat er heute einen Kater«, fügte sie flüsternd hinzu.

»Oh, oh, verstehe«, flüsterte Amanda zurück, nickte ernst und legte den Zeigefinger auf den Mund.

Noah und mein Blick trafen sich, er zwinkerte mir zu und holte dann tief Luft.

»Lee!«, brüllte er und legte die Hände um den Mund. »Lee Flynn, beweg deinen Arsch hierhin!«

Kurze Zeit später war aus Lees und Rachels Zimmer leises Knurren und dann Poltern zu hören.

Ich lachte, während Rachel Noah einen strengen

Blick zuwarf und Amanda ihm seufzend den Ellenbogen in die Seite stieß.

Lee schleppte sich aus dem Zimmer, trug nur Boxershorts und rieb sich das Gesicht. »Was zum Teufel, Noah? Willst du mich …« Seine Augen wanderten zu Amanda, und er blies die Wangen auf. Dann wurde er rot, was mich nur noch mehr zum Lachen brachte. »Mann, Noah, du hättest auch sagen können, dass wir *Besuch* haben.«

»Mach dir keine Sorgen, Big Boy, nichts, was ich nicht schon gesehen hätte«, sagte Amanda und machte eine lässige Handbewegung. »Schön, so viel von dir zu sehen, Lee.«

Er lachte. »Ich freue mich auch, dich wiederzusehen, Amanda. Wusste gar nicht, dass du kommst.«

Und damit blickte er Noah und mich durchdringend an, woraufhin ich allerdings nur mit den Schultern zuckte. Gestern hatte ich Lee noch nicht mal gesehen, wir hatten beide viel zu tun. Und Noah hatte offensichtlich nicht daran gedacht, den Besuch zu erwähnen.

»Überraschung!« Amanda hielt ihre Handtasche und eine marineblaue Ledertasche hoch. »Ich komme mit Geschenken.«

Sie holte zwei kleine weiße Quadrate heraus und reichte sie mir und Lee. Zwei Kühlschrankmagnete, auf denen I ♥ *London stand.*

»Ich weiß, ihr wart noch nicht in London, aber ich dachte, das wäre etwas für eure Magnetsammlung.«

Während Lees und meinem Roadtrip an die Ostküste in den Frühjahrsferien hatten wir als Andenken an die epische Reise in jedem Staat, den wir durchquerten, Magnete gekauft. Das war also ein wirklich aufmerksames Geschenk von Amanda, und wir beide bedankten uns lächelnd bei ihr.

»Außerdem habe ich Shortbread mitgebracht, weil Noah meinte, dass er das noch nie gegessen hat, und ihr habt nicht wirklich *gelebt*, wenn ihr richtiges schottisches Shortbread nicht kennt.« Sie holte eine mit rotem Schottenkaro bedruckte Schachtel aus der Tasche und reichte sie Rachel.

»Sonst noch was in der Tasche?«, fragte Lee.

»Nur wenn du meinen Lippenstift oder ein benutztes Taschentuch möchtest.«

»Ich glaube, ich passe.«

»He – du solltest dich jetzt besser anziehen«, sagte Noah zu Lee. »Heute soll eine Besichtigung stattfinden, hast du das vergessen?«

»Nein, die findet nicht statt.«

Wir sahen Lee fragend an.

»Äh, ja, Lee«, sagte Rachel langsam. »Eure Mom hat uns doch vor ein paar Tagen eine Nachricht geschickt, um uns alle daran zu erinnern …«

»Die Besichtigung ist abgesagt.«

»Was? Seit wann?«

»Das … Maklerbüro hat mich angerufen.«

Lee war ein *ganz schlechter* Lügner.

Niemand kaufte ihm das ab, aber er biss die Zähne zusammen und starrte uns an, als wolle er abwarten, ob jemand wagen würde, ihm zu widersprechen. Keine Ahnung, was zur Hölle Lee vorhatte, aber etwas ging hier vor sich. Außerdem war dies ungefähr das fünfte Mal, dass in den letzten Wochen etwas »abgesagt« worden war, was mir ziemlich verdächtig vorkam, jetzt, wo ich so darüber nachdachte …

Aber im Moment war ich froh, das Ganze auf sich beruhen zu lassen.

»Los, Amanda«, sagte Noah. »Ich mache mit dir die große Führung durchs Haus.«

»Möchtest du einen Kaffee, Amanda? Tee?«, bot Rachel an, ganz die perfekte Gastgeberin. »Oder etwas Kaltes?«

»Ooh, ich hätte nichts gegen eine Tasse Tee, wenn es dir nichts ausmacht.«

Am liebsten hätte ich aufgelacht, weil Amanda so sehr dem Klischee entsprach, aber ich hatte den leisen Verdacht, dass das gemein und zickig rüberkommen würde, also blieb ich stumm, lächelte, und während Noah sie durch das Haus führte, verschwand ich mit Rachel in die Küche.

»Immer noch komisch für dich?«, flüsterte Rachel.

Ich hatte keine Lust, mich zu verstellen. »Ein bisschen. Aber, ehrlich gesagt, hauptsächlich deshalb, weil ich mir bescheuert vorkomme, immer eifersüchtig zu sein, verstehst du? Ich vertraue Noah. Und ich weiß, dass die beiden bloß befreundet sind. Und sie ist toll, oder? Also fühle ich mich wie eine Bitch, weil ich jemals etwas anderes angenommen habe.«

Rachel machte ein nachdenkliches Gesicht und gab einen Brummton von sich. »Sie gehörte aber auch zu den Gründen, warum ihr euch getrennt habt, nicht wahr?«

»Na ja, schon, aber es ging vielmehr darum, dass sie etwas von Noah wusste, das er mir nicht sagen wollte. Die weite Entfernung ... Das war schwer. Und dann noch die Zeitverschiebung. Klar, es sind nur drei Stunden, aber wir hatten beide unterschiedliche Termine und Verabredungen, und es fühlte sich alles völlig aus dem Gleichgewicht an, sodass wir nicht so viel miteinander gesprochen haben, wie wir es hätten sollen, und wenn dann noch die neue geheimnisvolle Freundin dazukommt ...«

Ich sah, das Rachel das Gesicht entglitt, und ein besorgter Blick verdunkelte ihre Züge – da wurde mir erst klar, was sie *wirklich* gefragt und was ich gerade geantwortet hatte.

»Das heißt nicht, dass es bei dir und Lee auch so läuft«, fügte ich schnell hinzu, und ich hoffte, sie nahm mir ab, dass ich es auch so meinte. »Lee hat doch extra diesen ganzen blöden Zeitplan gemacht, wann ihr euch sehen könnt. Nicht – oh, es tut mir leid, ich meine nicht, dass er blöd ist. Ist er nicht. Das Ganze ist wirklich süß. Ich meine nur ...«

Oh Gott, das war der Grund, warum ich meist und schon so lange lieber mit Jungs abhing. In solchen Dingen war ich echt *schlecht*. Ich versuchte es noch einmal und so nachdrücklich wie möglich. »Lee ist dir total treu. Er hat diesen Zeitplan erstellt, um festzuhalten, wann ihr euch an Feiertagen und so sehen könnt. Und ihr seid klüger als Noah und ich. Ihr kriegt das schon hin.«

»Aber mehr auch nicht«, nuschelte sie daraufhin verzweifelt, ihre Augen füllten sich mit Tränen, oh Mist, was hatte ich denn jetzt wieder gesagt? »Du und Noah, ihr seid … Ihr seid so *leidenschaftlich*. Verrückt, wie intensiv ihr beide zusammen seid. Ich ertrage es nicht, im selben Raum mit euch zu sein, wenn ihr euch manchmal auch nur anschaut. Und Lee und ich sind nicht so. Deshalb mache ich mir einfach Sorgen, weil ich ja weiß, wie schwer euch die Entfernung gefallen ist, und – mal ehrlich, wenn Lee nicht gewesen wäre, hättest du Noah an Thanksgiving nicht gesehen und letztlich reinen Tisch machen und wieder mit ihm zusammenkommen können. Aber so jemanden habe ich nicht.«

Ich dachte einen Moment lang nach und versuchte, mir meine Antwort sorgfältig zurechtzulegen.

Denn ehrlich gesagt, so viel Angst mir damals auch die Fernbeziehungsgeschichte mit Noah gemacht hatte, so hatte ich noch nie Zweifel an der Beziehung von Lee und Rachel.

»Du hast recht. Ihr seid nicht wie Noah und ich. Ihr seid ausgeglichen und ruhig. Ihr kommuniziert wahrscheinlich viel besser als wir, und anders als wir zankt ihr euch auch nicht ständig. Deshalb fällt es euch wahrscheinlich viel leichter auszusprechen, was ihr tatsächlich empfindet und ob ihr euch gegenseitig vermisst oder wie euch das alles schwerfällt. Und, ja, ihr habt keinen Lee, der eine Brücke zwischen euch bauen kann, aber ihr habt mich. Ich weiß, du hast wahrscheinlich das Gefühl, irgendwie an mich gebunden zu sein, wegen Lee, und dass es uns nur im Paket gibt, aber ich – ich möchte, dass du weißt, wir sind auch ohne ihn Freundinnen. Ich möchte dich ebenso als Freundin betrachten.«

Rachel atmete stockend und irgendwie geziert durch die Nase. Sie blinzelte schnell, Tränen liefen ihr über die Wangen. Sie wischte sie rasch weg und schenkte mir ein verweintes Lächeln, dann zog sie mich überraschend in eine Umarmung.

»Danke, Elle.«

»G-gern. Kein Problem. Jederzeit.« Unbeholfen tätschelte ich ihr den Rücken.

Rachel löste sich von mir und wischte sich erneut die Augen, um Amandas Tee fertig zu machen. »Fürs Protokoll: Du bist auch meine Freundin. Mit oder ohne Lee. Und du kannst deinen Arsch darauf verwetten, dass ich dich nächstes Jahr in Harvard besuchen werde und erwarte, dass du mich an der Brown besuchst. Das ist nicht so weit, dass wir nicht gut mal ein Wochenende zusammen verbringen können.«

Der Vorschlag erwischte mich völlig unvorbereitet. Seit ich den Studienplatz in Harvard angenommen hatte, war mir nicht einmal in den Sinn gekommen, dass eine Freundin in der Nähe sein würde. Zwar hatte ich zu Lee gesagt, er könnte mich und Rachel doch gleichzeitig besuchen, aber ich hatte nicht bedacht, dass auch *ich* Rachel einfach besuchen könnte.

Ich lächelte sie an. Vielleicht wären wir nie Freundinnen geworden, wenn Lee sie nicht beim letzten Dance um ein Date gebeten hätte, aber ich war noch nie so froh, dass er es getan hatte.

18

Noah und Amanda waren am Strand, wie ein Zettel auf dem Küchentresen verriet. Rachel und Lee waren nirgends zu finden. Dass das Haus leer war, hätte mich nicht allzu verwundern sollen: Eines der College-Girls im Dunes hatte mich darum gebeten, meine zweite Schicht heute übernehmen zu dürfen, damit ich in ein paar Tagen für sie einspringen konnte. Ein freier Nachmittag hatte nicht schlecht geklungen, also hatte ich nichts dagegen, ihr zu helfen.

Ich betrachtete den Zettel mit der geschwungenen Schrift.

Ich war nicht eifersüchtig, denn das wäre dumm, und es gab keinen Grund zu Eifersucht.

Ich überlegte, zu den beiden an den Strand zu gehen. In der Nachricht stand nicht, dass sie ihre Ruhe haben wollten oder so – im Gegenteil, sie forderte eher dazu auf dazuzukommen. Doch dann fielen mir wieder die Frühlingsferien ein und dass es mit Noah und seinen Freunden lustig war, ich aber auch gern Zeit für uns allein gehabt hätte. Und überlegte, hätte es sich um Lee oder Levi gehandelt, hätte ich auch ohne andere mit ihnen zusammen sein wollen.

Ich vertraute Noah.

Also schnappte ich mir einen Stift und hinterließ auch eine Nachricht: *Hatte früh Feierabend. Fahre Dad & Brad besuchen. Wir sehen uns zum Abendessen!*

Auf dem Weg nach Hause hielt ich am 7-Eleven.

Levi freute sich, als er mich mit ein paar Lebensmittelvorräten an die Kasse kommen sah. »Hey! Was machst du denn hier?«

»Eigentlich sollte ich heute Abend auf Brad aufpassen, aber ich hatte früher Feierabend. Da dachte ich, er könnte bei uns im Strandhaus bleiben. Er will unbedingt mal da übernachten.«

Levi lachte und zog die Einkäufe langsam über die Kasse. »Ich wette, das gefällt ihm.«

»Du musst auch mal vorbeikommen. Du warst noch nie da.«

Er senkte den Blick. »Ich hatte einfach viel um die Ohren. Aber wir sehen uns ja morgen Nachmittag im Fun Park.«

Ich strahlte. »Dude, ich bin so froh, dass du mitkommst. Noah findet die Aktion irgendwie blöd.«

»Tja, vielleicht ist Noah ein bisschen blöd«, erwiderte Levi grinsend.

Ich lachte auf. »So was kann auch nur ein Ravenclaw sagen.«

»Ah, du gibst es also zu? Ich dachte, du bist überzeugt, dass ich ein Hufflepuff bin.«

Shit, da hatte er recht.

»Vielleicht sechzig zu vierzig«, räumte ich ein. »Immer noch zum größten Teil ein Puff.«

»Das macht dreizehn achtundsechzig«, sagte er und packte meine Einkäufe ein. »Und ich kann auf alle Fälle morgen kaum erwarten. Das wird episch. Bist du sicher, dass ich nichts mitbringen soll?«

Ich schüttelte den Kopf. »Nein, wir haben alles im Griff. Bis morgen, Levi!«

Zu Hause angekommen hörte ich sofort, dass Brad im Wohnzimmer ein Videogame spielte. Ich steckte den Kopf durch die Tür und grinste. »Hast du meinen Highscore schon geschlagen?«

Brad sprang auf und schaffte es gerade noch, auf Pause zu drücken, sodass ihm mein schockartiges Auftauchen nicht den Spielstand versaute.

»Elle! Ich dachte, du kommst erst später.«

»Planänderung. Wie würde es *dir* gefallen, die Nacht im Strandhaus zu verbringen?«

Brad rang nach Luft und warf sich quer übers Sofa, kniete sich auf die Polster und strahlte mich mit großen Augen an. »Ehrlich?«

»Absolut.«

»Moment …« Brad kniff die Augen misstrauisch zusammen, sein Lächeln verwandelte sich in einen Schmollmund, als er mich argwöhnisch ansah. »Ist das ein Trick?«

»Ach, komm. Wann habe ich dich schon jemals ausgetrickst?«

»Hmm …« Er überlegte eine Weile, entschied aber schließlich, dass es sich lohnen würde, selbst wenn es sich um irgendeinen Trick handeln *sollte.* »Okay! Toll! Ich hole meine Sachen!«

Ich hatte Milch und Erdnussbutter eingekauft, weil ich bei meinem letzten Besuch zu Hause gesehen hatte, dass beides ausging. Aber als ich den Kühlschrank öffnete, war da bereits frische Milch.

Hm. Seltsam. Vielleicht war noch eine Flasche im Kühlschrank gewesen und ich hatte sie bloß nicht gesehen.

Ich stellte die neue hinein und öffnete den Vorratsschrank, um die Erdnussbutter wegzuräumen.

Noch *seltsamer,* dort stand bereits ein neues Glas und zwar nicht unsere übliche Marke. Ich starrte die Erdnussbutter an und versuchte zu verstehen, was hier eigentlich los war. Wir kauften immer die fettreduzierte mit dem blauen Deckel – von der Marke, die Mom immer gekauft hatte, aber wir waren vor ein oder zwei Jahren auf die fettarme Variante umgestiegen.

Warum hatte Dad jetzt plötzlich die Marke gewechselt? Und außerdem, dachte ich, wollte er nicht, dass ich die Einkäufe …

Ich schlenderte in den Flur.

»He, ähm, Brad?«, rief ich die Treppe hinauf.

»Ja?« Er kam aus seinem Zimmer und in Sichtweite. »Du hast jetzt aber nicht entschieden, dass ich doch nicht mit zum Strandhaus kommen darf, oder?«

»Nein«, versicherte ich ihm. »Wo kommt die Erdnussbutter her?«

»Was?«

Ich hielt das Glas hoch, um sie ihm zu zeigen.

»Oh! Die hat Linda gekauft.«

Er verschwand wieder in seinem Zimmer, und ich starrte eine Weile leer vor mich hin, bevor ich nach oben ging. »Was meinst du mit *die hat Linda gekauft*?«, fragte ich, als ich sein Zimmer betrat.

Zuerst der Wein und die Übernachtung, und jetzt das?

»Äh … ähm. Wir waren gestern nach dem Camp einkaufen.«

»Sie … hat dich vom Camp abgeholt?«

»Äh … ähm«, sagte Brad erneut. »Wie viele Badehosen brauch ich, was meinst du, Elle?«

»Eine reicht«, sagte ich unkonzentriert.

Linda hatte ihn vom Lager abgeholt? Sie hatte ihn zum Einkaufen mitgenommen? Was zum Teufel?

Warum hatte ich sie noch nicht kennengelernt? Brad hatte sie mittlerweile schon ein paarmal getroffen. Anscheinend …

»… irgendwie eine ziemlich große Sache, oder? Und wenn Brad vom Camp abgeholt werden musste, warum hat er mir nichts davon gesagt? Das hätte ich doch machen können.«

»Hast du gestern nicht gearbeitet?«

»Darum *geht*'s nicht, Levi!«

Endlich holte ich mal Luft. Ich hatte mich auf die Veranda zurückgezogen, um Levi anzurufen, während Brad viel zu viele Sachen für nur eine Nacht packte.

»Warum fragst du deinen Dad nicht, ob du sie kennenlernen kannst.«

»Weil ich sie nicht kennenlernen *will*«, blaffte ich, und mir gefiel gar nicht, wie kindisch sich das anhörte. Es war nicht … Okay, gut, es war *so*, aber was soll's? Nachdem ich mich wieder etwas eingekriegt hatte, sagte ich: »Ich kapiere einfach nicht, warum sie auf Brad aufpasst und ihn vom Camp abholt und unsere Einkäufe erledigt, wo es sie doch vor etwa einen Monat noch gar nicht gab.«

»Sie …«

»*Wehe,* du widersprichst. Du weißt doch genau, was ich meine.«

Levi lachte. »Okay. Also, wie findet Brad sie?«

»Oh, großartig. Linda dies, Linda das. Linda hat ihn aussuchen lassen, was er zu Abend essen wollte. Linda hat ihn die Musik im Auto aussuchen lassen. Linda gibt Honig in seine Haferflocken. Linda, Linda, Linda.« Seufzend presste ich die Augen zu. »Tut mir leid, Levi. Ich wollte nicht anrufen und dir die Pause stehlen, um dich anzuschreien.«

»Ich habe dich angerufen, schon vergessen?«

Richtig – und das machte mir ein *etwas* weniger schlechtes Gewissen. Andererseits hatte ich die ganze Zeit geredet. »Oh, ja. Worüber wolltest du mit mir reden?«

»Spielt keine Rolle«, antwortete er.

Eigentlich wollte ich fragen, ob er sich da sicher war, denn er hatte angerufen, weil er bestimmt etwas mit mir besprechen *musste,* doch ich hatte nach Brad zu sehen. Das erklärte ich Levi, und wir legten auf.

Zurück im Haus hatte Brad seinen Rucksack die Treppe hinuntergebracht. Er war bis oben vollgestopft.

»Habt ihr Videospiele oder soll ich welche mitnehmen?«

»Wir haben Videospiele, Brad. Und ich glaube, heute Abend wird es chinesisches Essen geben. Es sei denn, Linda hat dir das gestern schon besorgt.«

»Nein. Mexikanisch.«

»Ich dachte, du magst kein mexikanisches Essen? Davon bekommst du doch immer Blähungen.«

»Ich mochte aber, wie Linda das gekocht hat.«

Ich war wirklich, wirklich froh, dass Linda gerade nicht hier war. Ich hatte so das Gefühl, ich würde sie sonst anschnauzen und ihr sagen, wohin sie ihr mexikanisches Essen und ihre falsche Erdnussbutter stecken sollte.

Am späteren Abend war ich darüber immer noch sauer. Lee und Rachel waren unterwegs, aber weder Noah noch Amanda schienen von unserem Überraschungsgast gestört zu sein. Momentan lieferten sich Noah und Brad eine epische Laserschwertschlacht im Pool mit irgendwelchen Stöcken und machten dazu laute »wuuusch«-Geräusche. Brad brüllte, das sei das Ende der Jedi, sodass Noah ankündigte, auf der Stelle die bösen Sith-Herrscher zu besiegen.

Das war süß. Und obwohl Noah sich vielleicht nicht gern mit Lees und meinem kindischen Blödsinn einließ, war es niedlich, ihm zuzuschauen, wie er sich auf Brads Unsinn einließ.

Die Reste von unserem chinesischen Essen standen noch auf dem Tisch, und Amanda und ich hatten die Videospiel-Controller übernommen, die Brad sofort fallen gelassen hatte, um mit Noah im Pool zu spielen.

Nun warf Amanda ihren Controller wütend beiseite. »Erinner mich daran, nie wieder gegen dich anzutreten. Vielleicht solltest du einen YouTube-Kanal starten oder so was. Du solltest dafür bezahlt werden.«

Einen kurzen Moment abgelenkt, lachte ich auf. »Da bin ich mir nicht so sicher, aber danke für den Egoschub.«

Draußen erklang ein melodramatisch trauriger Schrei, dann ein Platschen, gefolgt von Brads aufgedrehtem Gelächter.

»Der böse Sith-Lord hat die Runde wohl gewonnen«, sagte ich.

»Dein Bruder ist hinreißend«, schwärmte Amanda. »Ich wünschte, ich wäre kein Einzelkind.«

»Er hat so seine Momente. Jetzt redet er immerhin nicht mehr von Linda.«

Ich hatte mir Amanda gegenüber Luft gemacht. Sie schenkte mir ein mitfühlendes Lächeln. »Falls es dich tröstet, einige Eltern meiner Freundinnen sind geschieden, und zuerst schienen alle etwas gegen den- oder diejenige zu haben, die die Eltern danach dateten. Ich weiß nur, dass ich mich davor fürchte!«

»Moment mal, w-was?« Ich hörte auf, weiter Punkte bei dem Spiel machen zu wollen, und gaffte Amanda an. »Deine Eltern lassen sich scheiden?«

Sie zuckte mit den Achseln, und obwohl sie sich bemühte, gleichgültig zu wirken, stimmte da etwas nicht. Irgendwie strengte sie sich wahnsinnig an, so entspannt zu bleiben, als ob das der einzige Weg wäre, darüber sprechen zu können. »Wahrscheinlich. Ehrlich gesagt, ich glaube, das jetzt ist ihr letzter verzweifelter Versuch. Ursprünglich wollte nur meine Mum hierherreisen, dann wurde daraus diese Familiensache. Sie gehen schon eine Weile zu einem Paarberater, aber ich glaube nicht, dass das wirklich was bringt. Sie glauben, ich weiß nicht, wie häufig sie sich streiten, aber …« Seufzend verdrehte Amanda die Augen und fügte dann grinsend hinzu: »He, meinst du, ich bin schon zu alt, um diese ›doppelt Geburtstag, doppelt Weihnachten‹-Nummer auszunutzen?«

Amanda bemerkte mein entsetztes Gesicht und ihr starres Lächeln verblasste.

»Das tut mir wirklich leid«, sagte ich, ohne weiterzuwissen. »Ich hatte ja keine Ahnung.«

»Noah hat nichts erwähnt?«

»N-nein. Sollte er?«

Sie überlegte. »Na, ich habe nie gesagt, dass es ein Geheimnis ist, aber ich schätze, ich habe auch nicht gesagt, dass er es euch ruhig sagen soll. Ich bin irgendwie davon ausgegangen, dass er es tut. Deshalb habe ich ihn auch gefragt, ob ich ein paar Tage hierbleiben könnte. Es ist einfach anstrengend, die ganze Zeit mit meinen Eltern zusammen zu sein, wenn sie so drauf sind.«

Ich versuchte, normal zu wirken, denn ich war mir nicht sicher, ob sie mein Mitgefühl oder mein Mitleid oder was auch immer sie in meinem Gesicht finden würde, überhaupt wollte.

Ehrlich gesagt war mir unerklärlich, wie sie so gefasst über die drohende Scheidung ihrer Eltern reden konnte.

»Also, hey«, sagte ich ihr, »du kannst so lange bleiben, wie du willst.«

Amanda drückte meine Hand, und ich war schockiert, als ich sah, wie ihre Lippen bebten und ihre Augen sich mit Tränen füllten. Mit belegter Stimme sagte sie: »Danke, Elle. Du bist so eine gute Freundin.«

In dem Moment öffnete sich die Haustür. Amanda schniefte plötzlich, blinzelte und holte tief Luft, um sich zu beruhigen. Ein Stimmentrio kam plappernd und lachend herein. Amanda und ich drehten uns um und sahen Lee und Rachel in neonfarbenen Kostümen ins Wohnzimmer kommen. Rachels Haar war hochtoupiert und am Hinterkopf zu etwas Riesigem und Federndem zusammengesteckt, und Lee trug ein hellrosa Stirnband. Beide hatten Stulpen um die Waden.

Hinter den beiden stand Ashton in einem bizarren und farbenfrohen Achtzigerjahre-Outfit.

Ein mulmiges Gefühl kroch mir über den Rücken, während das Lachen der drei verstummte.

»Wo wart ihr?«, fragte ich. »Hey, Ashton. Mit dir habe ich nicht gerechnet.«

»Tja, Shelly«, erklärte Lee. »Nachdem Rachel und ich den Tag im Einkaufszentrum mit Einkäufen fürs College verbracht hatten, waren wir wie vereinbart mit dir verabredet, um die Sachen für Nummer dreiundzwanzig auf der Bucket List zu besorgen, zu dem wir, wie du dich vielleicht erinnerst, Ashton einladen wollten, nachdem Noah die Einladung ausgeschlagen hatte. Wir haben wie geplant nach deinem Job auf dich gewartet, aber May meinte, du hättest deine zweite Schicht getauscht, und als wir dich anriefen, landeten wir nur auf der Mailbox.«

Die Sachen für Nummer dreiundzwanzig …

Die Perücken, die Stulpen, die grellen Klamotten …

Aufstöhnend schlug ich beide Hände vors Gesicht. »Oh mein Gott. Achtzigerjahre Minigolf-Abend! Nein!«

»Doch«, krähte Lee. »Und es war spektakulär.«

»Nicht wirklich«, sagte Rachel wie immer vermittelnd und lächelte mich unbeholfen an. »Du hast nicht viel verpasst.«

»Doch, hast du auf jeden Fall«, meinte Ashton, weil er nicht ganz mitkam. Dann begrüßte er Amanda. »Hallo, ich bin Ashton.«

Ich knabberte an meiner Unterlippe, bekam einen Kloß im Hals und unterbrach daraufhin Amanda, die sich Ashton vorstellen wollte. »Oh mein Gott, tut mir sehr leid, Lee. Ich glaube, als du anriefst, telefonierte ich gerade mit Levi. Es tut mir *so* leid, Lee. Bist du sauer auf mich?«

Er schüttelte zwar den Kopf, aber ich hatte das Gefühl, dass mir nicht *ganz* verziehen wurde. »Solange wir morgen bereit für den Fun Park sind, ist alles gut.«

»Ja! Ja, definitiv. Als Erstes fahre ich Brad zu seinem Camp, danach gehöre ich für den epischsten Punkt der Bucket List ganz dir. Versprochen.«

»Fantastisch.« Lee lächelte mich an – nicht ganz das gewohnte Lächeln, aber genug, dass ich wusste, er war nicht *wirklich* böse auf mich. Kurzerhand entschied ich, ihm von meinen Beschwerden über Linda ein anderes Mal zu erzählen – heute Abend war nicht der richtige Zeitpunkt dafür. »Und, hey, Ashton kommt morgen auch mit. Wir brauchen jemanden für Wagen acht, stimmt's?«

Lee schlug Ashton auf die Schulter, und sie lachten gemeinsam – ein Insider, den ich nicht verstand.

Und eigentlich kannte ich *alle* Insider-Witze von Lee.

»Genau. Das … das ist großartig! Schön, dich an Bord zu haben, Ashton.«

Die drei schnappten sich ein paar Getränke und gingen nach draußen. Amanda stand ebenfalls auf. »Kommst du, Elle?«

Ich ahnte, keine große Wahl zu haben. Nicht, wenn ich nicht wollte, dass mich mein kleiner Bruder und mein bester Freund vollständig durch jemand anderen ersetzten.

19

Das Mario-Kart-Rennen war zwar nicht unbedingt eine ausgewachsene Flynn-Party, hatte sich aber definitiv herumgesprochen. Jon Fletcher hatte das Ganze auf Facebook gepostet, und die ganze Schule schien im Fun Park aufgetaucht zu sein. Jungs aus dem Footballteam hingen am künstlichen Strand herum und Cheerleader hatten sich Schwimmringe geschnappt und rannten die Holztreppe zu einer der Wasserrutschen hoch. Ein paar Leute der Schulband ließen sich in einem künstlichen Fluss langsam dahintreiben. Dixon stieg an einer anderen Stelle halb ertrunken aus den Stromschnellen, nachdem er seine Sonnenbrille verloren und gesucht hatte.

Es war ein glühend heißer Tag. Die Sonne strahlte und keine einzige Wolke war am sattblauen Himmel. Perfektes Wetter für einen Tag im Fun Park.

Lee und ich hatten uns mit Jon für ein Uhr in der Nähe eines Flip-Flop- und Badesachen-Stands an der größten Wasserrutsche verabredet. Jons älterer Bruder war schon da – eine weniger muskulöse, kleinere, stämmigere Ausgabe von Jon. Er trug Jeans und ein weißes Hemd und schüttelte uns die Hände, während uns sein kleiner Bruder vorstellte.

Ich hatte das Gefühl, mehr als nur Shorts und ein Bikinioberteil tragen zu sollen.

Lee schien dasselbe über seine Badeshorts zu denken.

Der einzige Grund, warum wir es mit unserer Idee hierher geschafft hatten, war, weil wir sie als großen PR-Gag für wohltätige Zwecke verkauft hatten. Doch im Moment kam ich mir wie eine totale Betrügerin vor. Ich hätte … vielleicht hätte ich nicht unbedingt ein Business-Outfit tragen sollen, aber zumindest die Haare zu Zöpfen geflochten, und nicht offen und von der letzten Wasserrutschenfahrt noch tropfnass.

»Also ihr beiden seid die Genies hinter der ganzen Sache, was?, fragte Jons Bruder.

»Stimmt«, antwortete Lee selbstbewusst, und nur ich wusste, dass es in ihm ganz anders aussah. »Wir sind Ihnen wirklich dankbar für all die Unterstützung in dieser Sache, Mr Fletcher.«

Sowohl Jon als auch sein Bruder brachen in schallendes Gelächter aus.

»Kommt jetzt die Stelle, wo es heißt: *Oh, bitte, Mr Fletcher ist mein Vater*?«, witzelte ich.

»Genau. Denn *so* alt bin ich nun auch wieder nicht. Nennt mich gern Will.«

»Also, danke, Will«, korrigierte sich Lee. »Wir sind dir wirklich dankbar.«

»Die Freude ist ganz auf unserer Seite. Wir haben

Zuschauerkarten verkauft und fast fünfzehnhundert Dollar eingenommen! Ihr könnt stolz auf euch sein.«

Lee und ich schauten uns fragend an. Fünfzehnhundert Dollar? Da war eine Menge Geld zusammengekommen – und das, obwohl wir das alles nur zum Spaß machen wollten. Aber Zuschauer? Mir war klar, dass Freunde und Schulkameraden hier herumhängen würden, aber ich hatte nicht mit *Publikum* gerechnet.

Ich merkte, Lee dachte gerade dasselbe, aber es machte ihm nicht so viel aus wie mir.

Während ich an nichts anderes mehr denken konnte als tausendundeine Möglichkeit, wie uns das alles um die Ohren fliegen könnte, verstärkte die Information bei Lee nur seine Vorfreude.

Will fügte eilig hinzu: »Und ihr habt ja all die Versicherungsformulare unterschrieben, nicht wahr? Der Fun Park haftet nicht für Verletzungen oder Unfälle und so weiter und so fort …«

Wir nickten. Ich sagte: »Habe ich dir heute Morgen alles gemailt.«

»Sehr gut. Na, dann seid ihr ja bereit! Und ernsthaft, bitte keine Bananenschalen. Tut mir leid, aber irgendwo müssen wir die Grenze ziehen. Wir sind mit Actionkameras und Videoausrüstung am Start, also … dann sehen wir uns in einer Stunde?«

Wir nickten und verabschiedeten uns, Jon blieb bei uns.

»Bist du sicher, dass ihr beide verwandt seid?«, fragte Lee und schielte Will hinterher.

»Ja.« Jon spannte den Oberarm an und zog eine Show ab, während er seinen Bizeps küsste. »Aber ich habe die ganze Intelligenz geerbt.«

Wir lachte alle drei.

»Kommst du mit?«, fragte ich Jon. »Wir wollen noch mal nachschauen, ob alles bereit ist, bevor wir uns umziehen.«

Er schüttelte den Kopf. »Ich werde noch eine letzte Runde auf diesem bösen Buben drehen ...«. Er deutete mit dem Daumen über die Schulter und auf die monströse Wasserrutsche hinter ihm. »Aber ich werde rechtzeitig da sein, keine Sorge. Das möchte ich um nichts in der Welt verpassen!«

Wir verabschiedeten uns von Jon und folgten den hölzernen Wegweisern, die in Richtung Gokart-Bahn führten.

Dort angekommen schauten wir den an uns vorbeirasenden Karts ein paar Minuten zu. Mit röhrenden Motoren düsten sie über die Piste, kamen ins Schleudern und prallten in die Reifenstapel entlang der Strecke. In der Nähe des Eingangs befand sich ein Schild: MINDESTALTER 14 JAHRE. Auf der einen Seite des Parcours war eine Tribüne – dort saßen vor allem Eltern, griesgrämig dreinblickende, eifersüchtige jüngere Geschwister und nervöse Freundinnen und Freunde.

Ein Kart krachte nicht weit von uns in die Reifen, drehte sich daraufhin im Kreis und raste dann den anderen wieder hinterher.

»Wow«, atmete ich hörbar aus.

»Das«, sagte Lee, »wird unglaublich toll.«

Irgendwie beängstigend, wie leicht es war, unseren Plan in die Tat umzusetzen. Die ultimativ verrückteste Fantasie aus Kindertagen war mit einem Telefonanruf, ein paar E-Mails, einer Online-Bestellung in einem Kostümverleih und einem Einkauf im Supermarkt Realität geworden.

Die Beute aus dem Supermarkt luden wir nun in den Umkleiden am Rande der Rennstrecke aus meinem Rucksack aus: Wir füllten blaue und rote Luftballons mit Wasser und Glibberschleim und einige der schwarzen mit Schlagsahne – obwohl, ehrlich gesagt, das meiste eher auf dem Boden (und in Lees Mund) landete als in den Ballons. Außerdem hatten wir drei Dosen mit Silly-String-Luftschlangenspray gekauft und Will hatte uns drei riesige rote Schaumstoffwürfel aus dem Softplay-Bereich für Kinder überlassen.

Lee und ich traten einen Schritt zurück, um unsere Ausstattung zu begutachten.

An der Rennstrecke ertönte ein Buzzer, und wir schnappten unsere Sachen und machten uns auf den Weg, um die Karts zu befüllen, und versteckten in jedem eine wahllose Kombi unserer »Waffen«, bevor unsere Mitfahrer auftauchten.

Danach kehrten wir in die Umkleiden zurück, damit wir uns vorbereiten konnten.

Wir waren zu acht: Rachel und Amanda zogen sich mit mir im Bereich für Frauen um. Levi, Ashton, Jon und Warren waren bei Lee.

Amanda zog ihren Helm fest und das Kopfteil ihres Kostüms darüber. Sie stemmte die Hände in die Hüften, drehte sich, wirbelte im Kreis und posierte für uns.

»Wie sehe ich aus?«

Rachel und ich lachten aus vollem Hals, während sich Amanda schmollend weiterhin präsentierte.

Das Gorillakostüm ist wie für sie gemacht, dachte ich und versuchte, nicht mit den Augen zu rollen.

Rachel und ich klebten vor dem Spiegel vorsichtig unsere künstlichen Schnurrbärte fest.

»Alle bereit?«

»Bereit«, bestätigte ich. Wir trafen die Jungs draußen vor den Umkleideräumen, und es war unmöglich, ernst zu bleiben. Aber genau deshalb trafen wir uns ja schon jetzt: Wir wollten uns ausgekichert haben, bevor wir nach draußen gingen.

Mein Magen rotierte und mein Herz raste. Ich fühlte mich irgendwie krank.

Diesen Moment wollte ich um nichts in der Welt tauschen.

Lee hörte auf, mit Ashton herumzualbern, und knickste in seinem geschmacklosen, bauschigen rosa Kleid und mit der blonden Perücke auf dem Kopf, die unter seinem gelben Helm hervorlugte, auf den vorne ein Sticker mit einer Prinzessinnenkrone geklebt war. »Seid ihr bereit?«

»Ich war noch nie bereiter!«, rief Rachel.

Lee schaute zu mir.

Ich sprang ihm entgegen, warf die Arme um seinen

Hals und umarmte ihn fest. Unsere Helme schlugen aneinander, und er meckerte: »Hey, hey, pass auf das Kleid auf!«

»Bester Sommer aller Zeiten«, flüsterte ich ihm zu und löste mich dann von ihm.

Lee wandte sich der Gruppe zu und klatschte in die Hände. »Okay, Leute, hört zu. Wir haben einen Versuch, und zwar nur einen einzigen. Ich will Foulspiel sehen. Ich will hinterhältige, schmutzige Tricks sehen. Ich will sehen, wie ihr versucht, euch gegenseitig von der Bahn zu drängen und …«

Ich stand auf einmal neben Levi, der ein gelbes Shirt und eine lila Latzhose trug. Ein geschwungener Schnurrbart klebte über seiner Oberlippe. Grinsend hakte er die Daumen in der Latzhose ein.

Dann beugte er sich zu mir, ohne die Augen von Lee abzuwenden, der eine echte Motivationsrede hielt, und flüsterte mir zu: »Unglaublich, dass ihr das geschafft habt.«

»Verschrei es nicht«, flüsterte ich zurück. »Das Kart-Rennen ist noch nicht über die Bühne gegangen.«

Lee blickte tadelnd in unsere Richtung und sprach ungerührt weiter. Darum stupste mich Levi nur an, statt zu antworten.

»Drei Runden, genau wie im Videospiel. Nur einer kann den Preis gewinnen.«

»Ich habe eine Frage«, sagte Amanda und hob die Hand, so gut es in ihrem Kostüm ging. »Was heißt das?«

»Für den Sieg ist der nationale Buchstabierwettbewerbspokal für Fünftklässler ausgelobt, den Elle so freundlicherweise gespendet hat.«

»Den MUSS ich haben«, verkündete Jon Fletcher, beugte sich nach vorne und rieb sich die Hände, als würde er sich auf ein Footballspiel einstellen.

Lee beendete seine Rede mit dem Schlachtruf: »Lasst uns das rocken!«

Wir alle jubelten, und da öffnete sich plötzlich die Tür hinter Lee.

Noah schlüpfte herein und sagte: »Sorry, ich wollte nur – oh mein *Gott*.« Vor Lachen schnaubend schüttelte er den Kopf. »So was hatte ich erwartet, aber … *so was* habe ich trotzdem nicht erwartet. Ihr seht irre aus.«

»Aber vor allem ich, oder?«, fragte Amanda und hopste vorwärts. Sie ging in die Hocke, schwang die Arme gorillamäßig und knurrte, stampfte zuerst mit dem einen, dann mit dem anderen Fuß auf, sodass Noah auflachte.

»Viel Glück, Evans«, sagte Levi zu mir.

»Och, bitte«, höhnte ich. »Ich brauche kein Glück.«

»Na denn.« Levi stemmte die Hände in die Hüften und wackelte mit dem Kopf, während er ein dramatisches, Filmbösewicht-ähnliches Glucksen von sich gab. »Du wirst verlieren. Ich werde dich vernichten.«

»So siehst du auch aus.« Mitleidig streckte ich die Hand aus und drückte seinen falschen Schnurrbart zurecht.

Er errötete. »Danke.«

Hinter mir räusperte sich jemand, ich drehte mich

um und sah Noah. Grinsend machte ich eine kleine Pirouette. »Süß, oder?«

»Ich wollte dir nur viel Glück wünschen. Die Zuschauermenge ist verdammt groß.«

»Wusstest du das nicht?«, witzelte Levi und packte mich bei den Schultern, um mich sanft zu schütteln. »Elle braucht kein Glück.«

Der Blick, den Noah daraufhin Levi zuwarf, oder die Art, wie der Muskel an seinem Kiefer zuckte, blieb mir nicht verborgen.

Oh Mann, damit konnte ich mich jetzt wirklich nicht befassen.

Ich warf Noah eine Kusshand zu, weil ich ihn mit dem Helm nicht richtig küssen konnte. »Ich freue mich, dich gleich auf der Tribüne zu sehen!«

Als sich alle in einer Reihe aufstellten, begab auch ich mich zur Tür. Ich ging an die Spitze der Schlange, direkt vor Rachel und Lee.

»Alles klar, Leute«, rief ich über die Schulter. »Los geht's!«

Ich hatte vor, die Türen mit einer großen Geste zu öffnen, sodass sie zu beiden Seiten aufschwangen. Doch so einfach war das nicht, die Türen waren schwerer als gedacht, und ich hatte so meine Mühe. Lee lachte hinter mir und so hielt ich nur eine Tür auf.

Das Ganze entwickelte sich alles andere als anmutig. Amandas und Jons Kostüme blieben stecken und Jons riesiger stacheliger Schildkrötenpanzer blieb am Türgriff hängen. Zu dritt mussten wir ihn befreien.

Aber dann waren wir wieder in der richtigen Spur, gingen unter tosendem Applaus unter der Tribüne hinaus, während die Musik aus dem Videospiel aus Lautsprecherboxen schallte.

Der Lärm war ohrenbetäubend. Ich tauchte darin ein, war beschwingt und musste mich wirklich bemühen, ernst zu bleiben. Als ich auf mein Gokart zuging, warf ich einen Blick auf die große Leinwand, auf der unsere kleine Zeitlupen-Parade noch einmal in HD gezeigt wurde.

Surreal.

Ich sah mich dort oben auf der Leinwand, perfekt verkleidet als Mario, ein weißer Aufkleber mit einem roten M auf dem roten Helm. Rachel war hinter mir und trug Grün, wo ich Rot trug, der perfekte Luigi. Lee machte als Prinzessin Peach einen Sprung und eine Drehung und Ashton hob vom Boden ab und reckte die Faust, während er »Wu-hu!« brüllte – eine nahezu erschreckend perfekte Ausgabe von Yoshi.

Daraufhin folgte Amanda, sie schlug sich als Donkey King auf die Gorillabrust. Levi war hinter ihr, eine schlankere, weniger gedrungene Version von Wario, und danach kam Jon als Bowser.

Als ich auf mein Kart zuging, schoss mir auf einmal etwas in den Kopf.

Wo zum Teufel war eigentlich Warren?

Ich schaute zurück zu unserer Gruppe und auf das leere Kart, und als ich wieder zur Leinwand hochblickte, sah ich es mit eigenen Augen: Toad rannte unter der Tribüne hervor, der Riesenkopf wackelte. Aber in dem Kostüm steckte nicht Warren.

Noah?

Ich blickte zu Lee, der genauso verwirrt wirkte wie ich. Er zuckte mit den Schultern.

Vielleicht hatte es sich Noah doch anders überlegt und erkannt, was er hier verpasste. Ich hoffte, Warren würde nicht allzu sauer sein, weil er nicht dabei war.

(Und ich hoffte, dass Noah in seinem Kart nicht umkippen und sich irgendetwas brechen würde. Er hatte kein Versicherungsformular unterschrieben, und dass uns der Fun Park verklagte, brauchte ich nun wirklich nicht …)

»Fahrer!« Tyrone, unser ehemaliger Präsident der Schülervertretung und heutiger Rennkommentator, meldete sich aus den Lautsprechern. »Auf die Plätze!«

Wir bestiegen unsere Karts, einige mit etwas mehr Schwierigkeiten als andere. Es rauschte im Ohr, als die Mikrofone und Ohrstöpsel in unseren Helmen online gingen.

Lees Stimme knisterte und wurde von der jubelnden Zuschauermenge übertönt. »Prinzessin an Plunger Eins, Prinzessin an Plunger Eins, *krkk,* wir haben grünes Licht für das Rennen, ich wiederhole, wir haben grünes Licht für das Rennen!«

»Hier Donkey Kong an Prinzessin, DK an PP, du brauchst das *krkk*-Geräusch nicht zu machen.«

»Plunger Zwei an Donkey Kong, es sei angemerkt, dass mein Freund das *krkk*-Geräusch macht, wann er will.«

Rachels Kommentar wurde vom Rest von uns mit einer ganzen Reihe *krkk* beantwortet, die das Rauschen der Funkübertragung nachahmten und sich in allgemeines Gekicher auflösten. Dann sammelte ich mich kurz und legte die Finger um mein Lenkrad.

Ein Brummton erklang und über uns ging ein rotes Ampellicht an.

»Plunger Eins an Toad, woher der Sinneswandel?«

»Wieso, darf ich meine Freundin nicht unterstützen?«

»Hier Bowser. Plunger Eins, Toad, räumt euer Beziehungsdrama von der Bahn. Das hier ist ein Rennen und nicht *Stolz und Vorurteil.*«

Bevor Noah oder ich etwas erwidern konnten oder sich noch jemand anders per Funk über uns lustig machen konnte, ertönte erneut der Brummton und die Ampel wurde gelb. Ich holte tief Luft, atmete scharf ein und war plötzlich höchst konzentriert.

Lees und Elles epische Sommer-Bucket-List
19. Ein Mario-Kart-Rennen im wahren Leben

Abhaken, erledigt.

Wieder der Brummton.

Grünes Licht.

Ich warf den Motor an. Unsere Karts erwachten zum Leben, die Motoren knurrten heftig. Ich bemerkte am Rande, wie Jon Fletcher fluchte, sein Kart blieb am ersten Pfosten stehen, aber ich riss bereits am Steuer und schoss im Parcours um die erste Kurve.

Lees Kart tauchte neben mir auf. Ich sah, dass er einen roten Ballon hochhob. »Genießt du die erste Position, Shelly?«

»Prinzessin Peach, du brauchst nicht so zu schreien, weil wir alle Headsets tragen, *krkk*, over«, sagte Ashton/Yoshi lachend.

Als Lee den Ballon gerade werfen wollte, schwebte ein blauer nach vorne, erwischte ihn hinten am Helm und überzog ihn überall mit grünem Glibberschleim. Lee jaulte auf, ließ seinen Ballon fallen, sodass der auf seinem Schoss platzte und ihn in Wasser badete.

Er fiel zurück und Rachel/Luigi nahm seinen Platz ein.

Ich schloss die Augen und versuchte, mich auf die Bahn zu konzentrieren, während ich im Fußraum nach einer Dose Luftschlangenspray tastete, die ich herumkollern hörte.

Über Funk wurde geächzt. Fluchen, Gemurmel.

Ich nahm die nächste Kurve zu schnell und geriet ins Schleudern. Als ich wieder in der Spur war, befand ich mich auf Platz fünf. Jon Fletcher lag immer ganz hinten, sein riesiges Bowser-Kostüm ließ ihm keinen Spielraum. Ashton/Yoshi war zurückgefallen, und Amanda/Donkey Kong schob sich gerade vor mir aus der Kurve. Ich griff nach der Dose Luftschlangenspray.

Doch dann platzte ein schwarzer Ballon an Amandas Helm, Schlagsahne explodierte, spritzte über ihr Gesicht und das Kart, und sie schrie: »Wer war das? Wer war das? Fürchtet den Zorn von Donkey Kong!«

»Ju-huu!«, rief Yoshi und reckte die Faust in die Luft, als er an mir und dem mit Schlagsahne überzogenen Donkey Kong vorbeischoss. Rachel/Luigi war ebenfalls zurückgefallen, sie und Lee wetteiferten um die Plätze drei und vier, als wir unsere zweite Runde begannen.

Und ganz vorne ...

Ich zuckte zusammen, als Noahs Kart in Levis krachte.

Levi riss das Steuer zur Seite und krachte sofort wieder in Noahs Kart.

Irgendwo im Hintergrund kommentierte Tyrone die ganze Sache und erzählte von Warios und Toads bösartigem Kampf um den ersten Platz.

Bösartig stimmt, dachte ich.

Ich nahm den Fuß vom Gaspedal, als die nächste Kurve kam. Lee erwischte einen Reifenstapel, drehte sich im Kreis, und ich schaffte es, mir einen Ballon zu schnappen, um ihn nach Ashton zu werfen, während Rachel einen etwas zerdrückt wirkenden roten Schaumstoffwürfel auf ihn schleuderte. Ohne sie hätte ich Ashton verfehlt: Er wich dem Würfel aus und fuhr damit in die Flugbahn meines Ballons. Ich überholte ihn und begann meine dritte und letzte Runde. Lee lag nun irgendwo hinten. Jon war nicht weit hinter mir.

»Unfair!«, rief Ashton. »Die Plungers haben sich zusammengetan! Wenn wir uns verbünden, will ich Donkey Kong und Wario in meinem Team.«

»Keine Teambildung!«, brüllte Jon. »Plunger Zwei,

hast du noch mehr Würfel, um Plunger Eins zu helfen?«

Ich lachte, die Hände fest am Lenkrad. »Verschwinde, Bowser.«

Inmitten des Gekichers und der Rufe über Funk hörte ich: »Verschwinde, Wario.«

»Friss meinen Staub, Shroom.«

Plötzlich gab es einen *Knall* etwas weiter vorne. Die Karts von Levi und Noah krachten erneut zusammen, Noah wurde fast in die Reifenwand gedrückt. Beide schlingerten, kreischend riss Rachel ihr Kart vorbei, um nicht in die zwei anderen zu krachen. Ich schoss an ihr vorbei.

»Reg dich ab, Toad«, schnauzte Levi.

»Hey, Blödmann, was machst du da?«, rief Amanda.

Ich konnte das Grinsen in Noahs Stimme hören, als er blaffte: »Gewinnen!«

Ein Ballon flog an mir vorbei. Er zerschellte an einem Reifen und schleimiger Glibber spritzte über Noah. Er schimpfte, und ich wich seitlich aus, bevor mich Ashton überholen konnte, und …

Die Zuschauer auf der Tribüne jubelten, als Tyrone rief: »Und wir haben einen Gewinner! Wario gewinnt! Gefolgt von Toad, Mario, Yoshi, Bowser, Prinzessin Peach, Luigi und Donkey Kong!«

Wir ließen die Karts auslaufen, bis sie standen. Amanda hielt, wo sie gegen eine Reifenwand gekracht war, ihr Kart stand immer noch gegen die Fahrtrichtung. Jon, Lee und Rachel hatten es auch nicht ganz bis ins Ziel geschafft. Ashtons Kart hielt genau neben meinem, und er grinste mich mit großen Augen breit an – für den unangenehmen Bruchteil einer Sekunde erinnerte er mich wieder an Lee.

»Das war großartig!«

Aber ich hatte jetzt keine Zeit, Ashton ein High Five zu geben, denn als Levi mit Luftschlangenspray um den Hals aus seinem Kart kletterte, die Arme zum Sieg hob und Tyrone zu ihm ging, um ihm meinen alten Buchstabierwettbewerbspokal zu überreichen, riss sich Noah aus seinem Kart und den Helm vom Kopf.

Er wirkte sauer.

Und man musste kein Genie sein, um zu merken, dass sich seine ganze Wut auf Levi richtete.

20

Mit dem Pokal in der Hand strahlte uns Levi an und blickte seinen ehemaligen Gegnern ins Gesicht. Er zog den Helm vom Kopf und seine verfilzten Locken kamen zum Vorschein. Dann schob er den Helm unter den Arm und trat auf Noah zu.

In mir kribbelte es unruhig und ich biss die Zähne zusammen.

Das war keine gute Idee. Das war *gar* keine gute Idee.

Noah blickte immer noch finster drein, die Hände zu Fäusten geballt. Sein Haar war feucht und klebte ihm an der Stirn. Auf der Wange und seinem Shirt waren Glibberschleimspuren zu sehen.

Auch ich zog den Helm ab und legte ihn auf den Sitz meines Karts. Ashton tat es mir gleich und kam mit hochgezogenen Augenbrauen auf mich zu. »Lee meinte schon, er sei jähzornig, aber dein Freund ist echt ein schlechter Verlierer, was?«

Levi blieb vor Noah stehen.

Er streckte die Hand aus.

»Gutes Rennen.«

Los, Noah.

Keine Ahnung, was da vor sich ging, aber es gefiel mir kein bisschen. Ich war besorgt und wollte, dass Noah schlicht Levis verdammte Hand schüttelte und einfach wegging. Das war doch nicht so schwer.

Aber offenbar schon, denn Noah starrte ihn nur an und stürmte dann davon.

Levi blinzelte und senkte die Hand. Rachel und Jon eilten auf ihn zu, um ihm zu gratulieren, und Ashton schloss sich ihnen an.

Ich war versucht, das Gleiche zu tun. Ich wollte Levi *wirklich* gratulieren. Ich wollte seinen Arm packen, in die Luft recken und Levi zu seinem Sieg zujubeln und ihm die Luftschlangen abzupfen. Ich wollte Noah schmoren lassen, ihm die kalte Schulter zeigen und ihn auf diese Weise dazu bringen, zurückzukommen, um sich bei Levi zu entschuldigen.

Aber als ich Noah wegstapfen sah, war ich einfach nur wütend.

Meine Füße liefen ihm bereits hinterher.

»Was zum Teufel sollte das?,« fragte Lee, als ich an ihm vorbeikam.

Auch Amanda machte ein angespanntes Gesicht, während sie Noah nachblickte. »Soll ich mit ihm reden?«, bot sie an.

Ich schüttelte den Kopf und zischte durch zusammengebissene Zähne: »Bin gleich wieder da.«

Noah befand sich mitten unter der Tribüne, als ich seinen Namen schrie. Er blieb einen Moment stehen, ging dann aber weiter. Ich rannte hinter ihm her und erwischte die Rückseite seines Shirts.

»Was zur Hölle sollte das?«, fragte ich.

Noah schaute an mir vorbei, bevor er zornig einatmete und den Kiefer hin und her bewegte. »Ich wurde eingeschleimt. Ich hätte ihn fast gehabt.«

Mir war klar, das war nicht das eigentliche Problem, aber ich spielte dennoch kurz mit.

»Na, komm«, versuchte ich etwas gutgelaunter zu klingen und nicht so böse auf ihn zu sein. »Nun sei nicht sauer, nur weil du verloren hast.«

Noah lächelte, kurz und humorlos, und blickte mich dann wieder an. »Ich dachte, das Wario-Kostüm wäre für mich. Meinte Lee auf alle Fälle.«

»Ja«, sagte ich langsam und unsicher, wie das alles zusammenhing. »Und dann wolltest du nicht mitmachen, also haben wir es Levi gegeben. Also … hast du Warrens Toad-Outfit gestohlen, weil du plötzlich beschlossen hast, doch dabei sein zu wollen? Ich kapiere nicht, warum du das Levi in die Schuhe schiebst. Er ist …«

»Ich versuche nur herauszufinden, ob du immer zu ihm hältst«, sprudelte es aus Noah, der schwer atmete. Er runzelte die Stirn und in seinen Augen lag ein verletzlicher Ausdruck, den ich noch nie gesehen hatte. Er wirkte gar nicht so sehr wütend, sondern vielmehr … ängstlich.

Bei der Erkenntnis stand mir der Mund offen und ich starrte ihn eine Weile stumm an, um mich zu vergewissern, ob er das gerade *tatsächlich* gesagt hatte.

Und … ja. Hatte er.

Also konnte er sich diesen traurigen Gesichtsausdruck aus dem Gesicht wischen, dachte ich, denn den kaufte ich ihm nicht ab.

»Oh mein Gott«, sagte ich verächtlich und machte einen Schritt rückwärts. »Das ist ja lächerlich, Noah, wirklich lächerlich. Es ist doch nicht meine Schuld, dass du die ganze Sache für bescheuert gehalten hast und nicht dabei sein wolltest. Ich habe dir vor Tagen gesagt, dass Levi mitmacht! Warum regst du dich jetzt so darüber auf? Ich dachte, du und Levi vertragt euch.«

»Und ich dachte, du hättest gesagt, dass zwischen euch nichts war«, schoss er zurück und legte die Stirn in Falten.

»Was – wovon *redest* du eigentlich?«, rief ich und meine Hände bebten. Ich zerbrach mir den Kopf, überlegte, wie er auf diese Idee kam, und meinte dann: »Moment mal, weil ich seinen Schnurrbart zurechtgerückt habe? Ich habe auch Rachel den Schnurrbart angeklebt, wirst du mich als Nächstes beschuldigen, mit ihr etwas anfangen zu wollen?«

»Es geht nicht um dich, Elle! Sondern … um *ihn*! Ich habe gesehen, wie er dich angeschaut hat. Wenn du glaubst, er ist über dich hinweg, bist du naiv.«

»Oh mein Gott. Okay. Ich … ich kaue das auf keinen Fall noch einmal mit dir durch, Noah. Ich dachte, wir hätten diesen ganzen Mist hinter uns! Willst du hier ernsthaft rumstehen und diesen ganzen ›überfürsorglichen Boyfriend‹-Schwachsinn abziehen, weil du meinst, du hast gesehen … wie Levi mich anschaut? Er ist einer meiner besten Freunde, er wird mich auch in Zukunft anschauen.«

»Er ist ein Freund, den du geküsst hast. Einer, der in dich verknallt ist.«

»*War*.«

»Ist«, widersprach er. »Ich weiß doch, was ich gesehen habe, Elle.«

»Ich bin …« Ich holte tief Luft und schloss die Augen, um mich zu sammeln. Vielleicht war es nur fair, dass Noah eifersüchtig war – wäre ich das nicht auch, wenn er Amanda geküsst hätte? (War ich nicht sogar immer noch hin und wieder eifersüchtig auf Amanda, obwohl Noahs und ihre Beziehung rein platonisch war?)

Aber es ging hier nicht um Amanda, sondern um Levi. Wir hatten uns *einmal* geküsst, und das war Monate her. Ich atmete erneut tief ein und versuchte, meine Gereiztheit zu mäßigen.

»Du hättest ihm doch nur die Hand schütteln und der Vernünftigere sein müssen, Noah. Was war daran so schwer?«

Ich sah, wie sich sein Kehlkopf bewegte, und hörte ihn schlucken. Er blickte auf den Boden zwischen uns.

Konnte sein, er war immer noch wütend, aber ich spürte auch, wie sich Bedauern in ihm breitmachte.

»Ich werde mich hier nicht darüber streiten«, erklärte ich. »Heute nicht, Noah. Ich werde … ich werde Levi jetzt zu seinem Sieg gratulieren. Ich werde zu meinen Freunden gehen. Wir sehen uns dann zu Hause.«

Nicht allzu schnell wandte ich mich ab. Ich fragte mich, ob er mir folgen würde.

Ich ging weiter, und als ich wieder zur Rennstrecke kam, lief ich so langsam, dass ich fast stand.

Ich hörte Noahs schwere Schritte – aber sie bewegten sich in die entgegengesetzte Richtung.

Meinetwegen. Wenn er es so wollte, na *meinetwegen*.

Nachdem ich Levi gratuliert, ihn umarmt, sein verfilztes Haar zerzaust und ihm gesagt hatte, er solle sich gefälligst gut um meinen alten Pokal kümmern, zog mich Lee zur Seite.

»Alles okay?«

Ich war mir zwar nicht ganz sicher, aber ich strahlte ihn an und packte ihn an den Schultern. »Okay? Lee, wir haben gerade unseren persönlichen Race Day erlebt, warum sollte da nicht alles okay sein? Wir haben's geschafft, Lee! Wir haben's geschafft!«

Er stimmte ein, grinste zurück, schloss mich dann in die Arme und schüttelte mich. »O ja, das haben wir! Und dafür verdienst du die volle Anerkennung, Shelly. Der Fun Park war deine Idee. Ich weiß nicht, wie wir das sonst alles hinbekommen hätten.«

»Hey, ihr zwei. Mario und Peach.«

Wir drehten uns um und sahen, dass sich Will übers ganze Gesicht strahlend näherte. Er schlug uns auf die Schultern. »Das war unglaublich, Leute! Absolut episch. Das Filmmaterial, das wir aufgezeichnet haben, ist fantastisch. Das Ganze hat jetzt schon ein paar Tausend Zugriffe auf Facebook Live!«

»Wow!«

»Und ich werde euch wie versprochen das Video per E-Mail schicken.«

»Danke, Will.«

Seufzend sah er sich dann auf der Rennstrecke um. Ein paar Mitarbeiter versuchten, die Schlagsahne und den Schleim aufzuwischen und die roten Schaumstoffwürfel einzusammeln. Ein Mann zog die Karts wieder nach hinten unter ein Dach. Nach und nach verschwand die Menschenmenge von der Tribüne, sodass der reguläre Betrieb auf der Gokart-Bahn wieder aufgenommen werden konnte.

»Ich bin so verdammt froh, dass niemand verletzt wurde.« Will seufzte erneut und ging lächelnd weg.

Lee lachte. Als er sich wieder mir zuwandte, legte er den Arm um meine Schultern. »Hey. Ich habe eine Idee. Ich verspreche, sie wird dich aufmuntern. Nichts von der Bucket List, aber ich glaube, es wird dir gefallen. Wie wär's, wenn wir von hier verschwinden? Rachel und Amanda treffen wir später im Strandhaus. Und …«, meinte er seufzend, während er zu den Umkleidekabinen schaute. »Und Noah, wenn er sich nicht gerade irgendwo bis zur Besinnungslosigkeit betrinkt und zu vergessen versucht, was für ein gigantischer Trottel er ist.«

Die Vorstellung, dass Lee recht haben könnte und Noah genau das tat, gefiel mir nicht.

Aber – nein, vergiss ihn. Lass ihn seine Wunden

lecken. Lass ihn über diese ganze blöde Sache hinwegkommen. Lass ihn erkennen, dass er sich wie ein Vollidiot aufgeführt hatte.

Also nickte ich. »Klingt großartig, Lee. Was auch immer es ist, ich bin dabei.«

21

»Wo …?«

Lee unterbrach mich sofort, und meine Verwirrung wuchs, während er mich die Promenade hinunterführte. Die Sonne schien immer noch, aber jetzt standen ein paar Wolken am Himmel, sodass es nicht mehr ganz so luftfeucht und schwül war wie noch vor ein paar Stunden im Fun Park. Die vom Meer herüberwehende Brise brachte eine willkommene Abkühlung.

Der Geruch an der Strandpromenade führte mich sofort in meine Kindheit zurück. Der Duft von Hotdogs, Zuckerwatte und Salzwasser. Ich atmete tief ein. Ein Riesenrad drehte sich langsam vor mir. Fahrradglocken läuteten, Kinder rannten um die Wette. Kids auf Skateboards umkurvten Fußgänger und zeigten Stunts.

»Noah schien ziemlich aufgebracht«, sagte Lee lässig in einer lockeren, gesprächigen Art, als würde er das Wetter kommentieren. Ich warf ihm einen fragenden Blick zu, aber er hielt die freundliche Maske aufrecht.

»Bescheuert«, murmelte ich. »Er hat sich bescheuert aufgeführt.«

»Dreimal darfst du raten, warum«, sagte Lee und schnaubte ein wenig. Ich runzelte die Stirn, bis er seufzte und seine Entschlossenheit bröckelte. »Na, offensichtlich war er wütend auf Levi.«

Ja, das *war* offensichtlich: die Art und Weise, wie die beiden auf der Rennstrecke aufeinander losgegangen waren, dass sich Noah danach geweigert hatte, Levis Hand zu schütteln …

Doch dann meinte Lee leise: »Irgendwie kann ich es ihm nicht verübeln. Sei nicht allzu böse auf ihn, Shelly.«

»Wie bitte?« Sprachlos blieb ich stehen und starrte Lee verständnislos an.

Er seufze. Dann grinste er schief und zuckte hilflos mit den Achseln. »Ich mein ja nur. Ich versteh schon, was mit ihm los ist. Ich weiß, er hat gesagt, er sei mit Levi cool, und er hat sich wirklich Mühe gegeben, Elle. Ehrlich. Und es ist nicht so, dass er dir nicht vertraut. Aber ich … verstehe einfach, was mit ihm los ist.«

»Du weißt ja nicht mal, worüber er wütend war«, widersprach ich. Ich bemühte mich, meinen besten Freund nicht allzu stinkig anzugaffen. War er nicht sonst immer auf meiner Seite?

»Ich wäre wahrscheinlich auch sauer, wenn Rachel immer mit ihrem Ex abhängen würde.«

»Okay, *erstens*«, blaffte ich und hob einen Finger, »er ist nicht mein Ex. Zweitens, wenn Noah mir wirklich vertraut *hätte*, wäre er nicht so wütend geworden. Und …«

»Alles klar«, sagte Lee sanft und hob entschuldigend die Hände. »Aber, ich mein … Ich weiß, *du* hast keine Gefühle mehr für Levi …«

»Ich bin mir nicht mal wirklich sicher, jemals welche für ihn gehabt zu haben«, erklärte ich.

»… aber ich sehe ja, wie er sich in deiner Nähe benimmt. Und ich sage nur, wenn er immer noch in dich verknallt wäre, würde mich das nicht überraschen. Es würde dir ganz genauso gehen, wenn Noah Amanda geküsst hätte oder sie in ihn verliebt gewesen wäre.«

»Das ist etwas völlig anderes. Sie wohnt bei uns. Levi war nur beim Race Day dabei. Genau wie Rachel und Ashton und Jon Fletcher und Warren … Das hat nichts zu bedeuten. Er ist Levi bei der Abschlussfeier begegnet! Er hat uns auf FaceTime gesehen, wenn ich mit Levi rumgehangen habe. Sie haben sich total gut verstanden. Ich kapiere nicht, warum Noah plötzlich durchgedreht ist.«

Lee überlegte. »Wahrscheinlich, weil er nie *wirklich* dabei war, wenn Levi und du zusammen wart. Die Abschlussfeier hat damit nichts zu tun.«

»Noah fragte, ob ich immer zu Levi halten würde.«

Lee blinzelte nervös und ich ließ ihn einen Moment darüber nachdenken. »Okay, tja, das war unangebracht. Aber es ist trotzdem schwer für ihn, Elle. Er dachte *wochenlang*, du hättest wegen Levi mit ihm Schluss gemacht, bevor ihr beide eine Lösung gefunden habt. Ich sage nicht, dass es richtig war, dass er sich vorhin wie ein kleines Miststück aufgeführt hat, aber sei nicht zu hart zu ihm.«

Ich spitzte die Lippen, bevor ich die Schultern sinken ließ und sich mein Gesicht entspannte. Auch wenn mich Noahs Verhalten frustrierte und ich mich an das, was er gesagt hatte, klammern wollte, brachte mich Lee zum Grübeln.

Vermutlich wäre er nicht so überzeugend gewesen, wenn er nicht so ernst geklungen hätte. Dass er sich bei solch einem Thema auf Noahs Seite schlug, kam nicht oft vor. Lee war neben mir der einzige Mensch, der Noah je wegen seinem Schwachsinn zur Rede gestellt hatte.

»Außerdem«, fügte Lee hinzu, weil er sah, wie mein Entschluss wankte, »kann ich es, glaube ich, nicht ertragen, im Strandhaus zu sein, wenn ihr euch erst gegenseitig an die Kehle geht und dann verrückten Versöhnungssex habt. Das möchte keiner von uns mitbekommen, Shelly.«

»Gut«, sagte ich. »Weil du's bist. Und er muss sich entschuldigen.«

»Sieh mich nicht so an! Ich kann dir nicht versprechen, dass er das tut.«

»Hmm.«

Lee zog sein Handy aus der Tasche – drei Mal durfte ich raten, wem er eine Nachricht schrieb und worum es ging. Lee war nicht gerade der enthusiastischste Unterstützer meiner Beziehung zu Noah gewesen, als er das erste Mal von uns erfuhr, aber er liebte uns beide – in Zeiten wie diesen war ich darüber sehr froh.

»Okay!« Er klatschte in die Hände, hakte mich dann unter, und wir liefen weiter. »Nachdem euer Beziehungsdrama geklärt ist … können wir vielleicht einfach noch einmal würdigen, wie verdammt geil der heutige Tag war? Hast du die Menschenmassen gesehen? Ich wette, das Video ist unglaublich.«

»Ich kann nicht fassen, dass du derart weit zurückgelegen hast.«

»Ich war ganz kurz davor, in der letzten Runde aufzuholen, aber dann nahm Amanda eine Kurve zu schnell und drehte sich direkt in mich hinein, und Rachel fuhr mir hinten rein. Eine Massenkarambolage von drei Karts, die mich wertvolle Sekunden gekostet hat.« Er seufzte traurig und schüttelte den Kopf, aber als er wieder zu mir blickte, strahlte er. »Hätte ich geahnt, dass man damit so viel Geld einnehmen kann, hätte ich ein größeres Geschäft daraus gemacht. Wir hätten das schon vor *Ewigkeiten* tun sollen.«

»Für wohltätige Zwecke, Lee?« Ich lächelte ihn verschmitzt an.

Lee lachte. »Aber immer, Shelly, immer. Und …« Er brach ab, schnaubte, lachte lauter, sodass ich ganz verwundert war. Freudentränen standen ihm in den Augen. »Können wir bitte auch würdigen, wie verdammt beknackt Noah in dem Toad-Kostüm aussah?«

Jetzt musste auch ich lächeln und bei der Erinnerung an den Anblick kicherte ich. Warren war kleiner als Noah, besaß eine vollkommen andere Statur. Die weiße Hose war Noah ein paar Zentimeter zu kurz, und die blaue Weste mit gelbem Besatz war ihm etwas zu eng gewesen. Ich hatte nicht einmal seinen nackten Oberkörper wahrgenommen, denn ich war zu wütend auf ihn gewesen, als wir uns endlich gegenüberstanden. Und der riesige Pilzhut, der an seinem Helm befestigt war …

Lee lachte so sehr, dass er keuchte, und ich lehnte mich gegen ihn und versuchte, mich zu beruhigen, weil ich vom Lachen schon Seitenstiche hatte.

»Wie hat er es nur geschafft, in diesem Aufzug so sauer zu wirken?«, fragte ich nach Luft ringend. »Wie geht das? Niemand sonst ist in der Lage, sich als Toad zu verkleiden und dermaßen angepisst auszusehen.«

»Stell dir vor, er hätte den Helm anbehalten, als er so wütend war.«

Bei der Vorstellung fing ich wieder an zu lachen.

Wir hatten uns gerade einigermaßen eingekriegt und waren wieder zu Atem gekommen, als Lee mich zum Stehen brachte. Schnell hielt er mir die Augen zu.

»Okay. Elle. Weißt du, wo du bist?«

»Äh, auf der Promenade?«

»*Elle.*«

Ich schnaubte zuerst verärgert, dann lenkte ich meine Aufmerksamkeit von Lees Händen, die meine Augen zuhielten, auf das elektronische *Pingping* irgendwo vor mir. Dann ein klapperndes Geräusch wie … wie von einem Kicker. Etwas, das wie die

Gokarts klang, zusammen mit einer blechernen Stimme, die sagte: »Spieler Eins gewinnt!« Das Aufprallen von Kunststoff und das typische Knallen von Air Hockey.

Nach Luft ringend zog ich Lees Hände vom Gesicht und öffnete ruckartig die Lider, um ehrfürchtig auf die Spielhalle vor uns zu schauen. Ich drehte mich zu Lee um und sah seine Augen glitzern. Er schien zu zittern. Er war so aufgeregt, dass er sich kaum beherrschen konnte. Überall blinkten Lichter der Spielautomaten, und Kids rannten hin und her. Kleinere Kinder versuchten, etwas aus einem Greifautomaten zu ergattern, und Eltern sahen ihnen dabei zu.

»Lee … das ist die Spielhalle.«

»Elle«, sagte er. »Das ist *die* Spielhalle.«

Mit angehaltenem Atem betraten wir den Spielsaal. Das kam mir vor wie eine Zeitreise in die Vergangenheit. Als wir noch ganz klein waren, brachten uns unsere Moms hierher. Während der Sommermonate in der Mittelstufe kamen Lee und ich allein her – und haben dafür sogar mal einen Tag Schule geschwänzt. (Wir wurden erwischt und bekamen beide zwei Wochen Hausarrest, aber das war es uns damals total wert.)

Ich konnte mich nicht erinnern, wann wir das letzte Mal hier waren. Schätzungsweise waren wir irgendwann einfach … aus der Sache rausgewachsen.

Aber ich konnte mich an unser Lieblingsspiel erinnern: Der *Dance Dance Revolution*-Automat stand immer noch erhaben in der Mitte des Saals. Der Edelstahl war mittlerweile übersät mit Rostflecken und wirkte ein wenig matt, aber die blauen und rosa blinkenden Pfeile leuchteten wie eh und je.

Wortlos gingen Lee und ich darauf zu.

Ich fuhr an der Rückseite des Geräts über die Haltestange. Lee strahlte mich an, stolz darauf, diesen Moment mit mir zu teilen.

»Wir waren damals hier, um Achtzigerjahre-Minigolf zu spielen«, erklärte er, »und sind einfach dran vorbeigegangen. Bis dahin hatte ich ja keine Ahnung.«

»Oh mein Gott«, war alles, was ich rausbrachte. Denn – oh mein Gott. Das Gerät war tatsächlich immer noch da. Wie viele Stunden hatten wir als Kinder mit *Dance Dance Revolution* verbracht? Ich stellte mich nicht immer geschickt an, aber dieses Spiel gehörte zu meinen wenigen Stärken auf dem Gebiet. Wir beherrschten das Spiel.

Lee fischte aus seiner Hosentasche nach Münzen. Er hielt sie mir hin wie einen Diamantschatz. Im Schein all der blinkenden Lichter schienen sie zu funkeln.

»Kann's losgehen? Spieler Zwei?«

»Oh, du bist *so* toll.«

Wir beide sprangen auf die Maschine und nahmen unsere alten Plätze ein. Lee warf Münzen in den Apparat, und das Demovideo auf dem Bildschirm wechselte auf eine Songliste. Lee hielt bei *All Summer Long* von Kid Rock an.

»Das«, sagte ich. »Das ist es.«

Er wählte das Lied und schenkte mir dann das

breiteste, lausbubenhafteste Grinsen, das man sich vorstellen kann, nachdem er sich für die *Schwierigkeitsstufe: Experte* entschieden hatte.

»Meinst du nicht, dass wir für das Expertenlevel ein bisschen zu eingerostet sind, Lee?«

»*Gaaaack-gack-gack-gack-gack*«, machte er und wackelte mit den angewinkelten Armen. »Höre ich da ein ängstliches Huhn?«

Ich kniff die Augen zusammen und schaute wieder auf den Bildschirm. »Pass lieber auf, dass du nicht über deine beiden linken Füße stolperst, Lee. Ich werde gewinnen.«

Der Bildschirm wechselte zum Spiel.

DREI.

Huhn? Ich würde es ihm schon zeigen. Ich würde ihn plattmachen.

ZWEI.

Ich hatte überhaupt keine Chance, das zu gewinnen. Ich wettete innerlich, auch Lee würde versagen. Wir befanden uns in einer Spielhalle, umgeben von kleinen Kindern, die halb so alt waren wie wir, und kurz davor, uns komplett lächerlich zu machen, weil wir versuchten, auf Expertenlevel *Dance Dance Revolution* zu spielen.

EINS.

Ich holte tief Luft, ballte die Hände zu Fäusten. Die Mischung aus Spannung und reiner, kindlicher Freude, die sich in mir breitmachte, war berauschend.

LOS!

Pfeile flogen über den Bildschirm, und meine Beine

bewegten sich schnell. Ich hörte, wie Lee neben mir herumstampfte, unsere Füße trampelten verzweifelt, während wir alles gaben, um mit dem Spiel mitzuhalten. Ich wagte nicht, zu Lee zu schauen. Ich war völlig auf den Bildschirm konzentriert und wusste, Lee ging es nicht anders.

Gespielt wurde eine andere Version des Lieds als die, die ich kannte. Irgendwie elektronischer und rasend schnell.

Und das Spiel war viel zu früh vorbei.

Meine Brust hob und senkte sich, als ich nach Luft rang. Jetzt hatte ich definitiv Seitenstiche. Ich lehnte mich zurück, und Lee kippte mit der Hand auf dem Bauch keuchend auf den Boden des Apparats.

Auf dem Bildschirm erschien unsere Punktzahl.

54 %, stand dort. *NICHT SCHLECHT!*

»Nicht schlecht?«, stöhnte ich. Um Himmels willen, seit wann war ich derart aus der Form, dass ich mit einem Kindertanzspiel nicht mehr mithalten konnte? Ich hatte Monate im Leichtathletik-Team der Schule trainiert! Und Lee war *Footballer*. »Nicht schlecht?«

»Shelly«, keuchte Lee, eine Hand umklammerte mein Fußgelenk. »Ich glaube, wir waren nicht gut.«

»Früher standen wir bei allen Bestenlisten des Spiels ganz oben. Los, schwing deinen Hintern hier hoch. Wir haben noch zwei weitere Lieder, bis das Geld verbraucht ist. Nicht schlecht! Ha! Wir. Werden. Es. Dem. Ding. Zeigen.«

»Zunächst zeigt's mir was«, murmelte Lee, aber er rappelte sich auf und schüttelte sich. »Ich kann mich nicht erinnern, dass das je so anstrengend war, Shelly.«

»Schätze, das erklärt, warum wir früher ungefähr drei Hotdogs am Tag verschlungen haben.«

Zwölf Dollar und neun Lieder später hockten wir schweißgebadet da, aber endlich, *endlich* waren wir zurück auf der Bestenliste.

Sogar der Bildschirm war stolz auf uns.

92 %! WOW!

Ein Video mit Feuerwerk war zu sehen, und ich setzte mich schließlich hin.

»Dieses Lied …«, schnaufte Lee. Kopfschüttelnd beugte er sich über die Knie und rang nach Luft. Er versuchte es noch einmal: »Dieses Lied werde ich jetzt wochenlang nicht mehr aus dem Kopf bekommen.«

»Hey, es kann sich mit deiner anderen Gehirnzelle anfreunden und ihr über den Sommer Gesellschaft leisten.«

Lee japste und boxte blind auf mich ein. »Bring mich bloß nicht zum Lachen, im Moment habe ich dafür nicht die Energie. Oh, Mann. Wie haben wir das als Kinder den ganzen Tag geschafft?«

»Reiß dich zusammen, alter Mann.« Ich hob mein Handy vom Boden auf, wo es neben Lees Portemonnaie, Cap und meiner Sonnenbrille gelegen hatte, während wir spielten, um ein Foto von unserem Ergebnis und unserem Platz in der Bestenliste zu machen.

Wir hatten zwar eine zweite Runde gebraucht, um wieder in Schwung zu kommen. Aber das Muskelgedächtnis für *Dance Dance Revolution* muss irgendwo noch vorhanden gewesen sein, denn Lee und ich hatten zu unserem Rhythmus zurückgefunden. Als wir immer mehr ins Spiel kamen, hatten wir sogar ein paar unserer alten Tricks gezeigt. Natürlich nichts so Tolles wie früher, aber auch nicht allzu übel.

Zweiundneunzigprozentige Experten.

Damit konnte ich leben.

»Euch kenne ich doch«, war auf einmal eine Stimme zu hören. Wir drehten uns um und da stand ein älterer Typ mit einer roten Cap und einem roten Poloshirt mit dem geschwungenen Schriftzug der Spielhalle auf der Hemdtasche. »Kenne ich euch nicht?«

Wir schauten ihn ein Weilchen an, bevor Lee sagte: »Moment mal – Harvey? Oh, Mann! Wir hätten dich fast nicht erkannt! Wir sind's – Elle und Lee. Wir waren früher immer hier.«

Er blinzelte uns an. »Warst du nicht derjenige, der sich den Arm in dem Greifautomaten eingeklemmt hat?«

Lee errötete, grinste aber. Ich stand auf, während Lee stolz bestätigte: »Ja! Das war ich!«

»Zurück für eine letzte Runde an dem Ding, was?« Harvey tätschelte liebevoll den *Dance Dance Revolution*-Automaten.

»Oh, ich weiß nicht.« Lee lachte und sagte genau, was auch ich dachte: »Vermutlich kommen wir den ganzen Sommer her und übernehmen die Bestenliste wieder.«

Harveys runzliges Gesicht zeigte ein entschuldigendes Lächeln. »Tja, schöner Plan. Aber dieses alte Mädchen wird in ein paar Wochen in Rente gehen. Genau am 6. Juli.«

Was er da sagte, verschlug mir derart den Atem, wie es eben nicht mal beim Spielen der Fall gewesen war.

»Was?«, fragte ich. »Aber – aber warum? Das Gerät ist schon seit Jahren hier! Wir haben praktisch auf diesem Ding getanzt, seit wir laufen können!« *Mit Ausnahme der letzten paar Jahre …* »Man darf es nicht entsorgen!«

Harvey seufzte schwer und machte ein mitfühlendes Gesicht. »Ich kann nicht viel dagegen unternehmen. Das Ding zerfällt nach und nach. Die Reparatur kostet mehr, als der Apparat einbringt.« Er klopfte an den Rand des Bildschirms, wo sich in einer Ecke ein unscharfer schwarzer Fleck befand, den ich bis jetzt noch gar nicht bemerkt hatte. Dann sah ich, dass Klebeband die seitlichen Metallplatten zusammenhielt. Die Lichter in einem von Lees Pfeilen waren erloschen, und zwei meiner Pfeile flackerten nur. Lee schien das alles jetzt auch zu bemerken, er wackelte an der Metallhaltestange hinter uns. Die war ein wenig locker und knarrte. Mit etwas Kraft hätte man sie sofort abreißen können.

Trotzdem!

So viele Sommer war dieser Apparat für uns das Herzstück der Spielhalle gewesen. In den vergangenen vierzig Minuten oder so hatte uns das

Gerät pures Vergnügen bereitet, und ich hatte all den Zukunftsstress, das College, den Streit mit Noah und seine Einstellung gegenüber Levi fast vergessen.

Auch Lee wirkte bedrückt, aber in seiner Miene war viel mehr als nur Enttäuschung zu erkennen.

»Tut mir leid, Kids«, sagte Harvey achselzuckend.

Ich bemühte mich, ihm ein höfliches Lächeln zu schenken und positiv zu klingen. »Ist schon okay. Wir müssen wohl einfach noch mal wiederkommen, um die Bestenliste zu übernehmen, bevor das Gerät wegkommt.«

Nachdem Harvey fort war, murmelte Lee vor sich hin und trat gegen den Apparat. Zuckend wurde der Bildschirm dunkel und leuchtete dann wieder auf und ging wieder aus, bis er schließlich erneut das Demovideo zeigte. Wutschnaubend beugte sich Lee über die Haltestange.

Ich kannte diesen Blick nur zu gut. Ich hatte ihn diesen Sommer schon oft gesehen. Seine Augen glitzerten feucht, und er presste den Kiefer fest zusammen. Seine Unterlippe zitterte nur ein wenig.

»Ich glaub's nicht«, spuckte er aus. »Zuerst das Strandhaus. Dann du und Harvard. Und jetzt das? Ist denn nichts mehr heilig?«

Melodramatik gehörte zu Lees Stärken, aber in dem Moment hatte ich nicht den Eindruck, dass er melodramatisch war. Nicht im Geringsten.

Ich legte eine Hand auf seinen Rücken und lehnte mich an ihn. »Los, red mit mir.«

Es spielte keine Rolle, dass wir die Spielhalle und

Dance Dance Revolution fast vergessen hatten. Was zählte, war, dass wir hierhergekommen waren, um einen besonderen Moment unserer Kindheit noch einmal zu erleben, dann aber festzustellen, dass alles in Stücke zerfiel und verschrottet wurde.

Was sich, ehrlich gesagt, wie eine mehr als gute Metapher für alles andere anfühlte, was ebenfalls vor sich ging. Das tat *weh*. Es ging nicht um den Automaten. Es gab noch andere *Dance Dance Revolution*-Geräte und andere Spielhallen.

Es ging um uns.

Es ging um die Zukunft.

Es ging darum, dass dies ein Sommer voller letzter Gelegenheiten war.

Lee schniefte neben mir, und ich wünschte, ich hätte etwas für ihn tun können. Ein großer Teil der Melancholie, die den ganzen Sommer über uns schwebte, und war sie noch so fern, war auf mich zurückzuführen, auf meine Entscheidung, nicht nach Berkeley zu gehen. Ich wünschte, ich hätte etwas unternehmen können, damit Lee nicht dermaßen litt.

Ich wünschte …

Die Erkenntnis traf mich wie der Blitz. Ich hielt den Atem an und sagte: »Lee, bleib hier. Ich bin gleich wieder zurück.« Dann lief ich zu Harvey, der gerade einem Jugendlichen Münzen für einen Baseballhandschuh abnahm.

Kaum eine Minute später war ich wieder bei Lee, der sich immer noch verzweifelt über *Dance Dance Revolution* beugte. Er beäugte mich neugierig, als ich sein Portemonnaie vom Boden aufhob und Quittungen und Geldscheine durchwühlte und …

Ich hielt ein Kondom hoch. »Ernsthaft? Sehr stilvoll.«

»Steck das weg!«, fauchte er. »Hier sind Kinder in der Nähe!«

Ich schob das Kondom zurück und Lee nuschelte: »Es schadet nie, vorbereitet zu sein, Shelly. Ich wette, Noah hat eins in *seiner* Brieftasche.«

»Ich werde das weder bestätigen noch dementieren.«

Ich könnte schon, also es absolut bestätigen.

Dann zog ich aus Lees Portemonnaie den Zettel heraus, den ich suchte. Wir hatten die Bucket List den gesamten Sommer bei uns und sie sozusagen hundertundeinmal aufgefaltet und wieder zusammengefaltet. Als wir sie vor Wochen beim Aufräumen gefunden hatten, war sie schon nicht mehr im besten Zustand gewesen, doch ich hatte das Gefühl, am Ende dieses Sommers würde sie schlicht auseinanderfallen.

»Was treibst du da eigentlich?«, fragte Lee und richtete sich auf. Ich nahm Platz. Lee setzte sich zu mir, schlug sich jedoch an der Metallhaltestange den Kopf an und murmelte: »Autsch.«

Lee und Elles epische Sommer-Bucket-List

27. ~~Eine Heißluftballonfahrt – KEINE ELTERN ERLAUBT!~~

28. ~~Noah in einen lebenden Eisbecher verwandeln~~

29. Gemeinsam in Berkeley aufs College gehen!
30. Ein letzter Tanz an unserem Dance Dance Revolution-Gerät in der Spielhalle

»Ein neuer Punkt«, erklärte ich. »Ein allerletzter Tanz mit diesem alten Mädchen – am fünften Juli.«

»Hmm«, murmelte Lee zustimmend. Und dann: »Bist du sicher, dass du dafür überhaupt Zeit hast?«

Ich warf einen Blick auf Nummer dreiundzwanzig, den Minigolf-Abend, den ich verpasst hatte. Lee hatte ihn zart mit Bleistift durchgestrichen. Halb abgehakt. Irgendwie geschafft. Und irgendwie auch nicht.

»Auf jeden Fall«, antwortete ich und schob den ausgestreckten Zeigefinger unter sein Kinn. »Jetzt hör auf, so trübselig aus der Wäsche zu schauen, okay? Ich weiß, dass ich in den vergangenen Wochen wahnsinnig viel zu tun hatte – jobben, mich um Brad kümmern, Zeit mit Noah verbringen und all die Sachen mit der Bucket List … aber das ist auch für mich wichtig, Lee. Und ich *verspreche dir*, für den allerletzten Tanz hier zu sein, egal was passiert. Um nichts in der Welt werde ich das verpassen.«

Lee lächelte besänftigt, dann lehnte er den Kopf an meine Schulter. »Du bist manchmal so eine schnulzige Verliererin, Elle, aber ich hab dich lieb.«

»Ich hab dich auch lieb, Kumpel.«

22

Es war schon dunkel, als Lee und ich zum Strandhaus zurückkehrten. Die nächsten paar Tage hatten wir komplett verplant. Der Race Day war vielleicht das größte Ereignis auf der Liste gewesen (und der größte Coup, den es zu bewerkstelligen gegeben hatte), aber das Ganze war noch lange nicht das Ende. Lee und ich hatten es auch geschafft, ein Wochenende in Berkeley zu planen.

Im Spielzimmer brannte Licht und Gelächter drang aus der Richtung.

»Wer ist da?«, flötete Amanda in den Flur.

»Tweedledum und Tweedledümmer«, antwortete Rachel, gefolgt von ausgelassenem Lachen.

»Das weise ich entschieden zurück!«, riefen Lee und ich im Chor, was die anderen nur noch mehr zum Lachen brachte.

Amanda und Rachel saßen im Spielzimmer und schauten sich alte selbst gedrehte Videofilme an. Zwischen ihnen lag eine fast leere Pralinenschachtel und …

»Wo habt ihr denn den Wein her?«, fragte ich. Eifersucht lag in meinem Tonfall, weil die beiden zusammen abhingen und einen Mädelsabend verbrachten. Mir war klar, dass ich willkommen gewesen wäre, aber trotzdem.

»Ich habe meine Eltern besucht«, antwortete Amanda. »Um noch ein paar Klamotten zu holen, und habe bei der Gelegenheit ein bisschen Wein mitgehen lassen. Den werden sie nicht vermissen. Genauso wenig wie ihre einzige Tochter, weil sie zu sehr damit beschäftigt sind, sich zu streiten. Ha-ha!«

Ich wechselte einen fragenden Blick mit Lee, denn ich war mir nicht ganz sicher, wie ich darauf reagieren sollte.

Amanda füllte die Gläser erneut. »Auf egozentrische Eltern und ihre Weinvorräte!«

Rachel lachte erneut und schlug auf Amandas Knie ein, als hätte die etwas echt Urkomisches gesagt. »Wo wart ihr?«, fragte Rachel.

»Hatte es was mit der Bucket List zu tun?«, wollte Amanda wissen.

Lee und ich sahen uns an und nickten. Wir hatten beide keine Lust, zu erklären, dass unser altes Lieblingsspiel in der Spielhalle bald in Rente gehen würde und wie sehr uns das etwas ausmachte. Andererseits: Solange Amanda und Rachel beschwipst waren, nahmen sie uns wahrscheinlich ernster als zu jedem anderen Zeitpunkt.

»Wir haben euch etwas zu essen aufgehoben«, sagte Amanda. »Mac and Cheese.«

»Wir haben uns auf dem Heimweg Burger geholt«, meinte Lee. Er warf mir einen Blick zu. »Ich mache die Makkaroni mit Käse warm, willst du auch was?«

Ich lächelte. »Nein, ich bin noch satt. Also, ähm, hat Noah mit euch … mit euch zu Abend gegessen?«

Beide Mädels schüttelten den Kopf. Amanda sagte: »Habe ihn nicht gesehen. Ich habe ihn angerufen, aber er drückte mich zur Mailbox weg, wie so ein Arsch.«

»Toad, der Arsch«, spottete Rachel.

Beide brachen wieder in Kichern aus.

»Ahh, aber hier sieht er gar nicht wie ein Arsch aus.« Amanda deutete auf den Bildschirm mit dem Video, das sie sich gerade anschauten. Vom Feuerwerk und Fähnchen zu urteilen, war es an einem Vierten Juli aufgenommen worden. Noah trug den damals wirklich noch sehr kleinen Brad auf den Schultern. Dann beugte sich Amanda mühsam über die Rückenlehne des Sofas zu mir. »Ging's um Levi?«

Ich hielt den Atem an und lachte heftig auf. »Oh mein Gott, ernsthaft?«

»Ja, wahrscheinlich ging's um Levi«, stimmte Rachel zu und nippte an ihrem Wein.

»Du auch? Das ist doch verrückt. Noah hat gar *keinen Grund,* auf Levi eifersüchtig zu sein.«

Beide verzogen das Gesicht und versuchten dann, *kein* Gesicht zu ziehen, aber da war es schon zu spät. Rachel konnte es sich nicht sparen, darauf hinzuweisen: »Aber du hast ihn geküsst.«

»Und da war irgendwas in seinem Blick«, fügte Amanda mit mitfühlender Miene hinzu.

»Was – was für ein *Blick*? Wovon sprichst du eigentlich?«

»Du weißt schon …« Amanda verzog den Mund, ihr Kopf wackelte hin und her, die Augen wanderten von einer Seite zur anderen, während sie zur Decke schaute, die Lippen halb geöffnet und mit flatternden Wimpern. Es wirkte verträumt und wehmütig zugleich.

Ich prustete. »Okay, keine Ahnung, was du meinst, aber *diesen* Gesichtsausdruck habe ich bei Levi noch nie gesehen.«

»Für mich wirkt das sehr gut nachgemacht«, murmelte Rachel in ihren Wein.

»Okay!« Ich grinste beide an, mir war aber klar, dass meine Augen etwas anderes verrieten – nämlich: *Ihr könnt mich beide mal, dafür habe ich keine Zeit.* »Na ja, ihr seid betrunken und wisst offensichtlich nicht, was ihr redet, und ich muss meinen Freund finden und ihn zur Vernunft bringen.«

»Nein, bleib doch! Schau dir mit uns die Videos an! Ähm …« Rachel blickte zur Weinflasche, die bald leer war. »Du kannst auch den Rest des Weins haben, schätze ich.«

»Aber keine Pralinen«, entschied Amanda.

»Schon gut, danke. Ich sollte wirklich lieber Noah suchen.«

»Viel Glück«, riefen mir beide nach. Ich schaute in unserem Zimmer vorbei, um mir eine Jacke zu holen, und kam dann auf dem Rückweg an der Küche und Lee vorbei, der sich bereits durch einen vollen Teller Käsemakkaroni arbeitete.

»Ich gehe Noah suchen«, erklärte ich.

»Sicher, dass du nicht hierbleiben willst? Er kommt bestimmt bald nach Hause gekrochen.«

Ich schüttelte den Kopf und zappelte mit der Jacke, die ich in der Hand hielt. »Nein, ich … ich möchte lieber reinen Tisch machen.«

»Irgendeine Idee, wo er ist?«

Wieder schüttelte ich den Kopf. »Ich schaue unten am Strand nach, dann …«

Als ich das sagte, hörten wir auf einmal Noahs Motorrad in der Auffahrt und drehten uns beide zu dem röhrenden Geräusch um, das kurz darauf erstarb.

»Rätsel gelöst«, murmelte Lee. Er schob sich noch etwas Pasta in den Mund, legte die Gabel auf den Teller, um mir auf die Schulter zu klopfen, und verzog sich daraufhin ins Spielzimmer. Ich versuchte, mich zu sammeln, während ich in die entgegengesetzte Richtung ging, die Haustür öffnete und sah, wie Noah auf halbem Weg mitten auf der Veranda stehen blieb, mit seinem Schlüsselbund herumhantierte und finster zu Boden schaute, wobei sich seine Lippen lautlos bewegten – als würde er mit sich selbst reden.

Dann blickte er auf und schien überrascht, mich zu sehen. »Oh.«

»Hast du jemand anders erwartet?«

»Ich … dachte, du wärst immer noch sauer auf mich.«

Ich zuckte mit den Schultern. Vielleicht war ich das auch immer noch, ein wenig. Auf alle Fälle genug, um ihm nicht *allzu* schnell zu verzeihen.

Noah seufzte schwer. Das Haar fiel ihm in die Augen, die dermaßen hellblau leuchteten, dass man es sogar im Dunkeln sah. Er trug immer noch das T-Shirt von heute Nachmittag und seine übliche Lederjacke. »Können wir ein bisschen spazieren gehen?«

Ich nickte, zog meine Jacke an und schloss die Tür hinter mir. Noah streckte die Hand nach meiner aus, und einen Moment zögerte ich, sie zu nehmen und lieber vor ihm zu gehen, um etwas klarzustellen, aber …

Meine Hand glitt in seine, alles passte so gut. Unsere Finger schoben sich ineinander, als würden sie genau dort hingehören. Ich nahm einen Hauch von diesem Zitrusduft wahr, den ich für immer mit Noah verbinden würde. Das alles war tröstlich, auch wenn wir eigentlich immer noch verstritten waren.

Etwas weiter entfernt lag ein privater Strandabschnitt, der zu einem bestimmten Grundstück gehörte und nur für die Anwohner war. Wir zogen die Schuhe und Socken aus und ließen sie zurück, um zum Wasser zu gehen, wo das Meer unsere Füße umspülte.

»Es ist so ruhig. Ich habe das Meer noch nie so ruhig erlebt.«

Ich spürte, dass Noah neben mir mit den Achseln zuckte. »Wie Mom meinte, das Land ist wertvoll. Ich glaube, die Besitzer haben es schon verkauft.«

Wir gingen schweigend weiter. Ich wollte tausend Dinge sagen, aber ich merkte, Noah lag etwas auf dem Herzen. Er war beunruhigend still, doch ich konnte die Anspannung seiner Schultern erkennen. Seine Atemzüge waren etwas zu kontrolliert: langsam und gleichmäßig, drei Sekunden einatmen, drei Sekunden aus, drei Sekunden ein …

Außerdem. Dieser ganze dumme Streit war seine Schuld. Ich hatte nicht vor, ihm die Genugtuung zu verschaffen, ihm zu verzeihen, bevor er sich entschuldigte.

Schließlich blieb Noah stehen und ich daraufhin auch. Er trat vor mich und sah mir in die Augen. »Tut mir leid. Ich weiß, ich habe mich wie ein Arschloch aufgeführt, und … und ich weiß, dass ich das wahrscheinlich auch war«, fügte er verärgert hinzu, »aber ich wollte dir wirklich nicht das Rennen verderben. Sorry.«

»Ich bin nicht sauer, weil du das Rennen verdorben hast«, entgegnete ich.

»Ja, ich … ich weiß.« Sein Mund zuckte humorlos. »Trotzdem tut mir das auch leid. Es war aber nicht *allein* meine Schuld. Er wurde auf der Strecke ziemlich grob. Was … tja«, erklärte er, während ich die Augenbrauen hochzog, »keine Ausrede ist. Ich will damit nur sagen, es war nicht alles meine Schuld. Aber du hattest recht. Ich hätte der erwachsenere sein sollen und … und … und einfach seine Hand schütteln sollen.«

»Und vielleicht keine zickige Bemerkung machen sollen, dass ich immer zu Levi halte?«

Noah nahm auch meine andere Hand in die seine, schaute auf unsere Hände herab und nickte. »Ja.«

»Mir ist klar, dass du gedacht hast, ich hätte mich letzten Herbst von dir getrennt, um mit Levi zusammen zu sein, aber darum geht es hier nicht. Er ist nicht mein Back-up für dich. Er ist nur mein *Freund*. Und das ist alles, was es dazu zu sagen gibt.«

»Für dich.«

»Oh, bitte, Noah …« Ich wollte mich von ihm lösen, aber Noah hielt mich mit einer Hand fest, während er die andere an mein Gesicht legte. Ich schob sie weg. »Okay, gut, sieh mal. Nur … um dir etwas klarzumachen, okay, *tun* wir einfach mal *so*, als lägst du richtig damit, dass Levi immer noch in mich verknallt ist. *Nur angenommen*. Ich empfinde aber nicht so für ihn. Und Levi *weiß* das. Er weiß, dass ich in dich verliebt bin. Und er ist nicht der Typ, der sich an mich ranmacht, obwohl wir zusammen sind. Ich sage nicht, dass du ihn mögen musst, aber … Ich möchte nicht aufhören, mit ihm befreundet zu sein.«

»Das verlange ich ja auch gar nicht.«

»Du behauptest, mir zu vertrauen, Noah. Im vergangenen Jahr hatten wir lange Streits darüber, ob wir einander vertrauen können, und ich stehe *das* nicht noch einmal durch. Also, momentan möchte ich … möchte ich, dass du Levi vertraust.«

Er sah finster drein. »Ich kenne den Kerl kaum, Elle.«

»Dann benimm dich vernünftig«, schlug ich vor. Mir kam in den Sinn, wäre ich an Noahs Stelle, würde es mir wahrscheinlich auch schwerfallen, einem relativ Fremden zu vertrauen. Es war leicht gesagt, dass er Levi vertrauen konnte, aber etwas ganz anderes, es auch wirklich zu empfinden.

»Ich versuch's. Und … es tut mir leid.«

»Ja, das sollte es auch. Du Riesentrottel.« Ich drückte sanft auf sein Herz, und er schnappte meine Hand und zog mich in die Arme. Seine Lippen strichen über meine Schläfe, meine Wange, an meinem Hals entlang bis zum Nacken. Dort verweilte sein Kuss, und er hielt mich fest an sich gedrückt. Ich schlang die Arme um ihn, meine Finger fuhren nach oben, um mit den Haaren in seinem Nacken zu spielen. Noah seufzte hörbar an meiner Haut.

Ich liebte ihn so sehr, dass es manchmal wehtat. Von ihm im vergangenen Jahr getrennt gewesen zu sein, war mir dermaßen schwergefallen. Unser bisheriges Zusammenleben in diesem Sommer war nicht gerade ein Picknick rund um die Uhr, aber es war nicht so übel, wie von ihm getrennt zu sein. Schon jetzt wusste ich, wie wunderbar es sein würde, mit ihm in Harvard zu sein.

Aber wie der heutige Tag gezeigt hatte, war es hin und wieder auch hart, in einer Beziehung zu sein.

Doch so in seinen Armen zu liegen, war einfach alles wert.

»*I love you*«, murmelte ich an seine Schulter. »Aber du machst es mir manchmal wirklich nicht leicht, Noah.«

»Du wirst mich wahrscheinlich immer daran erinnern, was?«

»Großes Indianerehrenwort! Aber wo hast du eigentlich die ganze Zeit gesteckt?«

»Weißt du noch, wohin ich dich letztes Jahr zum Geburtstag ausgeführt habe? Da, wo wir das Feuerwerk gesehen haben? Ich brauchte einfach etwas Abstand von allem.«

Ah. Das klang logisch. Das hätte mir früher einfallen sollen.

»Ich bin froh, dass du wieder nach Hause gekommen bist«, sagte ich.

Er küsste wieder meinen Hals, und ich drückte mich an ihn. Die Wellen brachen leise um unsere Füße, und bis auf unseren Atem war alles ganz ruhig. Vielleicht waren wir nicht perfekt, aber momentan hatte ich alles, was ich brauchte.

23

Am darauffolgenden Tag übernahm ich die Frühstücks- und die Mittagsschicht im Dunes. Ich hätte auch noch abends gearbeitet, aber ich musste Brad aus dem Camp abholen. Es war ein anstrengender Tag gewesen: Mir war ein ganzer Eisbecher runtergefallen, eine Frau hatte mich angeschrien, weil ich ihr eine Cola Light statt der normalen brachte, obwohl ich *sicher* war, dass sie eine Light bestellt hatte. In nicht mal einer halben Stunde endete meine Schicht, aber nun strömte noch eine Horde rüpelhafter College-Jungs herein. Die meisten hatten nasse Haare und Sand klebte an ihnen. Auf dem Parkplatz entdeckte ich einen Truck mit Surfbrettern auf der Ladefläche.

»Soll ich mich um die kümmern?«, fragte Melvin, als er sah, wie ich mit den Augen rollte. Das musste ich ihm lassen – er hatte eine *Menge* Mumm, das überhaupt anzubieten. Mit der runden Brille auf der Nase, dem Kopf voller federnder Locken, den sanften Gesichtszügen und der Zahnspange im Mund würden die ihn vermutlich bei lebendigem Leib verspeisen. Und trotz des nervösen Blicks, den er den Jungs zuwarf, blähte er die Brust und war bereit, für mich einzuspringen.

Ich schüttelte den Kopf. »Schon gut, ich schaff das.«

Mit einem Krug frischem Wasser in der Hand machte ich mich auf den Weg zu dem Tisch und setzte ein Lächeln auf. »Hi, ich bin Elle und heute Nachmittag eure Kellnerin. Möchtet ihr vielleicht zuerst etwas Wasser?«

Sie schenkten mir kaum Beachtung, waren zu sehr in eine hitzige Debatte verwickelt, wer den besten Tag auf den Wellen hatte. Ein Typ grunzte und winkte mir abwesend zu, ohne auch nur hinzuschauen. »Klar, Schätzchen.«

Wow, was für ein Charmeur.

Ich goss das Wasser in die Gläser und räusperte mich dann. »Also, die Tagessuppe ist eine Lauch-Kartoffel-Suppe. Unsere Spezialität sind Langusten-Sandwichs mit Avocado, die ich sehr empfehlen kann, und Kichererbsen-Halloumi-Burger mit …«

»Was ist mit Nachtisch?«, fragte einer der Jungs und drehte sich mit einem frechen Grinsen zu mir um.

»Äh … natürlich. Das heutige Dessert-Special ist ein Eisbecher mit heißem Karamell und Kirschen oder Bananensorbet.«

»Was ist mit dir?«, fragte jetzt der erste Typ. »Stehst du auch auf der Speisekarte, Schätzchen?«

Ich bedachte ihn mit einem ausdruckslosen Lächeln.

»Leider sind unsere Single-Kellnerinnen alle schon vergeben, und es sieht so aus, als hättet ihr euch zu spät in die Warteschlange eingereiht.«

Ein paar der Jungs lachten über den Kumpel, aber er war hartnäckig. »Ach, komm schon. Wie wär's, wenn du mir deine Nummer gibst, Baby?«

»Wie wäre es, wenn ich meinen Chef dazu bringe, euch rauszuschmeißen?«, erwiderte ich und klimperte mit den Wimpern.

»Lass gut sein Alter«, murmelte der Typ in der Ecke und zog am Arm seines Freunds. »Ich bin am Verhungern.«

»Ich lass euch etwas Zeit, um die Speisekarten zu studieren, und komme dann gleich zurück, um eure Bestellung aufzunehmen.«

»Ich weiß schon, was ich studiere«, sagte einer und kniff mir in den Hintern, als ich mich umdrehte.

Ich wirbelte herum und kippte den restlichen Inhalt des Wasserkrugs über ihm aus.

»Ohh, tut mir sehr leid, *Liebling*«, sagte ich in ekelhaft süßlichem Tonfall. Der Grapscher war durchnässt, und während er nach Luft rang, spuckte und sich das Gesicht an der Serviette abwischte, versuchten seine Freunde vergeblich, nicht aufzulachen.

»Bitch«, schnauzte der Grapscher.

»Schuldig im Sinne der Anklage!«, erklärte ich fröhlich. »Geht jetzt bitte, bevor ich unseren Küchenchef herhole, um euch dazu zu zwingen. Er ist ein echter Profi am Fleischklopfer.«

Murrend kletterte die Gruppe aus der Sitzecke. Der

Typ, der mich gefragt hatte, ob ich auf der Speisekarte stehe, nuschelte eine wenig überzeugende Entschuldigung, und ein anderer schubste den Grapscher mit den Worten: »Du bist so ein Arschloch. Das Langusten-Sandwich klang echt gut.«

Ich schenkte ihnen ein strahlendes Lächeln, folgte ihnen zum Ausgang und winkte zum Abschied. »Kommt nicht so bald zurück!«

Als ich mich wieder umdrehte, sah ich, wie May eine Bestellung aus der Küche entgegennahm. Sie hob eine ihrer hauchzarten Augenbrauen in meine Richtung und ich zuckte innerlich zusammen.

»Sorry. Ich mache da sofort wieder sauber.«

»Du hast diese Deppen wie ein Profi abgefertigt«, erklärte May überraschend. »Und los jetzt, verschwinde von hier. Hast du nicht einen kleinen Bruder, den du abholen musst? Melvin – in Sitzecke fünf aufwischen, bitte!«

Ich verzog mich schnell nach hinten und schnappte mir meinen Rucksack. Ich machte mir nicht die Mühe, mich umzuziehen, und beschloss, das zu Hause zu erledigen. Und es war auch gut, dass May mich ein paar Minuten früher entlassen und ich mich nicht mit dem Umziehen aufgehalten hatte, weil ich in einen Stau kam. Die Autobahn war nur einspurig zu befahren, und ich kroch vor mich hin, schimpfte leise vor mich hin und sah auf der Uhr auf dem Armaturenbrett, wie die Zeit nur so dahinraste.

Als ich endlich am Spielfeld von Brads Baseball-Camp ankam, hingen dort bloß noch ein paar Nachzügler herum. Auch der Parkplatz war größtenteils leer. Zwei Mütter standen vor ihren Autos und rauchten, während ihre Kinder Fangen spielten. Ich sprang aus dem Auto und schaute mich unter den verbliebenen Kids um, aber keine Spur von Brad.

Angst legte sich wie eine Faust um mein Herz, ich rannte zu dem niedrigen Backsteingebäude am Spielfeldrand. Dort befand sich eine Cafeteria, die gerade sauber gemacht wurde, und ein paar der Trainer saßen über Papiere gebeugt herum, ohne mich auch nur eines Blickes zu würdigen, aber nirgends Brad.

Shit! Shit, shit, shit.

Okay, Elle. Kein Grund zur Panik. Es ist alles in Ordnung.

Mit zittrigen Knien kehrte ich zu meinem Auto zurück und völlig nervös rief ich Dad an. Es läutete zweimal, dann landete ich auf der Mailbox, sodass ich auflegte.

Wenige Sekunden später erhielt ich eine Nachricht.

Bin in einem Meeting. Was gibt's?

Shit! Wenn Dad ihn nicht abgeholt hatte …

Nein, noch war kein Grund zur Panik. Auf Dads Nachricht antwortete ich nicht, sondern steckte den Schlüssel in die Zündung. Ich würgte den Motor zweimal ab, bevor es mir gelang, vom Parkplatz zu fahren. Vielleicht war Brad von den Eltern eines Kumpels nach Hause gefahren worden. Vielleicht hatte ein Elternteil, das sein Kind vom Camp abholte, ihn warten gesehen und nach Hause gebracht.

Meine Angst wuchs jedoch, je näher ich unserem

Haus kam, denn Brad verschwand nicht einfach so. Und klar, vielleicht war er inzwischen alt genug, um auf sich selbst aufzupassen, aber er war immer noch ein Kind. Er war mein kleiner Bruder. Ich war für ihn verantwortlich. Ich sollte mich um ihn kümmern. Und wenn er verschwunden wäre …

Ich parkte vollkommen planlos, stürzte aus dem Wagen und zur Haustür. Sie war nicht verschlossen, und mir gefror das Blut in den Adern, als …

»Oh, Gott sei Dank!«, stöhnte ich erleichtert und umarmte Brad auf seinem Platz am Küchentresen, wo er sich gerade warme Nachos in den Mund schaufelte. Er roch verschwitzt und nach Gras, und ich steckte die Nase in seine Haare. »Gott sei Dank! Ich konnte dich nirgendwo finden. Hat dich eine der Moms nach Hause gefahren? Du weißt, dass du auf mich warten oder mich anrufen sollst, wenn so was passiert. Hast du eine Vorstellung, wie viel Angst ich um dich hatte?«

»Ich bin doch hier«, sagte er, zuckte verärgert mit den Achseln und sah mich völlig verwirrt an. »Aber was machst du hier?«

»Was ich …? Ich sollte dich doch abholen! Was meinst du mit *Was machst du hier*?«

»Oh!«

Ich drehte mich um, und eine mir völlig fremde Frau stand in der Küchentür. Sie trug eine schwarze ärmellose Bluse, einen blauen Bleistiftrock und funkelnde blaue Ohrstecker. Ihr schulterlanges dunkles Haar lockte sich an den Spitzen und wirkte, als wäre es nicht leicht zu bändigen. Sie sah aus, als käme sie direkt von der Arbeit im Büro.

Man musste kein Genie sein, um zu wissen, wer diese fremde Frau war.

»Elle!«, rief sie aus und lächelte breit. »Wir haben dich gar nicht erwartet!«

Ich verzog verächtlich das Gesicht. War das ihr Ernst?

»Ihr habt mich *nicht erwartet*«, wiederholte ich. »Oh, tut mir sehr leid, dass ich in mein Zuhause gekommen bin. Und wer zum Teufel sind Sie?«

Ich wusste genau, wer sie war, aber die ganze *Wir haben dich gar nicht erwartet*-Geschichte war so lächerlich, dass ich nicht einmal versuchte, meine Empörung zu verbergen.

Sie lachte leise auf. »Natürlich, wie dumm von mir. Ich habe so viel von dir gehört, dass ich das Gefühl habe, dich bereits zu kennen. Ich bin Linda. Dein Dad und ich …«

»Ja, ich weiß.«

Irgendwie wollte ich nicht, dass sie den Satz beendet.

»Was ich aber nicht weiß«, fuhr ich fort, »was tun Sie, ähm, was tust du hier?«

»Sie hat mich vom Camp abgeholt«, antwortete Brad, als wäre das ganz logisch – was jetzt, wo er es so ausdrückte, auch für mich so klang. Aber das Warum war überhaupt nicht klar.

Ich schaute ihn finster an. »Nein. *Ich* sollte dich aus dem Camp abholen.«

»Du warst in letzter Zeit so beschäftigt«, meinte Linda freundlich, und mein Gott, wenn sie nicht aufhörte, derart in der Küche rumzuwerkeln, würde ich anfangen zu schreien. »Euer Dad sagt immer, wie viel du gerade auf dem Zettel hast, also habe ich vorgeschlagen, zu helfen und Brad vom Camp abzuholen. Hat er dir das nicht erzählt?«

Mir fielen die Nachrichten ein, die Dad gestern geschickt hatte, als ich zu viel um die Ohren hatte, um sie mir anzusehen, und sagte nichts.

»Apropos viel zu tun, darf ich dir etwas anbieten?«

»Wie bitte?«

»Nachos«, erklärte sie und deutete auf Brads Teller. »Möchtest du auch?«

»Nein, Linda. Ich will keine Nachos.«

Schulterzuckend fuhr sie mit dem Aufräumen fort und ließ Wasser ins Spülbecken einlaufen.

»Ich kann den Abwasch machen«, sagte ich.

»Kein Problem. Außerdem habe ich das Chaos ja verursacht! Das Durcheinander mit Brads Abholung heute tut mir sehr leid. Wir wollten dich wirklich nicht beunruhigen.«

Wir. Nein, es gab kein »Wir«. Das einzige »Wir« bestand aus Brad, unserem Dad und mir. Auf alle Fälle kein »Wir«, das diese – diese – seine – was auch immer sie war, miteinschloss.

»Ich bin bisher auch gut ohne deine Hilfe zurechtgekommen, Linda.«

»Nun, ich – das weiß ich, Elle.« Sie wandte sich vom Spülbecken mir zu und lächelte mich irgendwie unbeholfen an. *Gut*, dachte ich verbittert. Sie soll sich auch nicht wohlfühlen. Das war mein Zuhause, nicht ihres. Sie war hier der Eindringling, nicht ich. »Euer Dad sagt immer, wie viel du auf dich nimmst und wie gut du das alles machst, aber da ich helfen konnte ... Wir dachten, so hättest du mehr Zeit für deine Freunde. Arbeitet die Bucket List ab, von der ich so viel gehört habe! Brad hat mir die Videos vom Race Day gezeigt – wie fantastisch! Lee und du müsst eine echt rege Fantasie haben, um euch so etwas auszudenken. Und all das Geld, das ihr für wohltätige Zwecke gesammelt habt!«

Was weißt du schon von der Bucket List? Red nicht über mich und meinen besten Freund, als ob du etwas über uns wüsstest. Ich brauche deine Hilfe nicht. Du tust mir damit keinen Gefallen.

Aber ich biss mir auf die Zunge und schluckte eine gemeine Erwiderung herunter.

Brad sah mich bewundernd an. »Ich wünschte, ich hätte dabei sein dürfen, Elle. Levi und Noah haben es wirklich durchgezogen! Und als Lee eingeschleimt wurde!«, brach er in Gelächter aus.

Ich beruhigte mich etwas. »Ich wünschte auch, du hättest es sehen können, Kumpel.«

(Dad und ich hatten rasch entschieden, dass Brad auf keinen Fall dabei sein durfte – ich war zu beschäftigt, um mich im Fun Park den ganzen Tag um ihn zu kümmern, und er würde nur versuchen, doch mitzufahren. Dass die Gokarts strikt ab vierzehn waren, hatte uns als einfache Ausrede gedient, ihn davon abzuhalten, bevor er auch nur fragte.)

»Kann ich am Wochenende wieder mit ins Strandhaus, Elle?«

»Mal sehen. Ich rede mit den Jungs. Aber ich verspreche, dass es demnächst wieder klappt. Und hey! Bald ist der Vierte Juli! Da kommst du! Wir schmeißen eine Riesenparty, da wir zum letzten Mal im Strandhaus feiern werden. Dad hat sogar erlaubt, dass du ein paar Freunde mitbringen kannst. Hm? Das wird cool, oder? Auf einer Erwachsenenparty mit College-Kids?«

Brad rollte mit den Augen. »Du gehst noch nicht aufs College, Elle.«

Trotzdem begeisterte ihn natürlich die Idee mit der Party.

Ich schaute zu Linda und fragte mich, ob Dad sie auch eingeladen hatte. Ich ahnte, dagegen nichts einwenden zu können. Ich musste einfach hoffen, ihr an dem Abend nicht zu begegnen.

Sie fing meinen Blick auf, und statt auf den Vierten Juli einzugehen, sagte sie bloß: »Es tut mir wirklich leid, dass wir uns unter diesen Umständen kennengelernt haben, Elle, aber es ist sehr schön, dich endlich anzutreffen. Vielleicht, wenn du mal einen freien Abend hast, könnten wir vier irgendwo gemeinsam essen gehen? Uns besser kennenlernen?«

»Wie du schon festgestellt hast«, antwortete ich, »bin ich sehr beschäftigt.«

Nachdem ich eine Stunde ziellos herumgefahren war, um den Kopf wieder freizubekommen, parkte ich am Strandhaus, und genau in dem Moment meldete sich mein Handy mit einer Nachricht:

Nicht vergessen!, schrieb Lee. *#Nr. 9 heute Abend! Wir sehen uns in der Mall.*

Nummer neun der Bucket List: Bei einem Flashmob mitmachen.

Lee hatte online einen Flashmob ausfindig gemacht, der heute Abend stattfinden sollte. Wenn man sich dort anmeldete, bekam man eine E-Mail mit einem Video der Choreografie zugeschickt, die ziemlich einfach zu lernen gewesen war. Und bei all dem Aufwand, den wir in die Organisation des Rennens und die Planung anderer Aktivitäten rund um meinen engen Terminkalender gesteckt hatten, erschien es uns einfacher, an einem fremden Flashmob teilzunehmen, als selbst einen auf die Beine zu stellen.

Ich seufzte. Ich hatte immer noch meine Arbeitsklamotten an und schleppte das Outfit für den Flashmob in meinem Rucksack herum – das *Brad ist verschwunden/Linda*-Drama hatte mich so gefangen genommen, dass ich die Flashmob-Aktion komplett vergessen hatte. Schnell schnappte ich mir meinen Rucksack und lief ins Haus. Rasch umziehen, dann zurück in die Stadt und zur Mall – das war der Plan.

Im Haus brannte nur wenig Licht und etwas Orangefarbenes flackerte aus Richtung der Küche.

Ich näherte mich dem Flackern, entdeckte eine Reihe von Teelichten und sah noch mehr auf dem

Tisch im Garten. Dort wartete auch eine Schüssel Salat. Und dann bemerkte ich Noah vor dem Ofen, aus dem er gerade eine Auflaufform herausholte.

»Hey! Da bist du ja.« Er strahlte mich an, das Grübchen zeigte sich und seine Augen funkelten.

»Was ist …« Ich starrte die Kerzen an, das Essen … »Was ist das alles?«

»Ich wollte gestern wiedergutmachen. Und du warst so beschäftigt, dass ich dachte, du könntest einen ruhigen Abend gebrauchen.«

»Hast du das alles selbst gemacht?«

»Natürlich«, erklärte er, warf sich lächelnd in die Brust und fügte hinzu: »Nein. Amanda hat mir geholfen, den Auflauf vorzubereiten.«

»Wo ist sie?«

So gemischt meine Gefühle für Amanda auch sein mochten, die Vorstellung, dass sie sich den ganzen Abend in Lees und meinem alten Zimmer einsperrte, damit Noah und ich ein romantisches Essen hatten, war schrecklich.

»Sie ist ins Hotel gefahren, um mit ihren Eltern zu Abend zu essen. Die meinten, sie hätten etwas mit ihr zu besprechen. Ich glaube, sie bleibt über Nacht.« Er stellte die Auflaufform ab, ließ die Topflappen fallen, kam zu mir, legte die Hände auf meine Hüften und beugte sich vor, um mich zu küssen.

»Noah, das …« Mir stiegen Tränen in die Augen, und ich musste schlucken, um weitersprechen zu können. »Das sieht köstlich aus. Es ist so süß von dir, aber …«

Ich löste mich von ihm und spürte, wie meine Schultern nach vorne sackten und ich den Kopf hängen ließ. Ich zappelte mit den Händen herum.

Ich fühlte, wie Noahs Blick über mich wanderte, er mein schlechtes Gewissen, das Stirnrunzeln und den Seufzer, den ich kaum zurückhalten konnte, wahrnahm. Entschlossen, weiterhin zu Boden zu schauen, versuchte ich, den fantastischen Duft des Essens und den romantischen Kerzenschein zu verdrängen. Dennoch sah ich im Augenwinkel Noahs begeistertes Lächeln verblassen.

»Elle? Was ist los?«

Ja, was war los?

Das war eine sehr schwere Frage. Zwischen einer anstrengenden Doppelschicht, einem grapschenden Idioten, der Panik, dass Brad nicht im Camp war, und der quälenden Begegnung mit Linda … Nun hatte Noah ein romantisches Essen für uns zubereitet, damit wir den Abend miteinander verbrachten, und ich musste ihm erklären …

»Tut mir leid«, sagte ich, der niedergeschlagene Seufzer entkam schließlich, während ich einen weiteren Schritt von Noah zurücktrat. »Noah, es tut mir leid, denn das ist alles so toll, und ehrlich gesagt ist es genau das, was ich heute Abend brauche, aber … aber ich kann nicht. Ich muss noch weg.«

Ich sah, wie es ihm dämmerte, und er gab einen verärgerten, frustrierten Ton von sich. »Bitte sag, dass es nicht wieder mit dieser Bucket List zu tun hat.«

»Sorry!«, jammerte ich. Ich fühlte mich echt

fürchterlich, vor allem, wenn man bedenkt, wie viel Mühe er sich gegeben hatte. »Ich hab's Lee versprochen, und … diese Woche hab ich schon eine Sache verpasst. Ich versuche wirklich sehr, das nicht zur Gewohnheit werden zu lassen.«

Langsam schob ich mich rückwärts zur Tür.

»Du willst jetzt ernsthaft gehen?«, fragte Noah und blickte mich ungläubig an.

»Ich habe keine Wahl! Ich hab's Lee versprochen. Wir können das nicht einfach verschieben. Demnächst bin ich immer in deiner Nähe. Aber mit diesem Sommer muss ich das bei ihm gutmachen. Tut mir leid, Noah, aber ich muss.«

Er folgte mir in unser Zimmer. Ich zog die Flashmob-Klamotten aus dem Rucksack und begann, mich umzuziehen. Noah verzog weiter das Gesicht.

»Nur weil du dich für Harvard und nicht für Berkeley entschieden hast, kann ich diesen Sommer also keine Zeit mit dir verbringen?«

»Das habe ich nicht gesagt. Mach aus einer Mücke keinen Elefanten.«

»Du bestätigst doch immer wieder: In diesem Sommer dreht sich alles um dich und Lee, alles um die Bucket List. Ich hätte nicht gedacht, dass ich nach den Sternen greifen würde, wenn ich auf einen gemeinsamen Abend mit meiner Freundin hoffe.«

Er hob mein Shirt auf, und ich riss es ihm aus den Händen. »So ist das nicht! Aber – heute Abend geht's eben nicht, Noah. Nicht heute Abend, Noah. Das ist alles.«

»Wann dann? Morgen?«

Morgen wollten Lee, die Jungs und ich ins Kino gehen.

Noah bemerkte mein Zögern.

»Übermorgen?«

»Da habe ich Spätschicht.«

»Wie wäre es mit dem achtzehnten August? Also in zwei Jahren? Hast du da Zeit, Elle?«

Ich würde das T-Shirt verkehrt herum noch einmal anziehen. Schnüffelnd schlängelte ich die Arme hinein und drehte es, bis es wieder ordentlich saß. »Noah, komm schon. Sei doch nicht so. Es tut mir leid, dass ich dein Überraschungsessen ruiniert habe und schon etwas anderes vorhatte, das ich jetzt nicht mehr absagen kann. Okay? Aber ich muss jetzt los.«

»Na gut«, schnauzte er. »Viel Spaß mit Lee.«

Ich hasste es, ihn zu verärgern. Ich hasste es, dass ich nicht bleiben konnte, weil ich es ehrlich gesagt wirklich wollte – aber ich wusste, dass ich Lee nicht im Stich lassen konnte. Nicht schon wieder. Ich hasste es, dass ich mitten in einem Streit abhauen musste, und ich hasste es, dass wir überhaupt schon wieder stritten.

Also sagte ich: »*I love you.*«

Noah murmelte irgendetwas vor sich hin, als er das Zimmer verließ, knurrte dann aber: »Ja. Ich dich auch.«

Besser würde es heute Abend nicht mehr werden, also gab ich mich damit zufrieden.

Vielleicht konnte ich heute Nacht in meinem alten Bett schlafen, und wir könnten morgen alles in Ruhe besprechen.

Auf dem Weg nach draußen begegnete ich Rachel. Sie wirkte auch nicht übermäßig glücklich. Irgendetwas lag heute Abend in der Luft.

»Bucket List?«, fragte sie auf eine Art, die mir zeigte, dass sie es eigentlich bereits ahnte.

»Äh … ja. Wir sehen uns später!«

Verschnupft nuschelte sie: »Na, dann viel Spaß.«

Offenbar nahm nicht nur meine Beziehung den zweiten Platz nach der Bucket List ein.

Als ich die Haustür schloss, hörte ich noch, wie Rachel Noah fragte: »Was ist das alles?«

Daraufhin murmelte er: »Nichts« und blies die Kerzen aus.

»Du hast heute Abend solch einen Stock im Arsch, Shelly«, meinte Lee. »Los! Flashmob! Das soll Spaß machen!«

»Sorry. Ich verspreche, Spaß zu haben. Und ich werde lächeln, wenn das Ganze anfängt.«

Wir saßen auf einer Bank bei einem Brunnen in der Nähe des Food Courts der Mall. In acht Minuten sollte der Flashmob starten. Bis jetzt hatten wir das Ratespiel *Bloß einkaufen oder Flashmob?* gespielt – ein Spiel, bei dem ich offensichtlich nicht aufmerksam genug bei der Sache war.

Lee rückte näher zu mir. »Was ist?«

Ich war kurz davor, es ihm zu sagen. Das heute

war solch ein schrecklicher Scheißtag gewesen, dass ich gleich in Tränen ausbrechen konnte, und ich wusste, das würde ich auch, wenn ich Lee von dem Tag erzählte.

Abgesehen von der Anfangszeit mit Noah hatte ich keine Geheimnisse vor Lee und log ihn auch nicht an. (Die Bewerbung in Harvard zählte nicht, redete ich mir ein, da ich ja nie geglaubt hätte, tatsächlich angenommen zu werden.)

Es wäre so einfach, Lee alles zu erzählen.

Aber das durfte ich nicht. Mir war klar, wie es sich anhören würde: dass ich nicht hier sein wollte, dass ich nicht die Bucket List erfüllen wollte, dass ich Noah wieder einmal über ihn stellen wollte, dass unsere Freundschaft eine Last war und meiner Beziehung im Wege stand.

Ich wusste genau, wie das ankommen würde, also hielt ich den Mund.

»Einfach nur *ein Tag*, verstehst du?«, entschied ich mich zu antworten.

Er lachte kurz auf. »Mir geht's nicht anders. Ich hatte völlig vergessen, Rachel hiervon zu erzählen, und sie ging deshalb davon aus, wir würden mit ihren Eltern zu Abend essen … Mein Fehler, total. Aber dann war sie cool damit. Sie versteht, wie wichtig dieser Sommer für uns ist.«

Wenigstens ein Mensch.

Ich erwähnte nicht, wie verärgert Rachel ausgesehen hatte, als ich ihr vorhin im Strandhaus begegnet war.

Lee sprach daraufhin wieder von unserem Rennen (wie viele Klicks das Video hatte, wie episch das Ganze gewesen war), was als Nächstes auf der Bucket List stand und ob wir Zeit finden würden, in den nächsten Tagen noch einmal in die Spielhalle zu gehen. Ich hörte nur zu und tat mein Bestes, den Streit mit Noah zu verdrängen.

Es ging nicht darum, einen Flynn-Bruder dem anderen vorzuziehen. Darum war es nie gegangen.

Aber wenn es darauf ankam, war Lee wie ein Teil von mir. Ohne ihn würde ich mich fühlen, als würde mir ein Bein oder ein Arm fehlen. Mir würde ein Teil meiner Seele fehlen. Ich wusste bereits, wie es war, von Noah getrennt zu sein, und das war schon schlimm. Doch ich hatte echte Angst, Lee zu verlieren.

Und auch wenn es eigentlich nicht darum ging, Lee oder Noah zu bevorzugen, den einen dem anderen vorzuziehen – vielleicht war es doch so, nur ein wenig. Und in diesem Sommer entschied ich mich für Lee.

24

Vor zwei Tagen war ich schon der Ansicht gewesen, dass die Dinge gar nicht gut liefen, aber es wurde noch schlimmer. Noah und ich hatten kaum miteinander gesprochen. Gestern hatte er Amanda ein wenig die Stadt gezeigt – eine spontane Entscheidung, und der Hintergrund für seine plötzliche Begeisterung für Lokaltourismus war offensichtlich. Als er dann abends ins Bett kam, hatte ich so getan, als würde ich schon schlafen.

Ja, das war vermutlich total kindisch, aber ich hatte keine Lust, darüber nachzudenken. Ich wollte mich einfach keiner weiteren Diskussion stellen, die sich wahrscheinlich zu einem hitzigen Schlagabtausch, wenn nicht sogar zu einem echten Streit entwickeln könnte.

Am Morgen war ich früh aufgestanden, um mit Lee einen weiteren Punkt auf der Bucket List abzuhaken (Nummer zwölf: Seilklettern), und danach hatte ich die Mittags- und Abendschicht im Dunes.

In den vergangenen Tagen hatte Dad mehrfach versucht, mich zu erreichen.

Ich hatte ihm eine kurze Nachricht geschickt, dass ich beschäftigt sei, viel zu erledigen hätte, und wenn er jemanden bräuchte, der sich um Brad kümmert, könnte das ja vielleicht Linda übernehmen. Die allseits geschätzte Linda. Blöde Linda. Sich-wie-selbstverständlich-in-meiner-Küche-ausbreitende Linda.

Lee ahnte, dass etwas im Busch war. Er kannte mich zu gut.

Seltsamerweise war Amanda die Einzige, mit der ich über Linda reden wollte. Als ich ihr zum ersten Mal von Linda erzählte, hatte sie mich nicht kritisiert, und es schien mir irgendwie weniger beängstigend, mit ihr darüber zu sprechen als mit Lee oder Noah. (Mal abgesehen davon, dass Noah und ich momentan ja sowieso nicht *miteinander* redeten …)

Hätte ich Lee erklärt, dass die Spannungen zwischen mir und Noah wegen ihm und der Bucket List entstanden waren, hätte ihn das bloß verletzt, und ich ging auch nicht auf Linda ein, sondern tat das Ganze achselzuckend ab: »Keine große Sache. Ich bin nur irgendwie müde von allem, was passiert. Bei der Arbeit ist auch alles verrückt.«

Das war nicht mal gelogen.

Die Arbeit im Dunes *war* verrückt, besonders heute. Am Strand hatte ein Surf-Wettbewerb stattgefunden, und wir wurden überrannt. Es hatte nicht mal, wie sonst üblich, eine Pause zwischen Mittag- und Abendessen gegeben.

Die Trottel von Anfang der Woche waren wieder aufgetaucht, aber May hatte ihnen höflich und unmissverständlich erklärt, dass sie nicht erwünscht waren. Die Typen sträubten sich, bis einer schließlich mich entdeckte. Ich winkte überschwänglich und hielt ein Tablett mit bunten, alkoholfreien Cocktails für Tisch dreißig hoch – daraufhin machten sie einen Rückzieher und gingen.

Das war so ziemlich der beste Teil des Tages gewesen.

Denn ansonsten ließ ich eine komplette Bestellung fallen, bevor ich auch nur aus der Küche war. Mindestens drei andere Bestellungen verwechselte ich. Dann vergaß ich, dass Tisch vierundzwanzig bezahlen wollte, bis der Dad schließlich mit der Kreditkarte in der Hand auf mich zumarschierte und verlangte, mit meinem Chef zu sprechen, wenn man ihn noch lange warten lassen würde. Die Kids an Tisch dreiunddreißig hinterließen ein totales *Chaos* – verschüttete Getränke, überall Ketchup auf der Tischplatte, einen in die Sitzbankritze gedrückten halben Burger und Pommes, die in einem nicht ganz ausgetrunkenen Milchshake schwammen.

Irgendwie hatte ich ein Hosenbein zerrissen. Ich wusste nicht einmal, *wann*, aber ich spürte einen Riss bis zum Schienbein, und der Stoff flatterte, obwohl ich den Rand in meine Socke gestopft hatte. Als ich eine Toilettenpause einlegte, bemerkte ich Kugelschreiberspuren in meinem Gesicht. Doch ich bemühte mich nicht mal, sie abzuwischen.

Gerade hatte ich die Bestellung einer zwölfköpfigen Familie entgegengenommen und ihnen, wie ich hoffte, ein Lächeln geschenkt, als ich im Umdrehen ins Stolpern geriet. Während ich versuchte, mich zu fangen und dazu die Arme ausstreckte, riss ich einen Teller von einem Tisch und erwürgte fast ein armes Mädchen an einem anderen.

Ich hatte Mühe, wieder auf die Beine zu kommen, und sah dann, dass die Schnürsenkel meiner Schuhe zusammengebunden waren. Am Tisch der Großfamilie kicherte ein rotznäsiger Junge, der kaum älter als vier oder fünf Jahre alt war.

Seiner Mutter war das sehr peinlich, sie entschuldigte sich ausgiebig bei mir und schimpfte parallel mit ihrem Sohn.

»Schon gut«, sagte ich und lehnte mich an die Sitzecke, um meine Schnürsenkel in Ordnung zu bringen. Verdammt, der Junge hatte einen richtig festen Knoten gemacht … Danach stapfte ich zum Tresen und gab die Bestellung für die Küche auf.

Da landete sanft eine Hand auf meiner Schulter. »Alles okay, Elle?«

Ich blickte May an. Sie machte ein solch besorgtes Gesicht, dass ich fast geweint hätte. Da ich meiner Stimme nicht traute, nickte ich nur.

Sie schien nicht wirklich überzeugt. »Warum machst du nicht mal eine Pause? Kaylie ist gerade gekommen. Sie kann sich ein Weilchen um deine Tische kümmern.«

»A–aber …«

»Hey. Keine Widerrede gegenüber deiner Chefin. Du machst jetzt eine Pause. Das ist ein Befehl, okay?«

Ich schniefte, schenkte ihr das erbärmlichste Lächeln der Welt und schleppte mich nach draußen. Ich brauchte nur etwas frische Luft, das war alles. Ein paar Minuten frische Luft, und es würde mir wieder gut gehen. Ich war einfach nur müde. Ich war bloß zu lange auf den Beinen.

Ich war …

Im Eimer.

»Elle?«

Als eine vertraute Stimme meinen Namen sagte, schreckte ich auf – und gleich darauf noch mal, weil ich mich erschöpft an ein Auto gelehnt hatte und sich nun die Tür öffnete und mich an der Hüfte erwischte. »Aua!«

»Oh Shit, sorry. Das hab ich nicht gesehen.« Levi stieg aus seinem Wagen und lächelte. »Wir sollten echt damit aufhören.«

Als Levi und ich uns das erste Mal begegneten, hatte er mir auch die Autotür in die Seite gestoßen. Ich versuchte, über den Witz zu lachen, wirklich, aber alles, was ich hinbekam, war ein Zucken der Muskeln irgendwo in meiner Wange. Levi schaute mich entsetzt an.

»Was ist los? Wow, du siehst ja richtig heiß gelaufen aus. Nicht heiß, wie, *heiß*. Obwohl du natürlich – na ja, das ist … ach, egal. Geht's dir gut, Elle?«

Unmöglich, mit Lee zu sprechen, ohne seine Gefühle zu verletzen. Im Moment redete ich *auch* nicht mit Noah. Ich konnte mit Dad nicht über Linda sprechen, ohne wie eine ungezogene Göre zu klingen, und ich konnte nicht mit Rachel oder Amanda reden, ohne dass die beiden Lee oder Noah davon erzählen würden, und dann würde daraus eine große Nummer, weil sie dann *wüssten*, worüber ich nicht mit ihnen reden wollte – dass etwas vor sich geht, worüber ich nicht einmal mit den beiden sprechen konnte.

Aber Levi …

Er schaute mich so traurig an, die Stirn in Falten gelegt, die Mundwinkel nach unten gezogen und die Augen so warmherzig und freundlich. Er sah aus, als wollte er etwas für mich tun.

»Elle?«, fragte er noch einmal.

Und in dem Moment brach ich in Tränen aus.

Levi erzählte ich dann alles. Ich erzählte ihm sogar von dem Streit, den ich am Race Day mit Noah gehabt hatte, und dass Noah dachte, Levi sei immer noch in mich verknallt und alles andere, was gesagt worden war. Ich erzählte ihm von Linda: dass, wenn ich nicht so sehr mit meiner Arbeit beschäftigt wäre, sie vielleicht nicht so viel bei uns sein müsste, aber wenn ich diesen Job nicht hätte, könnte ich die Bucket List nicht erfüllen. Und apropos, ich erzählte Levi auch, den Achtzigerjahre Minigolf verpasst zu haben, und dann von dem Abend, an dem ich Noah versetzt hatte.

»Er denkt, nur weil er gekocht und ein paar Kerzen angezündet hat, ist wieder alles in Ordnung?«

Ich schüttelte den Kopf. »Nein, so war das nicht. Er hatte sich vorher schon entschuldigt. Er wollte nur nett sein und Zeit mit mir verbringen. Und dann habe ich *ihn* versetzt, um bei dem Flashmob mitzumachen, wozu ich *auch* Lust hatte, aber … Ich habe das Gefühl, mich immer wieder zwischen den beiden entscheiden zu müssen, und beim letzten Mal hätte ich Lee fast verloren, und Noah machte eine blöde Sauftour, weil er meinte, er hätte alles verdorben oder so.«

»Nichts für ungut, Elle, aber dein Freund klingt manchmal echt anstrengend.«

Ich grummelte. *Ja, aber er war meine Sache.*

»Es ist nicht gerade so, dass ich selbst perfekt wäre«, blaffte ich. »Wenn er anders wäre, wäre er nicht Noah und ich würde ihn nicht so sehr lieben, wie ich ihn liebe.«

»Hmm.«

Wir saßen auf den Steinen zwischen Parkplatz und Strand. Ich hatte die Knie bis zum Kinn hochgezogen. Levi streckte sich neben mir aus, stützte sich hinten mit den Händen ab.

»Nur«, sagte ich, »zwischen all dem und Linda und dem Irrsinn hier … Manchmal habe ich das Gefühl, keine Luft mehr zu bekommen. Weißt du, was ich meine? Versteh mich nicht falsch, es gefällt mir, die Bucket List abzuarbeiten. Das war schließlich sogar meine Idee! Und es macht Riesenspaß. Und ich helfe gern mit Brad, und ich wollte hier arbeiten – und finde es toll. Abgesehen von den gelegentlichen …« Ich seufzte lang und laut durch die Nase und deutete gleichzeitig auf meinen äußerlich mitgenommenen Zustand. »… Tagen wie diesen und irgendwelchen bescheuerten Grapschern. Aber mittlerweile ist es einfach ein bisschen viel.«

»Du musst nicht unbedingt alles machen«, meinte Levi behutsam.

»Doch. Ich brauche Geld fürs College und damit ich all die Sachen von der Bucket List bezahlen kann, was Lee nicht versteht, weil er *immer* Geld hatte und sich die Frage für ihn nie gestellt hat. Braucht er hundert Dollar, fragt er einfach seine Mom und Dad. Und mir ist klar, wenn *ich* sie fragen würde, würden sie mir das Geld auch sofort geben, aber darum geht's nicht.«

»Verstehe.«

»Und Linda – ich freue mich ja für meinen Dad. Ich möchte schließlich *nicht,* dass er unglücklich ist oder was auch immer. Und wenn ihn Linda glücklich macht, dann ist das großartig. Aber ich kann's nicht gebrauchen, dass sie in mein Leben platzt und meine Aufgaben übernimmt, obwohl ich alles im Griff hatte. Und Anfang des Sommers sprach Noah davon, dass wir zusammenleben könnten, wenn ich auch in Boston studiere. Na ja, das tun wir jetzt gerade, und man sieht ja, wie das läuft! Wir *reden* nicht einmal mehr miteinander! Was sagt das über uns?«

Ich seufzte, und gerade, als ich dachte, ich hätte zu Ende geweint, traten mir frische Tränen in die Augen. Ich rieb das Gesicht an meinen Knien.

»Alles zerbricht«, sagte ich, die Worte von meinen Beinen gedämpft. »Und alles verändert sich. Und ich hasse das.«

Levi legte den Arm um meine Schultern, zog mich zu sich und ich wehrte mich nicht. Ich weinte in meine Knie und ließ mich von ihm halten, während seine Hand beruhigend über meinen Arm strich.

»Was machst du eigentlich hier?«, fragte ich, als ich die Tränen schließlich einigermaßen unter Kontrolle hatte. In meiner Schürzentasche fand ich eine Serviette und putzte mir damit die Nase ab, bevor ich zu Levi sah.

Er errötete ein wenig und zuckte – den Arm immer noch um mich gelegt – mit den Achseln. »Ich bin nur vorbeigekommen, um dich zu sehen.«

»Warum?«

»Du tauchst doch auch immer da auf, wo ich arbeite«, erklärte er und lachte kurz auf. Dann meinte er in ernstem Tonfall: »Wir haben seit dem Fun Park nicht mehr wirklich miteinander geredet. Ich wollte sehen, ob's dir gut geht. Noah war offensichtlich sauer auf mich – schätze, jetzt weiß ich, warum –, und ich hätte auf der Rennstrecke lieber nicht den Köder schlucken und so auf ihn losgehen sollen. Dafür wollte ich mich auch entschuldigen.«

»Danke«, sagte ich. Ich fand eigentlich, es gab *wirklich* nicht viel, wofür er sich zu entschuldigen hatte, aber ich war trotzdem dankbar dafür. Außerdem war er ja an der Sache nicht völlig unschuldig gewesen. »Du bist wirklich nur vorbeigekommen, um nach mir zu schauen? Nicht wegen des Langusten-Sandwichs?«

»Genau, wegen des Langusten-Sandwichs«, sagte er ausdruckslos.

Kurz nachdem ich im Restaurant angefangen hatte, war ich unterwegs, um Brad irgendwo abzuholen, und hatte auf dem Weg Levi eine dieser Dunes-Spezialitäten bei seiner Arbeit im 7-Eleven vorbeigebracht, und seitdem hatte er mir immer wieder geschrieben, wie sehr es ihm geschmeckt hatte und dass er mehr davon wollte. Als er neulich mit seiner Mom und seiner Schwester hier war, hatte er das auch bestellt, obwohl es an diesem Tag gar nicht auf der Speisekarte gestanden hatte.

»Außerdem«, fügte er hinzu, »hatte ich das Gefühl, dass Noah nicht allzu glücklich wäre, wenn ich im Strandhaus auftauchen würde.«

Ich gab einen verächtlichen Ton von mir. »Noah kann mich mal.«

»Autsch, heftig ausgedrückt für jemanden, der verliebt ist, Elle.«

»Sorry.« Ich seufzte und rieb mir das Gesicht. »Ich liebe ihn wirklich. Ganz ehrlich. Ich meinte nur, er kann mich mal, weil wir beide Freunde sind, und er kann dich schließlich nicht davon abhalten, zum Strandhaus zu kommen. Amanda wohnt ja auch bei uns, und wenn ich damit einverstanden bin, dann …«

»Ja«, murmelte Levi und sagte dann, wie alle anderen: »Aber er hat Amanda auch nicht geküsst.«

Ich schaute Levi an. Seine Wangen waren wieder gerötet, und er zog hastig den Arm, den er um mich gelegt hatte, weg und schaute zur Seite.

Ich konnte seine Hilflosigkeit geradezu spüren, und

das gefiel mir nicht. Ich hätte ihn an Thanksgiving nicht küssen dürfen. Das war nicht fair gewesen.

Aber wie gesagt: Ich war eben nicht perfekt.

Um die Stimmung ein wenig aufzulockern, stieß ich ihn in die Seite. »Hey, hör zu. Danke, dass du gekommen bist, um nach mir zu sehen, und mich ertragen hast, als ich all meine dummen Gedanken bei dir abgeladen habe. Du weißt, du kannst mir auch jederzeit all deine dummen Gedanken erzählen, wenn du willst.«

»Ja, ich weiß.« Er lächelte mich an. Er wirkte auf einmal etwas reserviert, und ich nahm an, das lag daran, dass er unseren Kuss erwähnt hatte. Levi und ich kannten uns gut, aber er stand mir nicht so nahe wie Lee. Levi war nicht immer leicht zu durchschauen.

»Apropos im Strandhaus vorbeikommen«, fuhr ich fort, »du kommst doch definitiv am Vierten Juli, oder?«

Levi seufzte. »Ich …«

»Oh, bitte? Bitte, bitte, bitte? Die ganze Gang kommt! Alle werden da sein, und ohne dich ist es nicht dasselbe! Bitte, Levi?«

Daraufhin machte er eine Riesenshow: Er seufzte laut, rollte mit den Augen und lächelte dann breit. »Natürlich werde ich da sein. Für dich tue ich alles, Elle.«

25

Nachdem ich am Abend geholfen hatte, das Restaurant aufzuräumen und zu schließen, kehrte ich zu den Steinen zurück, wo ich vor wenigen Stunden meine sehr lange Pause mit Levi verbracht und ein zugegebenermaßen ziemlich einseitiges Gespräch von Herz zu Herz geführt hatte.

Den ganzen Tag hatte ich noch nicht auf mein Handy geschaut, jetzt checkte ich die Nachrichten.

Ein paar von Lee, aber nichts Wichtiges oder Eiliges.

Dann waren da noch zwei Nachrichten von Dad. Wie wäre es nächste Woche mit einem Abendessen mit Linda? Und ob ich etwas dagegen hätte, wenn sie am Vierten Juli mitkommt. Er dachte wirklich, ich würde sie mögen, wenn ich sie kennenlerne, aber er begriff, dass ich im Moment viel zu tun habe und das Ganze für mich merkwürdig war …

Außerdem waren da zwei Nachrichten von Levi. Ein Witz übers Backen als Meme, gefolgt von: *Schön, dass wir geplaudert haben! Hoffentlich verlief danach dein Tag besser x*

Nichts von Noah, aber ich war überrascht, als ich eine Nachricht von Amanda sah. Alles großgeschrieben.

KÖNNEN DU UND DEIN DÄMLICHER FREUND BITTE EUREN KRAM IN ORDNUNG BRINGEN? ICH KANN SEIN BLÖDES SCHMOLLGESICHT NICHT MEHR SEHEN. ICH KOMME MORGEN ZURÜCK ZUM HAUS UND BRINGE MEHR WEIN MIT – SOLLEN WIR DANN DIE JUNGS RAUSSCHMEISSEN UND EINEN ORDENTLICHEN MÄDELSABEND MACHEN?

Und direkt im Anschluss: *Sorry, dass ich alles großgeschrieben habe, sein dummes Gesicht und das ganze Gejammer machen mich irgendwie verrückt. Warum fällt es ihm so schwer, einfach mit dir zu reden?????? Und du solltest mit ihm reden. Love ya! Xxxx*

Ich lachte auf. Das Ganze hatte eine gewisse Ironie, weil Amanda doch noch vergangenes Jahr dazu beigetragen hatte, dass ich mit Noah Schluss gemacht hatte, und nun war sie diejenige, die sich um uns sorgte und versuchte, unsere Beziehung zu kitten. Sie war wirklich ein Schatz.

Und … natürlich musste ich mit Noah sprechen und unseren Kram bereinigen.

Ich wollte gerade vom Parkplatz losfahren, als ein Scheinwerfer um die Ecke fegte und das vertraute Geräusch von Noahs Motorrad näher kam. Ich blinzelte erschrocken, machte den Automotor aus und sprang aus dem Wagen, während er sein

Motorrad abstellte, abstieg und den Helm beiseitewarf.

»Noah …«

Kaum hatte ich seinen Namen gesagt, war er auch schon mit wenigen Schritten bei mir, schlang die Arme um mich und zog mich in einen glühenden Kuss, der meinen ganzen Körper in Brand setzte. All die Anspannung und die Verwirrung, die mich in den vergangenen Tagen begleitet hatten, gingen in Flammen auf, verstreuten sich wie Glut im Wind, und ich vergaß alles, worüber ich mich geärgert hatte, während seine Lippen über meine strichen.

Als wir schließlich Luft holten, lockerte ich meine Finger, die ich in seine Jacke gekrallt hatte.

»Hallo«, flüsterte ich.

Er schmunzelte. Der Ton hallte durch seine Brust und gegen meine Handflächen. »Hallo.«

»Ist das der Teil, wo du dich entschuldigst und ich mich entschuldige und wir versuchen, das nicht zu wiederholen?«

Er lächelte, sein Mund lag noch immer auf meiner Haut. »Ja. Hätte ich Musik mitbringen sollen? Rosen?«

»Willst du damit sagen, dass du keine Boombox dabei hast, John Cusack?«

»Wer ist John Cusack?«

Ich lachte und küsste ihn. Schließlich nahm er mein Gesicht in eine Hand, während er mit der anderen herumwehende Haare zurückstrich, die sich aus meinem Pferdeschwanz gelöst hatten, und sah mich an.

»Ich weiß, die Bucket List ist wichtig«, sagte Noah. »Ich weiß, dieser Sommer ist für dich und Lee wichtig. Ich weiß, es ist eine große Sache, dass du nicht nach Berkeley gehst. Ich verspreche, ich weiß das alles. Es ist nur … du fehlst mir.«

Ich konnte mir nicht verkneifen nachzuhaken: »Ist das eine Frage oder eine Feststellung?« Manchmal war er wirklich leicht hochzunehmen – und Noah aufzuziehen, war eine allzu vertraute Angewohnheit, die ich selbst bei ernsthafteren Gesprächen wie diesem nicht lassen konnte.

Er stöhnte auf, beugte sich vor und lehnte mit geschlossenen Augen seine Stirn an meine. »Ich versteh's ja, aber es ist schwer einzusehen, dass du dir so viel Zeit für Lee nimmst, obwohl *ich* Zeit mit dir verbringen möchte. Ich *weiß,* es klingt bescheuert, weil ich dich ja jeden Tag sehe und wir zusammen im selben Bett schlafen, und klar, wir verbringen Zeit miteinander, aber es fühlt sich einfach so an, als ob es schon eine Weile her ist, dass wir beide allein waren, weißt du, was ich meine? Ohne eine Menschenmenge um uns herum oder ohne dass du losrennst, um auf deinen Bruder aufzupassen oder etwas mit Lee zu unternehmen oder zu arbeiten. Und ich will damit nicht sagen, dass du diese Dinge nicht tun solltest, aber – du fehlst mir eben.«

»Ich vermisse dich auch«, entgegnete ich. Ich wusste genau, was er meinte.

»Und es fällt mir nicht leicht, wie du dich zerreißt, weil du versuchst, alle glücklich zu machen.«

»Ich zerreiße mich nicht …«

Okay, vielleicht doch. Ein bisschen. Nur ein ganz kleines bisschen.

Ich lächelte und legte meine Hand wieder an sein Herz.

»Ich kann's kaum erwarten, dass du nach Harvard kommst.« Er seufzte. »Mir ist klar, dass wir beide mit den Kursen und so beschäftigt sein werden, und du wirst neue Freunde finden, mit denen du abhängen und arbeiten kannst, aber … es wird nicht so verrückt wie jetzt.«

»Ja. Keine Flashmobs oder Race Days.«

»Und wie ich schon sagte, könnten wir … wir könnten vielleicht übers Zusammenziehen nachdenken. Ja, vielleicht war die Testphase im Strandhaus nicht so einfach, aber … ich glaube, wir haben uns gar nicht *so* schlecht geschlagen, oder?«

»Auch wenn ich dir deine Seite des Betts geklaut habe?«

Noah lachte. »Ja.«

»Ja. Ich glaube auch, wir haben uns gar nicht so schlecht geschlagen.«

»Ich habe dich vermisst«, flüsterte er und küsste meine Nase, sodass ich kichern musste. »Ich hasse es, mit dir zu streiten.«

»Ich auch.«

»Aber ich werde um dich *kämpfen*«, erklärte er.

Das berührte mich, und sein intensiver Blick zusammen mit der Aufrichtigkeit seiner leisen Worte ließ mein Herz einen Takt aussetzen – trotzdem schnaubte ich vor Lachen und vergrub den Kopf in seiner Brust. »Und du glaubst, *ich* bin die kitschige Romantikerin.«

»Ich dachte, du magst es, wenn ich romantisch bin und so.«

»Ich mag dich«, entgegnete ich knapp und bündig. »Wie wär's, wenn wir nach Hause fahren, und ich zeige dir, *wie* sehr?«

»Also das«, antwortete er und küsste mich erneut, »klingt wie etwas, das ich mir nicht entgehen lassen darf.«

Am nächsten Tag musste ich erst abends im Dunes arbeiten. Noah hatte Amanda versprochen, sich mit ihr zum Frühstück zu treffen, aber er blieb etwas länger, als er sollte, bei mir im Bett, um zu kuscheln und zu knutschen. Danach war ich wieder eingeschlafen, denn der Stress der letzten Tage holte mich plötzlich ein. Dem gleißenden Sonnenlicht nach zu urteilen, das trotz geschlossener Fensterläden ins Zimmer strömte, musste es fast Mittag sein, als ich wieder aufwachte und mich aus dem Bett schleppte.

Ich machte mir nicht einmal die Mühe, mein Gesicht zu waschen oder mir die Zähne zu putzen, bevor ich ins Wohnzimmer stolperte. Lee lag auf der Couch und spielte ein Videospiel.

»Na schau mal einer an, wer zurück unter den Lebenden ist«, sagte er. »Schöne Frisur auch.«

Ich tastete auf meinem Kopf, spürte, wie verheddert und unordentlich meine Haare waren und dass sie vom Kopf abstanden. Wow, das muss ja heute Morgen für Noah ein *toller* Anblick gewesen sein …

Ich ignorierte Lees Bemerkung ansonsten, machte mir in der Küche einen Kaffee und sah mich um. Es kam mir vor, als wäre ich länger nicht hier gewesen – keine Ahnung, wann sich das Strandhaus in eine solche Müllhalde verwandelt hatte. Am Fenster im Wohnzimmer waren leere Pizzaschachteln gestapelt. Überall verstreut leere Becher und Tassen und Kleidungsstücke, von denen ich vermutete, dass sie auf dem Boden lagen, weil sie schmutzig waren.

Das überraschte mich. Rachel war normalerweise ziemlich hinterher, dass wir alles sauber halten sollten. War sie in den vergangenen Tagen auch nicht oft hier gewesen? Oder hatte sie beschlossen, ihre Bemühungen aufzugeben?

Oder, was am wahrscheinlichsten schien: Hatte Lee es ganz allein geschafft, an einem einzigem Morgen alles in solch ein Chaos zu stürzen?

»Möchtest du hier vielleicht mal aufräumen?«, fragte ich ihn.

»Okay, *Mom*. Ich bin nur gerade mit was anderem beschäftigt.«

»Ich meine es ernst, Lee. Ich dachte, deine Eltern hätten gesagt, dass heute Nachmittag Käufer kommen? Und außerdem dieser Kerl, der alles für die neuen Böden ausmessen soll …«

»Der kann um das bisschen Unordnung herummessen.«

»Lee!«

»Ist ja gut«, brummte er, unterbrach das Spiel und warf den Controller beiseite. Er blickte sich eine Weile im Zimmer um und begann dann, den Müll einzusammeln. »Die Käufer haben übrigens heute Morgen abgesagt. Nur fürs Protokoll.«

»Was? Das ist ungefähr das *achte Mal,* dass Leute eine Besichtigung kurzfristig abgesagt haben.«

»Schätze, die ändern halt ständig ihre Meinung.«

»Lee, bist du … Hast du …«

»Vorsicht, Shelly. Du weißt, wenn du die Frage zu Ende stellst, bekommst du eine ehrliche Antwort.«

Seufzend warf ich die Hände in die Luft und ging zurück in die Küche, um mir noch etwas Kaffee nachzuschenken. »Weißt du was? Du hast recht. Ich bleibe lieber dabei, später glaubhaft behaupten zu können, von nichts etwas geahnt zu haben.«

»Gute Entscheidung.« Er lächelte mir zu. »Also, wann willst du morgen los?«

»Was meinst du?«

»Morgen«, wiederholte er und hielt dann inne, um mich anzuschauen. Die begeisterte Miene und seine Gesichtszüge erstarrten. Der hoffnungsvoll helle Tonfall schwankte nur ein wenig, als er kichernd erklärte: »Du erinnerst dich? *Morgen*. Unser Trip nach Berkeley?«

Oh, *fuck*.

»Elle?«

Ich war das größte Arschloch der Welt. *Unglaublich,* dass ich die Reise am Wochenende ganz vergessen hatte. Wir hatten sie schon ewig geplant, so schien es, und ich hatte bis eben angenommen, mal einen Samstag ohne Bucket-List-Aktionen zu haben. Ich hatte das nicht einmal infrage gestellt. Ich war einfach davon ausgegangen, dass Lee Pläne mit Rachel hatte oder so.

Falsch.

Er hatte Pläne mit *mir*. Große Pläne. Riesige Pläne. Die absolut *monumentalsten* Pläne des ganzen Sommers.

»Ernsthaft?«, rief er, denn er durchschaute mich mal wieder viel zu leicht.

»Tut mir leid! Keine Ahnung, wie ich das vergessen konnte. Echt nicht, Lee. Ich habe etwas mit Noah geplant … Wir haben in einem schicken Restaurant, das deine Mom empfohlen hat, einen Tisch reserviert, und wir wollten in den Schokoladenladen, in den er mich vergangenes Jahr zu meinem Geburtstag eingeladen hat …«

»Natürlich bist du mit Noah verabredet«, sagte er trocken. Er warf, was er in der Hand hielt, in den Müll, grub einen Wäschekorb unter einem Haufen von Kissen heraus und fing an, die Klamotten auf dem Boden aufzusammeln, wobei er ein Teil nach dem anderen aufhob.

Ich schluckte schwer, Lees Gesicht war ganz zerknittert. Er war wütend, klar, aber da war noch etwas Schlimmeres – er war einfach richtig verärgert. Sollte er anfangen zu weinen, würde ich das nicht durchstehen.

Das Achtzigerjahre-Minigolf vergessen zu haben, war schon beschissen von mir gewesen, aber das jetzt … schoss *wirklich* den Vogel ab.

»Noah«, schnauzte er, »den du demnächst die *ganze* Zeit sehen wirst. Noah, mit dem du an jedem anderen Tag außer morgen zusammen sein kannst. Das ist echt … Das ist echt verdammt lächerlich, Elle. Du hast mich zusammengeschissen, weil ich mich wegen Rachel an der Brown beworben habe, und dann machst du *genau das Gleiche,* nur krasser, weil du deine Harvard-Bewerbung vor mir geheim gehalten hast.«

»Lee …«

»Ich dachte ehrlich, wir wären mit Geheimnissen durch, nachdem ich herausgefunden hatte, dass du hinter meinem Rücken Noah datest. Aber, nein, du hast es wieder getan. Und du tust es jetzt schon wieder.«

Da ist er, dachte ich. Der Ärger, der, seit ich ihm von Harvard erzählt hatte, so lange vor sich hin geköchelt hatte, und bei dem er sich so sehr bemüht hatte, ihn zugunsten des epischen, lustigen Sommers zu verdrängen und zu ignorieren.

»Tut mir leid«, wiederholte ich. »Lee, wirklich, aber – ich habe – es ist nicht so, wie du denkst. Ich *drücke* mich nicht oder so, ich habe dieses Wochenende bloß einen Fehler gemacht … Und mit dem Minigolf auch. Ich habe Mist gebaut, okay? Aber wir haben über die Sache mit dem College geredet. Du sagtest …«

»Ich weiß, was ich gesagt habe!«, unterbrach er mich und warf daraufhin den Wäschekorb auf den Boden, wo er zur Seite kippte. »Ich bin superstolz auf dich, Elle, aber ich darf doch wohl sauer sein, okay? *Entschuldige,* dass ich verärgert bin, dass unsere Pläne fürs College gestorben sind, damit du mit deinem Freund in Boston leben kannst.«

Seufzend kniff er sich in seinen Nasenrücken. Meine Hände zitterten jetzt, aber mir blieb nichts anderes, als zu warten, bis er alles rausgelassen hatte.

»Ja, mit der Bucket List versuchst du, etwas wiedergutzumachen, Shelly, und dafür bin ich dir dankbar, aber … es ist … Ich hasse es, dass es sich wie ein letzter verzweifelter Versuch anfühlt, unsere Freundschaft zu retten, okay?«

»Wow, Moment mal. Seit wann muss unsere Freundschaft *gerettet werden*?«

»Seit du dich auf diese Ein-Frau-Mission versteift hast, um uns den letzten besten Sommer unseres Lebens zu bereiten, bevor wir aufs College gehen!«

»Weil ich der Ansicht war, das würde dich glücklich machen und irgendwie wettmachen, dass ich nicht mit nach Berkeley komme.«

»Weißt du, was es wiedergutmachen würde? Wenn du am Wochenende mit mir dorthin fahren würdest.«

»Ich hab aber schon Pläne mit Noah. Ja, unglaublich, dass ich das Wochenende in Berkeley vergessen habe, aber es ist ehrlich mein Fehler. Noah und ich brauchen am Wochenende *wirklich* etwas Zeit für uns, verstehst du? Zwischen uns lief es nicht so gut, weil so viel los ist. Das kannst du doch verstehen, oder? Was ist mit Sonntag? Wir könnten Sonntag hinfahren.«

Ich könnte versuchen, meine Schicht im Dunes mit jemandem zu tauschen. Und ich hatte auch sonst einen Haufen Sachen zu erledigen, aber das konnte warten. Wir hatten davon gesprochen, wieder zur Spielhalle zu fahren, und ich sollte auf Brad aufpassen, damit Dad mit Linda zum Abendessen gehen konnte, aber … Ich könnte das hinkriegen. Noah könnte auf Brad aufpassen, bis wir aus Berkeley zurückkamen. Brad würde sich darüber freuen, da war ich mir sicher.

Aber Lee antwortete: »Da habe ich schon was vor.«

»Oh. Oh … okay.«

»Kannst du deine Verabredung mit Noah nicht verschieben?«

»Ich …«

Er begriff mein Schweigen als das, was es auch war: Ich *wollte* nicht.

»Können wir nicht an einem anderen Wochenende nach Berkeley, Lee? Warum die Eile? Wir haben doch den ganzen Sommer Zeit.«

»Der Plan lautet«, antwortete er nachdrücklich, »morgen nach Berkeley zu fahren. Und genau das werde ich tun. Und du machst, was immer du willst, Elle.«

»Lee …«

Er räumte weiter auf, sagte nichts mehr, sah mich

nicht einmal an. Mir war klar, ich sollte ihn nicht drängen und mich auch nicht weiter entschuldigen.

Wann hatte sich mein Leben eigentlich in diese Tellerjongliernummer wie im Zirkus verwandelt? Und warum verlor ich jedes Mal, wenn ich den Teller von Lee auf dem Stab drehte, die Kontrolle über Noahs Teller? Wann war es derart schwer geworden, Lees beste Freundin und Noahs feste Freundin zu sein?

Warum musste ich das überhaupt in den *Griff* kriegen?

Ich könnte doch Noah mitteilen, dass ich morgen keine Zeit hätte. Ich könnte ihm doch sagen, dass ich mit Lee nach Berkeley fahren wollte. Das *könnte* ich, aber ich wollte auch dieses Wochenende mit Noah. Das war keine uneigennützige Sache.

Ich könnte vorschlagen, dass Rachel und Noah mitkommen und wir eine Gruppengeschichte daraus machen, aber das wäre nicht das Gleiche. Bloß ein Kompromiss, weil ich unsere Idee, gemeinsam nach Berkeley zu gehen, zum Scheitern gebracht hatte, und alles, was ich seither unternommen …

Auch den Plan jetzt, gemeinsam nach Berkeley fahren, hatte ich verdorben.

Gut gemacht, Elle.

»Wir finden einen neuen Termin«, sagte ich, denn das Schweigen gefiel mir gar nicht.

»Klar. Kann sein.«

Ein deutliches *Nein.*

»Lee, es tut mir leid.«

»Ja, ich weiß.«

Wieder machte sich Schweigen breit, aber diesmal hielt ich es aus. Während ich mir etwas zum Frühstück machte und Kaffee trank, räumte Lee das Strandhaus auf. Ich beobachtete, wie er hin und her lief, aber es war, als hätte jemand eine Milchglasscheibe zwischen uns gestellt. Als würde ich Lee auf einem Bildschirm betrachten, der nicht richtig eingestellt war.

Ich konnte die zwischen uns gähnende Leere praktisch sehen.

Aber sollte sich hier eine Tür schließen, würde ich einfach eine neue zwischen mir und Noah öffnen.

Das Gefühl, wählen zu müssen, gefiel mir nicht.

Schrecklich zähe Minuten vergingen, als Lee eine Ladung Wäsche in die Maschine stopfte. Er kam zurück in die Küche, und ich sagte leise: »Ich wollte dir nicht das Gefühl geben, dass ich versuche, unsere Freundschaft zu retten, oder diese ganze Bucket-List-Geschichte gezwungenermaßen mache. Ich wollte nur etwas unternehmen, um dich glücklich zu sehen. Ein paar tolle Erinnerungen schaffen, die uns helfen … den Abschied zu versüßen, denke ich. Den Abschied vom Strandhaus. Den Abschied, keine Kinder mehr zu sein. Aber nicht den Abschied voneinander, Lee.«

Er seufzte und schenkte mir ein halbherziges Lächeln. »Schon okay. Ich weiß, dass du viel um die Ohren hast. Und ich war nicht sauer wegen des Minigolfs. Ein Versehen, alles gut. Und ich bin nicht sauer wegen Harvard. Es ist – es ist nun mal das verdammte *Harvard*. Natürlich gehst du hin. Da geht's um mehr als um Noah. Ich bin wirklich stolz auf dich. Aber ich dachte wirklich, dass … Ich dachte, ich könnte mich in der Sache auf dich verlassen.«

Das brach mir das Herz.

Ganz, ganz ehrlich.

»Ich möchte keinen Streit mit dir, Shelly, und darum lasse ich mich auch nicht darauf ein. Ich hab dich lieb. Ich werde dich immer lieben. Du tust, was du tun musst. Aber ich fahre morgen nach Berkeley, mit oder ohne dich.«

Ich sagte nichts. Es gab *nichts* zu sagen, um die Sache besser zu machen. Vor allem, weil wir beide wussten, dass ich meine Entscheidung bereits getroffen hatte.

Spät in der Nacht, als ich mich hin und her wälzte, weil ich nicht schlafen konnte, legte Noah den Arm um mich und zog mich eng an sich.

»Was ist denn mit dir los?«, fragte er leise und beugte sich über mich.

»Sorry. Ich wollte dich nicht wecken.«

»Bist du … Elle, weinst du?«

»Nein.« Schniefend drehte ich das Gesicht ins Kissen und trocknete damit eine verirrte Träne.

»Du bist wirklich keine gute Lügnerin, Elle. Sprich mit mir. Was ist los?«

»Nur … Lee fährt morgen nach Berkeley. Wie wir besprochen hatten.«

»Nummer zweiundzwanzig«, sagte Noah. »Ich erinnere mich. Ihr wolltet da hinfahren …« Ich spürte, wie sich sein Körper anspannte. »Am Wochenende. Shit. *Shit*, Elle, warum hast du gestern nichts gesagt?«

»Ich hab's vergessen. Bis heute Nachmittag.«

»Ich werde unsere Reservierungen absagen«, meinte er. »Ist schon in Ordnung.«

Ja. Ich wusste, dass Noah nicht sauer war, nicht wegen dieser Sache und nachdem wir gestern über alles gesprochen hatten.

Aber ich schüttelte den Kopf. »Das ist jetzt nicht mehr wichtig. Ich habe Lee bereits hängen lassen, weil ich es einfach vergessen habe. Nun wäre es nicht mehr dasselbe. Er wird bloß denken, dass ich mitfahre, damit er nicht böse ist.«

»Elle«, seufzte Noah. »Es muss nicht alles perfekt sein. Wir können unsere Pläne verschieben. Du solltest mit nach Berkeley fahren.«

Es muss nicht alles perfekt sein.

»Doch, das sollte perfekt sein, Noah.« Ich schniefte wieder, war von mir selbst frustriert, weil ich weinte, und drehte mich so hin, dass ich Noah in die Augen schauen konnte. »Das war Sinn dieses Sommers und der Bucket List. Wie bei dem Roadtrip, den Lee und ich in den Frühjahrsferien gemacht haben. Sicher, wir hätten auf dem Weg nach Boston nicht in New York anhalten müssen, aber das hätte den ganzen Plan und die Reise verdorben. Und genauso ist es jetzt. Es sollte exakt so laufen, wie wir es geplant hatten. Wenn ich jetzt mitfahre …«

»Wenn du mitfährst«, argumentierte Noah und schmiegte seine Nase an meine, »könnt ihr Nummer zweiundzwanzig auf der Bucket List abhaken. Du unternimmst die Reise nach Berkeley mit Lee wie geplant, und ihr werdet viel Spaß haben. Ist das nicht das Wichtigste? Solltest du meinetwegen nicht fahren wollen – mach dir darüber keine Gedanken, okay? Ich weiß, das Ganze ist eine große Sache für euch. Wir können ein andermal zusammen abhängen. Hey, du meintest doch selbst, wir haben demnächst viel Zeit füreinander, nicht wahr?«

Murrend grub ich den Kopf zwischen sein Gesicht und die Kissen. »Hör auf, recht zu haben. Hör auf, so selbstgefällig auszusehen.«

»Keine Ahnung, wovon du redest, Shelly.«

»Du *klingst* selbstgefällig.«

»Wann war ich jemals selbstgefällig?«

Ich presste sachte die Faust an seine Brust und ließ den Kopf in den Kissen. Noah küsste den kleinen Teil an der Seite meines Gesichts, den er erreichen konnte.

»Wann will Lee los?«

»Er meinte irgendwas wie sieben Uhr.« Daraufhin merkte ich, dass Noah sich über mich beugte und hörte, wie er leise auf meinem Handy herumtippte.

»So. Der Wecker steht auf halb sieben. Meinst du, du kannst jetzt aufhören, dich herumzuwälzen, und schlafen? Einer von uns hat nämlich morgen frei.«

Ich sagte Noah, dass ich ihn liebe, und schlief dann schnell in seinen Armen ein.

Am nächsten Morgen sprang ich, sobald der Wecker klingelte, aus dem Bett, statt wie sonst noch eine Weile zu dösen, um mir wie immer zwei weitere Minuten unter der Bettdecke zu verschaffen. Ich hüpfte fröhlich durch den Flur, um Lee zu sagen, dass ich mitkommen würde, aber …

Rachels und sein Bett war leer. Es war gemacht, die Bettdecke ordentlich gerade gezogen.

Ich rannte in die Küche, doch keine Spur von den beiden.

Ich stürzte zur Haustür.

Lees Auto war weg.

26

Es stellte sich heraus, dass Lee mit Rachel nach Berkeley gefahren war. Sie waren dort mit Ashton und seiner Freundin verabredet. Laut Lees Instagram Story verlebten sie einen großartigen Tag. Sie machten alles, worüber Lee und ich gesprochen hatten.

Am schlimmsten war: Ich war nicht einmal eifersüchtig. Ich gönnte Lee diesen Tag in Berkeley. Und ich … hatte nicht das Gefühl, etwas zu verpassen. Aber hätte es nicht eigentlich anders sein sollen? Schließlich hatte ich schon fast mein ganzes Leben lang vorgehabt, dort aufs College zu gehen. Warum also plötzlich das Gefühl, dass Lee der einzige Grund gewesen war, dort studieren zu wollen?

Noah gab sein Bestes, um mich aufzumuntern. Ich war dermaßen wütend auf mich selbst, weil ich mich so beschissen fühlte, Lee enttäuscht und nicht mit nach Berkeley gefahren zu sein, dass ich den ganzen Tag nicht ganz bei der Sache war. Noah schien das aber nicht zu stören, wofür ich ihm sehr dankbar war. Wir verbrachten den größten Teil des Tages am

Strand, und er hatte ja für uns einen Tisch in einem schicken Restaurant reserviert, sodass wir uns danach in Schale warfen, um fünf überteuerte und zu kleine Gänge zu essen, die nicht annähernd satt machten.

Mit Noah in einem schicken Restaurant zu sitzen, gab mir das Gefühl, erwachsen zu sein. Ich konnte mir vorstellen, so etwas auch in Harvard mit ihm zu unternehmen. Ich konnte mir uns in einer Wohnung vorstellen, wie wir zusammen kochen. Ich konnte mir vorstellen, dass wir wie in den Frühjahrsferien Hand in Hand durch Boston liefen, Kaffee tranken und für die Uni lernten.

Am Ende des Dinners war ich nicht mehr ganz so gedanklich abgelenkt. Und noch weniger, als wir zum leeren Strandhaus zurückkehrten. Ein ganzer Tag nur für uns ließ uns übermütig werden. Wir schafften es nicht einmal bis in unser Schlafzimmer, bevor wir uns gegenseitig die Kleider vom Leib rissen.

»Wir sollten lieber in unser Zimmer gehen«, sagte ich danach zu Noah – meine Beine lagen zwischen seinen und mit den Fingerspitzen kreiselte ich auf seiner nackten Brust. »Bevor die beiden nach Hause kommen.«

»Sie kommen nicht«, antwortete Noah. »Lee meinte gestern, er wolle bei Rachel übernachten. Morgen haben die beiden was vor. Das heißt …«, fügte er hinzu und knabberte an meinem Ohrläppchen, »du gehst nirgendwohin.«

Wir schliefen auf der durchgesessenen alten Couch ein, ein verblichener Überwurf diente uns als Decke.

Mein Nacken knackte und Noahs Ellbogen drückte in meinen Bauch, als ich aufwachte, weil die Haustür zuschlug. Ein Seufzer war zu hören und dann hantierte jemand in der Küche herum.

»Ich weiß, ich weiß, ich habe gesagt, ich bleibe ein paar Tage bei meinen Eltern, aber das treibt mich in den *Wahnsinn*. Nicht auszuhalten. Andauernd heißt es: *Ich behalte das Hochzeitsporzellan* und *Gut, ich mochte diesen Mist sowieso noch nie, dafür will ich die Flugmeilen* und dann *Ohne mich hättest du die Flugmeilen nicht* und *Amanda, sag deiner Mutter, dass ich die Flugmeilen behalte* und *Amanda, sag deinem Vater, er kann die Flugmeilen haben, wenn er aufhört, mit diesem Flittchen aus dem Wein-Club zu schlafen* und *Amanda, sag deiner Mutter, dass ich nicht mit ihr schlafe und dass sie kein Flittchen ist*. Ich schwöre bei Gott, ich werde beide umbringen, und dann bekomme *ich* die Flugmeilen und das Hochzeitsporzellan und all den anderen Schwachsinn, über den sie sich streiten und den ich dann erbe. Mal sehen, wie ihnen das *dann* gefällt.«

Ich erstarrte, während sich Noah, von dem Lärm aufgeweckt, zu rühren begann, weil Amanda nun einen Teebecher und die Teeschachtel, die June auf der Küchentheke aufbewahrte, auf die Arbeitsplatte knallte.

»Äh«, sagte ich, weil mir nichts Besseres einfiel.

»Oh, mach dir keine Sorgen, Süße.« Sie winkte mit einer Hand. »Ich habe schon meine Zimmergenossin dabei erwischt, wie sie Sex mit einer ganzen Reihe von Leuten hatte. Natürlich nicht mit allen auf einmal. Sie vergisst immer, eine Socke an die Tür zu hängen oder was auch immer. Außerdem habe ich gesehen, wie *dieser* Idiot mit nacktem Hintern über ein Footballfeld rannte, weil er eine Wette verloren hatte. Das ist also gar *nichts*.«

»Äh«, sagte ich wieder.

»Was ist hier los?«, meldete sich nun Noah verschlafen zu Wort und zerrte an seinem Arm. »Mein Arm ist taub.« Er versuchte es mit dem anderen, indem er den Ellbogen aus meinem Bauch zog, um sich das Gesicht zu reiben und zur Küche zu schauen. »Oh, Gott sei Dank. Ich dachte schon, es wäre meine Mom.«

»Nein, bloß ich.« Amanda grinste und wackelte mit den Fingern. Dann setzte sie wieder den bösen Blick auf und polterte in der Küche herum. »Normalerweise würde ich nicht einfach so hereinplatzen, aber, hey, weil ich einen Schlüssel von euch habe und meine Eltern mich mit dieser ganzen Scheidungssache in den Wahnsinn treiben, bin ich eben hereingeplatzt. Wollt ihr einen Kaffee? Ich mache euch Kaffee.«

»Ich dachte, das wäre so was wie … ein letzter gemeinsamer Familienurlaub?«, sagte ich und rief mir unser Gespräch über ihre Eltern ins Gedächtnis.

»So war's geplant, aber die beiden scheinen sich daran nicht mehr erinnern zu können. Die beiden Vollidioten.«

»He, Amanda, kannst du uns bitte die Decke da reichen?«

Sie schimpfte weiter, dass ihre Mom wegen einer angeblichen Affäre wütend auf ihren Dad war, dass aber auch sie eine Affäre gehabt hatte und dass beide gleich schlimm waren – aber sie hatte Mitleid mit uns und reichte mir die Decke, auf die ich gezeigt hatte, und drehte sich um, um uns ein wenig Privatsphäre zu gewähren, während Noah und ich die Decken um uns wickelten und unsere Kleider vom anderen Ende des Zimmers zusammenklaubten.

Ich hatte den Eindruck, dass Amanda nicht so sehr Mitgefühl suchte, sondern sich vielmehr Luft machen wollte. Ich mochte sie, doch nicht so sehr, dass ich nur mit einer Decke bekleidet mit ihr reden wollte. In diesem Fall, fand ich, konnte Noah die Führung übernehmen.

»Ich geh mal duschen«, erklärte ich. »In ein paar Stunden muss ich sowieso zur Arbeit.«

»Magst du Pfannkuchen, Elle? Ich mache Pfannkuchen. Ooh! Ein Waffeleisen. Ich mache Waffeln.«

»Du machst das schon«, antwortete ich. »Ich esse alles.«

»Und ich beides«, sagte Noah.

Sie nahm einen Holzlöffel und schlug ihm leicht auf die Hand. »Du isst, was auf den Tisch kommt, schöner Junge. Na ja, wie auch immer … und dann fingen sie an, sich darüber zu streiten, wer sich weiterhin um den Wein-Club kümmern sollte. Dieser verdammte Wein-Club! Es ging nicht um mich, ihre *Tochter*, sondern um den Wein-Club! Und Mum will das nur, damit Dad das Flittchen woanders treffen muss. Obwohl sie nicht wirklich ein Flittchen ist, denn sie ist die Anführerin meiner ehemaligen Pfadfindergruppe für Mädchen und wirklich ziemlich nett. Und …«

Als ich im Bad ankam, war Amandas Schimpftirade nur noch leise zu hören. Sie tat mir leid, echt. Ich entschied, meine Schimpftirade über Linda, über die ich unbedingt mit Amanda sprechen wollte, konnte warten. Gestern hatte ich Noah alles erzählt, und er war so mitfühlend gewesen, dass nun erst mal für eine Weile die Wogen in mir geglättet waren.

Zurück in der Küche waren Noah und Amanda von der drohenden Scheidung ihrer Eltern zum Strandhaus übergegangen.

»Es ist doch irgendwie sinnlos, alles aufzuräumen, wenn das Haus abgerissen wird«, sagte Noah gerade, »aber nicht jeder Interessent will etwas Neues bauen. Manche wollen das Strandhaus kaufen, wie es ist. Oder, sie behaupten, es zu wollen, sagen dann aber wieder ab …«

»Woher weißt du von Interessenten, die alles abreißen wollen?«, fragte ich und band mir die nassen Haare zu einem Bun zusammen. »Hat deine Mom so etwas erwähnt?«

»Lee hat das erzählt.«

»Woher weiß *er* das?«

Noah warf mir einen ausdruckslosen Blick zu und sagte: »Elle, du weißt doch, dass ich ihm keine Fragen stelle, auf die ich die Antwort nicht hören möchte.«

»Besser gar nichts davon wissen wollen. Da stimm ich dir zu.«

»Er hat die Telefonnummer geändert«, sagte Amanda, die nur halb zuhörte, da sie einen Teller mit Waffeln für mich zurechtmachte, die in Obstsalat versanken. »Auf dem Schild draußen. Da steht jetzt seine Handynummer.«

»Welchen Teil von ›besser nichts wissen‹ hast du nicht verstanden?«, fuhr Noah sie an, aber seine Empörung hatte etwas Gespieltes. Seufzend massierte er sich die Stelle zwischen den Augen. »Ich hätte ahnen können, dass er so einen Stunt abziehen würde.«

»Wollt ihr damit etwa sagen, dass ihr das nicht mitbekommen habt? Er ist dein bester Freund! Und *dein* Bruder! Wieso wusstest ihr nichts davon?«

Noah und ich schauten beide dumm aus der Wäsche. »Äh, weil sich seine Nummer seit ungefähr sieben Jahren nicht geändert hat und seitdem eingespeichert ist und ich nicht eine einzige Ziffer auswendig wüsste«, antwortete ich. »Außerdem erinnere ich mich manchmal kaum an meine eigene.«

Amanda schüttelte den Kopf in unsere Richtung. »Und ihr dachtet, der Maler hätte vergangene Woche einfach aus dem Nichts abgesagt, und der Typ, der das Dach überprüfen wollte, hätte seine Leiter ›vergessen‹, und dass jeder Käufer, der das Haus besichtigen wollte, auf mysteriöse Weise seine Meinung geändert hat? Und das ist euch überhaupt nicht verdächtig vorgekommen? Ihr seid solche *Schwachköpfe*.«

»Besser nichts wissen«, wiederholte ich.

Doch als ich mir Amandas Darstellung durch den Kopf gehen ließ … Ich konnte nicht behaupten, überrascht zu sein. Lee war von Anfang an gegen den Verkauf des Strandhauses gewesen. Und das war absolut *typisch* für ihn, um zu verhindern, dass es mit dem Verkauf weiterging.

(Außerdem war ich nicht so oft hier, dass ich der Angelegenheit wirklich viel Aufmerksamkeit geschenkt hätte.)

»Meinst du, wir sollten mal mit ihm reden?«, fragte mich Noah.

»Ich auf alle Fälle nicht«, sagte Amanda. Sie schob mir mein Frühstück vor die Nase. »Ich mag den Jungen, aber er ist nicht mein Problem.«

»Und ich mache mich damit nicht gerade beliebt bei ihm«, schnaubte ich und blickte traurig auf meinen Waffelteller. »Gestern habe ich schon den Ausflug nach Berkeley nicht mitgemacht, und jetzt soll ich ihm sagen, er soll aufhören, seinen Eltern beim Verkauf des Strandhauses in die Quere zu kommen? Nein. Ich mag den Jungen, aber er ist auch nicht mein Problem«, wiederholte ich. »Sondern allein deins, Noah.«

»Oh, großartig. *Jetzt* entscheidest du dich dafür, doch nicht zur Familie zu gehören. Was ist denn aus ›dieses Strandhaus gehört mir genauso wie euch‹ geworden?«

Ich machte eine abweisende Geste mit der Gabel. »Allein dein Problem, Noah.«

Er brummte, murmelte aber schließlich: »Na gut. Herrje. Uns bleibt nur zu hoffen, dass Mom das nicht rausfindet …«

27

Am Morgen des Vierten Juli herrschte eine seltsame Spannung im und um das Strandhaus herum. Seit er ohne mich nach Berkeley gefahren war, hatte ich Lee nicht wirklich gesehen – er war am Sonntag zurückgekommen, während ich bei der Arbeit war, und wir hatten es irgendwie geschafft, uns danach aus dem Weg zu gehen.

Amanda wohnte wieder bei uns.

»Meine Mutter arbeitet«, erklärte sie. »Und mein Dad spielt Golf mit ein paar Leuten, die er kennengelernt hat. Der Unabhängigkeitstag der USA ist uns nicht so wichtig, darum haben wir keine besonderen Pläne. Hatten wir zwar *schon*, als der Sommer noch unser letzter gemeinsamer Familienurlaub sein sollte, aber …« Amanda gab einen verächtlichen Ton von sich, um ihren Standpunkt zu unterstreichen.

»Du kannst gern mit uns feiern«, bot ich an, als hätte sie nicht schon damit gerechnet.

»Wenn ihr nicht aufpasst, verbringe ich in Zukunft jeden Urlaub mit euch«, scherzte sie. »Wenn meine

Eltern sich weiterstreiten, werde ich euch auch um einen Platz am Tisch bei eurem Weihnachtsessen anbetteln.«

Am Morgen des Vierten Juli machte sie gerade Pfannkuchen, als Noah und ich in die Küche kamen.

»Schaut mal! Mit Erdbeeren und Heidelbeeren und Sahne. Rot, weiß und blau! Themen-Frühstück!«

»Sie steht mehr auf diesen Feiertag als wir«, flüsterte ich Noah für Amanda gut hörbar hinter vorgehaltener Hand zu und warf ihr einen melodramatisch misstrauischen Blick zu. »Meinst du, wir sollten ihren ganzen Tee ins Meer werfen, um sie daran zu erinnern, worum es hier heute geht?«

»Ich bin dafür, *sie* ins Meer zu werfen«, antwortete Noah auf dieselbe Weise und versteckte seinerseits den Mund hinter der Hand.

»He, vergesst nicht, wer euch gerade das Frühstück macht.«

Sie gab einen Klacks Schlagsahne auf die Teller, bevor sie uns anwies, uns zu setzen, dann stellte sie die Teller mit den bunten Früchten und Pfannkuchen vor uns und schnitt weiteres Obst.

»Danke«, sagte Noah. »Daran brauchst du uns nicht erinnern.«

»Oh, bitte.« Herablassend winkte Amanda mit dem Messer in der Hand in unsere Richtung. »Du weißt doch, ich bin eine Frühaufsteherin, Mister. Und das bisschen Kochen ist das Mindeste, was ich tun kann, dafür, dass ich bleiben darf. Ihr habt ja *keine* Ahnung.«

»Überhaupt keine«, antwortete ich trocken. »Deine ungefähr dreistündige Schimpftirade gestern haben wir ja kaum mitbekommen.«

Noah warf mir einen strengen Blick zu, entspannte sich aber gleich wieder, weil Amanda lachte.

»Was ist so lustig? Oh, Mann, *irgendwas* riecht hier aber gut.« Lee hüpfte in die Küche, schlug die Knöchel zusammen und beugte sich dann mit geschlossenen Augen vor, während er sich laut schnüffelnd durch die Küche schlängelte, eine Zeichentrickfigur nachahmend, die gerade einen Kuchen auf einer Fensterbank entdeckt hatte.

»Hmm«, sagte er, richtete sich auf und beugte sich über Amandas Rücken. »Du bist wieder da? Ich dachte, wir wären dich endlich los.«

»Lee«, schimpfte Noah.

»Schätze, da habt ihr euch wohl nicht genug Mühe gegeben«, sagte Amanda und schwenkte den Pfannenwender, bevor sie damit den Teig an den Rändern der Pfanne lockerte.

»Pfannkuchen?«

»Schönen Vierten Juli!«

Lee drehte sich um und schaute uns an. Er zog eine Augenbraue hoch, fing meinen Blick auf und flüsterte laut: »Sie weiß aber schon, worum es bei diesem Feiertag geht, oder?«

In mir machte sich Erleichterung breit, da er sich total normal verhielt.

»Ich bin nicht davon überzeugt, deshalb werden wir später das Ganze für Amanda nachstellen. Ich bin

Jefferson«, sagte ich zu Lee. »Du kannst John Adams sein.«

»Oh, Mann. Kann ich nicht Franklin sein? Ich hole den alten Lenkdrachen aus dem Schuppen und alles. Und ich teile sogar das Twinkie-Törtchen, das ich gestern unter meinem Sitz in meinem Auto gefunden habe.«

»Hm. Du bist ein harter Verhandlungspartner, Lee Flynn.«

»Weißt du doch, Noah«, verkündete Amanda, »als du mir erzählt hast, dass ihr zwei Freaks seid, dachte ich: Nein, der übertreibt nur, er meint es nicht so. Aber, oh Mann, hast du es genau so *gemeint*?« Sie legte einen weiteren Pfannkuchen auf einen Teller, verzierte den Stapel dann vorsichtig mit Blaubeeren, geschnittenen Erdbeeren und einem Klacks Schlagsahne, bevor sie Lee den Teller überreichte. »Voilà.«

»Hey! Rot, weiß und blau! Schön!«

»Es freut mich, dass das jemand zu schätzen weiß.«

»Wir wissen das auch zu schätzen«, sagte ich, den Mund voller Pfannkuchen, während ich mit der Gabel zwischen mir und Noah hin und her deutete.

»Ist Rachel auch schon wach?«, fragte Amanda.

»Sie duscht gerade«, antwortete Lee, und Amanda machte sich daran, noch mehr Pfannkuchenteig herzustellen.

Als Lee neben mir Platz nahm und frühstückte, spürte ich plötzlich die knisternde Spannung zwischen uns, die ich auch erwartet hatte. Die Risse in unserer Freundschaft, die vor ein paar Tagen aufgetaucht waren, als ich die Reise nach Berkeley vergessen hatte, waren wieder da. Sein Ellbogen berührte mich beim Essen, aber Lee kam mir vor, als wäre er in diesem Moment eine Million Meilen entfernt.

Erst nach dem Frühstück, als wir beide den Abwasch machten, sagte er: »Noah hat's mir gesagt. Dass ihr eure Pläne verschieben wolltet.«

»Ich dachte, du würdest nicht vor sieben Uhr losfahren«, murmelte ich. »Aber du warst schon weg, als ich aufstand.«

»Wir waren früh wach, und … ich wusste nicht, ob wir auf dich warten sollten.« Er stupste mich an und blickte mir in die Augen – zum zweiten Mal an diesem Morgen schaute er mich richtig an. »Es tut mir leid, Shelly. Ehrlich.«

Ich schüttelte den Kopf und widmete mich wieder dem Teller, den ich gerade abtrocknete. Wenn ich Lee zu lange ansah, befürchtete ich zu weinen. »Du hast recht. Das wusstest du nicht. Wie hättest du auch? Ich hätte, ich weiß nicht, dir eine Nachricht schicken sollen. Oder so.«

»Vielleicht können wir an einem anderen Wochenende hinfahren. Nur wir beide. Versteh mich nicht falsch, es war ein toller Tag mit Rachel, und Ashton hat uns eine große Stadtführung gegeben, und seine Freundin ist auch toll, aber … Ohne dich war es nicht dasselbe. Wir sollten mal hinfahren. Ich kann … Ashtons Tour nachstellen und alles.«

Er brachte mein Herz zum Schmelzen.

»Das klingt super. Danke, Lee«, flüsterte ich und legte meinen Kopf an seine Schulter.

Vielleicht gelang es mir ja, zumindest heute, sowohl Noahs als auch Lees Teller weiter in der Luft zu jonglieren.

June und Matthew tauchten am späteren Vormittag auf. June machte sich mit Rachel, Noah und Amanda sofort auf den Weg, um einzukaufen, während Lee, Matthew und ich das Haus aufräumten und alles für die Party vorbereiteten.

Lees und Noahs Eltern hatten einen großen, weißen Klapptisch mitgebracht. Wir stellten ihn draußen auf und ordneten den Rest der Möbel so an, dass sie ausreichend Platz boten. Ich legte Stapel von Papptellern, Besteck und Servietten bereit, während Lee die Veranda mit einer Fähnchengirlande dekorierte. Matthew kümmerte sich um die Zubereitung einer riesigen Schüssel Kartoffelsalat – das Rezept stammte von seiner Mom und der Salat gehörte zu unseren Traditionen am Vierten Juli.

Als die anderen zurückkamen, trug Amanda einen großen, glitzernden, blauen Cowboyhut mit einem roten Band und weißen Sternchen auf der Krempe, und sie hatte sich ein gigantisches Plastikbanner, das wahrscheinlich eher als Tischdecke gedacht war, wie einen Umhang um den Hals gebunden.

»Schließlich feiere ich diesen Tag zum ersten Mal«, erklärte sie. »Ich geh aufs Ganze. Denn die Chancen stehen gut, dass ich nächsten Sommer nicht noch mal hier bin.«

»Oh, Schätzchen, du bist jederzeit herzlich willkommen, mit uns Urlaub zu machen«, sagte June warmherzig. »Elle, um wie viel Uhr kommen dein Dad und dein Bruder? Er bringt die Spareribs und das Feuerwerk mit. Und Linda den Pie.«

»Ich … ich dachte, du machst die Pies?«

Obwohl, jetzt, wo sie es erwähnte … ich hatte nirgendwo einen gesehen … aber wir hatten noch genug zu tun, auch ohne Pies zu backen …

»Tja, ich hatte es vor, aber Linda bot an, das Ganze zu übernehmen, also … Nett von ihr! Findest du nicht auch?« June lächelte mich an. »Sie scheint wirklich toll zu sein, Elle.«

»Du hast … ähm,, du hast sie kennengelernt?«

»Wir waren letzte Woche alle gemeinsam zum Essen aus. Hat dein Dad dir nicht davon erzählt?«

»Er hat's wohl vergessen.«

Ich biss die Zähne zusammen und widmete mich weiter der Vorbereitung eines Salats. Schön, großartig, *Linda* brachte den Pie mit. Juchuuu. Schön für sie. Er war bestimmt nicht so toll wie der von June, aber bitte … gut.

Auch wenn ich ihr aus dem Weg gehen wollte, war mir klar, dass ich ihr irgendwann wieder begegnen würde. Immerhin konnte es nicht so schlimm werden wie beim letzten Mal, stimmt's? Oder auch nur annähernd so peinlich und seltsam wie beim ersten Zusammentreffen mit Amanda?

Aber … ich konnte doch unmöglich die Einzige sein, die der Meinung war, das alles ging etwas zu schnell, nicht wahr? Noch vor einem Monat ahnte ich nichts von Linda, und jetzt brachte sie Pie mit, um den Feiertag mit uns zu verbringen.

Nein, Elle, komm schon. Nicht heute.

Ich gab alles, um die Gedanken abzuschütteln. Der heutige Tag sollte etwas Besonderes sein. Nicht nur, weil wir alle zusammenkamen, um zu feiern und viel zu viel zu essen, nicht nur, weil alle unsere Freunde vorbeikamen, sondern weil es der letzte Vierte Juli im Strandhaus sein sollte. Das war etwas Besonderes. Das war wichtig.

Also schluckte ich alle Gefühle herunter, die ich Linda gegenüber hatte (von denen keines, das musste ich zugeben, besonders freundlich war), und wollte den Tag genießen. Verflucht, ich würde sogar ihren verdammten Pie genießen.

Außerdem hatte ich gerade erst wieder die Dinge mit Lee und Noah im Griff. Einen weiteren emotionalen Aufruhr konnte ich nicht brauchen.

Irgendwann machten wir eine Pause, um uns schnell umzuziehen. Während Amanda mit ihren Accessoires fast herausfordernd in Rot, Weiß und Blau gekleidet war, trug Rachel schlicht eine Jeans-Shorts und ein süßes T-Shirt. Mein Outfit war so eine Art goldener Mittelweg zwischen den beiden: leuchtend rote Shorts mit einem weiten hellblauen Spitzentop, das ich über den Bikini geworfen hatte, und um den Look abzurunden lange Silberohrringe, an denen Sternchen baumelten. Und während Noah, wie Rachel, nicht besonders herausgeputzt war, trug Lee Badeshorts mit dem Muster der US-amerikanischen Flagge und dazu ein weißes T-Shirt mit grauen Sternen. Schließlich liebten wir Motto-Partys.

Nachmittags erschienen Dixon, Olly und Warren. Freunde von Rachel tauchten nur Minuten später auf – darunter Lisa, Cams Freundin. Olivia und Faith kamen gemeinsam mit Jon Fletcher und ein paar Typen des Footballteams. Dann waren Ashton und seine Freundin da. Ich übernahm gern die Rolle der Gastgeberin und plauderte mit allen, als sie ankamen.

June führte die Gäste in den Garten, und wir beschlossen schnell, an den Strand zu gehen, um dort abzuhängen und ein bisschen Football zu spielen – aber erst, nachdem wir jede Menge Snacks aus der Küche mitgehen ließen, als June und Matthew gerade nicht hinsahen.

»Und …« Warren holte grinsend und mit überschwänglicher Geste eine Flasche Wodka hervor. »Die habe ich für später besorgt.«

»Oder für jetzt«, meinte Olivia und hüpfte zu ihm, um ihm die Flasche aus den Händen zu reißen. Sie schraubte den Deckel ab, nahm einen Schluck, rang nach Luft und spuckte dann fast alles in den Sand, sodass wir einen Lachanfall bekamen. Daraufhin befand sich die Hälfte unserer Gruppe plötzlich in einem Wettbewerb, wer einen Schluck Wodka pur trinken konnte, ohne zu husten.

Jon Fletcher machte sich ziemlich gut, aber Amanda gewann mit einer Meile Vorsprung, indem sie zum Erstaunen aller drei große Schlucke hintereinander nahm, ohne auch nur zu blinzeln, und erhielt dafür eine Runde Applaus.

Im Laufe des Nachmittags trafen immer mehr Menschen ein, die sich mit uns an den Strand drängten. Sie brachten noch mehr Getränke und Snacks mit. Jemand platzierte Bluetooth-Lautsprecher auf ein Handtuch. Die Leute sonnten sich, schwammen, spielten Ball … Jon Fletcher hatte den Fehler gemacht, sich für ein Nickerchen hinzulegen, und wurde daraufhin bis zum Kinn im Sand begraben.

Unser erster Abend im Strandhaus neulich, die Housewarming-Party, die Noah und Lee organisiert hatten, war schon voller Menschen und verrückt gewesen. Der heutige Tag hatte in einem intimerem Rahmen begonnen, blieb aber definitiv nicht so. Denn es waren nicht nur unsere engen Freunde da – irgendwie hatte sich das Ganze herumgesprochen. Es war eine echte Party.

Als ich Lee darauf hinwies, zuckte er nur mit den Achseln und sagte: »Hey, was sein muss, muss sein, Shelly.«

»Schätze, das stimmt.«

Ich machte mich auf den Weg zurück zum Strandhaus, um dort nach dem Rechten zu sehen. Rachel, Amanda, Lee, Noah und ich begaben uns abwechselnd nach oben, um nachzuschauen, wann der Grill lief und das Essen fertig war, und jetzt war ich an der Reihe.

Dad fing gerade an, den Grill anzuzünden, und Matthew stellte eine Platte mit Fleisch neben ihn. Die beiden diskutierten gerade irgendetwas. Ein Schrei drang vom Pool, gefolgt von einem Platschen – Brad und zwei Freunde spielten dort. Einer hatte eine Wasserpistole und bespritzte mich damit, als ich näher kam.

»Oh, nein! Ich bin … wurde … getroffen!«, rang ich nach Luft, taumelte und umklammerte mein nasses Bein. »Richtet meinem Bruder aus … er … bekommt all- … *argh.*«

Ich brach auf dem Boden zusammen.

»Ich bekomme ihr ganzes Geld«, freute sich Brad. »Stimmt's, Dad?«

»Hmm, ich habe eher verstanden, dass du all ihre Aufgaben im Haushalt bekommst …«

Ich rappelte mich wieder auf, und auf dem Weg, Dad Hallo zu sagen, hielt ich an, um Brads Haare zu zerzausen und ihn schnell unterzutauchen. Dann umarmte ich Dad.

»Schönen Vierten Juli, Süße.«

»Dir auch, Dad.«

»Habt ihr unten am Strand Spaß?«

»Klingt ganz so«, fügte Matthew lächelnd hinzu.

»Sind wir zu laut?«

»Nein, alles gut. Es sind ja nicht gerade viele Nachbarn übrig geblieben, auf die wir Rücksicht nehmen müssten, nicht wahr?«

»Stimmt schon. Ja, es ist … es ist toll. Ich überlege, ob genug zu essen für alle da ist … Ich schwöre, ich hätte nicht gedacht, dass so viele kommen.«

»Mach dir da mal keine Gedanken«, versicherte mir Dad. »Eine Menge eurer Freunde haben Essen mitgebracht. Wir werden noch wochenlang Hotdogs mit Kartoffelsalat und Pie essen. He, Süße, äh … L-Linda ist mit June in der Küche. Es wäre nett, wenn du Hallo sagen würdest.«

Am liebsten hätte ich geantwortet, dass ich kein kleines Kind mehr war, er brauchte mir nicht zu *sagen*, dass ich sie begrüßen sollte, aber – er wirkte so verdammt nervös, dass ich es nicht übers Herz brachte, mit einer sarkastischen Bemerkung zu reagieren. Ich war es nicht gewohnt, meinen Dad nervös zu erleben. Doch jetzt zog er die Augenbrauen hinter seiner Sonnenbrille zusammen, seine Stirn war in tiefe Falten gelegt, und er fuchtelte sinnlos mit der Grillzange herum.

Also zwitscherte ich: »Na klar! Natürlich. Und, ähm, ein paar Leute haben ein bisschen Alkohol mitgebracht. Nicht viel, nur ein wenig. Vielleicht hältst du Brad und seine Kumpels für eine Weile vom Strand fern?«

Dad seufzte. »Warum überrascht mich das nicht?«

»Solange niemand in den Pool kotzt, ist alles gut«, sagte Matthew. »Sollte jemand in den Pool oder sonst wohin kotzen, dann macht ihr das gefälligst sofort wieder sauber.«

»Verstanden.« Ich salutierte vor beiden und überließ sie dann wieder ganz dem Grill.

Im Haus unterhielten sich June und Linda und lachten über etwas, arrangierten in der Küche gemeinsam Schüsseln und Platten – viele davon hatte ich noch nie gesehen, und ich vermutete …

»Oh, Elle! Sag euren Freunden nochmals danke. Sie haben so viel Essen mitgebracht. Obwohl …« June hielt eine Schüssel Kartoffelsalat hoch, roch daran und rollte dann mit den Augen. »Wenn Matthew fragt: Der mitgebrachte Kartoffelsalat kann natürlich mit seinem nicht mithalten.«

Pantomimisch schloss ich den Reißverschluss zwischen meinen Lippen.

Linda trug ein graues Leinensommerkleid mit einem braunen, geflochtenen Gürtel um die Taille und dazu passende flache Sandalen. Sie lächelte mich vorsichtig an und sagte in hoffnungsvollem Ton: »Hallo, Elle. Schön, dich wiederzusehen.«

Ich dachte daran, wie aufgeregt Dad gewesen war, mir von Linda zu erzählen, und wie nervös er gerade draußen gewesen war. Linda hatte anscheinend viel von mir gehört. Ich konnte mir vorstellen, dass sie ihm von unserer ersten Begegnung nicht ehrlich berichtet hatte, da Dad nicht erwähnt hatte, was für ein Desaster das Zusammentreffen gewesen war. Vielleicht schuldete ich ihr dafür etwas. Brad mochte sie. June und Matthew schienen sie zu mögen. Dad mochte sie *offensichtlich* sehr.

Okay, zweiter Versuch. Noch mal von vorne.

Ich atmete tief ein und beschloss, ihr eine zweite Chance für den ersten Eindruck zu geben.

Ich meine … sie sah echt wie ein netter Mensch aus.

»Gleichfalls«, erwiderte ich und schenkte ihr das breiteste, aufrichtigste Lächeln, das möglich war. »Und June meinte, du hättest den Pie mitgebracht! Das ist wirklich nett von dir.«

Ihr erleichtertes Gesicht, weil ich sie diesmal nicht schnippisch begrüßt hatte, entging mir nicht.

»Oh, das ist doch nicht der Rede wert. Es war mir ein Vergnügen.«

»Hast du, ähm …« Ich schaute zu June, die mir ermutigend zunickte. »Wolltest du nicht, ähm … den Tag mit deiner Familie verbringen?«

»Meine Eltern haben heute etwas anderes vor«, antwortete Linda lachend, ohne das näher zu erklären, und weil ich ihr ja eine zweite Chance geben wollte, sah ich davon ab nachzufragen. »Ich habe meine Eltern heute Morgen besucht. Und mein Ex und ich müssen nicht unbedingt einen Feiertag miteinander verbringen.«

»Oh. Äh, okay. Tja …«

June warf mir einen weiteren Blick zu, und man musste kein Genie sein, um zu wissen, was er bedeutete.

»Also«, versuchte ich es noch einmal, »wir freuen uns, dass du mit uns feierst.«

Es klopfte an der Tür, und eine vertraute Stimme rief: »He, jemand zu Hause? Entschuldigt die Verspätung!«

Dankbar für die Ablenkung entschuldigte ich

mich schnell und rannte zur Haustür, um Cam zu begrüßen.

»Sorry«, seufzte er. »Probleme mit dem Auto.« Grinsend umarmte er mich rasch und trat dann zur Seite, sodass ich den mit Tupperdosen beladenen Levi sah.

»Was er meint«, sagte Levi, »ist, dass er sich verfahren hat.«

Cam rollte mit den Augen. »Dude. Komm schon.«

Levi lachte und hielt dann die Tupperdosen hoch. »Ich bringe frisch Gebackenes. Brownies und Snickerdoodles und Kuchenpops.«

»*Wir*«, korrigierte Cam. »Wir bringen frisch Gebackenes. Ich habe schließlich geholfen.«

»Du hast die Pops eingepackt.«

»Das lasse ich als Helfen gelten«, entschied ich und sagte mit ernster Stimme zu Cam: »Danke für die Kuchen-Pops, Cameron. Wir sind dir dafür sehr dankbar. Also, ähm, alle anderen sind unten am Strand. Bis zum Essen dauert es nicht mehr lange. Sagt ihr unten Bescheid, ich hole euch ab, wenn es fertig ist?«

»Alles klar.« Cam sprang los und rief im Vorbeilaufen: »Hey, Mrs Flynn!«

Ich schloss die Tür hinter Levi und führte ihn in die Küche, weil er ja anders als Cam noch nie zuvor hier gewesen war. Ich stellte ihn und all seine Backwaren vor und schnappte mir einen Kuchen-Pop, bevor June es mir verbieten konnte.

»Ich dachte, du schaust nach dem Essen?«

Ich drehte mich um, und Noah hing im Türrahmen zur Terrasse. Aber er sah mich nicht an.

»Mach ich doch. Ich habe Cam vorausgeschickt. Ich hole alle ab, wenn das Essen fertig ist. He, willst du einen Kuchen-Pop?«

Noah starrte an mir vorbei auf Levi, und kein noch so toller mit Streuseln verzierter Kuchen-Pop konnte ihn davon abhalten. Ich hielt automatisch den Atem an.

»Levi«, sagte Noah.

»Hey, Mann.«

Noah nickte. Levi nickte. Noah räusperte sich und machte auf dem Absatz kehrt. Dann blieb er am Grill stehen, wo unsere Dads irgendetwas debattierten, das mit den Rippchen zu tun hatte. (Ernsthaft, es war nur Grillfleisch. Konnte das wirklich eine solche Frage der Kunst sein?)

Levi atmete hörbar lange aus. Er beugte sich an mein Ohr und flüsterte: »Meinst du, er ist immer noch sauer auf mich?«

»Ich denke, du hast das Schlimmste hinter dir«, antwortete ich. Dann schob ich mir den Kuchen-Pop in den Mund, den Noah abgelehnt hatte, und nahm Levis Hand. »Komm, ich zeige dir hier alles.«

28

Es gab eine Zeit, da waren Lee und ich wie siamesische Zwillinge gewesen. Aber jetzt knabberte ich an meinem zweiten Hotdog, hing nur in der Nähe der Jungs herum, während sie Witze rissen und über das nächste Jahr am College sprachen, und Lee redete bestimmt seit einer Stunde mit Ashton.

Die beiden waren praktisch siamesische Zwillinge.

Dixon meinte: »Stimmt's, Elle?«

Ich hatte keine Ahnung, worüber er gerade gesprochen hatte.

»Ja, genau«, antwortete ich.

Was sagte Ashton wohl, sodass Lees Gesicht aufleuchtete wie, na ja, wie der Vierte Juli? Worüber zum Teufel redeten sie überhaupt? Was war so lustig, dass Ashton sich vor Lachen krümmte und fast an seinem Burger erstickte?

Wütend kaute ich auf meinem Hotdog herum und versuchte, nicht in ihre Richtung zu starren.

Es war doch super, dass Lee schon einen so guten Freund hatte, wenn er nach Berkeley kam, oder?

War es nicht *super*, dass er mich so einfach austauschte?

Ich schüttelte mich. Ich wusste, dass ich mich lächerlich machte, denn natürlich tauschte mich Lee nicht aus, aber … seltsam war es trotzdem. Zu sehen, wie er mit jemand anderem abhing, so wie er es sonst immer mit mir gemacht hatte.

Ich schaute immer wieder hin und murmelte: »Oh, klar« und »Klingt großartig«, wenn die Jungs mich in ihr Gespräch mit einbezogen. Lee und Ashton gestikulierten wild, während sie sich unterhielten, dann holte Lee sein Telefon aus der Tasche, und beide steckten die Köpfe zusammen.

»Hey.«

Ich erschrak, als ich eine Hand auf meinem Arm spürte, und lächelte, als ich sah, dass es Noah war.

»Du wirst dem armen Kerl ein Loch in den Kopf brennen, wenn du ihn weiterhin so anstarrst.« Noah nickte mit vorsichtigem, leicht amüsierten Lächeln in Richtung Ashton und Lee. »Du bist süß, wenn du eifersüchtig bist. Also natürlich, wenn sich die Eifersucht nicht gegen mich richtet.«

»Hm … hmm«, nuschelte ich, blinzelte ein paarmal und löste dann den Blick von den beiden. »Argh, ist das so offensichtlich?«

»Furchtbar offensichtlich«, sagte Cam plötzlich direkt hinter mir. »Warren meinte eben zu dir, dass du Senf im Haar hast, und du hast geantwortet: ›Klingt gut‹.«

Ich zog den Kopf ein und versuchte, nicht *genauso*

offensichtlich nach dem Senf in meinem Haar zu suchen. Noahs Hand lag immer noch auf meinem Arm, und er zog mich zur Seite.

»Ich hab Lee versprochen, ihm gleich beim Aufbauen des Volleyballnetzes zu helfen, aber ich wollte vorher sehen, ob es dir gut geht. Geht's dir gut?«

»Einfach prima.«

»Und überhaupt nicht eifersüchtig, dass Lee einen neuen Freund gefunden hat?«

Seufzend rollte ich mit den Augen. »Es geht mir gut. Nur … Es ist seltsam. Ich muss mich erst daran gewöhnen, das ist alles. Ashton scheint großartig zu sein. Echt«, schwärmte ich und war mir nicht ganz sicher, ob ich eher versuchte, mich oder Noah zu überzeugen. »Ich freue mich, dass die beiden sich so gut verstehen.«

»Wollen wir hoffen, dass sie nicht allzu gut zusammen funktionieren, hm?«

»Was?«

»Die beiden haben die Volleyballmannschaften zusammengestellt«, erklärte Noah, verschränkte die Arme vor der Brust und deutete mit dem Kopf in ihre Richtung. »Sie sind in der gleichen Mannschaft, also hoffen wir, dass sie nicht allzu großartig zusammen funktionieren.«

»Sie …« Ich schluckte den Kloß, der urplötzlich in meiner Kehle aufgetaucht war, herunter. »Ashton und Lee haben die Teams zusammengestellt?«

»Ja. *Und* …« Noah ließ die Arme sinken und nahm grinsend meine Hand. »Ich weiß zufällig, dass du in meinem Team bist. Mach dir also keine Sorgen – wir werden gewinnen. Zeig denen, wer hier der Boss ist.«

Mein Mund war immer noch trocken, der Kloß steckte mitten in meinem Hals. Lee und ich hätten die Volleyballmannschaften zusammenstellen sollen. Und wir *sollten* im selben Team spielen. Ich stellte mich in Volleyball (und generell in den meisten Sportarten) dumm an, aber Lee und ich waren immer im selben Team gewesen. Wir hatten eigentlich geplant, die besten Leute in unser Team zu holen, damit Noah in der Verlierer-Mannschaft war. So hatten wir das besprochen.

Warum war der Plan geändert worden?

Noah schien nicht zu merken, wie sehr mich die Sache störte, und ging weg, um das Netz aufzuhängen. Da fiel mir auf, dass auch Lee und Ashton nicht mehr da waren.

Ich stand ein paar Minuten unschlüssig herum und sah mich um. Die Sonne stand noch hoch und strahlte hell, der Himmel hatte ein klares, strahlendes Blau, das nur von wenigen watteweichen Wolken durchzogen war. Aus den Lautsprecherboxen, die Noah zuvor aufgebaut hatte, drang Musik, gedämpft durch das rege, fröhliche Geplapper, das sich aus dem Haus und über die Terrasse ergoss. Überall lächelnde Gesichter und Gelächter, während im Pool Leute plantschten oder mit baumelnden Füßen am Rand saßen, etwas aßen oder an Getränken nippten.

Alle wirkten, als hätten sie Spaß.

Ich fing Amandas Blick auf, sie unterhielt sich mit June und Rachel, und setzte rasch ein Lächeln auf. Es war nicht so, dass ich *keinen* Spaß hatte. Die Volleyball-Sache hatte mich nur einfach ein bisschen aus der Bahn geworfen, das war alles.

Kurze Zeit später stand Lee auf der Terrasse, legte die Hände um den Mund und rief: »Ladys and Gentlemen, Boys and Girls, wir sind stolz darauf, das erste und letzte alljährliche Flynn-Volleyball-Match anzukündigen. Spielerinnen und Spieler – auf eure Positionen!«

Daraufhin strömten die meisten zum Strand hinunter. Levi lief neben mir und grinste.

»Alljährliches Volleyball-Match?

»Das erste und letzte«, sagte ich. Für gewöhnlich spielten wir immer irgendetwas am Strand, und am Ende warfen die Jungs immer einen Ball herum, egal, ob Football, Baseball oder Volleyball. Normalerweise saß ich das aus. Aber nicht dieses Jahr. Nicht, wenn Lee wollte, dass daraus ein großes Ereignis wurde.

(Und nicht, wenn »Ein krasses Volleyball-Match veranstalten« auf der Bucket List stand.)

»Also, äh, Noah und ich hatten vorhin ein interessantes Gespräch«, sagte Levi.

Ich lachte heftig auf. »Seit wann unterhaltet *ihr* euch denn?«

Die Antwort bekam ich jedoch nicht zu hören, weil Rachel Levi wegzerrte, damit alle ihre Positionen für das Spiel einnahmen.

Dixon und Olly gehörten zu meinem und Noahs

Team, ebenso wie Lisa und Amanda. Auf der anderen Seite des Netzes standen Rachel, Tyrone, Levi und Jon Fletcher, die mit Lee und Ashton spielten.

»Ich hoffe, ihr seid bereit«, rief Lee, warf den Ball lässig von einer Hand in die andere und bohrte die Zehen in den Sand. »Ihr seid jetzt schon erledigt.«

»Ach, bitte«, spottete Noah. »Ihr werdet untergehen.«

Ich warf einen Blick auf unser Team. Lisa und Dixon waren begeistert bei der Sache, aber ... na ja, ich hätte sie in sportlichen Dingen nicht in die Kategorie »talentiert« eingestuft, aber sie waren immer noch besser als ich. Bei Amanda war ich mir nicht so sicher. Und obwohl Olly nicht allzu schlecht war, hatten wir gegen die anderen keine große Chance, dachte ich.

Ich versuchte, Lee vor Spielbeginn auf mich aufmerksam zu machen, aber er war zu sehr damit beschäftigt, mit Levi und Ashton leise irgendeinen Spielzug abzusprechen und Noah einen bösen Blick über die Schulter zuzuwerfen. Lee schien mich überhaupt nicht zu bemerken.

Die Idee hinter dem Volleyball-Match auf der Bucket List war, dass wir Noah schlagen sollten. (Wie sollte es sonst krass sein?) Aber vielleicht war das Ganze nach der Reise nach Berkeley und dem Achtzigerjahre-Minigolf zu Lees alleiniger Bucket List geworden ...

Was Noah in der unterlegenen Mannschaft betraf, so stimmte das gleich von der ersten Minute, als Levi den Ball in die Nähe von Dixons und Noahs Füßen hart in den Sand setzte, eine Fontäne aufwirbelte und begeisterter Beifall der Zuschauermenge erklang. Levi riss jubelnd die Arme in die Luft, während er auf seiner Seite des Netzes eine Ehrenrunde lief und alle Teammitglieder mit einem High Five abklatschte.

Ich hörte Noah vor sich hin schimpfen. Er schüttelte den Kopf, fuhr sich mit einer Hand durchs Haar, während er sich wieder aufrichtete und auf den nächsten Aufschlag wartete.

Dieses Mal dauerte es etwas länger, bevor ein Treffer erzielt wurde: Lisa verwandelte ein paar schöne Schläge, der Ball wurde jedoch von Amanda und Noah gerettet und übers Netz zurückgegeben. Dixon und ich spielten uns zur Belustigung aller den Ball hin und her, bis es ihm gelang, ihn in Amandas Richtung zu schlagen, und sie sich als viel bessere Spielerin erwies als die meisten aus unserem Team. Olly hätte sogar fast einen Treffer erzielt, aber der Ball wurde in letzter Minute von Levi gerettet, der nach vorne sprang, um ihn wieder in die Luft zu befördern, und Jon Fletcher schickte ihn dann in unsere Richtung.

Als der Ball auf mich zukam, sprang ich mit schwingendem Arm hoch, um ihn zu treffen, aber meine Fingerspitzen streiften ihn kaum. Amanda stand jedoch direkt hinter mir und stöhnte, als sie den Ball in einem hohen, anmutigen Bogen übers Netz schlug.

Es sah so aus, als könnten wir einen Treffer landen, aber Lee sprang auf Ashtons Rücken, um den Ball direkt in Lisas Ecke zu dreschen – und trotz aller Bemühungen verfehlte sie ihn komplett. Lee jaulte vor Freude und sprang auf den Boden, um Ashton mit beiden Händen ein High Five zu geben.

Das sollte ich sein.

Nicht, dass ich in der Situation eine große Hilfe gewesen wäre, trotzdem …

Noah gelang es, einen Punkt zu erzielen. Beim nächsten Mal schlug ich den Ball genau in die Mitte des Netzes. Tyrone hätte beinahe mit einem ausgefallenen Trick einen Punkt gemacht, doch der Ball traf Dixon am Kopf und sprang so unerwartet zurück, dass niemand schnell genug reagierte.

Überraschenderweise machte das Ganze immer mehr Spaß. Auch wenn Lee und Ashton so verschworen wirkten. Ich erholte mich immer noch von den Seitenstichen, nachdem ich darüber, dass Dixon vom Ball getroffen worden war, dermaßen lachen musste, und grinste und kicherte immer noch, als der nächste Punkt ausgespielt wurde. Dann sah ich Amanda, die den erschrockenen Gesichtsausdruck von Dixon nachäffte, sodass ich immer wieder vor Lachen schnaubte.

Ich hatte mich gerade so eingekriegt, als ich Lee schreien hörte: »Ja, Levi! Gut gemacht!«

Sie hatten wieder gepunktet. Levi machte eine weitere Ehrenrunde durch sein Team, sprang hoch und boxte mit den Fäusten in der Luft.

Mit verächtlichem Gesicht hob Noah den Ball auf. Er murmelte etwas – das einzige Wort, das ich verstand, war *überheblich*.

Ich packte seinen Arm.

»Ist der immer so schlimm?,« fragte Noah.

»Er hat bloß Spaß.«

»Ja, und hatte er auch bloß Spaß auf der Gokart-Bahn?« Noah schüttelte den Kopf. »Das ist kein Spiel, Elle.«

»Wovon redest …«

»He, ihr Turteltäubchen!«, rief Ashton.

»Ja, gib uns den Ball, damit wir schon mal aufschlagen können!«, brüllte Jon.

Ich ging auf meine Position und fragte mich, was zum Teufel Noah damit gemeint hatte, dass das hier kein Spiel war. Und ich fragte mich, was zum Teufel es mit dem finsteren Blick auf sich hatte, den er Levi zuwarf und …

Und …

Und warum zum Teufel blickte Levi genauso zurück?

Völlig verwirrt starrte ich zwischen den beiden hin und her. Was hatte ich verpasst? Was war passiert?

Das Ganze erinnerte an den Race Day.

Levi hatte etwas über ein Gespräch mit Noah erwähnt … Hatte Noah etwas zu ihm gesagt? Etwas … etwas …

Ich versuchte immer noch herauszufinden, was es mit der seltsamen Spannung zwischen den beiden auf sich hatte, als ich merkte, dass Tyrone aufgeschlagen, Noah einen Treffer verwandelt hatte und wir so den ersten Satz gewonnen hatten.

Der Verlauf des Matches wurde von da an von Noah und Levi dominiert, die herumflitzten und versuchten, einen Treffer nach dem anderen zu landen, um den nächsten Punkt zu erzielen. Tatsächlich sprang Amanda irgendwann auf Noahs Rücken, um einen immer heftiger werdenden Volley zwischen ihm und Levi abzufangen und den Ball zu Rachel zu lenken.

Ziemlich sicher war ich nicht die Einzige, die aufatmete – und ich war *definitiv* nicht die Einzige, die verwirrt war, was mit Levi und Noah los war, wenn man den Blicken nach urteilte, die sie aufeinander losließen.

Lees Mannschaft gewann den zweiten Satz, aber als der dritte und letzte Satz zu Ende ging, lagen wir Kopf an Kopf. Amanda schlug auf. Jon schlug den Ball zurück übers Netz und er kam in meine Richtung. Olly griff ein, schlug ihn in Richtung Noah, der hochsprang, um ihn hart zu spiken, und Levi griff nach vorne, um ihn zu blocken …

Als der Ball auf Levis Gesicht prallte, war ein ekelerregendes *Krrzsch!* zu hören.

Ich stieß einen Schrei aus, warf die Hände vors Gesicht und da war ich nicht die Einzige.

Aber Levi stand immer noch, und mein Team feierte. Lee warf sich mit einem melodramatisch verzweifeltem Aufheulen über die verlorene Partie rückwärts in den Sand. Ein paar Leute aus der Menge sahen besorgt aus, aber die meisten feierten nur den Ausgang des Matches und unseren Erfolg.

Die Sache am Netz hatte definitiv wie ein Unfall *ausgesehen* – aber Noah schien es nicht übermäßig leid zu tun.

Ich warf ihm einen Blick zu, während er den Sieg mit unserer Mannschaft feierte, dann duckte er sich unters Netz, um nach Levi zu sehen. Seine Nase hatte einen heftigen Schlag abbekommen, aber es hatte bereits aufgehört zu bluten. Er wischte sich mit dem Handrücken übers Gesicht und schaute, ohne mich zu bemerken, Noah an.

»Guter Schuss, Arschloch«, rief er.

Noah drehte sich zu ihm um, lächelte – schadenfroh – und trat vor. »Wer ist jetzt der schlechte Verlierer?«

»Ich bin nur hier, um Spaß zu haben.«

Das Lachen, das Noah daraufhin von sich gab, war stumpf und freudlos. Er verdrehte die Mundwinkel, die Zunge ragte über die Zähne und er schüttelte den Kopf. »Spaß? So nennst du das also?«

»Ich lege es auf alle Fälle nicht darauf an, jemanden zu verletzen. Genau wie am Race Day. Jeder hat mich gewarnt, was für ein Typ du bist, aber ich musste es wohl mit eigenen Augen sehen.«

Alle verstummten, um sich den Streit der beiden anzuhören – was allerdings nicht gerade schwierig war, da beide ihre Stimme erhoben. Levi stürmte nach vorne, duckte sich unter dem Netz hindurch, um sich vor Noah zu stellen. Er war kleiner und dünner, aber das schien ihn im Moment nicht zu irritieren.

Ich versuchte, nach seinem Arm zu greifen, um ihn zurückzuhalten, aber er war zu schnell.

Dass ich Levi je so aufgebracht erleben würde, hätte ich nie gedacht. Ich hatte ihn definitiv noch nie so verärgert gesehen – ich fühlte mich wie betäubt und schwieg. Dann spürte ich, wie Lee näher kam, sein Arm streifte meinen.

»Oh, Shit«, raunte er.

»Was ist?«

Aber er schüttelte nur den Kopf und seine Augen verrieten: *Ich wusste ja, dass das früher oder später passieren würde.*

Amanda stand mit verschränkten Armen da und schaute misstrauisch zwischen den beiden hin und her. Unsere Blicke trafen sich und sie zuckte kurz mit den Schultern, ihre Miene war der von Lee nicht allzu unähnlich.

Was zum Teufel hatte ich verpasst?

»Pass auf, was du sagst, Junge«, knurrte Noah.

»Ha. Da ist er. Der berüchtigte *Flynn,* der in der Schule berüchtigte Typ.«

»Und was ist mit dir? Glaubst du, dass das irgendjemanden täuscht? Diese ganze Sache mit dem *unschuldigen Freund,* die du am Laufen hast – du täuschst niemanden. Jeder weiß, warum du hier bist und warum du immer noch hier abhängst.«

Er war eingeladen, hätte ich fast gesagt.

Und warum sollte er auch nicht hier sein? Er war unser Freund, natürlich war er hier.

Was meinte Noah mit dem *unschuldigen Freund*?

»Und ich bin mir sicher, du wirst mir gleich erklären, warum«, blaffte Levi.

»Weil du immer noch hinter Elle her bist.«

Der Satz traf mich wie ein Schlag in die Magengrube. Mir fiel die Kinnlade herunter, und ich starrte beide an.

Es schien Levi auch ziemlich hart getroffen zu haben. Er machte einen halben Schritt rückwärts. »Halt's Maul.«

»Das ist dermaßen offensichtlich«, fuhr Noah skrupellos fort. Er trat einen weiteren Schritt auf Levi zu, die Hände zu Fäusten geballt. »Jeder kann es sehen! Du benimmst dich die ganze Zeit wie ihr Freund und tust so, als ob dir das *reicht*, aber wir können es alle sehen.«

»Halt's Maul.«

»Sie will dich nicht«, schnauzte Noah, die Gesichter der beiden waren jetzt nur noch Zentimeter entfernt, beide blickten finster drein. Levi zitterte. »Sie wollte dich damals nicht und sie will dich auch jetzt nicht. Und je eher du das in deinen Dickschädel bekommst, desto besser für alle.«

Noah unterstrich das Ganze mit einem abschließenden Grinsen.

Levi schwang die Faust.

Ich stöhnte auf, als er Noah am Kinn traf – ziemlich hart, um ehrlich zu sein. Viel härter, als ich es von Levi erwartet hätte. (Und wenn man bedachte, dass das *Levi* war, kam jede Art von Schlag unerwartet).

Meine Augen flogen zu Noah, und ich spannte den ganzen Körper an, da ich auf den vertrauten Anblick seiner kantigen Schultern wartete, seiner fest mit dem Boden verbundenen Füße, seiner Hände, die sich zu Fäusten ballten …

Sein Kiefer war angespannt, ein Muskel zuckte.

Amanda zögerte und schien unsicher, ob sie eingreifen sollte oder nicht. Rachel zerrte an Lees Arm und sagte: »Tu was!«

Noahs Augen wanderten zu mir.

Ich hatte Noah schon in Prügeleien verwickelt gesehen. Jeden Moment würde er vorwärtsstürmen, Levi in den Sand werfen und auf ihn einschlagen …

Bloß …

Als er sich wieder Levi zuwandte, hingen seine Hände seitlich herab und sein Kiefer war locker.

»Du bist es nicht wert.«

Er machte auf dem Absatz kehrt, marschierte an den Schaulustigen vorbei und in langen Schritten auf das Strandhaus zu.

Ich starrte ihm nach. Lee gab einen erstickten Laut von sich. Unsere Freunde flüsterten, schauten zwischen Noahs immer kleiner werdendem Rücken und Levi hin und her, der zitternd und schwer atmend dastand, die Finger immer noch zu Fäusten geballt.

Levi drehte sich um und schaute mich an.

»Elle …«

Aber ich war aus meiner Starre erwacht und lief Noah bereits hinterher. Amanda folgte mir, doch ich warf ihr einen kurzen Blick zu, und sie blieb zurück. Selbst nach der langen Zeit im Leichtathletik-Team fiel es mir immer noch schwer, Noah mit seinen langen Schritten einzuholen. Ich kämpfte gegen den weichen Sand an und bewegte mich mühsam auf das Strandhaus zu. Dort war keine Spur von Noah, doch dann hörte ich die Haustür zuschlagen und jagte ihm hinterher.

Noah hatte vor dem Match sein T-Shirt auf einem Sessel auf der Terrasse gelassen, nun hatte er es sich im Vorbeilaufen offenbar geschnappt und war gerade dabei, auf sein Motorrad zu steigen. Er schien entschlossen, mich nicht zu beachten.

»Noah!«

Er biss die Zähne aufeinander, schaute mich aber weiterhin nicht an. Ich erwischte seinen Arm und zog mich so vor ihn.

»Noah, was …«

Ich hielt inne, denn ich wusste nicht, was ich sagen sollte. Was hatte er getan, was hatte er gemeint, als er all das zu Levi gesagt hatte?

Warum war er, möglicherweise zum ersten Mal, einer Prügelei aus dem Weg gegangen?

»Ich … ich dachte, wir hätten darüber gesprochen. Ich dachte … was auch immer du von Levi annimmst, diese … diese Sache, dass er in mich verknallt ist … Noah …«

»Du wolltest doch, dass ich mich so benehme. Dass ich der Vernünftigere bin, oder?«

Stimmt.

Aber warum fühlte es sich trotzdem nicht richtig an?

29

Ja, ich wollte, dass Noah der Vernünftigere war. Am Race Day hatte ich mir das von ihm gewünscht. Damals war ich dermaßen wütend auf ihn gewesen, so verärgert, weil er nicht zur Vernunft kam und immer noch an dieser Sache festhielt, an der lächerlichen Vorstellung, Levi sei in mich verknallt.

Vorhin hatten die beiden miteinander geredet.

Ging es da um mich?

Das ist kein Spiel, Elle.

Und Amanda, Lee … Niemand schien überrascht, als der Streit am Strand losging.

Ich zögerte, trat ein wenig zurück, meine Hand erschlaffte an Noahs Arm.

Ich wollte, dass er der Vernünftigere ist.

Aber vielleicht nicht auf diese Weise.

Noah startete den Motor, und ich ging noch ein Stück zurück. Ich wusste nicht, was ich sagen sollte, und versuchte immer noch, das Geschehene zu verarbeiten. Noah brauchte offensichtlich ein wenig Abstand, also … gab ich ihm den.

Er lächelte flüchtig, bog den Lenker herum und manövrierte das Motorrad durch all die Autos, die dicht an dicht in der Einfahrt parkten.

Ich unternahm nichts dagegen.

Außerdem … war da ja noch jemand, mit dem ich mich beschäftigen musste.

Auf dem Weg zurück zum Strand begegnete ich Levi, der am anderen Ende der Terrasse stehen blieb, als ich gerade aus dem Haus nach draußen kam.

Einen Moment lang standen wir beide einfach nur da.

Levis Gesicht wirkte irgendwie zerknautscht. Er hatte Sand in den braunen Haaren und sandige Spuren an den Beinen und seinem T-Shirt. Unter seiner Nase klebte getrocknetes Blut. Die Haare standen ihm in alle Richtungen ab, und er fuhr mit einer Hand hindurch, während er auf mich zutaumelte.

»Elle, es tut mir so leid.«

Ich stürmte auf ihn zu und stieß ihm den Zeigefinger auf die Brust. »Ich kann nicht *fassen*, dass du das getan hast.«

»Er hat mich geschubst.«

»Du hast ihn geschlagen! Du … du hast damit angefangen!«

»Er hat mir den Volleyball ins Gesicht geknallt! Das hast du doch gesehen! Er … er hat grob gespielt. Wie am Race Day.«

»Ja, ich hab's gesehen«, erklärte ich. »Und das war unabsichtlich. Du hast versucht, den Ball zu blocken. Alle haben es gesehen. Er war … Was Noah gesagt hat, war … Aber du hättest ihn nicht schlagen müssen.« Seufzend drückte ich die Hände an mein Gesicht. »Was … Levi, was hat Noah vor dem Match zu dir gesagt? Du meintest doch, ihr hättet euch unterhalten.«

Levi schüttelte den Kopf. »Nichts. Nicht wichtig.«

»Komm schon. Ich bin's.« Mein Blick wanderte fragend über sein Gesicht und mit sanfterer Stimme sagte ich: »Levi, jetzt sag schon. Was geht hier vor? Was hat das alles zu bedeuten?«

»Keine Absicht«, antwortete er stattdessen, so ernst, dass ich in seinen Augen Tränen schimmern sah. »Ich tu nicht nur so, als wäre ich dein Freund, Elle. Mir *reicht* das. Das war nie … das ist nicht … der Grund. Ich hänge nicht nur mit dir ab, weil ich dich mag. Ich meine, ich … ich *mag* dich natürlich, aber ich meine … ich hänge nicht nur mit dir rum, weil ich dich *mag*, so wie du mich. Du bist eine meiner besten Freundinnen.«

Er schluckte, atmete schwer und hob die Brust. Verzweifelt schweiften seine Augen über mein Gesicht.

Und dann kapierte ich.

Trotz allem, was ich Noah erklärt hatte, trotz allem, was ich über meine Beziehung zu Levi gedacht habe: Er war *immer noch* in mich verknallt.

Ich war wirklich der Meinung gewesen, dass er darüber hinweg war. Bloß eine flüchtige, dumme Sache, die kurzzeitig durch unseren Kuss verschlimmert worden war.

Dieser Kuss kam mir schon damals wie ein großer Fehler vor.

Mir war dadurch klar geworden, dass meine Gefühle für Levi nicht mit denen für Noah zu vergleichen waren. Der Kuss hatte mir bewusst gemacht, dass ich für Levi nicht so empfand wie für Noah.

Irgendwie war ich immer … davon ausgegangen, dass es ihm genauso ging.

Ich war eine *solche* Idiotin.

Vielleicht hatte dieser eine einzige Kuss Levis Gefühle für mich nur noch verstärkt.

»Ich tu nicht nur so, als wäre ich dein Freund«, wiederholte er. »Ich hege keine Absichten, egal, was Noah denkt.«

»Levi …«

Doch er redete einfach weiter: »Tut mir leid. Ich wollte mich nicht zwischen euch drängen oder so. Ich *weiß,* ich hätte ihn nicht schlagen sollen. Vielleicht … vielleicht hätte ich vorher mit dir reden sollen oder …«

Oh Gott, ich war so eine miese Freundin. Die ganze Zeit über hatte ich keine Ahnung. Und ich hätte es *wissen* müssen, ich hätte es merken müssen … Ich wusste nicht genau, was ich anders gemacht hätte, aber ich hätte etwas tun müssen. Denn wie auch immer, Levi war mein Freund.

»Ich … ich kann das hier nicht, Elle. Ich … Danke für die Einladung. Sorry, dass ich's vermasselt habe. Sag Noah, es tut mir leid. Aber ich denke, ich sollte jetzt gehen.«

»Levi«, sagte ich erneut.

Er sah mich weiterhin verzweifelt an, mit sanft flehendem Blick, und plötzlich lagen seine Hände auf meinen Armen, er zog mich zu sich und drückte für eine Sekunde, ganz kurz und nur einmal den Mund auf meinen.

Verblüfft quietschte ich auf, aber da hatte er mich schon losgelassen und war einen Schritt zurückgewichen.

»Richtig«, murmelte ich. »Du solltest jetzt gehen.«

»Tut mir leid«, sagte er, taumelte ins Strandhaus und rannte davon.

Ich legte einen Finger an die Lippen und hörte, wie die Haustür zuschlug.

Und auch dagegen unternahm ich nichts.

Es kam mir vor, als würde ich schon seit Stunden an derselben Stelle auf der Terrasse stehen, da hörte ich Schritte auf mich zukommen.

Lees Blick streifte umher, dann schaute er mich an. »Was ist passiert? War das Levi? Wo ist Noah?«

Ich stammelte irgendwas vor mich hin.

»War das die Haustür?«, fragte Rachel und ging nachsehen. »Ich meine, ich hätte Noahs Motorrad gehört … Wo ist Levi?«

»Sie sind weg«, brachte ich mühsam heraus. »Sie sind beide weg.«

Lee seufzte. »Vielleicht auch gut so. Zum ersten Mal hab ich gesehen, dass Noah einem Kampf ausgewichen ist. Um was zur Hölle ging's da eigentlich?«

Ich schüttelte den Kopf, aber dann meldete sich Amanda zu Wort, sodass ich mir jeglichen Kommentar sparen konnte (denn wie hätte ich erklären sollen, was gerade passiert war? Ich blickte ja selbst nicht durch).

»Tja, ich kann nicht behaupten, dass ich überrascht bin«, sagte sie zu uns. »Nicht nach dem Gespräch, das die beiden vorhin hatten.«

Ich schnaubte verärgert und rief: »Mein Gott, was für ein Gespräch denn? Über was zum Teufel haben die beiden geredet? Was war so verdammt besonders an dieser *Unterhaltung*?«

Amanda blinzelte in meine Richtung. »Na ja, Noah stellte Levi zur Rede. Sagte ihm, er solle aufhören, seine Zeit mit dir zu verschwenden. Eigentlich wirklich ein bisschen traurig. Die Art, wie Levi dich ansieht. Der Kerl tut mir leid.«

Plötzlich erinnerte ich mich an das Frühjahr, bevor Noah und ich zusammenkamen, als ich herausfand, dass er die Jungs »gewarnt« hatte und sie als bescheuerten und unsinnigen Versuch, auf mich aufzupassen, aufgefordert hatte, sich von mir fernzuhalten.

Stirnrunzelnd und mit vor der Brust verschränkten Armen frage ich Amanda: »Hat er Levi gesagt, er solle sich von mir fernhalten? Abstand halten, oder so was?«

Sie schüttelte den Kopf und wirkte erschrocken. »Er meinte nur, es sei an der Zeit, dass Levi über dich hinwegkäme, und dass es niemand gegenüber fair sei, so weiterzumachen wie bisher. *Trotzdem* sind sie dann unten am Strand derart aneinandergeraten … Dabei sagte ich zu Noah, ›wenn du schon mit dem Jungen redest, versuch wenigstens, dich wie ein Erwachsener aufzuführen‹.« Sie seufzte und rollte mit den Augen – es kam mir aber fast nachsichtig vor. »Dieser Idiot, ehrlich. Manchmal ist nicht mit ihm zu reden. Noah ist dermaßen eigensinnig.«

»So kann man das auch nennen«, nuschelte Lee.

Alle schauten mich an.

Warteten wahrscheinlich darauf, dass ich protestiere, wie beim letzten Mal, als das Thema zur Sprache kam.

»Ich …«

Immer noch blickten mich alle erwartungsvoll an.

Ich errötete. »Okay, also … also vielleicht lagt ihr richtig. Dass Levi … in mich verknallt ist.«

Seufzend warf Rachel die Hände in die Luft. »Endlich sieht sie es! War es wirklich nötig, dass Noah dafür eine verpasst bekommt, damit du das erkennst?«

Vielleicht eher, dass Levi mich noch einmal geküsst hatte, aber …

»Schaut mich nicht so an«, murmelte ich. »Er ist trotzdem mein Freund. Es ist nicht *meine* Schuld, dass ich das nie bemerkt habe.

Lee legte grob den Arm um meine Schultern, zog mich vorwärts und verwuschelte mein Haar. »Manchmal bist du echt eine Idiotin, Shelly.« Er ließ los. »Was hat er gesagt? Also Levi? Und was meinte Noah?«

»Noah hat nicht gerade viel gesagt«, erklärte ich. »Levi …«

Oh, Mann. Das war eine ganz andere komplizierte Angelegenheit. Und eine, mit der ich noch nicht ganz fertig war …

30

Noah war noch nicht zurück, aber niemand machte sich sonderlich Sorgen um ihn. Nach dem angespannten Volleyball-Match dauerte es eine Weile, bis die Stimmung am Strand wieder locker war, aber schon bald schien es, als hätten alle wieder Spaß.

»Alles okay?«, fragte mich Lee, als unsere Freunde ein paar Biere öffneten und Amanda allen die Regeln eines Trinkspiels erklärte.

»Klar«, antwortete ich und lächelte zum Beweis. Auf keinen Fall wollte ich mir von Noah – oder Levi – den letzten Vierten Juli im Strandhaus verderben lassen.

Im Laufe des Abends bauten Matthew und Dad das Feuerwerk auf. June servierte die Desserts, Amanda, Rachel und Linda halfen ihr dabei. Ich entschied, mich lieber rauszuhalten. Zu viele Köche verderben den Brei und so weiter.

Brad fragte Lee und mich: »Sollen wir nicht auf Noah warten? Er darf das Feuerwerk nicht verpassen.«

»Wie wär's, wir nehmen ein Video für ihn auf?«, schlug Lee vor, während ich nur herumstammelte. Ich hatte versucht, Noah anzurufen, und ihm eine Nachricht hinterlassen, dass er nach Hause kommen sollte.

Schließlich schickte er June eine Nachricht. Dass er unterwegs sei, um den Kopf freizubekommen.

Ich hatte zwar eine ungefähre Vorstellung davon, wo er sich befand, beschloss aber, ihn in Ruhe zu lassen. Er würde kommen, wenn er dazu bereit war. Und heute ging es um uns als Gruppe, darum, den letzten Vierten Juli im Strandhaus zu verleben, nicht darum, dass ich Noah hinterherlief.

Nachdem dann später am Abend alle Freunde gegangen und Brads Kumpel von ihren Eltern abgeholt worden waren und wir ein wenig aufgeräumt hatten, fanden wir uns mit Getränken und Tellern voller Essensreste zum Naschen dicht gedrängt im Spielzimmer ein.

Dad baute Monopoly auf. Das Spielbrett war alt, so oft benutzt, dass es an den Rändern ausfranste und ganz weich geworden war. Viele Karten und das Spielgeld waren verblasst, zerknittert und verbogen, einige hatten Flecken von unseren Sessions, als wir noch sorglose, unordentliche Kinder waren.

Weil wir schon vor Jahren zwei Spielsteine verloren hatten, gab es nicht mehr genug, dass wir alle einzeln spielen konnten. Rachel und Lee bildeten deshalb ein Team. Brad spielte zusammen mit Dad,

June zusammen mit Matthew. Amanda, Linda und ich spielten jeweils allein.

»Wir nehmen den Rennwagen!«, jaulte Brad und griff danach.

»Nicht so schnell«, sagte Linda lachend. »Wir müssen würfeln, wer welchen Stein bekommt.«

Ich zog eine Grimasse in Richtung Lee. Wir haben *nie* gewürfelt, um die Spielsteine zu verteilen. Wir hatten immer unsere gewohnten Figuren. Wir haben nur gewürfelt, um zu bestimmen, wer anfing.

Aber, hey, meinetwegen.

Egal.

Als ich an der Reihe war, würfelte ich eine Eins. Das war mir eigentlich nicht wichtig, bis Linda eine Sechs würfelte – die höchste Zahl von uns allen – und mit einem großen, breiten Lächeln sagte: »Scheint, die Ehre gebührt mir ganz allein! Und ich denke … Ich denke, ich nehme …« Ihre Finger tanzten über den Spielsteinen. »Das Hündchen!«

Ohne nachzudenken, streckte ich die Hand aus und schnappte mir den Hund.

»Tut mir leid«, platzte ich heraus, als mir klar wurde, was ich gerade getan hatte. »Es ist nur so, dass ich sonst immer der Scotch Terrier bin.«

»Oh, nein, Elle.« Linda lachte und hielt mir geduldig die Handfläche hin. »So sind die Regeln, ich wähle als Erste …«

June warf mir einen mitfühlenden Blick von ihrem Platz neben Linda zu, aber ich konnte nicht anders, als finster zurückzuschauen. Ich war bereit gewesen,

Linda heute noch einmal eine Chance zu geben, aber hier war die Grenze.

Bissig erwiderte ich: »Das ist mir egal. *Ich* nehme auf jeden Fall den Hund.«

Mir war klar, dass ich mich wie eine ungezogene Göre aufführte. Ich wusste es, konnte mich aber nicht bremsen. Ich war nicht in der Lage, mir die finstere Miene aus dem Gesicht zu wischen, konnte mich nicht zusammenreißen und die in meinen Adern kochende Verärgerung nicht aufhalten, je länger ich Linda anstarrte.

Ja, wie gesagt, mir war klar, dass ich mich wie eine ungezogene Göre aufführte und man versuchen würde, mich zum Schweigen zu bringen, doch ich rechnete *wirklich*, wirklich nicht damit, dass es Dad sein würde.

»Elle, jetzt komm«, sagte er und klang ungewöhnlich streng. »Warum gibst du Linda das Ding nicht einfach?«

Verächtlich und völlig ungläubig starrte ich nun *ihn* an.

Schlug er sich tatsächlich auf Lindas Seite? Deswegen?

Ich merkte, wie June kurz zögerte, aber auch sie verteidigte mich nicht. Als sich unsere Blicke kreuzten, nickte sie mir kurz zu, und ihr Gesicht verriet: *Los, Elle, hör auf deinen Dad.*

Na ja, gut.

Wenn das so war.

»Das ist bei uns bloß so eine Art Tradition«,

setzte sich nun Lee für mich ein. »Elle ist immer der Hund.«

»Nein«, blaffte ich, drückte mich vom Boden ab und warf den kleinen Spielstein aus Metall zornig auf den Tisch. Er traf den Stapel mit den Ereigniskarten und sie verstreuten sich über das Spielbrett. Rachel sammelte sie schnell wieder auf. »Schon gut. Linda, nimm du den Hund. Ich hatte sowieso keine Lust zu spielen.«

»Oh, nein, nein, ist okay! Warte mal, Elle«, sagte Linda, hob den winzigen Hund auf und hielt ihn mir entgegen, obwohl ich schon an der Zimmertür war. »Wenn das zu euren Traditionen gehört, solltest du den Hund haben. Hier.«

»Ich brauche deine *Almosen* nicht«, spuckte ich geradezu aus und fuhr herum. »Weißt du, du kannst nicht einfach so in unser Leben platzen, den Feiertag mit uns verbringen, mit allen Brettspiele spielen und so tun, als wärst du schon immer hier gewesen. Weil du nämlich nicht hierhergehörst. Und es ist erbärmlich, wie sehr du dich darum bemühst.«

»Elle!«, riefen Dad und June gleichzeitig. Ich hörte, wie jemand aufsprang.

Matthew sagte: »Kümmer dich nicht darum, Linda. Teenager eben.«

Auf dem Weg nach draußen gab ich mir Mühe, jede Tür lautstark zuzuschlagen. Hinter mir waren trampelnde Schritte zu hören, aber ich drehte mich nicht um, bis Dad rief: »Rochelle! Bleib sofort stehen, junge Dame!«

Kurz bevor ich auf den Weg zum Strand einbog, blieb ich stehen, verschränkte die Arme vor der Brust und drehte mich um. Es war dunkel, und die Außenbeleuchtung am türkisfarbenen Pool warf unheimliche Muster auf die Terrasse, das Haus und sogar auf Dads Gesicht.

Auf Dads … ziemlich wütendes Gesicht.

Ich blieb standhaft, die Arme fest verschränkt und die Stirn in Falten gelegt.

»Was sollte das da eben?«, wollte er wissen.

»Was *meinst* du denn? Du weißt doch genau, worum es da ging!«, erwiderte ich und deutete aufs Haus. »Ich bin immer der Hund, Dad. Das war Moms Spielstein. Immer, wenn wir spielten. *Jedes Mal*. Und du hättest ihn Linda überlassen? Soll ich ihr vielleicht auch die Uhr schenken, die Mom mir zum siebzehnten Geburtstag hinterlassen hat? Sollen wir ihr alle Kleider von Mom vom Dachboden holen und Moms Lieblingsbecher mit den rosa Sternen geben?«

Er seufzte, nahm die Brille ab, um sie auf seinem Hemd zu putzen, und rieb sich die Augen, bevor er sie wieder aufsetzte. »Elle. Das ist bloß ein Monopoly-Spielstein.«

»*Moms* Monopoly-Spielstein. Das ist unser letzter Sommer hier. Die Flynns verkaufen das Haus und … und wir gehen aufs College, und wann werden wir überhaupt wieder so einen Familienspieleabend veranstalten? Sie sollte nicht hier sein. Ein Spieleabend mit der Familie. Alle Gäste sind schon vor Ewigkeiten nach Hause gegangen.«

»Jetzt hörst du aber auf. Das ist nicht fair und das weißt du.«

»Fair?«, fragte ich höhnisch und mir traten fast die Augen hervor. »Willst du wirklich über Fairness reden? Was nicht *fair ist,* ist die Art und Weise, wie sie plötzlich einfach … einfach … einfach so die ganze Zeit da ist und versucht, sich in unser Leben zu drängen! Du hast sie gebeten, Brad vom Camp abzuholen, sie hat bei uns zu Hause gekocht, sie war mit dir und Matthew und June aus. Sie war *in unserem Haus,* tat so, als gehöre sie dorthin, benahm sich mir gegenüber ganz … *plump-vertraulich,* und das ertrage ich nicht. Ja, du magst sie, und es tut mir leid, aber ich nicht. Und ich denke, es ist egoistisch von dir, sie so in unser Leben zu zwingen.«

Ich sah, wie Dad blass wurde, wie er völlig schockiert blinzelte, während er das alles verdaute.

Mit zusammengebissenen Zähnen hielt ich die Arme verschränkt, weil ich kein einziges Wort davon bereute.

Er *hatte* sie in unser Leben gezwungen. Natürlich wollte ich, dass Dad glücklich war, aber … das war zu viel, zu schnell. Linda gehörte nicht zu unserer Familie, und mir gefiel nicht, dass sie sich so verhielt.

Mir gefiel nicht, dass sie sich den ganzen Tag über so gut mit June und Matthew verstanden hatte. Mir gefiel nicht, dass sie sich vorhin in der Küche mit Rachel und Amanda unterhalten hatte und dass sie derart fröhlich und freundlich lächelnd geplaudert hatten. Mir gefiel nicht, wie sie Brad einen zusätzlichen Brownie zugesteckt hatte, als wäre das ihr kleines Geheimnis und als wäre er fünf Jahre alt, sodass man seine Zuneigung mit Kuchenstückchen gewinnen konnte – und ich *hasste es,* dass Brad bereits so sehr von ihr begeistert war, dass er sie aufforderte, überall mitzumachen, unseren Lieblingskartoffelsalat zu probieren und sich alle Fotos im Flur anzusehen und ihn in ein paar Tagen wieder vom Camp abzuholen und mit ihm Pizza essen zu gehen.

Ich hasste, dass alle anderen anscheinend Linda einfach so aufgenommen hatten, obwohl sie *nicht* dazugehörte.

Inzwischen hatte sich Dad so weit erholt, dass er wieder etwas gerader stand und seine Wangen eine gesunde Farbe annahmen. »Egoistisch? Ist das dein Ernst, Elle? Du und Brad hatten bei mir euer ganzes Leben lang oberste Priorität, *vor allem* nach dem Tod eurer Mom. Aber jetzt seid ihr alt genug, und als ich Linda kennenlernte, wurde mir klar, es war vielleicht an der Zeit, damit aufzuhören, einen Teil meines Lebens auf Eis zu legen. Himmel, Elle, ich weiß, dass ich oft nicht für euch da sein konnte, aber das lag daran, dass ich einen Job angenommen hatte, um genug Geld zu verdienen, damit ihr auf gute Schulen gehen könnt, und um dir und deinem Bruder ein besseres Leben zu ermöglichen.«

Er atmete stockend und so schwer, dass ich es wenige Meter entfernt hören konnte, und die Falten in seinem Gesicht schienen sich zu vertiefen, während er mit offenem Mund dastand.

»Und erzähl *du* mir nichts von Egoismus«, fuhr er fort. »Ich habe Linda gebeten, mir mit Brad behilflich zu sein, damit du in diesem Sommer mehr Freizeit hast! So konntest du dein Vergnügen mit Lee haben und all die Dinge tun, die auf eurer Bucket List stehen, und Zeit mit Noah und deinen Freunden verbringen. Hast du eigentlich irgendeine Vorstellung, was für ein großer Schritt das für Linda war – und für mich, sie zu bitten, plötzlich am Leben meiner Kinder teilzuhaben? Sich um Brad zu kümmern, auch auf dich … achtzugeben?«

»Ich …«

Davon hatte ich keine Ahnung. Ich war irgendwie immer davon ausgegangen, dass er niemanden *kennengelernt* hatte, den er mochte, weil es ihm schwergefallen war, über Mom hinwegzukommen. Ich hatte nicht einen Moment darüber nachgedacht, dass er sich aktiv dazu entschlossen hatte, jede Art von Dating für uns »auf Eis zu legen«.

Ich wusste zwar, dass er seinen Job anstrengend fand. Ich wusste, dass er manchmal lange arbeitete und hin und wieder geschäftlich verreisen oder am Wochenende arbeiten musste, aber er hatte nie etwas *gesagt*. Immer, wenn wir ihn nach der Arbeit fragten, lächelte er nur und meinte: »Ach, immer das Gleiche, immer das Gleiche, Leute!«

Mir war klar, dass er, na ja, *menschliche* Bedürfnisse hatte, mit eigenen Gedanken und Gefühlen, aber … er hat es sich nie anmerken lassen. Überhaupt nichts.

»Ich versuche nicht, Linda in euer Leben zu zwingen, Elle«, erklärte er jetzt ernst und müde. »Ich hatte gehofft, die Dinge langsam angehen zu können. Euch … die Möglichkeit zu geben, sich daran zu gewöhnen, denke ich. Deshalb habe ich auch derart lange gebraucht, dir davon zu erzählen. Aber da du diesen Sommer so beschäftigt warst, ist es einfach … passiert. Und Brad scheint sie wirklich zu mögen. Und Linda mag ihn auch. Sie behandelt ihn wirklich gut. Und sie möchte dich unbedingt besser kennenlernen. Ich *versuche* nicht – um Gottes willen, Elle, ich will keinen Ersatz für eure Mutter. Niemand wäre dazu in der Lage. Aber steh nicht da und nenn *mich* egoistisch und lass es nicht an Linda aus. Wenn du dich wie ein kleines Kind benimmst, Elle, werde ich dich wie ein kleines Kind behandeln. Aber es wäre mir lieber zu glauben, dass du mittlerweile alt genug bist, damit wir dieses Gespräch wie Erwachsene führen können.«

»Du hast nie was gesagt«, war alles, was ich herausbrachte. »Das mit der Arbeit und …«, *igitt*, »dem Dating …«

»Natürlich nicht! Du warst noch ein Kind, Elle! Du bist *mein* Kind. Schließlich waren das nicht deine Bürden, die du zu tragen hattest. Schlimm genug, dass ich mich darauf verlassen musste, dass du mir mit Brad so sehr hilfst oder bei der Hausarbeit.«

»Aber …« Ich schluckte schwer und hatte keinen Schimmer, woher der Kloß in meinem Hals stammte oder wann die Tränen in meinen Augen aufgetaucht waren.

Dad kam zu mir, hob seufzend mein Kinn und lächelte mich traurig an. »Du musstest dermaßen schnell erwachsen werden, nachdem deine Mutter gestorben war. Ich dachte bloß … warum sollte ich dich diesen Sommer nicht noch ein bisschen länger ein Kind sein lassen? Ich hatte keine Ahnung, dass dich Linda so verärgert hat. Und das tut mir sehr leid. Ich hätte es ahnen sollen, Süße.«

Immerhin waren wir wieder bei »Süße«, dachte ich. Also war er wohl nicht mehr allzu wütend auf mich, weil ich seine neue Freundin angebrüllt hatte.

Ich schniefte und spürte, dass mir ein paar Tränen übers Gesicht liefen. Ich neigte den Kopf und versuchte, sie schnell wegzuwischen. »Ich hätte was sagen sollen. Und … ich schätze, ich habe mich vorhin irgendwie ungezogen benommen.«

»Nur ein bisschen«, stimmte er zu und verzog das Gesicht, sodass ich etwas verheult und wackelig lachen musste, bevor er mich in seine warmen Arme nahm und ich ein wenig in sein Hemd weinen konnte.

Und für einen kurzen Moment schien alles in Ordnung.

31

Noah kam in dieser Nacht nicht zurück. Am nächsten Tag war ich für die Frühschicht im Dunes eingeteilt, also konnte ich nicht bleiben und warten, bis er auftauchen würde.

Allerdings hatte ich gehofft, dass alles wieder normal sein würde, wenn ich von der Arbeit kam.

Irgendein Handwerker-Typ strich gerade die Türen. Höflich lächelnd schlenderte ich an ihm vorbei in die Küche, wo Amanda Dinge in einen Karton packte. Im Haus war es ansonsten still, was ungewöhnlich war, vor allem nach dem gestrigen Chaos.

»Lass mich raten«, sagte Amanda und schaute mich mit leicht zur Seite geneigtem Kopf nachdenklich aus dem Augenwinkel an. »Du suchst nach … Lee?«

»Kann schon sein, ja.«

»Mister Flynn der Jüngere hatte einen Tobsuchtsanfall und ist fort, um sich abzukühlen«, entgegnete sie ratlos die Schultern zuckend. »June hat den Maler bestellt und …«

»Hab ich mitbekommen. Sie hat gestern etwas in der Art erwähnt.«

»Lee ist ausgerastet, als der Typ den Türrahmen übermalen wollte, an dem im Laufe der Jahre eure Größen angezeichnet wurden. Um ehrlich zu sein, fand ich das auch sehr niedlich und kann verstehen, warum Lee so wütend geworden ist. Rachel ist mit ihm weggefahren, denn sie möchte heute Nachmittag zu ihren Eltern. Und, äh, Lee sagte … Moment, ich hab's aufgeschrieben.«

Sie legte das braune Packpapier aus der Hand, suchte auf der Küchenarbeitsfläche herum und fand schließlich ein pinkfarbenes Post-it.

»Lee bat mich, dich an eure Verabredung in der Spielhalle zu erinnern. Dein Handy war ausgeschaltet.«

»Mitten in meiner Schicht war der Akku leer.« Gut, dass Amanda mich darauf hinwies. Ich suchte im Wohnzimmer nach einem Ladekabel. Bei fünf Leuten hier sollte man meinen, dass einem überall ein iPhone-Ladegerät in die Hände fällt, aber seltsamerweise schienen sie immer alle verschwunden zu sein …

Mit Lee verabredet zu sein, hatte ich jedoch nicht vergessen. Wir wollten heute noch einmal zur Spielhalle. Wie sollte ich das verschwitzen? Unser geliebtes *Dance Dance Revolution*-Gerät aus Kindertagen sollte morgen ausgemustert werden, heute war unsere letzte Gelegenheit.

»Was machst du da überhaupt?«, fragte ich Amanda.

»Oh! Hier gibt's jede Menge Teller. Fünfzig ungerade bestimmt. Ehrlich gesagt, hatte ich etwas Angst, sie zu zählen. June meinte gestern, dass bald alle Schränke leer sein müssen, und ich dachte mir, nach der großen Party brauchen wir nicht mehr so viele. Da wollte ich mich ein bisschen nützlich machen. Wo ich schon hier wohnen darf.«

Was Lee wohl dazu sagen würde, dass die halbe Küche leer geräumt wurde? Aber ich wollte Amanda nicht aufhalten, denn sie hatte recht, und es kam mir albern vor, ihre Hilfe auszuschlagen, nur weil es uns schwerfiel, von dem Haus Abschied zu nehmen.

Amanda kann das besser als wir, dachte ich.

»Und, ähm …« Ich schob ein Sofapolster wieder an seinen Platz und gab die Suche nach einem Ladekabel kurz auf, um Amanda anzublicken. »Ist Noah …«

Sie schüttelte den Kopf.

»Ah. Okay.«

»Wahrscheinlich hat er vergangene Nacht zu Hause übernachtet«, sagte sie. »Er ist einfach … Momentan geht ihm viel im Kopf herum, Elle, das ist alles.«

Die vertraute, wohlbekannte Eifersucht flackerte auf, weil sich Amanda und Noah dermaßen nahestanden, aber diesmal mit einer Heftigkeit, wie ich sie seit Thanksgiving nicht mehr empfunden hatte. Viel im Kopf herum? Wenn ihm viel durch den Kopf ging, warum wusste ich dann nichts davon? Meinte sie bloß Levi? Und warum wusste *sie* davon, aber nicht ich?

Anders als zuletzt schluckte ich das mulmige Gefühl deutlich leichter herunter.

Außerdem half mir sehr, dass sie sagte: »Er antwortet auch nicht auf meine Anrufe und Nachrichten. Ich mache mir irgendwie Sorgen um ihn.«

»Es ist nicht das erste Mal, dass er abtaucht«, erklärte ich. »Normalerweise, wenn er wütend ist oder denkt, er hätte etwas vermasselt oder so.«

»Die Flynn-Brüder und ihr Bedürfnis nach Abkühlung«, witzelte sie und rollte mit den Augen. »Er wird wahrscheinlich später herkommen. Ich weiß, er ist gestern ziemlich schnell weggefahren, aber er will sicher mit dir reden. Nein, keine Ahnung, worum es *tatsächlich* geht, also brauchst du nicht so zu schauen, Missy. Er hat mir kein Sterbenswörtchen verraten.« Amanda tat so, als würde sie ihren Mund verschließen und den Schlüssel wegwerfen.

Ob er sich immer noch »abkühlen« musste oder nicht oder einfach nur seine Ruhe brauchte oder was auch immer, ich spürte, wie sich mir bei dem Gedanken, dass irgendetwas vor sich ging, der Magen umdrehte. Ich musste mit Noah reden. Während Amanda weiter die Schränke in der Küche ausräumte, holte ich meine Autoschlüssel von dem Tischchen im Flur, wo ich sie eben hatte fallen lassen, und sagte: »Ich glaube, ich weiß, wo er ist.«

Als ich Noahs Motorrad auf dem Parkplatz stehen sah, seufzte ich erleichtert – allerdings ein Gefühl, das nicht lange anhielt.

Ich stieg aus dem Auto und kletterte den Hügel hinauf, folgte dem Weg, den Noah mir damals gezeigt hatte, bis zu seiner Lieblingsstelle. Dort, wo er mich vergangenen Sommer hingeführt hatte. Wo wir aufrichtig miteinander *gesprochen* und uns unter einem Feuerwerk am Himmel geküsst hatten.

Dort, wohin er auch nach dem Race Day geflüchtet war, um nachzudenken und den Kopf frei zu bekommen.

Wohin er auch jetzt gekommen war.

Mein Bauch zog sich ängstlich zusammen. Meine Handflächen kribbelten und schwitzten, und das Atmen fiel mir schwer.

Ich entdeckte Noah auf der Spitze des Hügels. Hinter ihm lagen seine Lederjacke, die Schlüssel und sein Handy. Er trug andere Klamotten als gestern, also musste er, wie Amanda vorausgesagt hatte, nach Hause zu seinen Eltern gefahren sein und sich umgezogen haben. Er saß da, umklammerte die Knie, hatte das Kinn auf sie gestützt, während er auf die Skyline der Stadt starrte.

Er wirkte so klein, so verletzlich, und so gar nicht wie Noah.

Als er mich kommen hörte, riss er ruckartig den Kopf herum.

»Hi«, sagte ich leise.

Es dauerte einen kurzen Moment, bevor er antwortete: »Hi.«

Er nahm die Arme von den Beinen und streckte sie aus, die Hände seitlich in die Hüften gestemmt.

Ich setzte mich, machte seine Körperhaltung nach, wandte ihm jedoch das Gesicht zu.

Er musste sich rasieren.

Oder – na ja, vielleicht auch nicht. Die Bartstoppeln standen ihm gut. Damit wirkte er erwachsener, sein kantiger Kiefer wurde dadurch noch stärker betont. Ich widerstand dem Drang, die Hand auszustrecken und darüberzustreichen.

Vielleicht hätte ich Noah zuerst reden lassen sollen, aber angesichts der Stille, die zwischen uns herrschte, hielt ich es einfach nicht länger aus. Außerdem – auch ich hatte etwas zu sagen.

»Du lagst richtig mit Levi. Ihr alle. Ihr habt versucht, mir etwas zu verdeutlichen, und ich wollte es nicht hören. *Nicht*, dass ich damit dein Verhalten am Race Day entschuldigen möchte oder dass du hinter meinem Rücken mit ihm darüber gesprochen hast, aber …«

»Ja«, seufzte Noah. »Vermutlich hätte ich die Dinge ein wenig anders angehen sollen.«

Ich zuckte mit den Schultern. »Vielleicht hätten wir das beide.«

»Warum hast du deine Meinung geändert?«

»Er meinte, er mag mich. Und, ähm … er hat mich irgendwie … na ja … wieder geküsst. Nur kurz. Ein Küsschen. Eher ein Abschiedsküsschen als irgendetwas anderes«, versuchte ich zu erklären – und erst jetzt, da ich es laut ausgesprochen hatte, bemerkte ich, dass es sich *exakt* so angefühlt hatte.

Sollte ich erwartet haben, dass sich Noah darüber aufregen würde, wurde ich überrascht. Er nickte bloß.

Eine Weile studierte ich seine Miene. Keine angespannten Muskeln. Keine Anspannung im Gesicht. Nur ein merkwürdiges Gefühl der Ruhe, das ich wirklich, wirklich nicht von ihm gewohnt war – vor allem, da ich ihm gerade erzählt hatte, dass mich ein *anderer* Typ geküsst hatte.

Noahs ruhige Reaktion verunsicherte mich. Das mulmige Gefühl im Bauch wurde schlimmer, mein Herz pochte heftig in der Brust.

»Willst du dazu nichts sagen? Nicht einmal: Ich hab's dir ja gesagt?«

Noah stieß einen sanften, leisen Seufzer aus und schaute immer noch nur geradeaus. »Ich hätte diesen dürren kleinen Scheißer gestern leicht umhauen können. Hätte ich früher auch gemacht. Aber diesmal nicht. Denn ich gebe mir wirklich Mühe, nicht mehr dieser Typ zu sein. Selbst wenn er's *echt* verdient hat, selbst nur ein wenig, selbst wenn er damit angefangen hat – er ist dein Freund. Aber die Sache ist die, Elle, du hast einen großen Anteil daran, warum ich versuche, nicht mehr dieser Typ zu sein.«

»Okay«, sagte ich vorsichtig, denn ich war mir nicht sicher, wohin das Ganze führen sollte – oder warum es sich so anhörte, als wäre das keine so tolle Sache.

»Und ich weiß einfach nicht, ob das …« Mit einem weiteren Seufzer brach er ab, drehte mir jetzt den Kopf zu, um mich anzusehen, und die nachdenkliche

Falte zwischen seinen Augenbrauen tauchte auf. »Ich sollte nicht auf *dich* angewiesen sein, um der Mann zu sein, der ich für dich sein will.«

Ich brauchte eine Sekunde, um die Dinge in meinem Kopf zusammenzufügen und zu verstehen.

Noah fuhr fort: »Ich sollte dieser Typ sein wollen. Nicht, weil ich glaube, dass du etwas Besseres verdienst. Nicht, weil es dein Freund ist oder ich dich nicht enttäuschen will oder was auch immer. Ich sollte das für *mich* tun wollen. Und ich … das tue ich auch, aber … du solltest nicht der einzige Grund sein.«

Ich starrte Noah weiterhin an. Diesmal gab er mir ein paar Sekunden mehr, um zu begreifen.

»Okay«, antwortete ich erneut, immer noch unsicher. »Also … was … was bedeutet das genau?«

Er hielt meinen Blick, und da war etwas so *Trauriges* in seinen schönen hellblauen Augen, dass es wehtat. Dann wandte Noah den Kopf wieder nach vorne und spielte abwesend mit einer Hand an Grashalmen in der Nähe.

»Ihr wolltet schon immer nach Berkeley. Du und Lee. Schon immer. Kaum wart ihr alt genug, um überhaupt zu verstehen, was ein College ist, sagtet ihr, dass ihr beide eines Tages nach Berkeley gehen würdet. Du hattest dein Herz daran gehängt.«

Noah hielt einen Moment inne, und ich sah, wie er stirnrunzelnd an seiner Oberlippe knabberte, bevor er weitersprach.

»Warum hast du dich für Harvard entschieden, Elle?«

Von der Frage überrascht, konnte ich ihm nur eine ehrliche Antwort geben. »Wir haben doch darüber gesprochen, schon vergessen? Ich … ich habe mich aus einer Laune heraus beworben. Du meintest, wie schön es wäre, zusammen in Boston zu leben und …«

»Du möchtest vier Jahre an einer Uni verbringen, bei der du dich aus einer Laune heraus beworben hast? Eine Uni, bei der du dich nur beworben hast, weil ich da studiere. Ich will nicht … ich kann nicht dafür verantwortlich sein, dass du eine Entscheidung triffst, die du möglicherweise bereust. Es hat schon einmal nicht geklappt zwischen uns, und in diesem Sommer … Ich weiß, es war schwer für dich. Aber nicht schlimm«, fügte er hastig hinzu, als er mich anblickte. »Sondern natürlich großartig, aber … du hast ja selbst gesagt, dass es manchmal schwer ist, mich zu lieben. Was ist, wenn es nicht mit uns klappt, Elle? Einfach so. Und dann bist du am anderen Ende des Landes, hast deinen Traum von Berkeley aufgegeben, und wofür?«

Jetzt war es an mir, wegzuschauen und eine Minute zu schweigen.

»Wir saßen hier, als du entschieden hast, das Angebot aus Harvard anzunehmen. Erinnerst du dich? Und du meintest, du könntest nicht absagen. Es ging schließlich um Harvard. Meinst du nicht, dass es mir ganz ähnlich geht?«, antwortete ich.

»Ich möchte, dass du dir ganz sicher bist, dass du deine Entscheidung wegen Harvard getroffen hast und nicht wegen mir. Du hast dich nur meinetwegen beworben. Außerdem habe ich mitbekommen, was für einen Keil das zwischen dich und Lee getrieben hat, wie sehr ihr diesen Sommer versucht habt, an eurer Freundschaft festzuhalten. Du möchtest immer den anderen an erste Stelle setzen, und dagegen ist nichts einzuwenden. Ich finde das eigentlich ziemlich erstaunlich. Doch ich will nicht, dass du alles aufs Spiel setzt für …«

»Für uns?«

Noah lehnte sich zurück. »Ja.«

Plötzlich war da ein merkwürdiger Geschmack auf meiner Zunge, und meine Kehle schnürte sich zu. Ich legte die Stirn in Falten und konzentrierte mich auf den Blick auf die Stadt, versuchte, tief einzuatmen, um meine Lungen zu füllen. »Du bist also der Ansicht, ich hätte Harvard ablehnen sollen, um mit Lee nach Berkeley zu gehen?«

Noah seufzte, dermaßen leise, dass ich es fast nicht hörte. »Weißt du noch, als ich vor ein paar Wochen sagte, dass du manchmal alle anderen an oberste Stelle setzt? Du hast dich wegen Lee in Berkeley beworben, weil unsere Moms dort studiert haben und weil die Uni nicht so weit weg ist, sodass du deinem Dad weiterhin mit Brad helfen kannst. Den ganzen Sommer hast du alles dafür getan, Zeit mit mir oder Lee oder Brad zu verbringen oder zu arbeiten, damit du Geld für die Bucket List mit Lee hast, und … ich habe den Eindruck, dass du manchmal alle anderen über dich selbst stellst, Elle, und das solltest du nicht. Und …«

Er riss mit der Faust ein paar Grashalme aus, bevor er schließlich sagte: »Und ich will niemand sein, den du über dich selbst stellst.«

Und auf einmal verstand ich alles, was Noah nicht aussprach.

»Das … das war's also? Dass wir uns lieben, spielt keine Rolle? Das hat nichts zu bedeuten?«

»Das wollte ich damit nicht sagen, Elle. Das bedeutet mir *alles*. Aber vielleicht … vielleicht reicht das einfach nicht.«

All die Befürchtungen, die mir ein flaues Gefühl im Magen verursacht hatten, waren vorbei: Noahs letzter Satz wirkte wie ein Messer, das mitten durch mich hindurchfuhr. Ich fror am ganzen Körper.

»Nein, du … du kannst nicht einfach … für mich *entscheiden*. Ich habe meine Wahl getroffen, und ich gehe nach Harvard. Berkeley habe ich bereits abgelehnt und stattdessen den Platz in Harvard angenommen. Du kannst jetzt nicht alles umdrehen und mir erklären, dass ich nicht nach Harvard gehen soll. Das geht dich doch gar nichts an.«

»Stimmt. Aber wenn du nach Harvard gehst – dann nicht mit mir.«

Ein leises, brüchiges Aufstöhnen kam mir über die Lippen, ein unnatürlicher Luftstrom.

Er hat … gerade mit mir Schluss gemacht.

»Wie lange denkst du schon darüber nach?«

Kopfschüttelnd schloss Noah fest die Augen. »Bitte nicht, Elle. Ich habe das nicht den ganzen Sommer über geplant und Listen mit Pro und Kontra oder so erstellt. Aber hin und wieder spüre ich, wie weit wir uns voneinander wegentwickelt haben, selbst wenn du direkt neben mir stehst. Und das hat nichts mit Levi oder Amanda oder Lee oder irgendjemand anderem zu tun. Bloß …«

»Manchmal ist es schwer, mich zu lieben?«

Noah gab ein leises Schmunzeln von sich, jetzt nach hinten und auf die Ellbogen gestützt, fast flach liegend, um mich mit genau dem Grinsen anzuschauen, das ich so sehr liebte. »Unmöglich, dich nicht zu lieben, Elle. Aber wie gesagt – vielleicht reicht das einfach nicht.«

»Also … das war's«, flüsterte ich.

»Ich … ich denke schon.«

Für eine Weile blieben wir schweigend sitzen, während sich vor uns die Stadt ausbreitete. Fern des Verkehrslärms, des dumpfen Geräuschpegels von Stimmen anderer Menschen hörte ich nur Noahs Atmen. Tief, ruhig und gleichmäßig.

Ruhig. So ruhig.

Ich jedoch hielt den Atem an, als wäre es das Einzige, was mich noch zusammenhielt, und sobald ich ausatmen würde, würde ich mich in tausend Einzelteile auflösen. Meine Hände zitterten, und ich ballte sie zu Fäusten. Ich hatte das Gefühl, Noah besser nicht anzuschauen, dass das Ganze vielleicht besser zu verdauen wäre, wenn ich ihn nicht anblicken würde.

Aber es kam mir vor … Es kam mir vor, als wäre es das letzte Mal, dass ich ihn sehe, tatsächlich *sehe*, als meinen geliebten Freund. Das Sonnenlicht auf seinen dunklen Haaren und schimmernd in seinen blauen Augen, die klar und hell wie der Himmel waren, die markante Kieferpartie und die krumme Nase, diese Lippen, die ich unzählige Male geküsst hatte.

Wir waren dabei, uns zu trennen. Boston, Harvard, Berkeley … nichts davon bedeutete etwas, nicht wirklich. Noah und ich hatten nach dem Durcheinander an Thanksgiving sehr darum gekämpft, alles wieder in Ordnung zu bringen. Wir hatten so sehr daran gearbeitet, so schwer.

Und das hatte sich bis in diesen Sommer fortgesetzt, nicht wahr? Auch ohne den Race Day oder seine Beinahe-Prügelei mit Levi gestern.

Ich hatte mich ja schon gefragt, wann eigentlich meine Beziehungen zu Lee und Noah Arbeit geworden war, dieses anstrengende Kunststück, die Teller gleichmäßig zu jonglieren und in Bewegung zu halten.

Was Lee anging, fiel die Antwort leicht: Das begann, als ich mich für Harvard entschieden hatte.

Aber Noah …

Der Teller hatte sich doch immer gedreht.

Vielleicht hatte er recht: Vielleicht reichte es nicht, einander zu lieben.

Vielleicht war es an der Zeit, den Teller zu Boden fallen zu lassen.

Ich streckte die Hand aus und legte sie auf Noahs. Ich drückte sie ein letztes Mal und stand dann auf. Ich strich mir über die Hosenbeine, holte tief Luft und wusste auf einmal, dass ich ihm nichts mehr zu sagen hatte.

Denn was sollte ich noch sagen? Danke für alles? Wir hatten eine schöne Zeit, es war toll mit dir, sehen wir uns später beim Abendessen? Ich könnte um ihn kämpfen, um uns, natürlich könnte ich das, aber mir war klar, er würde seine Meinung nicht ändern. Noah hatte sich entschieden, und nichts, was ich tun oder sagen konnte, würde daran etwas ändern.

Ich atmete mit einem fast lautlosen, bis jetzt zurückgehaltenen Seufzer aus und machte mich auf den Weg zum Auto.

Ich war ein paar Schritte entfernt, als ich hörte, dass Noah aufstand, und dann rief er: »Elle!«

Ich drehte mich um, und da war Noah auch schon auf mich zugerannt. Mein Herz hüpfte, als er die Arme um mich schlang, mich an sich zog, und meine Hände umschlossen sein Gesicht, während wir uns zum letzten Mal küssten. Verzweifelt bewegte sich sein Mund über meinen, seine Zunge strich über meine Lippen, und er drückte sich fester an mich. Sie war immer noch da – diese Leidenschaft, wie damals, als wir uns zum ersten Mal küssten, wie immer, wenn wir uns geküsst hatten. Ich legte eine Hand an seinen Nacken, spielte mit seinen Haarspitzen, und Noahs Finger strichen zu meiner Taille, um mir ganz nah zu sein. Diesmal war kein Feuerwerk über uns, doch die Welt schien für uns stillzustehen, bevor alles für immer zu Ende war.

Wir lösten uns plötzlich und abrupt voneinander,

wir traten beide im selben Moment einen Schritt zurück, um Abstand zwischen uns zu bringen.

Er hielt meinen Blick, war kurz davor, etwas zu sagen, aber auch ohne Worte wusste ich, was er meinte, und nickte. Er schenkte mir ein liebevolles, warmes Lächeln, das Grübchen tauchte unvermittelt auf.

Ein letzter Kuss.

Ein letztes Mal.

32

Danach fuhr ich eine Weile einfach nur herum und ging in Gedanken das ganze Gespräch mit Noah noch einmal durch. Anders als bei unserer letzten Trennung und meinem lauten, üblen Schluchzen damals, flossen die Tränen jetzt in einem gleichmäßigen, stillen Strom über meine Wangen. Ich stellte mir vor, was hätte sein können: Wäre es wirklich leichter geworden, wenn wir in Boston zusammengelebt hätten? Hätten wir weniger oder mehr gestritten, wenn wir uns dauernd gesehen hätten? Noah hatte offensichtlich während dieses Sommers Zweifel bekommen, auf alle Fälle so starke Zweifel, vermutete ich, dass es schließlich so weit gekommen war.

Unglaublich, wie … wie *vernünftig* dieses Gespräch verlaufen war. Wie schockierend besonnen Noah alles betrachtet hatte, wie viel er offenbar vorher darüber nachgedacht hatte und wie richtig er damit lag. Das war mir neu.

Ich hatte das nicht kommen sehen, nicht in einer Million Jahre.

Und was Harvard betraf … Es gefiel mir nicht zuzugeben, dass Noah nicht ganz falsch lag. Ich hatte mich nur wegen ihm beworben, und ich hatte nur angenommen, weil … na ja, weil es eben *Harvard* war, und wer lehnt bitte Harvard ab? Dad war so verdammt stolz auf mich. Und der Studienplatz bedeutete, mehr Zeit mit Noah verbringen zu können.

Ich hatte nie wirklich innegehalten, um mich ernsthaft zu fragen, ob *ich* dort studieren wollte.

Erst auf dem Weg zurück zum Strandhaus dachte ich an Lee. Wenn Noah und ich jetzt nicht mehr zusammen waren, hätte ich vielleicht ein bisschen mehr Zeit, damit meine Freundschaft zu Lee nicht darunter litt, dass wir künftig an unterschiedlichen Küsten leben würden. Und da Noah und ich ziemlich zivilisiert auseinandergegangen waren, sollten die Dinge diesmal viel einfacher laufen als beim letzten Mal, ohne dass sich Lee in der Mitte zerrissen fühlen musste …

Oh, mein Gott!

Lee.

Die Spielhalle!

Hörbar nach Luft ringend ließ ich das Lenkrad los und warf für eine Millisekunde entsetzt die Hände vors Gesicht, dann riss ich das Lenkrad herum und wendete, wobei ich in letzter Sekunde den Blinker setzte.

Ich war eine schlimme Freundin. Absolut obermies.

Obwohl ich das Tempolimit überschritt, kam es

mir wie eine Ewigkeit vor, bis ich die Promenade erreichte. Als ich auf die Spielhalle zurannte, hatte ich das Gefühl, durch Sirup zu laufen, wie in einem seltsamen Traum.

Unfassbar, dass ich das vergessen hatte.

Unfassbar, dass ich für meine Beziehung *wieder* etwas von der Bucket List verpasst hatte.

Ich war echt obermies.

Als ich an der Spielhalle ankam, spürte ich, es war zu spät. Die Sonne ging bereits langsam unter, die Straßenlaternen vor den Gebäuden und entlang der Promenade leuchteten schon, und die Familien machten sich auf den Heimweg. Und Lee …

Lee lehnte am Geländer zum Strand und starrte aufs Meer. Die Türen zur Spielhalle hinter ihm waren geschlossen, hinter den Fenstern war alles dunkel.

Japsend blieb ich stehen, um wieder zu Atem zu kommen und mir ins Gedächtnis zu rufen, dass ich die mieseste Freundin aller Zeiten war. Und dann ging ich zu Lee.

Das Herz schlug mir zum Hals heraus, und in meinen Ohren läutete ein schriller Ton.

»Lee, ich bin …« Meine Stimme klang rau und dünn. Ich räusperte mich und versuchte es noch einmal. »Es tut mir sehr, sehr leid. Ich verspreche, ich werde … ich werde das irgendwie wieder bei dir gutmachen. Tut mir sehr leid.«

Er blickte mich nicht an, hob aber den Kopf zu einer Art halbherzigem Nicken, und ich hörte den winzigen Hauch eines trockenen Lachens.

»Klar. Darum ging es doch schon den ganzen Sommer, oder? Die Bucket List und … Es ging ausschließlich darum, es wiedergutzumachen. Ach, vergiss es. Mach dir keine Gedanken um mich, Elle. Das brauch ich nicht.«

»Ach, komm, Lee. Du weißt, dass es nicht …«

»Im Moment will ich nicht mit dir reden, Elle. Ich habe zwei Stunden auf dich gewartet. Aber hey, weißt du, es ist cool. Ich muss nicht mal raten, wo du warst.«

Ich hob die Hand, um seinen Arm zu drücken.

»Sorry, während der Arbeit war plötzlich mein Handy leer, und – und ich bin los, um Noah zu suchen, und … na ja, er – wir, ähm … Es kam etwas dazwischen«, sagte ich. Mir war klar, wenn ich ihm jetzt von der Trennung erzählte, würde er denken, dass ich bloß auf Mitleid machen wollte, und das war absolut nicht der Fall. »Ach, komm schon. Bitte sei mir nicht böse. Wir waren immerhin neulich bereits hier, oder? Und es muss doch irgendwo noch ein *Dance Dance Revolution*-Gerät geben, wenn du wirklich noch mal spielen willst.«

Ruckartig wandte mir Lee das Gesicht zu, er wirkte dermaßen wütend, dass ich automatisch einen Schritt Abstand nahm und meine Hand von seinem Arm zurückprallte, als hätte er mir einen Stromschlag versetzt.

»Glaubst du etwa, dass es mir darum geht? Um das Spiel? Denkst du, ich bin fünf Jahre alt?«

Keine Ahnung, manchmal benimmst du dich schon irgendwie so.

Ich biss mir auf die Zunge. Jetzt war nicht der richtige Zeitpunkt für eine schnippische Erwiderung.

»Es geht nicht um das verdammte Spiel!«, rief er. »Es geht um uns! Um unsere Freundschaft! *Ja,* den ganzen Sommer ging es nur darum, mir ein bisschen das Gefühl zu geben, dass ich nicht bloß die zweite Geige spiele, obwohl du mir Noah vorgezogen hast. Mir war klar, dass sich die Dinge so entwickeln würden. Seitdem ihr zusammen seid, sagst du immer wieder, wie wichtig ich dir bin, dass du ihn nicht an erste Stelle setzt, aber die Wahrheit lautet, das kann auf Dauer nicht klappen. Irgendwann wird es so kommen. Ich dachte nur nicht, dass es so bald passieren würde. Und seien wir ehrlich, Elle, wenn es nicht Noah wäre, wäre es das College oder die Arbeit oder Brad oder Levi oder was auch immer! Ich hätte das schon aus einer Meile Entfernung kommen sehen müssen. Das geht ja schon eine ganze Weile so.«

Ich starrte Lee an, während er mir Vorwürfe machte, und spürte nach und nach, wie meine Angst, ihn zu verärgern, völlig verschwand. Inzwischen kochte mein Blut, denn wie konnte er es nur wagen?

War das sein Ernst?

Das musste ein Scherz sein.

Und ich konnte in dem Moment nicht anders, als Lee mit Noah zu vergleichen. Noah, der mich nicht aufhalten wollte und nicht wollte, ihn an oberste Stelle zu setzen. Und Lee, der sich darüber beschwerte, dass ich ihm nicht *ausreichend* Priorität einräumte.

»Zweite Geige? Oh mein Gott, Lee. Manchmal kommt es mir vor, als wärst du *tatsächlich* fünf Jahre alt. Meinst du, ich weiß nicht, dass es nicht um das Spiel geht? Glaubst du, nur weil ich diesen Sommer auch andere Prioritäten hatte, interessiere ich mich weniger für dich? Schule, College, Arbeit, Brad – denkst du echt, ich ziehe all das dir *vor*? Um solche Dinge musstest du dir nur nie Sorgen machen. Du hattest nie Stress wegen Geld, wegen deiner Noten, oder weil du dich um andere Menschen kümmern musstest. Dir wurde *alles* im Leben geschenkt. Erwarte also nicht von mir, dass ich hier stehe und mich entschuldige, weil ich mir einen Job suchen musste, um das Bucket-List-Zeug zu finanzieren und etwas Geld fürs College zurückzulegen, oder weil ich mich um meinen kleinen Bruder kümmern musste.«

Lee öffnete den Mund, um etwas zu entgegnen, aber ihm schienen die Worte zu fehlen, was auch gut so war, weil ich mich noch immer mitten in meiner Tirade befand.

Wie kam er eigentlich dazu, so verletzt zu tun, weil er nicht meine oberste Priorität hatte? *Vor allem,* da ich den ganzen Sommer dermaßen schwer gearbeitet hatte, um ihm zu zeigen, wie wichtig er mir war.

Ich konnte wahrscheinlich nicht erwarten, dass er das verstand, nicht wirklich. Brad gehörte genauso zu Lees Familie wie zu meiner, aber Lee war nicht für ihn verantwortlich, und Lee *musste* sich nie einen Job suchen. Vielleicht hätte ich von diesem Dampf früher etwas ablassen oder versuchen sollen, es ihm früher zu erklären, aber jetzt war der Damm gebrochen, und alles stand unter Wasser.

»Stimmt«, schnauzte ich ihn an. »In diesem Sommer ging es darum, alles wiedergutzumachen, denn ich hatte vor, die nächsten vier Jahre am anderen Ende des Landes zu leben, aber es ging um so viel mehr als das. Das sollte unser bisher bester Sommer werden, aber rate mal! Das wäre *gar nicht* möglich gewesen. Wir haben diese Bucket List geschrieben, als wir Kinder waren, und wir können uns nicht länger daran klammern! Die Spielhalle, das Strandhaus … All die Dinge, die unseren Sommer immer dermaßen großartig gemacht haben, verschwinden, und wir werden sie nie mehr zurückbekommen. Aber so ist das Leben! So ist das eben! Die Dinge verschwinden, und *einige von uns* müssen erwachsen werden! In diesem Sommer habe ich nur versucht, dafür zu sorgen, dass unsere Freundschaft nicht auseinanderbricht!«

Ich hörte genau so lange auf, ihn anzuschreien, bis ich genug Luft geholt hatte, um zu sagen: »Und zu deiner Information, Lee, du musst dir keine Sorgen mehr machen, dass ich dir Noah vorziehe, denn wir haben uns getrennt. Diesmal endgültig. Und zu den Gründen gehörte auch, dass er erkannte, wie sehr er und Harvard sich zwischen dich und mich stellten. Aber Noah ist nicht sauer auf mich, weil ich dich manchmal vorgezogen habe oder auch ein

Leben unabhängig von ihm habe. Tut mir leid, dass dieser Sommer deine Erwartungen nicht erfüllt hat und dass ich dich heute enttäuscht habe, Lee, das tut mir wirklich leid, aber tu nicht so, als würde ich unsere Freundschaft sabotieren, nur weil bei mir noch andere Dinge passieren. Du bist mein bester Freund, und du bedeutest mir alles, aber meine Welt dreht sich nicht nur um dich, Lee. Früher vielleicht, aber wir sind keine Kinder mehr, und du musst verdammt noch mal *erwachsen* werden und das einsehen.«

Lee starrte mich an, während ich nach Luft rang. Ich zitterte am ganzen Körper und war schrecklich versucht, einfach die Arme um ihn zu legen, ihn fest zu umarmen und laut zu schreien, aber ich wusste, dass ich ihm jetzt etwas Ruhe verschaffen musste, damit er alles, was ich gerade gesagt hatte, verarbeiten konnte. Ich konnte praktisch hören, wie sich die Zahnräder in seinem Gehirn drehten, während er mich sprachlos anschaute. Dann schluckte er hörbar und seufzte wackelig. Ein paarmal versuchte er, etwas zu antworten, hielt dann aber doch inne.

Schließlich gab er noch einen Seufzer von sich und beugte sich wieder über das Geländer.

Ich machte das Gleiche.

Unsere Oberarme berührten sich. Lees Kopf kippte auf meine Schulter.

»Der Sommer ist wirklich scheiße gelaufen, was?«

»Nur ein wenig«, brummte ich zurück und stützte meinen Kopf an Lees. »Sorry, dass ich unseren letzten

Tanz in der Spielhalle verpasst habe. Echt doof. Schon wieder.«

»Ihr habt euch also wirklich getrennt, hm?«

»Yep.«

»Wegen Levi?«

»Seltsam, aber nein. Ausnahmsweise hatte es nichts mit ihm zu tun. Es war eigentlich ... ein merkwürdiges ... okay verlaufenes Gespräch. Nicht wie beim letzten Mal. Ich denke ... Ich glaube, das war's wirklich.«

»Und das ist in Ordnung für dich?«

»Ich ...« Ich kuschelte das Gesicht an Lees Kopf. »Na, nicht wirklich. Aber ich muss wohl einen Weg finden, damit zurechtzukommen.«

»Tut mir leid, dass ich dich angeschrien habe«, sagte Lee. »Und das sage ich nicht nur, weil mein Bruder mit dir Schluss gemacht hat und du mir leidtust. Du hast ja recht. Ich ... ich muss ein bisschen erwachsen werden. Ich weiß das. Aber es fällt mir eben ... schwer.«

»Das sei dir verziehen.«

»Was, bekomme ich kein ›tut mir leid‹?«

»Nein, bekommst du nicht.«

Er überlegte einen Moment. »Ist fair. Aber bitte brüll mich nie wieder so an, Shelly. Das fühlt sich *nicht* schön an. Auch wenn ich es vielleicht irgendwie verdient hatte.«

»Ich finde, du hast das vielleicht auf jeden Fall verdient. Ehrlich gesagt«, meinte ich sarkastisch, »mir zu erklären, dass unsere Freundschaft nicht an erster

Stelle und immer irgendwas in die Quere kommt, erinnert mich manchmal schon sehr an einen Fünfjährigen.«

»Ein waschechter Fünfjähriger«, sagte er todernst. »Darum sag mal, bist du dir noch ganz *sicher,* dass du nach Harvard gehst?«

33

Die darauffolgenden beiden Wochen vergingen wie im Flug. Noah übernachtete meistens zu Hause bei seinen Eltern oder auf der Couch, wenn er im Strandhaus blieb. Theoretisch hätte er in Lees altem Bett schlafen können, aber das war ja momentan das Zimmer von Amanda und außerdem hatten Lee und ich die Matratze bei einem Bucket-List-Streich, der etwas mit dem offenen Meer zu tun hatte und Rachel, die ahnungslos auf der Matratze schlummerte, irgendwie ruiniert.

Mittlerweile ließ Lee den Bucket-List-Wahnsinn ruhiger angehen, sodass ich im Restaurant zusätzliche Schichten übernehmen konnte. Levi ging mir aus dem Weg und ignorierte meine Nachrichten, wenn ich versuchte, ihn zu erreichen.

Mir gefiel der Abstand zu allen, um ehrlich zu sein, vor allem zu Noah. Es war schwer, zwar in seiner Nähe, doch nicht *mit* ihm zusammen zu sein. Ich weinte mich in unserem ehemals gemeinsamen Bett ein paarmal in den Schlaf, aber jetzt mehr Zeit für mich zu haben (auch wenn ich viel arbeitete), half mir, mit der Trennung etwas besser zurechtzukommen.

An einem Abend fuhr ich *sogar* nach Hause, um mit Dad, Brad und Linda zu Abend zu essen. Danach half ich ihr mit dem Abwasch und blieb, damit wir gemeinsam Uno spielen konnten. *Und* ich lachte über Lindas lahme Witze. *Und* ich entschuldigte mich bei ihr, dass ich sie beim Monopolyspielen angeschrien hatte.

Wie eine vernünftige Erwachsene.

Amanda und Noah verbrachten viel Zeit miteinander, und Noah machte sich am Strandhaus nützlich und erledigte lauter Arbeiten, die wir vor uns hergeschoben hatten – beziehungsweise, von denen wir herausgefunden hatten, dass Lee den entsprechenden Handwerkern abgesagt hatte. Ashton und seine Freundin kamen ein paar Tage zu Besuch, und die Jungs an Film- und Spieleabenden vorbei, Levi war nie dabei.

Merkwürdig, dass sich die Dinge fast normal anfühlten.

Manchmal ein wenig heikel, aber das war ja nicht anders zu erwarten.

Und endlich bekam ich wieder richtig Luft.

Lee und ich hatten nur noch drei Punkte auf unserer Bucket List zu erledigen, von denen keiner so aufwändig war wie der Race Day, sodass wir sie problemlos abhaken konnten. (Also echt, wie schwer konnte es wohl sein, eine lange Schlange

Dominosteine durch jedes Zimmer im Strandhaus aufzustellen? Wir hatten bereits ein riesiges Set Steine im Internet bestellt.) Ohne all den Stress, und jetzt, da Lee und ich *wirklich* reinen Tisch miteinander gemacht hatten, freute ich mich richtig auf das Ganze.

Dann, ein paar Wochen nach dem Vierten Juli, überbrachte uns June eines Morgens Neuigkeiten.

Amanda besuchte an dem Tag gerade ihre Eltern. Rachel war mit Freundinnen unten am Strand. Noah wollte (mal wieder) den Poolfilter reparieren, aber June sagte, das könne warten, und rief ihn herein. Lee und mich bat sie, eine Pause bei den Dominosteinen einzulegen. Wir sollten im Wohnzimmer Platz nehmen, und da wusste ich, dass es ernst war.

Für einen Augenblick überlegte ich, ob es vielleicht um Noahs und meine Trennung ging, bis …

»Wir haben ein Kaufangebot«, erklärte June, »für das Strandhaus. Und wir haben vor, es anzunehmen.«

Wir drei schwiegen eine ganze Weile.

Noah fand als Erster Worte. »Warum verschwende ich dann noch meine Zeit mit dem Poolfilter?«

»Weil das zu den Aufgaben gehört, die wir vereinbart haben«, antwortete June.

»Natürlich«, murmelte Lee ironisch.

Weil ihr unser Widerstand nicht entging, schaltete June komplett in Armeegeneral-Modus. Sie streckte die Schultern gerade, stellte die Füße fest auf den Boden, reckte das Kinn (plötzlich erkannte ich, woher Noah seinen markanten Kiefer hatte) und stemmte die Hände in die Hüften. Die totale Wonder-Woman-Haltung mit entschlossenem Blick.

»Wir haben vor, das Angebot anzunehmen, und rechnen mit dem Vertragsabschluss innerhalb der nächsten zwei Wochen.«

»Zwei Wochen?«, riefen Lee und ich im Chor.

»Ich erwarte also, dass dieses Haus bis dahin blitzsauber ist. Ich möchte, dass ihr alles ausräumt und alle angefangenen Arbeiten zu Ende bringt. Okay?«

Von der Art zu schließen, wie Lee auf seinem Sitz hin und her rutschte und dazu leise vor sich hin murmelte und wie verächtlich Noah schnaubte, war das, nein, nicht okay.

Auch mir wurde von Junes Ansage ganz mulmig. Wir hatten uns mit allem arrangiert, hatten Bauarbeiter die Dachziegel reparieren und Gärtner die Grünflächen neu gestalten lassen … trotzdem hatte niemand von uns *wirklich* damit gerechnet.

June schaute uns noch einmal eindringlich an. »Okay?«

»Ich muss mich um den Poolfilter kümmern«, knurrte Noah. Er stand vom Sofa auf, stürmte nach draußen, knallte die Türen hinter sich zu und drückte auf Play an den tragbaren Lautsprechern, die er morgens mit zum Pool genommen hatte.

»Schätze, ich sollte besser noch ein paar Umzugskartons holen, um unsere heiß geliebten Kindheitserinnerungen einzupacken«, nuschelte Lee und stand ebenfalls auf. Er schnappte sich die Autoschlüssel, warf dabei ein paar Dominosteine um und feuerte die Haustür ins Schloss.

June seufzte und sah mich dann an.

»Ich denke, ich sollte, ähm …« Bevor ich aufstand, fuhr ich mit der Hand über die Lehne des Sofas, »… mit dem Aufräumen im Spielzimmer weitermachen. Wir sind noch nicht sehr weit gekommen.«

Auch ich kam nicht sehr weit, denn kurz vor dem Spielzimmer rief mich June zurück.

»Elle, komm, setz dich noch mal kurz zu mir.«

Sie war jetzt in der Küche, und ich hockte mich an den Tresen, während sie für uns Kaffee kochte.

Großartig. Worum auch immer es ging, das war ein Gespräch, zu dem man offenbar *Kaffee* brauchte.

»Es hat mir wirklich leidgetan, das von dir und Noah zu erfahren«, sagte June, nachdem sie zwei Becher gefüllt und sich neben mich gesetzt hatte. Sie legte die Hand auf meine, lächelte mich warmherzig an und ihr strenges Auftreten von eben war gänzlich verschwunden. »Er hat es mir vor ein paar Wochen erzählt. Irgendwie habe ich gewartet, dass auch du darüber mit mir sprechen würdest.«

»Oh. Äh, daran hab ich nicht …«

Ich war einfach davon ausgegangen, dass Noah es ihr sagen würde.

Und ehrlich? Ich hatte natürlich versucht, genau diesem Gespräch aus dem Weg zu gehen.

»Wie geht es dir, Schatz?«

»Oh, na ja. Es geht mir gut.« Zum Beweis erwiderte ich ihr Lächeln. *Gut* war zwar etwas übertrieben, aber ich verkraftete die Trennung besser als beim letzten Mal. »Ich glaube, ich hätte es kommen sehen sollen. Auch ohne die weite Entfernung zwischen uns lief es in diesem Sommer nicht rund. Aber … doch, es geht mir gut. Kommt Noah, ähm … kommt er … gut klar?«

June schaute durch die Glastür in der Küche zu Noah. »Er leidet, aber … wenn ich das so sagen darf: Ich denke, es ist vielleicht das Beste. Für euch beide. Das College ist eine große Veränderung. Und ihr beide …« Sie schnalzte mit der Zunge. »Ich finde, man kann sagen, dass sich die Dinge zwischen euch hin und wieder recht intensiv gesteigert haben. Vermutlich ist es nicht schlecht, wenn ihr ein wenig Ruhe habt, um das ein oder andere mit euch selbst auszumachen.«

»Intensiv« war noch milde ausgedrückt.

Aber June schien zu wissen, wovon sie sprach, und ich konnte nicht wirklich widersprechen – weil ich gegen die Trennung nichts unternommen hatte –, also nickte ich einfach.

»Und du weißt natürlich, dass, egal was passiert, du immer Teil unserer Familie bist, Elle.«

»Ja, weiß ich. Danke, June.«

Sie drückte meine Hand, und ich stupste sie freundschaftlich mit dem Arm an.

»Und … Elle.«

Oh, nein. Sie war wieder im Ernst-Modus. Was kam denn jetzt?

»Darf ich dich noch etwas fragen?«

Ich hoffte *sehr*, dass es diesmal nicht um Noah ging. Aber ich hatte den Eindruck, dass sie mich sowieso fragen würde, egal, was ich antworten würde, darum nickte ich und sagte: »Klar, nur zu.«

»Willst du wirklich nach Harvard gehen?«

Ich atmete tief aus, und überraschenderweise wurde daraus ein Lachen. »Möchtest du die ehrliche Antwort? Ich weiß es wirklich nicht. Noah hat mir ziemlich gut erklärt, dass ich mich dort aus einer Laune heraus beworben habe, und jetzt fühle ich mich irgendwie schlecht, weil ich Berkeley und Lee abgesagt habe …«

»Die Sache ist die«, meinte June langsam und behutsam, »die ganze Zeit, in der du vom College gesprochen hast, habe ich dich nicht ein einziges Mal sagen hören, was du eigentlich studieren willst oder was die Uni dir bieten soll, auf die du gehen möchtest. Ich weiß, mit Berkeley verbindest du deine Mom und mich, und offensichtlich hat dich Noah für Harvard interessiert, aber … Ich frage mich, ob du dich nur an Unis beworben hast, weil du der Ansicht warst, andere wollten, dass du dort studierst, doch nie überlegt hast, was eigentlich *du* willst. Alles gut und schön, sich an Colleges zu bewerben, weil dort Menschen sind, die man liebt, Schatz, aber Lee und Noah zu lieben, hat nichts damit zu tun, was du mit deinem Leben anfangen willst.«

Berkeley war schon immer meine Traum-Uni gewesen. Nicht allzu weit weg von zu Hause und unsere Moms hatten dort studiert, und … wie Noah gemeint hatte, Lee und ich sprachen von Berkeley, seit wir alt genug waren zu wissen, was ein College überhaupt ist.

Harvard dagegen war die Traum-Uni schlechthin. Reichte das nicht?

»Noah hat auch so was gesagt«, gab ich zu.

June lächelte, als wäre sie davon nicht sonderlich überrascht, und ich fragte mich, ob sie und Noah darüber – über mich – gesprochen hatten.

»Vielleicht ist es an der Zeit, dass du anfängst, darüber nachzudenken, was *du* möchtest, Elle. Was *deine* Bedürfnisse sind. Finde heraus, wofür du dich leidenschaftlich begeistern kannst, und such dir die Uni, die zu *dir* passt. Alles andere … na ja, das wird man später sehen. Wenn es wichtig ist, ergibt es sich sowieso von allein.«

»Meinst du?«

June schenkte mir ein breites, warmherziges Lächeln. »Ich weiß es.«

Ich musste schnell woanders hinschauen, also beugte ich mich über meinen Kaffeebecher. Warum war sich June da so sicher? Ich hatte mich wochenlang – nein, *monatelang* – mit den College-Bewerbungen gequält. Ich war in solch eine panische Krise geraten, dass Levi kommen musste, um mich zu beruhigen. Ich *wollte* aufs College gehen, so viel war klar.

Aber sie hatte recht, genau wie Noah. Ich hatte mich nirgendwo beworben, wo es allein um *mich* ging.

Lee hatte sich bereits damit abgefunden, ohne mich aufs College zu gehen. Noah und ich hatten uns getrennt. Vielleicht war es *tatsächlich* an der Zeit, richtig ordentlich egoistisch zu sein und mir eine Uni zu suchen, die zu mir und der Zukunft, die mir vorschwebte, passte, ohne an einen der Flynn-Brüder zu denken.

Bloß …

»Das klingt nach einem wirklich guten Rat«, sagte ich daraufhin. »Aber da gibt's ein kleines Problem.«

»Welches denn, Schatz?«

»Ich hab absolut null Ahnung, wofür ich mich leidenschaftlich begeistere.«

Lachend nippte June an ihrem Kaffee. »Oh, das schaffst du schon noch, Süße. Du musst dich nicht sofort entscheiden, was du mit deinem Leben anfangen willst – weiß Gott, deine Mutter und ich hatten auch *keine* Ahnung, und sie hat sich damals um ungefähr dreißig verschiedene Jobs beworben, bevor sie den fand, der ihr gefiel. Aber es lohnt sich, darüber nachzudenken, was du möglicherweise gern tun möchtest. Mit Kindern arbeiten, ein Geschäft führen, Journalismus …« June lehnte sich zurück und betrachtete mich nachdenklich. »Ich könnte mir vorstellen, dass du etwas Kreatives machst. Etwas *Verrücktes*. Schau doch nur, was du dir mit der Kissing Booth hast einfallen lassen! Die ganze Geschichte rund um die Bucket List. Allein, wie ihr den Race Day auf die Beine gestellt habt!«

Jetzt lachte *ich*.

»Meinst du, dass ich dank *Mario Kart* Karriere mache?«

»Na ja, hey. Man kann nie wissen. Es gab schon Merkwürdigeres.«

34

Unsere letzten Tage im Strandhaus verliefen entweder elendig traurig oder wir waren fast manisch guter Laune in unserer Mission, das Beste aus allem zu machen. An manchen Tagen bewegten wir uns beinahe lautlos durchs Haus und packten Sachen zusammen, bis zum Mitternachtspicknick an unserem letzten Abend am Strand, der damit endete, dass Amanda nackt baden ging und das sofort bereute. Sie kreischte, dass sie sich »den verdammten Arsch abfriert« und rannte den ganzen Weg zurück zum Haus – splitterfasernackt.

An unserem letzten Morgen im Strandhaus war die Stimmung wieder düster.

Für die letzten Tage im Strandhaus war Noah ganz zurückgekehrt, und ich war wieder in mein altes Zimmer gezogen, das ich mir nun mit Amanda teilte und wo ich mich mit der ramponierten Matratze arrangierte – es kam mir dumm vor, dass Noah auf der Couch schlief oder immer zwischen dem Strandhaus und dem Haus seiner Eltern hin und her fahren musste. Heute schlich ich mich früh aus dem Bett, bevor Amanda aufwachte, und machte mir Frühstück.

Ich stand in der Küche, kaute geräuschvoll Froot Loops, ohne auch nur irgendetwas zu schmecken, und schaute mich um.

Das alles fühlte sich so *falsch* an.

Die Schränke waren fast leer. Die halb vollen Kartons waren aufeinandergestapelt und warteten darauf, verschlossen zu werden. Die Sofas wirkten dermaßen kahl ohne das bunte Sortiment von Kissen und Decken. Noah hatte den Fernseher vorgestern mit nach Hause genommen und so an der Wand eine klaffende Lücke hinterlassen. Wir hatten die Böden bis auf den letzten Zentimeter geschrubbt, aber mir war zuvor nie aufgefallen, wie alt und abgenutzt sie aussahen. Und obwohl wir uns sehr bemüht hatten, vorsichtig zu sein, lag schon wieder überall Sand verstreut. Alle Wände waren frisch gestrichen worden. Sie wirkten irgendwie zu sauber, zu hell.

Im Vergleich zum Sommeranfang funkelte das Haus geradezu.

Ich hatte es noch nie in so gutem Zustand gesehen. Noch nie dermaßen *sauber.*

Trotz der alten, abgewetzten Möbel hatte es seinen funkelnden Reiz.

Ich hasste das. Das alles war falsch, total falsch.

Als hätte man dem Haus das Leben und die Seele geraubt.

In drei Tagen wurde es übergeben. Heute würden

wir ausziehen. Morgen würden die Möbel weggeschafft. Dann würden June und Matthew dem Käufer die Schlüssel überreichen.

Leise, gedämpfte Schritte im Flur rissen mich aus meinen Gedanken. Ich blickte auf und sah Rachel, die bereits angezogen war, ihre Haare lockten sich sanft auf ihren Schultern. Sie winkte mir kurz zu und murmelte: »Hi.«

»Hey.«

Ich machte ihr Platz, damit sie sich etwas zu trinken holen konnte.

»Frühstück?«

Rachel schüttelte den Kopf. »Nein. Ich glaube, ich fahre nach Hause. Ehrlich gesagt, habe ich keinen großen Appetit. Gestern habe ich all mein Zeug gepackt und nehme ein paar der Kartons mit zurück. Das sind viel zu viele.«

Ich schaute sie erstaunt an. »Willst du nicht bleiben und helfen, die letzten Sachen zu verstauen? Nicht, dass du das tun solltest oder wir das von dir erwarten. Ich meine, du bist ja nicht wirklich für das Haus zuständig und warst uns sowieso schon eine große Hilfe und …«

Sie lachte leise, grinste mich an und zuckte mit einer Schulter, während sie auf die Kartons deutete. »Es ist bereits so ziemlich alles gepackt. Und stimmt, das Haus hat nicht wirklich etwas mit mir zu tun. Ihr solltet die Gelegenheit nutzen, euch gebührend zu verabschieden. Ich will euch da nicht im Weg sein.«

Es hatte Zeiten gegeben, in denen, soweit es mich

betraf, »im Weg« genau die richtige Beschreibung für Rachel gewesen war. Ich wollte damals Zeit mit Lee verbringen, aber nein, er war mit Rachel unterwegs. Ich dachte, nur die Jungs und ich würden etwas unternehmen, aber nein, da war Rachel und brachte auch noch Freundinnen mit.

Aber im Laufe des vergangenen Jahres und ein bisschen mehr, seit sie mit Lee zusammen war, wurde sie nach und nach auch ein Teil meines Lebens.

»Du wärst nicht im Weg.«

Sie lächelte mit einem dermaßen gefühlvollen Ausdruck, dass ich mich fragte, ob sie bemerkt hatte, dass ich nicht nur heute meinte. »Danke, Elle. Aber ich finde, das solltet ihr echt ohne mich machen.«

»Hört, hört.«

Erschrocken sprangen Rachel und ich auf, weil wir nicht mit Amanda gerechnet hatten. Sie lächelte, ihr Haar war auf der einen Seite verwuschelt und auf der anderen platt gelegen. Auf der musste sie nach dem nächtlichen Nacktbad im Meer geschlafen haben. Ihre Augen waren ein wenig rot gerändert. Sie hatte auf mich noch nie so wenig perfekt gewirkt.

Obwohl es mir ein Rätsel war, wie sie es schaffte, in einem schäbigen alten Pyjama mit fast ausgewaschenem Harry-Potter-Logo so süß auszusehen.

»Ich bin da ganz bei Rachel«, sagte sie und begann, in der Küche herumzupoltern, suchte nach irgendetwas Essbarem und dann nach Teller und Besteck. »Wir haben gestern darüber gesprochen. Oh, Mist, wo ist denn der Staubzucker?«

»Der was?«

»Der … oh … wie nennt ihr das noch? Der Puderzucker!«

»Ich glaube, den haben wir hier in diese Tasche gepackt.«

»French Toast ohne Staubzucker geht nämlich gar nicht. Ganz ehrlich.« Amanda ging zu der Tasche, auf die ich gerade gezeigt hatte, und wühlte darin herum. »Wie auch immer. Rachel und ich haben gestern darüber gesprochen. Wir denken, wir sollten euch in Ruhe lassen, damit ihr drei Zeit habt, euch von dem Haus zu verabschieden. Wir beide haben schließlich nicht unser ganzes Leben lang jeden Sommer hier verbracht. Außerdem fliegt mein Vater heute zurück. Ich habe versprochen, mich noch einmal mit ihm zu treffen, bevor er zum Flughafen fährt. Oh, wo ist eigentlich mein Handy?«

Amanda setzte den Puderzucker auf der Arbeitsfläche ab und verließ die Küche, um ihr Handy zu suchen. Rachel wandte sich jetzt wieder mir zu.

»Wir hatten noch keine richtige Gelegenheit, über die Sache mit dir und Noah zu sprechen, aber … geht es dir gut?«

Es wäre gelogen zu behaupten, es war nicht seltsam, in Noahs Nähe zu sein, mich aber nicht an ihn zu kuscheln, ihn nicht zu küssen. Keine beiläufigen Berührungen, kein sehnsüchtiges Lächeln. Wir gaben uns beide Mühe, nicht in alte Gewohnheiten zu verfallen und uns anzuzicken und zu flirten. Ich hatte ihn ein paar Mal dabei erwischt, dass er mich beobachtete, während er meinte, ich würde das nicht merken, und ich war mir sicher, dass er mich erwischt hatte, wie auch ich ihn beobachtete.

Jetzt, da ich darüber nachdachte, sagte ich zu Rachel aufrichtig: »Es ging mir schon schlechter.«

»Tut mir leid, dass es nicht funktioniert hat, Elle.«

Statt einer Antwort zuckte ich nur halbherzig mit den Schultern. Ja, mir tat es auch leid.

Daraufhin umarmte mich Rachel so stürmisch und so fest, dass ich nach hinten stolperte. Lachend legte ich den Arm um sie. »Wofür war das? Der Sommer ist doch noch gar nicht vorbei. Wir werden uns noch mal sehen.«

»Ja«, sagte sie, und als sie mich losließ, war ich schockiert, dass sie Tränen in den Augen hatte. »Nur … Ich war zwar nur diesen einen Sommer hier, aber dieses Haus zu verlassen, fühlt sich an, als ob alles zu Ende geht. Findest du nicht auch?«

Mir zog sich die Kehle zusammen. »Ja. Ja, glaub schon.«

»Wir sehen uns, Elle.«

Daraufhin hörte ich, wie sie sich im Flur kurz von Amanda verabschiedete.

»Ich fliege übermorgen wieder nach Hause«, erklärte Amanda, als sie wieder in der Küche war. »Gemeinsam mit meiner Mum. Dad ist der Ansicht, dass er es nicht für ein paar Stunden am selben Flughafen mit ihr aushalten kann, also …« Sie seufzte und ihre Augen wurden feucht. Sie blinzelte schnell, um die Tränen zu vertreiben. »Ist in Ordnung. Wirklich.

Sobald sie alles geklärt haben, werden sie darüber hinwegkommen. Über die Scheidung, meine ich. Ist es schlimm, wenn ich froh bin, demnächst wieder in Harvard und weit weg von alldem zu sein?«

»Klingt, als wäre es genau das Richtige für dich«, antwortete ich. »Tut mir leid, dass du es mit deinen Eltern im Moment so schwer hast.«

»Es ist, wie es ist. Wird schon wieder. Irgendwann.«

Daraufhin begann sie, sich ein Müsli zu machen, den French Toast hatte sie anscheinend komplett vergessen. Oder vielleicht auch den Appetit darauf verloren.

»Sieht seltsam aus, oder? Alles so ohne euer ganzes Zeug.«

Ich nickte. »Das Haus ist kaum wiederzuerkennen.«

Wir standen schweigend da. Ich spülte meine leere Schüssel ab und packte die Töpfe und den Schneebesen wieder ein, die Amanda hervorgeholt hatte, um French Toast zuzubereiten. Nach der Hälfte des Müslis ließ sie auch das stehen.

»Ich … ich habe mitbekommen, dass Rachel mit dir über Noah gesprochen hat. Elle, ich weiß, es steht mir wirklich nicht zu, und keine Ahnung, ob es dir helfen wird oder nicht, aber … Ich weiß, wie sehr er dich geliebt hat. Ich weiß, wie schwer es ihm gefallen ist, dich gehen zu lassen.«

Mich gehen zu lassen. Als hätte er eine große, ungeheuer noble Tat vollbracht. Als hätte ich das nötig gehabt.

Auf einmal wurde mir klar – möglicherweise hatte er das gar nicht für mich getan. Oder zumindest nicht nur für mich.

Er hatte es für sich getan.

Welch bissige Reaktion ich auch immer gerade auf den Lippen hatte, sie erstarb mir auf der Zungenspitze, und ich schluckte die Worte wieder hinunter. »Ja. Ja, das weiß ich. Auch für mich war es schwer. Aber wie sagte Noah? Schätze, einander zu lieben, reicht nicht immer.

»Schon möglich.«

Amanda drückte meine Schulter. »Du musst ja morgen arbeiten und bist dann mit deiner Familie verabredet, deshalb glaube ich nicht, dass wir uns vor meinem Rückflug noch mal sehen. Ja, wir hatten, ähm … na ja, man kann wohl sagen, dass wir nicht gerade einen guten Start hatten, aber ich fand es *wirklich* toll, dich näher kennenzulernen, vor allem in diesem Sommer. Und meiner Meinung nach bist du echt großartig, Elle Evans, auch wenn das mit dir und Noah im Moment etwas seltsam ist, lass uns bitte in Kontakt bleiben. Und dann sehen wir uns ja demnächst in Harvard, nicht wahr?«

Ich lächelte unbeholfen und beschloss, das Thema auf ein andermal zu verschieben. Denn die kleine Rede berührte mich aufrichtig – Amanda war, selbst nach allem, was am letzten Thanksgiving geschehen war, *tatsächlich* eine gute Freundin von mir geworden.

»Wenn ich das nächste Mal in Boston bin«, sagte ich, »Besuch ich dich.«

Rachel sollte recht behalten, denn das fast leere Strandhaus vermittelte das Gefühl, als würde alles zu Ende gehen. Die Haustür stand offen, Lee und Noah liefen hin und her und beluden die Autos mit Kartons und Müllsäcken, in denen wir das ganze Bettzeug verstaut hatten, nachdem wir bemerkten, keine Kartons mehr zu haben.

Ich verließ das Spielzimmer nach einem letzten Rundgang, um zu überprüfen, ob wir nichts vergessen hatten, nicht mal die Kappe eines Stifts, und stand nun mit einem leeren Karton im Flur und betrachtete die Wand mit den gerahmten Fotos.

Mit zitterndem Atem wanderte mein Blick über die Bilder und ich sog jede einzelne Aufnahme in mich auf. Sie würden zwar nicht weggeworfen werden, aber June hatte auch nicht vor, die Galerie in ihrem Haus in der Stadt wiederaufleben zu lassen.

Unser ganzes Leben hing genau hier an dieser Wand.

Ich sah mir jedes Foto genau an und konnte beobachten, wie wir größer geworden waren. Baby Brad, Kleinkind Brad … bis hin zu einem zehnjährigen Brad, der am Strand eine Qualle hochhält, in die Kamera strahlt, während Noah neben ihm kniet und June skeptisch lächelt und misstrauisch auf das Tier in Brads Händen herabblickt. Dad, der den Arm um Mom gelegt hat, dann ein Bild ohne sie, die Falten breiteten sich rasch auf seinem Gesicht aus, dann im Laufe der Jahre verschwand etwas von der bedrückenden Trauer, die auf seinen Schultern lastete. Matthew und June in diesem einen Sommer, als sie besonders frostig miteinander umgegangen waren …

Und jedes Jahr ein Foto von Lee, Noah und mir. Wir drei am Strand. Sommeranfang, Vierter Juli, Sommerende, irgendein beliebiger Tag, der nichts und alles bedeutete. Jeder Sommer unseres Lebens, verewigt an dieser Wand.

Schniefend blinzelte ich die Tränen weg.

Heute wollte ich nicht weinen.

(Lee hatte geweint. Mehrmals. Noah oder ich reichten ihm Taschentücher, beziehungsweise Toilettenpapier, als wir entdeckten, dass wir die Taschentücher schon eingepackt hatten.)

Als ich hinter mir ein Geräusch hörte, riss ich den Blick von den Fotos und sah Noah auf der Veranda. Er streckte die Arme über den Kopf und dehnte den Nacken. Ich sah seine langen, kräftigen Gliedmaßen, und als sich sein Shirt etwas nach oben schob, blitzten die straffen Bauchmuskeln hervor. Sein Haar glänzte im Sonnenlicht.

Lee trug den letzten Karton an ihm vorbei und hielt an, um etwas zu Noah zu sagen. Lee mit zerzausten Haaren, mit sonnenverbranntem Nasenrücken, mit dem für ihn typischen lässigen, schelmischen Lächeln, den lebendigen Augen, Lee, der Noah so ähnelte und doch auch *nicht*.

Einfach so. Ein Wimpernschlag, und sie waren erwachsen. *Wir* waren erwachsen. Der Herbst und das College mit Neuanfängen und neuen Abenteuern erwartete uns – dieser herrliche, goldene Sommer, er ging zu Ende.

»He!«, rief ich, und die Flynn-Brüder, die ich beide auf so unterschiedliche Art und Weise tiefempfunden liebte, schauten zu mir. »Was haltet ihr von einem letzten Foto?«

35

Der Sommer war noch nicht ganz vorbei, aber fast.

Nach dem Abschied vom Strandhaus fühlte es sich an, als wäre es *der* Tag, um auch andere Dinge zu klären. Relativ früh am Nachmittag kam ich nach Hause. Zwei Autos parkten in der Einfahrt: der von Dad und ein glänzender dunkelblauer Wagen, vermutlich gehörte er Linda.

Die drei waren im Wohnzimmer. Brad hüpfte herum, während er eine Geschichte erzählte, auf dem Tisch ein Teller mit Snackresten und Gläser neben einem Kartenspiel, das sie offenbar beendet hatten.

»Und dann … *pschuhhhhh*!« Brad verzog das Gesicht, seine Arme schwangen herum. »Hat er ihn weit aus dem Park geschlagen!«

Linda gab einen verblüfften Ton von sich. »Wow! Das gibt's doch gar nicht!«

Dad lachte und entdeckte mich dann in der Wohnzimmertür stehend. »Elle! Wir haben dich erst in einer Stunde erwartet. Seid ihr schon früher fertig geworden?«

Ich nickte.

Er schaute mich fragend an. »Alles in Ordnung, Süße?«

»Na klar. Sicher. Hi, Linda. Hi, Brad. Ähm, könnte ich kurz … Dad, kann ich kurz mit dir reden? In der Küche?«

Sein Gesichtsausdruck verriet, dass er sich auf schlechte Nachrichten gefasst machte. Mein Magen gluckste, als hätte ich eine Sprudelbadekugel für die Badewanne verschluckt. Meine Hände zappelten nervös und ich hörte Dads angestrengtes Atmen, während er mir in die Küche folgte und hinter uns die Tür schloss.

»Worum geht's?«, fragte er ernst.

»Ums College.« Ich holte tief Luft. Heute war ein Tag des Abschieds, um nach vorne zu schauen. Heute war ein Tag, um alles in Ordnung zu bringen. Zumindest so weit wie möglich. Um mich zu sammeln, schloss ich für eine Sekunde die Augen. Als ich sie wieder öffnete, sah ich Dads alarmierten, besorgten Blick. Dann sagte ich, was ich während der Autofahrt nach Hause vorbereitet hatte.

»Ich habe … beschlossen, nicht nach Harvard zu gehen. Ich weiß, das wird dich enttäuschen, aber meine Entscheidung steht. Ich habe mich nicht aus den richtigen Gründen für Harvard entschieden, und ich glaube, dass ich eigentlich überhaupt nicht dorthin *will*. Und mit Berkeley ist es ganz ähnlich – auch die Uni habe ich mir nicht aus den richtigen Gründen ausgesucht. Aber ich habe mich mit alldem auseinandergesetzt und mich auf den letzten Drücker an der USC in Los Angeles beworben. Ich kann im Herbst anfangen. Mein Hauptfach wird Videogame-Design sein. Ja, Berkeley und Harvard sind tolle Unis, aber … ich glaube wirklich, dass es das ist, was ich machen möchte, und die University of Southern California ist die beste Uni für Spieleentwicklung. Außerdem habe ich bereits mit May gesprochen, und ich kann meinen Job bei Dunes behalten, während ich studiere, und ich kann, wenn es mein Kursplan erlaubt, hier sein, wenn du mich brauchst. Ich habe schon alles geregelt.«

Als ich endlich wieder Luft holte, vergingen quälend lange Momente des Schweigens. Dad blinzelte mich eulenartig hinter seiner Brille an, sein Mund war erschlafft.

Ich knabberte an der Unterlippe und verlagerte nervös das Gewicht von einem Fuß auf den anderen. »Dad? Dad, los, bitte sag was. Ich weiß, dass du etwas anderes erwartet hast …«

Er unterbrach mich mit einem Lachanfall, was mich völlig unvorbereitet traf, und sagte: »Das kann man wohl sagen!« Seufzend schüttelte er den Kopf. »Elle, dein Gesichtsausdruck war so ernst … Ich dachte, du würdest mir eröffnen, dass du schwanger bist! Mein Gott!«

»Oh Gott, *nein*.« Ich wurde feuerrot.

Dad legte mir sanft die Hände auf die Schultern und sagte: »Süße, hör zu. Ich bin stolz, dass du in Harvard genommen worden bist, natürlich, aber du gehst auf das College, von dem du glaubst, dass es am besten für dich ist. Selbst wenn du nicht aufs College hättest gehen wollen … Na ja, das hätte mich nicht glücklich gemacht, aber auch dagegen hätte ich nicht viel unternehmen können. Die USC ist eine großartige Uni. Und Videogame-Design … Tja, ich meine … das passt doch wunderbar zu dir.«

»Du bist also … also nicht sauer? Du bist nicht böse, dass ich nicht nach Harvard gehe?«

»Ganz und gar nicht. Obwohl es spaßig werden wird, das im Büro zu erklären. Möglicherweise habe ich mit dir angegeben. Ziemlich sogar.«

Ich lachte und fühlte, wie sich mein ganzer Körper erleichtert entspannte. Das Gespräch mit June hatte mich nachdenklich gemacht, und nachdem sie mir diese lächerliche Idee in den Kopf gesetzt hatte, mit *Mario Kart* Karriere machen zu können, ließ mich die Vorstellung nicht mehr los. Auf einmal begeisterte mich die Aussicht aufs College auf eine bis dahin vollkommen unbekannte Weise.

Auch Lee würde das sehr gefallen. Vor allem, weil das bedeutete, dass wir beide in Kalifornien blieben und so viel einfacher Zeit miteinander verbringen konnten.

»Meine Entscheidung hat nicht nur damit zu tun, dass Noah und ich uns getrennt haben«, erklärte ich Dad. »Ich … ich glaube, ich war nie *wirklich* ein Fan davon, so weit weg von euch zu leben, sodass ihr selbst für euch sorgen müsst. Ich weiß, dass du jetzt Linda hast, aber …«

»Ach, Süße. Komm her.« Er nahm mich fest in den Arm und lachte wieder. »Wir sind durchaus in der Lage, für uns selbst zu sorgen, aber ich freue mich, wenn du von Zeit zu Zeit hier bist. Ich bin sehr stolz auf dich, weißt du das?«

»Obwohl ich Harvard abgelehnt habe?«

»*Vor allem*, weil du Harvard abgelehnt hast.«

Levi reagierte immer noch nicht auf meine Anrufe, also fuhr ich die ganz großen Geschütze auf und rief an seinem Festnetzanschluss an. Sein Dad ging ans Telefon und sagte fröhlich: »Elle! Lange nichts von dir gehört! Wie geht's denn so?«

Dann erklärte er mir, Levi sei bei der Arbeit, also aß ich erst zu Abend mit meiner Familie und Linda und stieg anschließend ins Auto und fuhr zum 7-Eleven.

Levi stand hinterm Tresen über sein Handy gebeugt und schaute nicht mal auf, weil jemand hereingekommen war.

Ich schnappte mir die nächstbeste Tüte Bonbons und ging zur Kasse. Ich schob die Tüte über den Tresen und räusperte mich. Levi blickte auf und musste mit weit aufgerissenen Augen zweimal hinschauen, dann stammelte er irgendwas.

»Ich komme in Frieden«, sagte ich.

»Elle. Ich … ich habe nicht … Was machst du denn hier?«

»Ich besuche einen meiner besten Freunde, weil er mir seit etwa einem Monat aus dem Weg geht?«

Er errötete, selbst seine Ohren wurden rot und er blickte weg. »Sorry. Ich dachte …«

»Ja, du hast richtig Mist gebaut«, meinte ich lächelnd und nickte. »Aber du bist trotzdem mein Freund, und du liegst mir am Herzen. Auch wenn du ein Riesenidiot bist.«

»Ich hab gehört, du und Noah habt Schluss gemacht«, murmelte er.

»Deshalb bin ich nicht hier«, entgegnete ich harsch und erschreckte mich selbst darüber. »Sorry. Ich möchte nicht … deine hoffnungsvolle Seifenblase zum Platzen bringen oder so.«

»Nein! Nein, ich wollte nur sagen … Ich hoffe, das war nicht meinetwegen. Irgendwie war das der Grund, warum ich mich nicht gemeldet habe. Ich dachte, du hasst mich, weil … wenn ich Mist gebaut und für Stress zwischen euch gesorgt habe …«

»Hast du nicht«, beruhigte ich ihn. »Ich denke, es wäre sowieso so gekommen. Zwischen Noah und mir. Ist schon okay.« (War es eigentlich nicht, aber ich war auf dem besten Weg dorthin.)

Levi nickte langsam und unsicher.

Wir hatten wochenlang nicht miteinander gesprochen, also beschloss ich, keine weitere Zeit damit zu verschwenden, zartfühlend zu sein oder um den heißen Brei herumzureden. »Bist du immer noch in mich verknallt?«

Levi verzog den Mund zu einem kleinen, müden und schiefen Lächeln. »Ich glaube, ich werde immer ein bisschen in dich verknallt sein, Elle.«

»Na ja, wenn du dich trotzdem zurückhalten und mich nicht mehr küssen könntest, würde es mir sehr, sehr gut gefallen, wenn wir wieder Freunde sind. Du *fehlst* mir. Aber … aber ich verstehe auch, wenn dir das … zu … schwer fällt …«

»Mit dir zusammen zu sein?« Levi strahlte und warf lachend den Kopf in den Nacken. »Ich hab gesagt, dass ich in dich verknallt bin. Ich hab nicht gesagt, dass deine weiblichen Reize dermaßen unwiderstehlich sind, dass ich Wachs in deinen Händen bin und den Boden küsse, auf dem du wandelst. Wir sind schließlich seit einem Jahr befreundet. Du fehlst mir auch.«

»Meine weiblichen Reize?«, wiederholte ich und bemühte mich, nicht zu lachen.

Levi verzog das Gesicht und wackelte von rechts nach links mit dem Kopf, als würde er angestrengt nachdenken. »So toll bist du nun auch wieder nicht, sorry, falls dir das neu ist.«

Gespielt schockiert fasste ich mir ans Herz. »Wie soll ich mich nur jemals von solch einer Kränkung erholen?«

»Oh, ich bin sicher, in Boston wirst du viele Möglichkeiten finden, dich abzulenken.«

»Tja … Ich ziehe nicht nach Boston.«

Daraufhin erklärte ich Levi die ganze Sache und hielt nur kurz inne, wenn tatsächlich ein Kunde hereinkam und bedient werden musste. Irgendwann tauchte Levis Chef auf und meinte, Levi solle gefälligst in seiner Freizeit plaudern, aber nicht bei der Arbeit. Kurz danach ging ich, doch vorher verabredeten wir, uns in ein paar Tagen zu sehen, wenn wir beide nicht arbeiten mussten.

Ich hatte Levi in den letzten Wochen *wirklich* vermisst und war froh, endlich reinen Tisch gemacht zu haben. Ihn als Freund zu verlieren, hätte ich echt übel gefunden, besonders, da ich ja jetzt in Kalifornien bleiben würde.

Lee wollte ich die Neuigkeiten mit dem College möglichst bald erzählen. Das würde ihm sicher gefallen. Und Noah? Er würde es schon verstehen und sich nicht die Schuld dafür geben. Dazu war er zu schlau.

Die weite Entfernung zwischen uns war im vergangenen Jahr fürchterlich gewesen, doch jetzt hatte ich das Gefühl, es war genau das, was wir beide brauchten.

Mir war klar, dass ich mich nach unserer Trennung eigentlich hätte schlechter fühlen sollen. Ich hätte enttäuscht und traurig sein und mich im Herzen wie ausgehöhlt fühlen müssen. Doch irgendwann heute hatte das aufgehört. Zurück blieb eigentlich nur, dass es mir so vorkam, als würde endlich alles gut werden.

36

»Da bist du ja!«, rief Lee.

Er ließ die Reisetasche fallen, raste über die Straße, stürzte auf mich zu und umarmte mich so fest, dass ich vom Boden abhob. Ich lachte, als er mich wieder absetzte, und strich ihm die Haare aus dem Gesicht.

»Du hast doch nicht geglaubt, dass ich dich ohne Abschied davonkommen lasse, oder?«

Er strahlte mich an, die blauen Augen funkelten. »Ich dachte, du bist arbeiten!«

»May hat mich früher gehen lassen, damit ich mich von dir verabschieden kann. *Und* sie bat mich, dir das hier zu geben …

Ich öffnete meine Handtasche, griff hinein und gab ihm ein dickes Blatt Papier. Eine gedruckte Urkunde mit dem Dunes-Logo, unterschrieben von May, die erklärte, dass Lee Flynn …

»Mitarbeiter des Monats«, las er laut vor und johlte lachend. »Oh, Mann. Drück sie von mir, ja? Und sag ihr, die Urkunde bekommt einen Ehrenplatz in meinem Zimmer am College. Ich will, dass alle gleich Bescheid wissen.«

»Sie hat sich so gefreut, dass du ihr endlich nicht mehr im Weg stehst. Der Angestellte, der nie angestellt war.«

»Der beste Nicht-Angestellte, den sie je hatte«, stimmte er zu. Lee hatte in den vergangenen Tagen viel Zeit mit mir verbracht, häufig bei der Arbeit im Dunes – und während Levis Chef nie froh war, mich zu sehen, rollte May einfach nur mit den Augen und warf die Hände in die Luft, wann immer Lee ins Restaurant kam, wo er dann unvermeidlich blieb und sich an allen Ecken und Enden nützlich machte.

Jetzt schlenderten wir zum Auto seiner Eltern, das mit Kisten und Taschen vollgestopft war, um Lee in sein neues Zuhause im Studentenwohnheim zu bringen. Noah war vor ein paar Tagen nach Boston zurückgeflogen. »Also, alles klar?«, fragte ich.

»Alles klar«, bestätigte er. »Ich möchte gleich nächstes Wochenende wiederkommen. Mein Auto holen und alles andere, was ich vergessen habe. Hey! Hey, du könntest dann doch auch mitfahren, oder? Ich könnte dir alles zeigen, dich den Leuten vorstellen, die ich diese Woche kennenlerne.«

Ich grinste. »Das wäre toll.«

Eine Weile standen wir einfach nur da und lächelten uns an, dann seufzte Lee und machte ein zerknautschtes Gesicht. Er nahm meine Hände. »Fühlt sich seltsam an, ohne dich nach Berkeley abzureisen.«

Mir ging's genauso. Ja, das war idiotisch, weil mein College ja nicht *so* weit entfernt von seinem war und wir uns hier häufig sehen würden … aber bisher hatten wir kaum mehr als ein paar Tage getrennt voneinander verbracht.

Als wir das Strandhaus letztendlich verlassen hatten, war Lee dermaßen emotional, dass es für uns alle drei gereicht hatte. An diesem Tag war ich fest entschlossen gewesen, nicht zu weinen, und auch heute hatte ich das eigentlich vor.

Aber meine Entschlossenheit zerbröckelte, und mir traten Tränen in die Augen.

»Ich werde dich so verdammt vermissen, Lee Flynn. Du musst versprechen, jeden Tag anzurufen«, sagte ich mit brüchiger Stimme.

»Ehrenwort.«

»Und nach dem Auspacken meldest du dich per FaceTime, um mir dein Zimmer zu zeigen?«

»Auf jeden Fall.«

Ich schniefte und versuchte, tief einzuatmen. Eine einzelne Träne lief Lee über die Wange, und ich umarmte ihn ein letztes Mal. »Ich hab dich lieb.«

»Ich dich auch, Shelly.«

Wir lösten uns voneinander, Lee räusperte sich, blähte die Brust auf und schüttelte den Kopf.

Während June im Kofferraum wühlte, rief sie: »Lee! Hast du den Karton mit allen Reinigungsmitteln eingepackt? Ich kann ihn nicht finden.«

»Verdammt, ich hatte gehofft, sie merkt es nicht …« Er zwinkerte mir zu und meinte: »Ich muss noch mal kurz ins Haus. Versprichst du, du bleibst, um mir hinterherzuwinken?«

»Du wirst mich nicht los, selbst wenn du es versuchst.«

Wir hatten vor ein paar Tagen überlegt, ob ich mitkomme, um Lee ins College zu begleiten. June und Matthew hatten nichts dagegen, doch dann hätten wir uns in seinem Zimmer im Studentenwohnheim unter Tränen verabschieden müssen, darum hatten wir schließlich beschlossen, dass es so besser wäre. Lee und ich waren vergangene Woche nach Berkeley gefahren, um uns die ein oder andere Empfehlung von Ashton anzuschauen, und das hatte genügt.

Gemeinsam nach Berkeley zu gehen, war nicht mehr unser Ding. Sondern Lees. Der heutige Tag gehörte nur ihm allein.

Er verschwand im Haus, und June kam zu mir, nachdem sie Matthew strikte Anweisungen gegeben hatte, wie allerlei Dinge im Auto neu gepackt werden sollten.

»Hey, Süße. Wie geht's dir?«

Sie umarmte mich kurz und herzlich, dann hielt sie mich auf Armeslänge und blickte mich prüfend an.

»Wird schon werden«, entschied ich mich zu antworten. Denn, tatsächlich, ich war auf gutem Weg.

Sie nickte, lächelte und ließ die Arme sinken. »Ihr alle, so erwachsen. Ich musste ihm versprechen, nicht zu weinen, aber wir alle wissen, dass ich ganz sicher weinen werde. Und du weißt hoffentlich, wenn du irgendwelche Hilfe beim College-Shopping oder beim Umzug brauchst – melde dich einfach. Wir sind in der Nähe. Matthew und ich unterstützen dich gern.«

»Danke. Ja, ich weiß. Aber ist okay – Dad und ich haben alles im Griff. Und Linda geht morgen mit uns zum Einkaufen.«

Dass Linda mitkommt, war tatsächlich meine Idee gewesen. Sie war gar nicht *so* übel, hatte ich erkannt. Und sie besaß einen echt guten Geschmack (und hatte eine Vorliebe für Coupons). Außerdem entging mir nicht, wie sehr sie sich für mich ins Zeug legte, und da war es wohl an der Zeit, dass ich mich revanchierte.

»Oh! Und ich wollte dir sagen, wir haben endlich alles geregelt. Den ganzen Papierkram und so. Ich musste den Käufern alle angefallenen Kosten erstatten, doch jetzt ist alles erledigt. Das Strandhaus bleibt offiziell ein Flynn-Haus.«

Ich rang nach Luft und strahlte June an. »Großartig, dass das alles geklappt hat und noch rückgängig zu machen war. Das sind wirklich tolle Nachrichten. Danke schön, June.«

»Und das ist nur dir zu verdanken. Also dank nicht mir. Es hat auch mir leidgetan, das Haus aufzugeben, aber … es stellte sich heraus, dass ich bloß einen kleinen Schubs in die richtige Richtung brauchte. Wie noch jemand, nicht wahr?«

Am Tag des Abschieds vom Strandhaus hatte ich ein Foto von Noah, Lee und mir am Strand gemacht – ein letztes Bild von uns dreien und dem Sommer im Strandhaus – und es noch am selben Tag professionell drucken und rahmen lassen, und war gleich darauf zu June und Matthew gefahren, um es ihnen zu schenken.

Matthew hatte angefangen zu weinen und das Zimmer verlassen.

June hatte erst mich angeschaut, dann die Kiste mit den Fotos aus dem Strandhaus und dann das neue, das ich geschossen hatte, und daraufhin hatte sie sich ihr Handy geschnappt und die Möbelpacker angerufen, um ihnen zu sagen, dass sie alles stehen lassen sollen.

Es war nicht leicht, trotzdem war es June und Matthew gelungen, den Verkauf rückgängig zu machen und das Strandhaus zu behalten.

Mir war klar, um erwachsen werden, mussten wir loslassen und etwas Neues beginnen, aber ich war so, so froh, dass wir dazu nicht das Strandhaus verlieren mussten.

Als Lee zurück war, half ich, das Auto fertig zu packen.

Lee kurbelte das Seitenfenster herunter, auf dem Rücksitz neben ihm stapelten sich Kissen und eine Bettdecke und sein Rucksack. »Wie gut, dass du nicht mitkommst. Hier wäre gar kein Platz für dich.«

»Ja, wie gut«, wiederholte ich. »Ruf mich später an, okay?«

»Geht klar. Ich hab's ja versprochen«, meinte er grinsend. »Und hey! Wenn du zu Hause bist, schau in eurer Garage nach. Da ist ein kleines Abschiedsgeschenk für dich.«

»In der Garage?«

Immer noch grinsend streckte er die Hand aus, um mich in die Nase zu kneifen. Ich trat vom Auto zurück und warf ihm eine Kusshand zu, dann rollte der Wagen los und brachte Lee nach Berkeley.

Nur weil wir erwachsen wurden, hieß das ja nicht, dass wir uns auseinanderleben mussten. Meine Beziehung zu Noah konnte zerbrechen, aber meine Freundschaft zu Lee würde ewig halten, was auch immer geschah, wohin auch immer das Leben uns führen würde.

Wenn es etwas gab, auf das ich zählen konnte, dann war es das. Dann war es Lee.

Als das Auto außer Sichtweite war, ging ich nach Hause.

Wie viele Tausende Male war ich im Laufe der Jahre zu Lees Haus gelaufen? Diesen Weg kannte ich in- und auswendig.

Und ich fragte mich, wann ich ihn wohl das nächste Mal laufen würde.

Bei mir zu Hause angekommen, war niemand da. Ich suchte die Schlüssel für die Garage und zog dann das Tor auf.

Und genau dort, mitten in der Garage, stand riesig und stolz in all seiner leuchtend rosa-blauen Pracht, mit Rostflecken übersät und kurz davor, auseinanderzufallen, unser *Dance Dance Revolution*-Gerät aus der Spielhalle.

»Das hat er nicht gemacht«, flüsterte ich, während ich langsam und ehrfürchtig näher trat. »Oh, Lee, das hast du nicht gemacht.«

Ein Zettel klebte auf dem Bildschirm, und ich zog ihn ab, um zu lesen, was darauf stand.

Shelly – bis zu unserem nächsten Tanz.
Dein Best Friend Forever, Lee.

Ich presste den Zettel an mein Herz, brach in Tränen aus und strich mit der Hand über den alten Apparat.

Typisch Lee.

Epilog

Überall um mich herum wurde gelacht und geplappert. Von Zeit zu Zeit ertönte ein elektronisches *Klingeln* und *Schwuuups*. Ein Ball prallte hart gegen ein hölzernes Brett, gefolgt von einem Platschen und Jubelschreien, als sich für einen Lehrer die Klappe über einem großen Wasserbecken öffnete. Das Gras auf dem Boden war von Hunderten Füßen in Matsch verwandelt, und die Sonne knallte erbarmungslos. Musik drang aus Lautsprechern irgendwo ganz in der Nähe, aber man konnte sie kaum hören, weil alles andere so laut war.

Eine Hand packte mich am Arm, drehte mich um, und das Gesicht, das ich besser kannte als mein eigenes, strahlte mich an. »Da bist du ja!«

»Hey, Leute!« Ich umarmte nacheinander Lee und Rachel, als hätte ich sie nicht erst vor ein paar Tagen gesehen oder erst gestern Abend per Videocall gesprochen, um sicherzugehen, dass wir uns heute trafen.

Rachel schaute sich ehrfürchtig um. »Unglaublich ... Ich dachte, es hätte sich mehr geändert.«

»Hat es auch«, antwortete ich. »Dieses Jahr gibt's einen brandneuen Moonwalk.«

Trotzdem war mir klar, was Rachel meinte. Ich hatte das genauso empfunden. Heute hierherzukommen, war wie eine Zeitreise in die Vergangenheit.

Das alljährliche Frühlingsfest. Nach all den Jahren veranstaltete unsere alte Schule das Fest noch immer. Diesmal wurde Geld für eine Organisation gesammelt, die sich gegen den Klimawandel einsetzte. Viele Stände waren die gleichen wie zu unserer Zeit. Die Kids angelten immer noch die exakt gleichen Gummienten aus einem Pool wie wir früher.

Sechs Jahre waren vergangen, seit wir die Highschool abgeschlossen hatten. Sechs Jahre war es her, dass wir wieder zusammen hier waren.

In der Zwischenzeit war ich ein paarmal in der Schule gewesen. Hatte Eltern-Lehrer-Gespräche wegen Brad geführt, zu denen Dad und Linda nicht kommen konnten, sodass ich eingesprungen war. Das war schon sehr seltsam gewesen, aber heute beim Frühlingsfest zu sein, toppte noch einmal alles.

Sechs Jahre, und Lee und Rachel hatten all die Zeit zusammengehalten. Rachel war nach ihrem Abschluss an der Brown wieder nach Hause gezogen. Sie und Lee hatten sich eine gemeinsame Wohnung gesucht. An Silvester hatte er ihr einen Antrag gemacht.

Ich hingegen besaß keinen Verlobungsring (oder

überhaupt nur einen festen Freund), aber ich hatte eine eigene Wohnung in der Innenstadt. Ganz in der Nähe meiner Familie, nicht allzu weit von Lee, und konnte zu Fuß zur Arbeit gehen.

»Also, wo ist Brad?«

»Wahrscheinlich stopft er sich mit Zuckerwatte voll.« Ich rollte mit den Augen. »Der Junge ist ein Traum für jeden Zahnarzt. Oder ein Albtraum, je nachdem, aus welcher Perspektive man das betrachtet. Er muss schon *wieder* eine neue Füllung bekommen.«

»Er genießt eben das Leben«, erklärte Lee.

Tadelnd schlug ihm Rachel auf die Brust, bevor ich es tun konnte. »Du sollst das nicht gutheißen.«

»Viel Glück, wenn ihr erst mal Kinder habt«, sagte ich zu Rachel. »Das wird nicht ganz leicht mit Lee. Besonders an Halloween, das kann man sich schon jetzt vorstellen, oder? Obwohl er versprochen hat, es nicht zu tun, wird er all die Halloween-Süßigkeiten der Kids aufessen, bevor sie auch nur einen Blick in die Tüten werfen können. Oh mein Gott, wie unfassbar, nicht wahr? Irgendwann könntet ihr tatsächlich *Kinder* haben. Wir waren doch gerade erst selbst noch Kinder.«

»Ja«, sagte Lee ausdruckslos. »Also erwähnt jetzt bitte nicht weiter das Thema, denn ich bin hierhergekommen, um Spaß zu haben und meine Kindheit wiederaufleben zu lassen, und nicht, um eine Existenzkrise heraufzubeschwören.«

»Du bist vierundzwanzig«, kommentierte Rachel verächtlich.

»Genau. Ich bin jetzt erwachsen. Und kann, wenn ich will, jederzeit eine Existenzkrise kriegen, vielen Dank.«

»Lee, du hast zum Frühstück Kuchen gegessen.«

»Tja, dann hättest du eben keinen ganzen Kuchen kaufen sollen, oder? Dann wäre nämlich kein Kuchen mehr zum Frühstück da gewesen.«

Ich lachte und hakte mich bei Lee unter. Manche Dinge änderten sich einfach nie.

Wir drei schlenderten los, um zu entdecken, was das Frühlingsfest so bot, und um über Dinge zu sprechen, die sich nie änderten.

»Oh mein Gott«, platzte ich plötzlich heraus und blieb abrupt stehen.

Auch Lee hielt an. »*No way.*«

Das konnte nicht wahr sein.

Als wir um eine Ecke bogen, sahen wir eine Menschenmenge um einen der Stände versammelt. Einen Stand, den wir nur allzu gut kannten. Die Farbe war inzwischen ein wenig verblasst. Als ich sie betrachtete, spürte ich immer noch den nassen Farbspritzer auf der Haut, weil Lee damals mit dem Pinsel nach mir geschnippt hatte, während wir das ganze Ding angemalt hatten. Ich konnte Lees Lachen an diesem Nachmittag noch heute hören.

»Wow«, stöhnte er und hielt sich an meinem Arm fest. Auch ich klammerte mich an ihn.

Denn direkt vor uns, sieben Jahre später, stand die Kissing Booth.

Während wir dem Treiben zuschauten, ging ein

Typ auf den Stand zu. Er sagte etwas zu dem Mädchen dort, und sie errötete heftig und wirkte nervös, bevor sie sich für den Kuss zu ihm vorbeugte.

Das versetzte mir einen Stich in der Magengegend, und für einen Augenblick saß ich wieder in der Kissing Booth, Noah schob zwei Eindollarscheine rüber und mein Herz pochte wild, als er zu mir sagte: »Ich bezahle nicht dafür, mich mit dir zu unterhalten. Ich zahle für einen Kuss.«

Jetzt noch spürte ich das Kribbeln auf den Lippen.

Das Paar in der Kissing Booth beendete den Kuss. Der Typ sagte etwas, und das Mädchen lachte, strich sich das Haar hinters Ohr und nickte. Sie küssten sich erneut, und die Menge jubelte.

Meinen ersten Kuss hatte ich nie vergessen. Wie konnte ich auch? Ich wusste genau, wie sich Noahs Lippen an meinen angefühlt und wie er geschmeckt hatte.

Selbst nach sechs Jahren war es noch unmöglich, nicht an Noah Flynn zu denken.

Am ersten Thanksgiving nach unserer Trennung war er nicht nach Hause gekommen: Er verbrachte den Feiertag in Boston bei Amanda. An Weihnachten brachte er sie dann mit, weil es für sie immer noch schwer war, mit ihren Eltern zusammen zu sein, während die eine unerbittliche Scheidungsschlacht ausfochten. Dieses Weihnachten war seltsam gewesen, aber nicht schrecklich.

Wir waren Freunde geblieben. Vielleicht keine *guten* Freunde, aber wir konnten uns auch nicht gänzlich aus dem Leben des anderen heraushalten. Zumindest gingen wir freundschaftlich miteinander um.

Und seither war ich mit anderen Jungs ausgegangen. Ich hatte andere Freunde gehabt. Genau wie Noah Freundinnen.

Dennoch.

Noah war … Noah war etwas anderes.

Ich wandte den Blick von dem Paar in der Kissing Booth ab – und blieb mit den Augen an einer großen Gestalt, die sich durch die Menschenmenge auf uns zubewegte, hängen. Stechend blaue Augen, das dunkle Haar kurz geschnitten, ein schlichtes graues Hemd und Jeans, die zur Abwechslung mal an keiner Stelle kaputt waren.

»Du hast es geschafft!«, rief Rachel begeistert und umarmte Noah zur Begrüßung, während Lee und ich uns erstaunt anblickten.

»Ja, ich hab's geschafft«, bestätigte er lächelnd und deutete auf sich selbst. Das Lächeln fiel ihm jetzt so viel leichter. Schön zu sehen. Er schaute mir in die Augen, nur für eine Sekunde, dann umarmte er Lee. »Alles klar, Kumpel? Lange nicht gesehen. Und, hey, jetzt kann ich noch mal persönlich sagen: Herzlichen Glückwunsch zur Verlobung.«

»Äh, j-ja, danke …«

»Los«, meinte daraufhin Rachel und zerrte an Lees Arm. »Du darfst mir Zuckerwatte kaufen.«

»Aber …«

Sie zischte Lee etwas zu, und er hielt den Mund.

Ich warf ihm einen kurzen, leicht verzweifelten Blick zu, bevor die beiden um die Ecke verschwanden.

Zum ersten Mal seit Jahren war ich mit Noah allein.

»Lange her, Shelly.«

Ich lachte auf. »Oh, bitte. Ich dachte, ich wäre diesen Spitznamen vor Ewigkeiten losgeworden. Ich, ähm … ich wusste nicht, dass du in der Stadt bist.«

»Ich dachte, ich überrasche euch.«

»Bist du da, um eure Eltern zu besuchen?«

Er wackelte mit dem Kopf. »Eigentlich, äh … wegen der Arbeit. Meine Firma eröffnet eine neue Filiale in der Stadt und sucht einen Filialleiter. Ich hatte auf die Beförderung gehofft, also …« Er zuckte mit den Achseln und hob entschuldigend die Hände. »Sieht aus, als würde ich wieder zurückziehen.«

»Wow. Wow. Eine … eine Beförderung. Filialleiter! Das ist …«

Er zog zurück in die Stadt.

Und er sah mich an wie …

Wie an diesem Tag damals in der Kissing Booth.

»Das ist großartig, Noah. Ich freue mich aufrichtig für dich. Herzlichen Glückwunsch.«

»Und nun zu dir«, sagte er. »Lee hat mir erzählt, dass du vor ein paar Wochen in einer neuen Firma angefangen hast. Höheres Gehalt, besserer Job … Er meinte, dass du jetzt tatsächlich Spiele entwickelst.«

»Ja! Das ist toll. Es handelt sich um eine ziemlich kleine Firma, aber dahinter stehen ein paar namhafte Investoren, und ich habe so viel mehr kreative Freiheit in meiner Position, und … und ich werde gleich weitermachen, darüber zu plappern, wie sehr ich die Kaffeemaschine im Büro liebe, wenn du mich nicht sofort davon abhältst«, sagte ich lachend.

Meine jetzige Arbeitsstelle gefiel mir sehr, und da sich das alles immer noch neu anfühlte, geriet ich bei jedem, der mir auch nur zuhörte, immer gleich ins Schwärmen, wie toll der Job war.

Noah lächelte mich an. Liebevoll und behutsam, das Grübchen in seiner Wange deutete sich an, und um seine Augen tauchten zarte Lachfältchen auf.

Von diesem Lächeln bekam ich Herzrasen.

Wie schaffte er es nur, diese Wirkung auf mich haben, immer noch? Nach all der Zeit?

Ich machte mich hier lächerlich. Ich hatte die Kissing Booth wiedergesehen und damit waren alte Erinnerung zurückgekommen. Ich war nostalgisch, und für Noah nur ein Mädchen, mit dem er früher mal zusammen war und die die beste Freundin seines kleinen Bruders war.

Aber die Art, wie er mich ansah …

Früher kannte ich Noah so gut. Und er hatte sich in den letzten Jahren nicht so sehr verändert, dass ich diesen Blick nicht kannte.

»Vielleicht können wir später etwas essen gehen, wenn du Zeit hast. Dann kannst du mir alles über die Kaffeemaschine erzählen.«

Nach sieben Jahren, nach zwei Trennungen, nachdem wir unser Leben gelebt und unsere eigenen Wege eingeschlagen hatten … standen wir wieder hier. Auf dem Frühlingsfest, vor der Kissing Booth.

Mein Herz flatterte aufgeregt, und ich lächelte ihn an.

»Das wäre schön.«

Noah wurde ein ganz klein wenig rot, und ich konnte sehen, wie er sich Mühe gab, nicht viel breiter zu lächeln. Stattdessen grinste er nur. »Dann haben wir jetzt ein Date.«

Autorin

Beth Reekles, die gefeierte Autorin von »The Kissing Booth« und anderen Jugendromanen, hat inzwischen außerdem einen Universitätsabschluss in Physik. Sie ist Bücherwurm durch und durch, überzeugte Teetrinkerin und als Buchbloggerin sehr aktiv in den sozialen Netzwerken. Den Roman »The Kissing Booth« schrieb sie mit 17 Jahren. Er wurde zum Riesenerfolg, von Netflix verfilmt und dort eine der meistgeklickten Liebeskomödien.

Von Beth Reekles sind bei cbj erschienen:

The Kissing Booth (31327)
The Beach House (25569)
The Kissing Booth 2 – Going the Distance (31351)
The Kissing Booth 3 – One Last Time (31465)

Übersetzerin

Sylvia Bieker ist Übersetzerin aus dem Englischen und Ghostwriterin. Sie übersetzt sowohl Romane (z. B. der Autorinnen Brigid Kemmerer, Candace Bushnell, Jennifer L. Armentrout) als auch Sachbücher. So gehörte sie unter anderem zu den Übersetzerteams von Bob Woodward (»Furcht«; »Wut«), »Der Mueller Report« (herausgegeben von The Washington Post) sowie »Facebook – Weltmacht am Abgrund« von Steven Levy.

Mehr zu cbj/cbt auf Instagram unter @hey_reader

Beth Reekles

The Kissing Booth

The Kissing Booth
Band 1, 464 Seiten
ISBN 978-3-570-31327-5

Going the Distance
Band 2, 384 Seiten
ISBN 978-3-570-31351-0

One Last Time
Band 3, 448 Seiten
ISBN 978-3-570-31465-4

The Beach House
eOnly
ISBN 978-3-641-25569-5

Noahs Story
eOnly
ISBN 978-3-641-28714-6

Als die hübsche und beliebte Elle beschließt, für den Schulfasching eine „Kissing Booth“ einzurichten, denkt sie nicht im Traum daran, selbst einmal darin zu sitzen – und noch viel weniger, dass sie bald ihren ersten Kuss von Bad Boy Noah bekommt, dem großen Bruder ihres besten Freundes. Von da an steht ihr Leben Kopf. Denn Noah ist tabu, so hat sie es mit Lee vereinbart. Nicht so leicht durchzuhalten bei dem Jungen, auf den die ganze Schule steht. Aber kann das ein Happy End geben?

30415_3

cbt

www.cbj-verlag.de